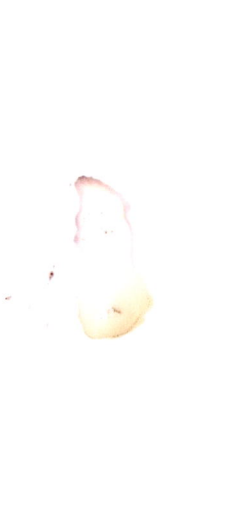

CORAÇÕES EM SILÊNCIO

NICHOLAS SPARKS

CORAÇÕES EM SILÊNCIO

Tradução de Maria Armanda de Sousa

Editorial PRESENÇA

FICHA TÉCNICA

Título original: *The Rescue*
Autor: *Nicholas Sparks*
Copyright © 2000 by Nicholas Sparks Enterprises, Inc.
Edição publicada por acordo com Warner Books, Inc., New York, USA.
Todos os direitos reservados
Tradução © Editorial Presença, Lisboa, 2000
Tradução: *Maria Armanda de Sousa*
Capa: *Pereira Limited*
Pré-impressão: *Multitipo — Artes Gráficas, Lda.*
Impressão e acabamento: *Guide — Artes Gráficas, Lda.*
1.ª edição, Lisboa, Novembro, 2000
Depósito legal n.º 156 727/00

Reservados todos os direitos
para Portugal à
EDITORIAL PRESENÇA
Rua Augusto Gil, 35-A   1049-043 LISBOA
Email: info@editpresenca.pt
Internet: http://www.editpresenca.pt

*Este livro é dedicado, com amor, a Pat e a Billy Mills.
A minha vida tornou-se melhor devido a ambos.
A minha gratidão por tudo.*

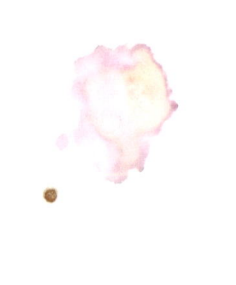

AGRADECIMENTOS

Mais uma vez, quero agradecer à minha mulher, Cathy, que teve de ser mais paciente do que habitualmente, enquanto eu escrevia este romance. Que maravilhosos onze anos temos vindo a partilhar, hem?

Os meus três filhos (Miles, Ryan e Landon) também merecem os meus agradecimentos simplesmente porque me ajudam a manter uma perspectiva correcta dos acontecimentos. É fantástico observar-vos crescer.

A minha agente, Theresa Park, da Sanford Greenburger Associates, acompanhou-me ao longo de todo o romance, e tive muita sorte em ter trabalhado com ela. Nunca é demais repetir: Muito agradecido por tudo — és a maior!

Também foi formidável trabalhar — de novo! — com o meu responsável de edição, Jamie Raab. Que posso eu acrescentar? Sinto-me afortunado por ter sido orientado por ti — não penses que te tomo por certo. Espero que continuemos a trabalhar em conjunto por muitos e muitos anos.

Os meus sinceros agradecimentos a Larry Kirshbaum, o número um da Warner Books, que por acaso também é um tipo formidável, e a Maureen Egen, que é não só uma pedra preciosa, mas simultaneamente uma gema de primeira água. Ambos mudaram a minha vida para melhor, e isso jamais esquecerei.

E, finalmente, faço um brinde a todas as outras pessoas que me ajudaram a cada passo de mais esta etapa: Jennifer Romanello e todo o pessoal do Departamento de Publicidade da Warner; Flag, que desenhou todas as fabulosas capas dos meus livros; Scott Schwimer, o meu advogado de serviço; Howie Sanders e Richard Green da United Talent Agency, dois dos melhores no seu mister; Denise DiNovi, a espectacular produtora de *As Palavras Que nunca te Direi* (a propósito, a principal personagem deste romance tem o seu nome); Courtenay Valenti e Lorenzo Di Bonaventura da Warner Brothers, Lynn Harris do New Line Cinema; Mark Johnson, produtor...

PRÓLOGO

Anos depois viria a ser considerada uma das mais violentas tempestades da história da Carolina do Norte. Porque teve lugar em 1999, alguns dos cidadãos mais supersticiosos achavam-na um mau agoiro, o primeiro passo em direcção ao fim do mundo. Outros, pura e simplesmente, abanavam a cabeça e afirmavam saber que, mais tarde ou mais cedo, algo do género aconteceria. No seu conjunto, nove tornados, previamente detectados, aproximar-se-iam nessa noite do leste do estado, destruindo quase trinta lares à sua passagem. As linhas telefónicas cobriam as estradas, os transformadores eléctricos incendiavam-se sem que ninguém o pudesse evitar. Milhares de árvores haviam sido derrubadas, inundações desastrosas varriam as margens de três rios principais e a vida das pessoas alterava-se para sempre com esta investida da Mãe Natureza.

Tudo começara de repente. Num minuto o céu estava carregado de nuvens negras, o que não era invulgar, e no seguinte, relâmpagos, ventos ciclónicos e chuvas torrenciais desabavam daquele firmamento de princípio de Verão. A tempestade desencadeara-se a partir do noroeste e atravessava o estado à velocidade de duzentos e quarenta quilómetros por hora. Todas as estações de rádio, em simultâneo, desataram a emitir avisos de emergência, salientando a violência da tempestade. As pessoas que puderam abrigaram-se dentro de casa, mas outras como Denise Holton, na auto-estrada, não tinham qualquer lugar para onde ir. Agora que ela se encontrava precisamente no meio da tormenta, pouco podia fazer. A chuva caía tão intensamente que, em alguns sítios, o trânsito reduzira a velocidade para oito quilómetros horários, e Denise segurava o volante com tanta força que os nós dos dedos ficaram brancos, no seu rosto transparecia uma máscara de concentração. Por vezes era até impossível conseguir ver através do pára-brisas, todavia parar podia significar um acidente pela certa, dado o volume de tráfego que circulava atrás de si. Os condutores não teriam oportunidade de ver o carro dela a tempo de travarem. Libertando o ombro direito, passou a correia do cinto de segurança por cima da cabeça e inclinou-se sobre o volante, tentando vislumbrar o tracejado da estrada que apenas via de relance de vez em quando. Houve extensos percursos ao longo dos quais sentia que conduzia somente por instinto, pois a visibilidade era nula. Como uma onda oceânica, a chuva desabava sobre o pára-brisas semelhante a uma cortina que nada deixava ver. Os faróis dianteiros pareciam absolutamente inúteis, e ela queria parar, mas onde? Onde é que estaria em segurança? Na berma da auto-estrada? Pela estrada fora, os outros guinavam para a esquerda e para a direita, tão cegos quanto ela. De súbito tomou uma decisão: por qualquer motivo, parecia mais seguro continuar a marcha. Os seus olhos saltavam da estrada para os farolins à sua frente e para o retrovisor; tinha esperança que os outros condutores fizessem a mesma coisa. Que procurassem um meio que os mantivesse em segurança. Fosse qual fosse esse meio.

Então, tão bruscamente como começara, a tempestade enfraqueceu e foi possível voltar a vislumbrar a estrada. Suspeitava que tinha alcançado a secção dianteira do ciclone; aparentemente, todos as outras pessoas pareciam pensar o mesmo. Apesar das condições escorregadias do piso, os automóveis começaram a aumentar de velocidade, tentando ultrapassar a frente da tempestade. Denise também acelerou permanecendo junto dos outros. Dez minutos mais tarde a chuva ainda caía mas tinha amainado, olhou para o indicador da gasolina e sentiu um nó no estômago. Sabia que em breve teria de parar. Não tinha gasolina que chegasse para regressar a casa.

Os minutos iam passando.

O fluxo do trânsito mantinha-a alerta. Devido à lua nova, não havia muita claridade no céu. Voltou a verificar o painel de instrumentos. A agulha do mostrador da gasolina estava quase no limite da reserva, na zona vermelha. Não obstante os seus receios em manter-se à frente do temporal, abrandou a velocidade para poupar a gasolina que ainda restava, esperando que fosse suficiente. Tentando continuar à frente da tempestade.

Os outros carros começaram a ultrapassá-la e as surriadas contra os seus limpa-pára-brisas punham-no a funcionar como doidos. Acelerou de novo.

Mais dez minutos decorreram antes que ela suspirasse de alívio. De acordo com o letreiro, poderia meter gasolina a menos de um quilómetro e meio. Ligou o pisca-pisca, mudou de mão, apanhou a faixa da direita e deixou a estrada. Parou na primeira estação de serviço aberta.

Tinha conseguido, mas sabia que a tempestade ainda a perseguia. Atingiria esta zona nos quinze minutos subsequentes, se não antes. Dispunha de algum tempo mas não muito.

Tão rapidamente quanto pôde, Denise atestou o depósito e ajudou Kyle a saltar do assento do carro. Kyle dava-lhe a mão enquanto se dirigiam à caixa para efectuar o pagamento; tinha insistido em que ele a acompanhasse devido ao elevado número de veículos na estação de serviço. Kyle tinha uma altura abaixo da maçaneta da porta e, quando entraram, ela verificou que havia uma enorme multidão. Até parecia que toda a gente que circulava na auto-estrada tinha tido a mesma ideia: *meter gasolina enquanto era tempo*. Denise tirou uma lata de *Coca-Cola* dieta, a terceira do dia, e depois procurou os refrigerantes na prateleira da parede de trás. Estava a fazer-se tarde, e Kyle adorava beber leite antes de adormecer. Podia ser que, se ela continuasse à frente do temporal, ele dormisse durante todo o caminho de regresso.

Na altura em que foi pagar, havia cinco pessoas na fila. Pareciam impacientes e cansadas, como se não conseguissem perceber por que razão havia tanta gente àquela hora. De certa forma, dava a impressão de que se tinham esquecido da tempestade. Todavia, pelo seu olhar, ela sentia que tal não tinha acontecido. Todas as pessoas dentro da loja estavam nervosas. *Despachem-se*, mostravam as suas expressões, *precisamos de sair daqui*.

Denise suspirou. Sentia a tensão no pescoço e rodou os ombros. Não ajudou muito. Fechou os olhos, esfregou-os e abriu-os de novo. Num dos corredores, atrás de si, ouviu uma mãe a ralhar com o filho mais novo. Denise deu uma mirada por cima do ombro. O rapazinho parecia ter, aproximadamente, a idade de Kyle, quatro anos e meio, pouco mais ou menos. A mãe aparentava estar tão ansiosa quanto Denise. A mulher agarrava o braço do filho o mais firmemente que podia. A criança batia o pé.

— Mas eu quero os bolos! — choramingava ele.

A mãe não se comoveu.

— Já disse que não. Já comeste porcarias que cheguem por hoje.

— Mas *tu estás* a comprar para ti.

Após uns momentos, Denise voltou-se para a frente. A fila não tinha avançado um passo. O que é que estaria a empatar? Deu uma espreitadela aos que se encontravam à sua frente tentando perceber o que se estaria a passar. A empregada da caixa registadora estava completamente baralhada com aquela afluência de clientes e, ainda por cima, parecia que toda a gente à sua frente queria pagar com cartões de crédito. Mais um minuto se arrastou, e a fila encolheu com uma pessoa que efectuara o pagamento. Por esta altura a mãe e a criança puseram-se na fila mesmo atrás de Denise, a discussão ainda continuava.

Denise pôs a mão no ombro de Kyle. Este, sossegadinho ao lado dela, sorvia o leite por uma palhinha. Ela não podia deixar de ouvir aqueles dois atrás de si.

— Oh mãe, despacha-te!

— Se não te calas, ainda apanhas. Não há tempo para isso.

— Mas tenho fome.

— Então devias ter comido o cachorro.

— Não quero cachorros.

E assim por diante. Os três clientes à frente de Denise deixaram finalmente a caixa, ela abriu a carteira e pagou em dinheiro. Trazia sempre um cartão de crédito consigo para as emergências, mas raramente, senão nunca, o utilizava. Parecia que a empregada ainda tinha mais dificuldade em fazer um troco do que em usar os cartões de crédito. Olhava fixamente para os dígitos da registadora, tentando o seu melhor. A discussão entre mãe e filho continuava sem parar. Finalmente, Denise recebeu o troco, pô-lo na carteira e guardou-a, depois dirigiu-se para a porta. Sabendo o quão penosa aquela noite estava a ser para toda a gente, sorriu para a mãe atrás de si, como que a dizer: *Às vezes os miúdos são umas pestes, não são?*

Em resposta a mulher arregalou os olhos.

— Tem sorte — comentou ela.

Denise olhou-a com curiosidade.

— Como disse?

— Disse que tinha sorte. — Apontava-lhe o filho com a cabeça. — Este aqui nunca se cala.

Denise olhou para o chão, acenou com os lábios apertados, em seguida voltou-se e saiu da loja. Não obstante a tensão provocada pela tempestade, não obstante o dia passado ao volante e que parecia não ter fim e do tempo passado no centro de diagnóstico, ela só conseguia pensar em Kyle. Ao encaminhar-se para o carro, Denise sentiu, de repente, uma necessidade tremenda de chorar.

— Não — sussurrou ela para si própria —, tu é que tens sorte.

CAPÍTULO 1

Por que motivo é que isto tinha acontecido? Por que motivo, entre tantas crianças, é que Kyle era assim?

De regresso ao carro, após a paragem para meter gasolina, Denise entrou na auto-estrada outra vez, mantendo-se na dianteira do temporal. Durante os vinte minutos seguintes a chuva manteve-se constante mas não ameaçadora, e ela observava os limpa-pára-brisas, de um lado para o outro, afastando a água enquanto fazia o percurso de regresso a Edenton, na Carolina do Norte. A *Coca-Cola* dieta estava pousada entre o travão de mão e o assento do condutor, e embora ela soubesse que não era bom para a saúde, bebeu o que restava e desejou, imediatamente, ter comprado outra. Esperava que a cafeína a mantivesse alerta e concentrada na condução em vez de pensar em Kyle. No entanto, Kyle estava sempre presente.

Kyle. O que poderia ela dizer? Tinha feito parte dela, tinha ouvido o seu coração bater às doze semanas, tinha sentido os seus movimentos dentro de si durante os últimos cinco meses da gravidez. A seguir ao parto, ainda na sala de partos, olhou para ele e não conseguia acreditar que houvesse algo mais belo no mundo. Esse sentimento não se alterou, embora ela não fosse, de modo algum, uma mãe perfeita. Nos tempos que corriam, fazia apenas aquilo que lhe era possível, aceitando o bom com o mau, procurando tirar prazer nas pequenas coisas. Com Kyle, era por vezes difícil encontrá-las.

Tinha feito o seu melhor para ser paciente com ele ao longo destes quatro anos, mas nem sempre fora fácil. Uma vez, quando ele começava a dar os primeiros passos, ela tapara-lhe, momentaneamente, a boca com a mão para o calar, mas ele continuou a chorar por mais de cinco horas depois de ter ficado acordado a noite inteira. Todos os pais cansados, em qualquer lado, poderão considerar perdoável uma atitude como esta. Depois deste episódio, contudo, fez o melhor que lhe foi possível para controlar as suas emoções. Cada vez que sentia as suas frustrações virem ao de cima, contava devagarinho até dez antes de agir; quando este subterfúgio não resultava, saía da sala para recuperar o autodomínio. Normalmente isto funcionava, mas não deixava de ser, ao mesmo tempo, uma bênção e uma maldição. Era uma bênção porque reconhecia que a paciência era necessária para o ajudar; era uma maldição porque a fazia questionar-se sobre as suas capacidades de mãe. Kyle tinha nascido no dia em que se cumpriam quatro anos sobre a morte da mãe que morrera com um aneurisma cerebral e, embora não fosse dada a acreditar em presságios, Denise dificilmente podia considerar que se tratasse de uma coincidência. Kyle, tinha a certeza, era uma dádiva de Deus. Kyle, ela sabia-o, tinha sido enviado para substituir a sua família. Se não fosse ele, estaria sozinha no mundo. O pai havia falecido quando ela tinha quatro anos, ficara sem parentes, os avós de ambos os lados tinham morrido. Kyle tornara-se de imediato o único objecto do seu amor. No entanto, o destino é estranho, o destino é imprevisível. Apesar de cumular Kyle de atenções, dava a impressão de que não tinha sido o suficiente. Presentemente, levava uma vida com que não contara, uma vida em que os progressos diários de Kyle eram cuidadosamente registados num diário. Actualmente, levava uma vida de completa dedicação ao filho. Claro que Kyle não se queixava das actividades que realizavam todos os dias. Kyle, ao contrário das outras crianças, nunca se queixava de nada. Ela olhou pelo espelho retrovisor.

— Em que é que estás a pensar, meu querido?

Kyle observava a chuva à medida que batia nas janelas com a cabeça voltada para o lado. Trazia um cobertor no colo. Não dissera uma palavra desde que tinham entrado no carro e voltou-se ao ouvir a voz da mãe.

Esperou pela resposta dele. Não houve nenhuma.

* * *

Denise Holton vivia numa casa que pertencera, em tempos, aos avós. Após a morte deles, ficara para a mãe e, posteriormente, para si. Não era grande coisa: um edifício em ruínas construído em três acres de terreno nos anos vinte. Os dois quartos e a sala de estar não estavam em muito mau estado, mas a cozinha estava a precisar urgentemente de obras de restauro e a casa de banho não tinha chuveiro. Quer na frente quer nas traseiras da casa, os alpendres haviam cedido, e sem a ventoinha portátil que ela fazia circular pelas várias divisões sentia, por vezes, que iria morrer assada. Todavia, como ali morava sem ter de pagar renda, era exactamente o que lhe convinha. Era a sua casa desde há três meses.

Ficar em Atlanta, a cidade onde crescera, teria sido impossível. Depois que Kyle nascera, tinha gasto o dinheiro que a mãe lhe deixara para ficar em casa com o filho. Na altura pensara que se trataria de uma licença sem vencimento temporária. Quando ele fosse um pouco mais crescido, planeava voltar ao ensino. O dinheiro acabaria por se gastar mais cedo ou mais tarde e ela iria precisar de ganhar a vida. Para além de tudo o mais, ensinar era algo que ela adorava. Sentira saudades dos alunos e dos colegas logo na primeira semana de afastamento. Agora, anos depois, continuava em casa com o filho, e o mundo do ensino e da escola não passava de uma lembrança vaga e distante, uma coisa mais próxima do sonho do que da realidade. Não conseguia lembrar-se de uma única planificação de aulas nem dos nomes dos alunos que ensinara. Se não fosse verdade, teria jurado que nunca fora professora.

A juventude oferece promessas de felicidade, por seu lado a vida apresenta a realidade das desgraças. O pai, a mãe, os avós: todos desaparecidos antes que fizesse os vinte e um anos. Nessa altura da sua vida tinha entrado em cinco casas funerárias diferentes apesar de, legalmente, não poder entrar num bar para lavar os desgostos com uma bebida. Havia sofrido mais que o quinhão justo de provações, mas parecia que mesmo assim Deus não se detinha. À semelhança das lutas de Job, as suas também continuavam. «Estilo de vida da classe média?» *Já não.* «Amigos com quem crescemos?» *Temos de nos afastar deles.* «Um emprego que dê prazer?» *É pedir de mais.* E Kyle, o rapazinho doce e maravilhoso por quem tudo isto tinha sido feito, continuava a ser, em muitos aspectos, um mistério para ela.

Em vez de ensinar, trabalhava no turno da noite de um restaurante chamado Eights, um local muito frequentado nos arredores de Edenton. O proprietário, Ray Toler, era um preto com sessenta e tal anos que geria o estabelecimento há trinta. Ele e a mulher educaram seis filhos, tendo todos acabado a faculdade. As cópias dos seus diplomas estavam penduradas na parede do fundo e todos os clientes sabiam a sua história. Ray esforçava-se para que assim sucedesse. Também gostava de falar sobre Denise. Fora a única que lhe entregara um currículo quando a entrevistou para o emprego.

Ray era um homem que entendia a pobreza, que entendia a bondade, que entendia as dificuldades que uma mãe solteira enfrentava. «Nas traseiras do restaurante há um quarto pequeno,» tinha-lhe ele dito quando a contratou. «Pode trazer o seu filho consigo se ele não atrapalhar.» As lágrimas vieram-lhe aos olhos quando o homem lhe mostrou o quarto. Havia dois berços e uma luz de presença, um lugar onde Kyle podia ficar em segurança. Na noite seguinte, deitou Kyle naquele quartinho quando o seu turno começou; horas depois levou-o ao colo para o carro e regressaram a casa. Desde esse dia que a sua rotina não se alterara.

Trabalhava quatro noites por semana, cinco horas em cada turno, ganhando apenas o suficiente para sobreviver. Há dois anos trocara o seu *Honda* por um *Datsun* velho mas seguro, embolsando o excedente. Este dinheiro, como todo o que herdara da mãe, já há muito que se gastara. Tinha-se tornado perita em fazer orçamentos, tinha-se tornado perita em economizar. Desde o penúltimo Natal que não comprava roupas novas para si; conquanto a mobília estivesse em bom estado, eram vestígios de uma outra vida. Não assinava revistas, não tinha TV cabo, a aparelhagem de som era uma velha caixa com antena do tempo da faculdade. O último filme que vira fora *A Lista de Schindler*. Raramente fazia telefonemas interurbanos para os seus amigos. Tinha duzentos e trinta e oito dólares no banco. O carro tinha dezanove anos com quilómetros suficientes para ter dado a volta ao mundo cinco vezes.

Todavia, nada disto interessava. Apenas Kyle era importante. E, no entanto, nem uma única vez ele lhe dissera que a amava.

* * *

Nas noites em que não trabalhava no restaurante, Denise costumava sentar-se na cadeira de baloiço no alpendre das traseiras com um livro sobre os joelhos. Gostava de ler lá fora onde o início e o fim do cricrilar dos grilos era, de algum modo, um calmante na sua monotonia. A casa estava rodeada de carvalhos, ciprestes e nogueiras, todas as árvores cobertas de barbas-de--velho. Por vezes, quando o luar as atravessava de uma certa forma, espalhava, sobre o caminho de cascalho, sombras que pareciam animais exóticos.

Em Atlanta ela costumava ler por prazer. Os seus gostos variavam de Steinbeck e Hemingway a Grisham e King. Apesar de este tipo de livros se encontrar disponível na biblioteca local, ela nunca mais os procurou. Em vez disso, sentava-se a um computador, perto da sala de leitura, com acesso gratuito à Internet. Investigava os estudos clínicos apoiados por importantes universidades, fotocopiando os documentos sempre que se deparava com algum que considerava relevante. Os arquivos que ia guardando tinham aumentado quase sete centímetros e meio de altura.

No chão, junto à cadeira onde se sentava, havia também uma grande variedade de livros sobre psicologia. Foram caros e tinham causado sérios danos no seu orçamento. No entanto, não tinha perdido a esperança e, depois de os encomendar, esperava ansiosamente que chegassem. Desta maneira, gostava ela de pensar, podia ser que encontrasse algo que a ajudasse.

Quando os recebia, sentava-se horas a fio, digerindo as informações neles contidas. À luz de um candeeiro com boa iluminação, atrás de si, examinava o seu conteúdo, coisas que ela, por norma, já tinha lido. Ainda assim, não os punha de lado desinteressada. Ocasionalmente, tirava notas, outras vezes dobrava simplesmente a página e sublinhava algumas frases. Talvez uma ou duas horas haviam de passar antes que ela fechasse o livro e desse por terminada a pesquisa dessa noite. Punha-se em pé sacudindo a rigidez das articulações. Depois de transportar os livros para a pequena secretária da sala de estar, ia ver como estava Kyle e em seguida voltava lá para fora.

O caminho de gravilha conduzia a uma vereda por entre as árvores até a uma vedação em ruínas que delimitava a sua propriedade. Ela e o filho costumavam vaguear ao longo dessa passagem durante o dia, à noite percorria-a sozinha. Ruídos estranhos filtravam-se por todo o lado: de cima, chegava o grito de uma coruja; mais adiante, o farfalhar da vegetação rasteira; dos lados, o roçar de uma ave pelos ramos. As brisas costeiras agitavam as folhas, um som semelhante ao do oceano; o luar escondia-se para logo surgir de novo. Porém, o caminho era a direito, ela conhecia-o bem. Para além da vedação, a floresta à sua volta agigantava-se. Cresciam os ruídos, diminuía a luminosidade, mas isso não a impedia de avançar. A escuridão tornava-se, de algum modo, quase asfixiante. Nesse momento conseguia ouvir água a correr; o rio Chowan ficava perto. Mais um bosque, uma viragem à direita e, de repente, era como se o mundo se abrisse perante os seus olhos. O rio, vasto e lento, tornava-se finalmente visível. Poderoso, eterno, tão lúgubre quanto o tempo. Cruzava os braços e fixava-o, contemplava-o deixando que a calma que inspirava lhe lavasse a alma. Apenas por alguns minutos, raramente se demorava uma vez que Kyle estava em casa sozinho.

Depois suspirava e abandonava o rio sabendo que eram horas de regressar.

CAPÍTULO 2

No carro, ainda à frente da tempestade, Denise recordava a visita ao médico, nesse mesmo dia, sentada no seu gabinete enquanto ele lia o relatório sobre Kyle.

Criança do sexo masculino, com quatro anos e oito meses de idade à data dos exames médicos... Kyle é uma criança bonita sem deficiências físicas visíveis na cabeça e na zona do rosto... Não há registos de traumatismos cranianos... gravidez descrita pela mãe como normal...

O médico continuou a ler ao longo dos minutos seguintes, descrevendo os resultados específicos dos vários testes, até que, finalmente, acabou.

Apesar de o QI se encontrar dentro dos padrões normais, a criança está profundamente atrasada quer ao nível da linguagem receptiva quer ao nível da linguagem expressiva... provavelmente, uma perturbação do processo auditivo central, se bem que a causa não possa ser determinada... capacidade linguística avaliada relativa a uma criança de vinte e quatro meses... Eventuais capacidades linguística e de aprendizagem desconhecidas a esta data...

Mais ou menos como as de uma criança que acaba de começar a andar, não podia ela deixar de pensar.

Quando o médico terminou a leitura, pôs o relatório de lado e olhou para Denise com simpatia.

— Por outras palavras — afirmou ele, falando devagar como se ela não tivesse compreendido o que acabara de ler —, o Kyle tem problemas de linguagem. Por qualquer razão, não sabemos qual, não é capaz de falar nos padrões adequados ao seu nível etário, conquanto o seu QI seja normal. Nem é capaz de perceber a linguagem equivalente às outras crianças de quatro anos.

— Eu sei.

A convicção da sua resposta apanhou-o desprevenido. Parecia a Denise que ele teria esperado uma discussão, uma desculpa ou uma previsível série de perguntas. Quando se deu conta de que ela não ia dizer mais nada, clareou a garganta.

— Está aqui uma nota que refere já antes lhe terem sido feitos testes noutro centro.

Denise acenou com a cabeça.

— É verdade.

O médico vasculhou nos papéis.

— Esses relatórios não se encontram no arquivo dele.

— Não lhos entreguei.

Ergueu ligeiramente as sobrancelhas.

— Porquê?

Ela pegou na carteira e pô-la no colo enquanto pensava.

— Posso ser franca?

Ele estudou-a uns momentos antes de se reclinar na cadeira.

— Faça o favor.

Ela relanceou os olhos pelo filho antes de encarar o médico outra vez.

— O problema do Kyle tem sido mal diagnosticado ao longo destes dois últimos anos. Tudo, desde surdez a autismo, a disfunção de desenvolvimento difuso, a descoordenação deficitária da atenção. Com o tempo, nenhuma destas coisas parece ser exacta. Compreende o quão difícil é para uma mãe ouvir semelhantes coisas sobre o filho, acreditar nelas meses a fio, investigá-las a fundo e acabar por as aceitar antes de lhe dizerem que estavam erradas?

O médico não respondeu. Denise olhou-o nos olhos e fixou-os antes de continuar.

— Sei que o Kyle tem dificuldades de linguagem e, acredite, li tudo sobre problemas do processo auditivo. Com toda a honestidade, provavelmente li tanto quanto o senhor sobre este assunto. Não obstante, quis que as suas capacidades de linguagem fossem testadas por uma fonte independente para eu poder saber exactamente como ajudá-lo. No mundo real ele tem de comunicar com mais pessoas para além de mim.

— Então... nada disto é novidade para si.

Denise acenou com a cabeça.

— Não, não é.

— Está em algum programa de reabilitação?

— Trabalho com ele em casa.

Ele fez uma pausa.

— Vai a consultas com algum especialista da fala ou de comportamento, alguém que já tenha trabalhado com crianças como ele?

— Não. Fez terapia três vezes por semana durante um ano, mas parece não ter surtido efeito. Ele continuava a estar atrasado, portanto tirei-o em Outubro passado. Agora sou só eu.

— Compreendo.

Era óbvio, pela forma como falou, que não concordava com a decisão dela.

Ela semicerrou os olhos.

— Tem de entender: embora este exame mostre que o Kyle se encontra ao nível dos dois anos, houve uma melhoria relativamente ao seu estado anterior. Antes de trabalhar só comigo nunca tinha havido progressos nenhuns.

* * *

Ao conduzir pela auto-estrada, três horas mais tarde, Denise pensou em Brett Cosgrove, o pai de Kyle. Era o tipo de homem que chamava a atenção, o tipo de homem que sempre chamaria a atenção dela: alto e magro com olhos escuros e cabelo cor de ébano. Tinha-o encontrado numa festa, rodeado por muita gente, obviamente usada para torná-lo o centro das atenções. Ela tinha então vinte e três anos, solteira, e no seu segundo ano de ensino. Perguntou à sua amiga Susan quem era ele: foi-lhe dito que Brett ia ficar na cidade apenas algumas semanas, viera em serviço de uma firma de investimentos bancários cujo nome Denise há muito esquecera. Não interessava que fosse de fora. Olhou na sua direcção e ele olhou-a também, e os olhos de ambos não se desviaram durante os quarenta minutos seguintes até que finalmente ele veio ter com ela e cumprimentou-a.

Quem pode explicar o que se passou a seguir? Hormonas? Solidão? A disposição do momento? Fosse como fosse, deixaram a festa um pouco depois das onze, tomaram umas bebidas no bar do hotel enquanto se entretinham a contar histórias divertidas, namoriscavam com o pensamento no que podia acontecer em seguida e acabaram na cama. Foi a primeira e a última vez que ela o viu. Ele regressou a Nova Iorque para a sua rotina diária. Voltando, suspeitava ela nessa altura, para uma namorada que se esquecera de referir. E ela retomou a sua vida quotidiana.

Naquela altura parecia ter sido uma ligação sem grande significado; um mês mais tarde, numa terça-feira de manhã, sentada no chão da casa de banho, abraçada à sanita, assumiu um significado muito maior. Dirigiu-se ao médico que lhe confirmou o que já suspeitava.

Estava grávida.

Telefonou a Brett, foi o atendedor de chamadas que respondeu e deixou uma mensagem para que ele lhe telefonasse, o que aconteceu, finalmente, três dias depois. Ele escutou-a e a seguir suspirou com um tom de desespero. Ofereceu-se para pagar um aborto. Dado que era católica, a rapariga recusou. Furioso, perguntou-lhe como é que aquilo tinha acontecido. «Acho que já sabes a resposta», retorquiu. Perguntou-lhe se tinha a certeza de o bebé ser seu. Ela fechou os olhos tentando acalmar-se, não mordendo o isco. Sim, era dele. Ofereceu-se mais uma vez para lhe pagar o aborto. E, mais uma vez, ela recusou. O que é que ela queria que ele fizesse?, havia-lhe perguntado. Respondeu que não queria nada, só achara que ele devia saber. Se fosse exigir uma pensão para a criança, que se desenganasse: ele iria opor-se. Ela afiançou-lhe que não esperava que o fizesse, porém precisava de saber se estava disposto a acompanhar o desenvolvimento da criança. Conseguia ouvir o som da respiração dele do outro lado da linha. Não, havia ele decidido por fim. Estava comprometido com outra pessoa.

Não voltou a falar com ele.

* * *

Na verdade, era mais fácil proteger Kyle de um médico do que dela própria. Estava, de facto, mais preocupada do que deixava transparecer. Não obstante o seu filho ter melhorado, a capacidade de falar como uma criança de dois anos não era motivo de regozijo. Kyle faria cinco anos em Outubro.

Ainda assim, ela recusava-se a desistir, conquanto trabalhar com o filho fosse a coisa mais difícil que jamais fizera. Não só desempenhava as tarefas normais (fazer a comida, levá-lo ao parque, brincar com ele na sala de estar, mostrar-lhe lugares novos) mas também o treinava nos mecanismos da fala durante quatro horas por dia, seis dias por semana. Os seus progressos, embora inegáveis desde que começara a trabalhar com ele, dificilmente se consideravam sem espinhos. Alguns dias, o menino repetia tudo quanto ela lhe pedia, outros, nem dizia palavra. Alturas havia em que ele compreendia coisas novas com muita facilidade, outras em que parecia mais atrasado do que nunca. A maior parte das vezes era capaz de responder a perguntas começadas por «o quê» e «onde»; mas as perguntas «como» e «porquê» continuavam incompreensíveis. Em termos de diálogo, a corrente de pensamento entre dois indivíduos, não passava senão de uma mera hipótese científica, muito para além das suas capacidades.

No dia anterior tinham passado a tarde nas margens do rio Chowan. Ele gostou de observar os barcos cortando a água a caminho da baía Batchelor, e isto permitiu uma mudança na sua rotina habitual. Por norma, quando trabalhavam, ele costumava ficar preso a uma cadeira na sala de estar. A cadeira ajudava-o a concentrar-se.

Ela escolhera um lugar bonito. As nogueiras alinhavam-se ao longo das margens, os fetos eram mais numerosos que os mosquitos. Estavam sentados, só os dois, sobre a terra coberta de trevos. Kyle olhava fixamente a água. Denise registou cuidadosamente no diário os progressos do filho e terminou rabiscando umas últimas anotações. Sem levantar os olhos perguntou:

— Vês alguns barcos, meu amor?

Kyle não respondeu. Em vez disso, ergueu no ar um pequeno jacto, fingindo fazê-lo voar. Tinha um olho fechado e o outro fixo no brinquedo que tinha na mão.

— Kyle, querido, vês alguns barcos?

O rapazinho fez um pequeno ruído de aceleração com a garganta, o som da simulação de um motor aumentando a potência. Não estava a prestar atenção à mãe.

Ela dirigiu o olhar para a água. Não se viam quaisquer barcos. Inclinou-se e tocou-lhe na mão certificando-se de que obtinha a sua atenção.

— Kyle? Repete: «Não vejo barcos nenhuns.»

— Avião. (*Vião*)

— Sim, é um avião. Repete: «Não vejo barcos nenhuns.»

Ele levantou o brinquedo um pouco mais no ar com um olho ainda posto nele. Após uns momentos voltou a falar.

— Avião a jacto. (*Vião jacto*)

— Sim, estás a segurar num avião.

— Avião a *jacto*. (*Vião jacto*)

Ela suspirou.

— Sim, um avião a jacto.

— *Vião*.

Ela olhou para o seu rosto tão perfeito, tão bonito, parecendo tão *normal*. Com um dedo voltou-lhe a cara na sua direcção.

— Mesmo estando cá fora, ainda precisamos de trabalhar, está bem?... Tens de repetir o que eu te digo ou voltamos para a sala de estar, para a tua cadeira. Não é isso que queres, pois não?

Kyle não gostava da cadeira. Quando estava amarrado, não podia escapar-se, e nenhuma criança, incluindo Kyle, gostava de semelhante coisa. Todavia, o menino deslocava o avião para a frente e para trás com uma concentração calculada, mantendo-o alinhado com uma linha do horizonte imaginária.

Denise voltou a tentar.

— Diz: «Não vejo barcos nenhuns.»

Nada.

Do bolso do casaco tirou um rebuçado.

Kyle viu-o e quis apanhá-lo. Ela manteve-o fora do seu alcance.

— Kyle, diz: «Não vejo barcos nenhuns.»

Foi a saca-rolhas, mas as palavras surgiram finalmente. O rapazinho murmurou:

— Não vejo barcos nenhuns. (*Num vejo bacos neuns*)

Denise inclinou-se e beijou-o, depois deu-lhe o rebuçado.

— É assim mesmo, querido. Disseste bem! Falas tão bem!

Kyle aceitou o elogio enquanto comia o rebuçado, em seguida concentrou-se de novo no brinquedo.

Denise rabiscou as palavras no seu bloco de notas e continuou a lição. Olhou para cima pensando em algo que ele ainda não tivesse dito naquele dia.

— Kyle, repete: «O céu é azul.»

Após uns momentos:

— *Vião*.

* * *

De novo no carro, a uns vinte minutos de casa. Percebeu a agitação de Kyle lá atrás, na sua cadeirinha e olhou pelo retrovisor. Os sons em breve se acalmaram, e ela teve o cuidado de não fazer barulho enquanto não teve a certeza que ele tinha adormecido outra vez.

Kyle.

O dia anterior fora um dia característico da sua rotina com o filho. Um passo em frente, um passo atrás, dois passos para o lado, uma luta constante. Estava melhor do que alguma vez tinha estado, contudo ainda continuava muito atrasado. Seria capaz de recuperar algum dia?

Lá fora as nuvens negras cobriam o céu, a chuva caía sem parar. No assento de trás, Kyle estava a sonhar e pestanejava. Perguntou-se como seriam os sonhos dele. Seriam isentos de som, como um filme mudo passando na sua cabeça, nada mais que imagens de contratorpedeiros e aviões a jacto brilhando no céu? Ou sonharia utilizando as poucas palavras que conhecia? Ela não sabia. Às vezes, sentada na beira da cama enquanto ele dormia, gostava de imaginar que, nos seus sonhos, ele vivia num mundo em que todos o entendiam, em que a língua era uma realidade; não necessariamente o inglês, mas algo que tivesse sentido para ele. Esperava que sonhasse que brincava com outras crianças, crianças que lhe respondessem, crianças que não se afastassem porque ele não conseguia falar. Esperava que, nos seus sonhos, fosse feliz. Deus podia ao menos realizar este milagre, não podia?

Agora, conduzindo por uma estrada mais calma, encontrava-se sozinha. Mesmo com Kyle no banco de trás, continuava sozinha. Não tinha escolhido este tipo de vida; era a única vida que lhe fora oferecida. Claro que podia ter sido pior, e ela fazia todos os esforços para manter este optimismo. Todavia, a maior parte das vezes, não era fácil.

Estes problemas teriam acontecido se Kyle tivesse tido o pai por perto? No fundo do seu íntimo ficava sem certezas, porém não era isso que queria pensar. Uma vez tinha feito essa pergunta a um dos médicos de Kyle e ele respondera que não sabia. Uma resposta honesta, tal como ela esperava, contudo, isso não impediu que tivesse tido insónias durante toda a semana seguinte. Porque o médico não havia, pura e simplesmente, desfeito a dúvida, esta ganhou raízes no seu pensamento. Teria sido ela, de alguma forma, a responsável por todos os problemas do filho? Ao fazer este tipo de juízos de valor, outras interrogações foram surgindo. Se não fora a falta do pai, teria sido alguma coisa que fizera durante a gravidez? Teria ingerido uma comida inadequada, descansara o suficiente? Deveria ter tomado mais vitaminas? Ou menos vitaminas? Ter-lhe-ia lido histórias suficientes quando era mais novinho? Tê-lo-ia ignorado quando ele mais precisara dela? As eventuais respostas a estas perguntas provocavam uma ponderação dolorosa e só com uma desmedida força de vontade conseguia afastá-las do pensamento. No entanto, algumas vezes durante a noite, estas dúvidas assaltavam-na de novo. Tal como o *kudzu* que se espalha pela floresta, tornava-se impossível ficar-lhes imune.

Teria ela, de algum modo, alguma culpa em toda esta situação?

Em momentos como estes, ela costumava esgueirar-se para o vestíbulo e dirigir-se ao quarto do filho para o observar enquanto dormia. Dormia com um cobertor branco enrolado à cabeça e agarrado a alguns brinquedos. Fitava-o e sentia o sofrimento invadir-lhe o coração, no entanto sentia também um pouco de felicidade. Uma vez, quando ainda vivia em Atlanta, alguém lhe havia perguntado se teria dado à luz aquele bebé se soubesse o que a ambos estava reservado. «Claro,» respondera ela rapidamente, tal como seria de esperar. E, lá no fundo, tinha essa certeza. Apesar dos seus problemas, ela olhava o filho como uma bênção. Ao pensar em função dos prós e dos contras, a lista de vantagens era não só mais comprida como também mais significativa.

Porém, devido aos seus problemas, ela não só o amava como sentia, simultaneamente, a necessidade de o proteger. Alturas havia, a cada dia, em que queria correr em seu auxílio, desculpá-lo, fazer com que os outros compreendessem que, se bem que ele parecesse normal, existia uma disfunção no seu cérebro. A maior parte das vezes, contudo, não o fazia. Decidiu deixar que os outros fizessem os seus próprios juízos de valor sobre Kyle. Se não conseguissem entender, se não lhe dessem uma oportunidade, então quem perdia eram eles. Não obstante todas as suas dificuldades, Kyle era uma criança encantadora. Não magoava as outras crianças; nunca lhes batia ou gritava, nem as beliscava, nunca lhes tirava os brinquedos, partilhava os seus mesmo quando não era da sua vontade. Era uma criança meiga, a mais meiga que ela jamais conhecera, e quando ele sorria... oh Deus, era tão bonito. Ela sorria-lhe também, e ele continuava a sorrir e, por uma fracção de segundo, pensava que tudo estava bem. Dizia-lhe que o amava e o sorriso rasgava-se mais, porém, como não conseguia falar de forma perceptível, ela tinha a sensação que só ela por vezes reparava o quão maravilhoso ele era de facto. Por seu turno, Kyle sentava-se sozinho na areia a brincar com os seus camiões, completamente ignorado pelas outras crianças.

Ela estava sempre preocupada com ele e, embora as outras mães se preocupassem com os filhos, sabia que não era o mesmo tipo de preocupação. Por vezes desejava conhecer alguém que tivesse um filho como Kyle. Pelo menos assim, alguém poderia compreendê-la. Pelo menos, teria alguém com quem conversar, com quem pudesse fazer comparações, que lhe oferecesse um ombro quando precisasse de chorar. Será que as outras mães acordavam de manhã a pensar se os seus filhos alguma vez teriam amigos? Um amigo qualquer? *Algum dia?* Será que as outras mães pensavam se os seus filhos frequentariam escolas normais ou praticariam desportos ou iriam ao baile de finalistas? Será que as outras mães notariam os seus filhos ostracizados, não apenas por outras crianças mas também pelos respectivos pais? Teriam elas preocupações em todos os minutos de cada dia, aparentemente sem um fim à vista?

Os seus pensamentos voltavam-se para estes aspectos familiares enquanto ela conduzia o velho *Datsun* por estradas agora conhecidas. Estava a dez minutos de casa. Depois da curva seguinte, atravessaria a ponte em direcção a Edenton e voltaria à esquerda para a Estrada Charity. Mais cerca de quilómetro e meio, e chegaria a casa. A chuva continuava a cair e o asfalto estava escuro e brilhante. Os faróis cintilavam na distância, reflectindo a chuva, como diamantes caindo do céu nocturno. Conduzia através de um pântano sem nome, um de entre as dúzias que existiam nas terras mais baixas e alimentados pelas águas do estreito Albemarle. Poucas eram as pessoas que ali viviam, e essas raramente se viam. Não havia mais carros na estrada. Ao fazer a curva a cerca de noventa quilómetros horários, viu-a no meio da estrada a menos de trezentos e sessenta metros.

Uma corça adulta, em frente aos faróis que se aproximavam. Gelou pela incerteza.

Ia demasiado depressa para parar, todavia o instinto prevaleceu e Denise travou a fundo. Ouviu os pneus chiarem, sentiu-os perderem a aderência na superfície escorregadia da estrada, sentiu a força da inércia arrastando o carro para a frente. Porém, a corça não se mexeu. Denise conseguiu ver-lhe os olhos, dois berlindes amarelos cintilando na escuridão. Ia chocar com ela. Denise deu-se conta de que gritava ao guinar violentamente o volante, os pneus da frente deslizavam conquanto reagissem um pouco. O carro começou a escorregar em diagonal pela estrada e não bateu no animal por uma unha negra. Também já não importava. A corça saiu do transe e deitou-se a correr a salvo, sem olhar para trás.

Todavia, a guinada do volante tinha sido de mais para o carro. Sentiu as rodas saírem do asfalto, sentiu o estrépito enquanto o carro batia no solo de novo. Os velhos amortecedores gemeram violentamente com a pancada, como um trampolim estragado. Os ciprestes estavam alinhados a menos de um metro da estrada. Impetuosamente, Denise voltou a girar o volante, contudo o carro projectou-se para a frente como se ela nada tivesse feito. Arregalou os olhos e respirou fundo. Era como se tudo se movesse em câmara lenta, depois a toda a velocidade e de novo em câmara lenta. As consequências, apercebeu-se ela de repente, tinham passado, embora esta percepção durasse apenas uma fracção de segundo. Nesse momento chocou com uma árvore; ouviu a chapa amachucar-se e os vidros estilhaçarem-se enquanto a parte da frente do carro rebentava em direcção a ela. Como trazia o cinto de segurança atravessado no colo e não por cima do ombro, a sua cabeça foi arremessada para a frente de encontro ao volante. Uma dor aguda e brutal atingiu-lhe a testa...

Em seguida, desapareceu tudo.

CAPÍTULO 3

— Eh, minha senhora, está bem?
Com o som da voz do estranho, o mundo regressou lenta, vagamente, como se nadasse em direcção à superfície de um lago lodoso. Denise não sentia dores, mas a boca tinha o sabor acre e salgado do sangue. Ainda não tomara consciência do que acontecera e dirigiu, distraída, a mão à testa enquanto lutava para se obrigar a abrir os olhos.
— Não se mexa... Vou chamar uma ambulância...
Mal prestou atenção às palavras; nada significavam para ela. Estava tudo embaciado, aparecendo e desaparecendo, inclusive os ruídos. Muito devagar, instintivamente, voltou a cabeça para a figura esbatida que surgia pelo canto dos olhos.
Um homem... de cabelo escuro... de gabardina amarela... afastando-se...
O vidro da janela estava estilhaçado, e ela deu-se conta da chuva empurrada pelo vento para dentro do carro. Da escuridão da noite ouvia-se um silvo, o fumo escapava-se do radiador. Lentamente recuperava a visão, as imagens mais próximas. No seu colo, em cima das calças, encontravam-se estilhaços de vidro... à sua frente, no volante, havia sangue...
Tanto sangue...
Nada fazia sentido. Pela sua mente perpassavam imagens estranhas, umas a seguir às outras...
Fechou os olhos e, pela primeira vez, sentiu dores... abriu-os. Tentava concentrar-se. O volante... o carro... estava no carro... lá fora estava escuro...

— Oh meu Deus!

De repente, tudo lhe veio à memória. A curva... a corça... a manobra que não conseguiu controlar. Voltou-se no assento. Olhando de esguelha, com o sangue nos olhos, concentrou-se no banco traseiro: Kyle não estava no carro. A sua cadeirinha tinha os fechos desapertados e a porta de trás, do lado em que era transportado, estava aberta.

Kyle?

Pela janela gritou para o vulto que a tinha despertado... se é que tinha existido algum vulto. Não tinha a certeza de ter sido uma mera alucinação.

Mas lá estava ele, e voltou-se. Denise pestanejou... ele dirigia-se para ela. Um gemido escapou-se dos seus lábios.

Muito depois lembrava-se que não se tinha assustado logo, não como achava que devia ter-se assustado. Sabia que Kyle estava bem; nem sequer lhe passou pela cabeça que assim não fosse. As alças da cadeira tinham sido apertadas, tinha a certeza, e não havia estragos no banco de trás. A porta traseira já estava aberta... mesmo naquele estado de aturdimento, tinha a certeza de que a pessoa, fosse ela quem fosse, tinha ajudado Kyle a sair do carro. Neste momento o vulto tinha chegado à janela.

— Ouça, não tente falar. Está bastante ferida. Chamo-me Taylor McAden e sou bombeiro. Tenho um rádio no meu carro. Vou ajudá-la.

Ela rodou a cabeça, tentando fixá-lo com um olhar indistinto. Fazia o melhor que podia para se concentrar, para se exprimir o mais claramente possível.

— O meu filho está consigo, não está?

Sabia qual ia ser a resposta, a que tinha de ser. Contudo, estranhamente, não houve resposta. Por seu turno, o homem parecia precisar de mais tempo para interiorizar as palavras, tal como era necessário para Kyle. A sua boca contorceu-se ligeiramente, quase preguiçosamente, e depois abanou a cabeça.

— Não... Mesmo agora cheguei aqui... O seu filho?

Foi nesse preciso momento, ao fixar os olhos dele e imaginando o pior, que o primeiro choque de pânico a percorreu. Como uma onda que começava a agigantar-se, ela sentiu afundar-se nela, tal como acontecera quando tivera conhecimento da morte da mãe.

Os relâmpagos rasgaram o céu de novo e, logo de seguida, ouviram-se os trovões. A chuva era intensa e o homem limpou a testa com as costas da mão.

— O meu filho vinha lá atrás! Não o viu? — As palavras eram pronunciadas com clareza, suficientemente vigorosas para sobressaltar o homem, para despertar nela os seus últimos sentidos adormecidos.

— Não sei. — Com a súbita bátega, ele não tinha percebido o que ela tentava dizer-lhe.

Denise esforçava-se por sair do carro, porém o cinto de segurança em volta do colo mantinha-a presa. Desapertou-o rapidamente, ignorando as dores do pulso e do cotovelo. Involuntariamente, o homem recuou um passo enquanto Denise empurrava a porta com o ombro, dado que ficara amachucada com o choque. Os seus joelhos estavam inchados pelo embate no painel da frente e quase perdeu o equilíbrio quando se pôs em pé.

— Não acho que deva fazer movimentos...

Segurando-se ao carro para se apoiar, ignorou o homem enquanto contornava o carro em direcção ao lado oposto, onde a porta de Kyle estava aberta.

Não, não, não, não...

— Kyle!

Sem acreditar no que via, inclinou-se para dentro do carro à procura dele. Os seus olhos perscrutaram o chão, de novo o assento, como se ele pudesse, por um passe de mágica, aparecer outra vez. O sangue escorreu-lhe pela cabeça, acompanhando uma dor excruciante que ela ignorou.

Onde é que estás? Kyle...

— Minha senhora... — O bombeiro seguiu-a à volta do carro, aparentemente na dúvida sobre o que fazer, ou o que se estava a passar, ou o motivo por que esta senhora, coberta de sangue, ficara subitamente tão agitada.

Ela interceptou-o puxando-lhe o braço, fixando-lhe directamente os olhos.

— Não o viu? Um rapazinho... de cabelo castanho? — As palavras transmitiam um pânico genuíno. — Estava no carro comigo!

— Não, eu...

— Tem de me ajudar a encontrá-lo! Só tem quatro anos!

Rodava sobre si mesma, quase perdendo o equilíbrio com a velocidade com que o fazia. Apoiou-se de novo no carro. A capacidade de visão desvanecia-se, e tudo ficava escuro enquanto ela lutava para se libertar da vertigem. O grito saiu apesar do redemoinho que era a sua mente.

— *Kyle!*

Agora estava aterrorizada.

Tentava concentrar-se... fechava um olho para obter uma imagem mais nítida... conseguindo, mais uma vez, melhor visibilidade. A tempestade tinha alcançado o auge da impetuosidade. Não se conseguia ver as árvores, a menos de seis metros, devido à intensidade da chuva. Nessa direcção a escuridão era total... apenas se divisava o caminho para a estrada.

Oh meu Deus!

A estrada...

Sentia os pés escorregarem na relva ensopada e cheia de lama, sentia a respiração entrecortada, com arquejos rápidos, à medida que cambaleava em direcção à estrada. Caiu uma vez, levantou-se e continuou a caminhar. O homem, quando finalmente compreendeu, correu atrás dela, agarrando-a antes que chegasse à estrada. Com os olhos vasculhou toda a zona à sua volta.

— Não o vejo...

— *Kyle!* — gritou ela a plenos pulmões, ao mesmo tempo que rezava em silêncio. Não obstante encontrar-se encharcada até aos ossos pelo temporal, o grito precipitou Taylor a empregar outras medidas.

Afastaram-se em direcções opostas, ambos gritando pelo nome do menino, ambos parando ocasionalmente para ver se escutavam algum ruído. A chuva, no entanto, era ensurdecedora. Após alguns minutos, Taylor retrocedeu até ao seu carro e telefonou para o quartel dos bombeiros.

As duas vozes, a de Denise e a de Taylor, eram os únicos sons humanos naquele pântano. A chuva impossibilitava-os de se ouvirem um ao outro, quanto mais a uma criança, todavia, fosse como fosse, continuaram. A voz de Denise cortava pungente a noite, era o grito desesperado de uma mãe. Taylor afastou-se a passos largos, berrando o nome de Kyle vezes sem conta, correndo noventa metros para cima e para baixo ao longo da estrada, tomado pelo mesmo medo de Denise. Finalmente, chegaram mais outros dois bombeiros com lanternas de mão. Ao olharem para Denise com os cabelos emaranhados e cobertos com coágulos de sangue e com a blusa manchada de vermelho, o mais velho recuou por uns instantes antes de tentar, sem sucesso, acalmá-la.

— Tem de me ajudar a encontrar o meu filhinho! — soluçou Denise.

Foi enviado mais um pedido de ajuda e mais algumas pessoas chegaram passados uns minutos. Eram seis as pessoas agora envolvidas nas buscas.

O temporal rugia furiosamente. Relâmpagos, trovões... fortes rajadas de vento, suficientes para dobrarem os exploradores em dois.

Foi Taylor quem encontrou o cobertor de Kyle, estava no pântano a cerca de quarenta e cinco metros do lugar onde Denise colidira com a árvore, e rasgado pela vegetação rasteira que cobria a zona.

— Isto é dele? — perguntou ele.

Denise desatou a chorar mal ele lho entregou.

Porém, ao cabo de meia hora de buscas, ainda não havia sinais de Kyle.

CAPÍTULO 4

Para Denise, nada fazia sentido. Num minuto, o filho dormia profundamente no banco de trás do carro e, no minuto seguinte, tinha desaparecido. Sem mais nem menos. Sem qualquer aviso, apenas numa decisão de uma fracção de segundo, de guinar rapidamente o volante, e nada seria o mesmo outra vez. Era a isto que a vida se reduzia?

Sentada nas traseiras da ambulância, com as portas abertas, enquanto as luzes azuis intermitentes do carro dos bombeiros iluminavam a estrada em movimentos regulares e circulares, Denise esperava com o pensamento voltado para estes aspectos. Meia dúzia de outros veículos estavam estacionados ao acaso, enquanto um grupo de homens com gabardinas amarelas discutia a forma de agir. Embora fosse óbvio que trabalhavam em conjunto, ela não conseguia distinguir quem comandava as operações. Nem tão-pouco sabia o que estavam a dizer; as palavras perdiam-se no troar ensurdecedor do temporal. A chuva caía em pesadas bátegas, imitando o som de um comboio de mercadorias.

Ela tinha frio e ainda estava com tonturas, incapaz de se concentrar por mais de alguns segundos de cada vez. Perdera o equilíbrio, havia caído três vezes enquanto procurava Kyle, tinha as roupas encharcadas e enlameadas, coladas ao corpo. Quando a ambulância chegou, obrigaram-na a interromper as buscas. Embrulharam-na num cobertor e deram-lhe uma chávena de café que estava pousada a seu lado. Não conseguia bebê-lo, não conseguia fazer praticamente nada. Tremia como varas verdes e a visão continuava turva. Os seus membros enregelados pareciam pertencer a outra pessoa. O paramédico da ambulância, conquanto não fosse um médico, suspeitava de um traumatismo e queria levá-la dali de imediato. Ela recusou peremptoriamente. Não sairia dali enquanto Kyle não fosse encontrado. O paramédico afirmou que se podia esperar mais uns dez minutos, mas que depois não havia alternativa. O golpe na cabeça era profundo e continuava a sangrar apesar da ligadura. Alertou toda a gente que ela podia perder a consciência se esperassem mais.

— Não saio daqui — repetia ela.

Entretanto, tinha chegado mais ajuda. Uma ambulância, um militar que tinha estado no controlo do rádio, mais três voluntários do quartel dos bombeiros, um motorista de camião que, ao ver o aparato, também parou, chegaram todos com poucos minutos de intervalo. Estavam em pé, formando uma espécie de círculo, no meio dos carros e dos camiões que mantinham os faróis acesos. O homem que a encontrara (Taylor?) estava de costas para ela. Suspeitava de que estava a informá-los do que sabia, o que não era muito, para além da localização do cobertor. Pouco depois, voltou-se e olhou-a com o rosto sombrio. O militar, um homem atarracado meio calvo, acenou com a cabeça na direcção dela. Depois de gesticularem para os outros pedindo-lhes que não saíssem do grupo, Taylor e ele encaminharam-se para a ambulância. O uniforme (que no passado sempre parecera inspirar confiança) nada podia fazer agora por ela. Eram homens, apenas homens, nada mais. Ela reprimiu a vontade de vomitar.

Conservava no colo o cobertor de Kyle manchado de lama e ia-o afagando com as mãos, ora enrolando-o como uma bola, ora desenrolando-o. Embora a ambulância a resguardasse da chuva, o vento soprava forte e ela continuava a tremer. Não parara de tremer desde que a tinham embrulhado num cobertor. Estava tanto frio...

E Kyle perdido algures sem um casaco sequer.

Oh, Kyle.

Levou o cobertor de Kyle ao rosto e fechou os olhos.

Onde é que estás, meu querido? Por que é que saíste do carro? Por que é que não ficaste com a mamã?

Taylor e o militar entraram na ambulância e trocaram olhares antes de Taylor pousar, gentilmente, a mão no ombro dela.

Sei que é difícil, mas temos de lhe fazer algumas perguntas antes de começarmos. Não demora nada.

Ela mordeu os lábios antes de fazer um ligeiro aceno de cabeça em sinal de aquiescência, em seguida respirou fundo. Abriu os olhos.

O militar parecia mais novo ali ao pé do que à distância, porém os seus olhos eram meigos. Acocorou-se à frente dela.

— Sou o sargento Carl Huddle do Departamento Militar — apresentou-se ele com a voz cantante do Sul. — Sei que está preocupada, e nós também estamos. A maior parte de nós somos pais, com filhos pequenos. Queremos tanto encontrar o seu filho quanto a senhora, mas precisamos de algumas informações de carácter geral, as necessárias para sabermos quem procuramos.

Denise mal tomara consciência do que lhe havia sido dito.

— Eram capazes de o encontrar com este temporal... quero dizer, antes de...?

Os olhos de Denise vagueavam de um homem para o outro, apresentando dificuldade em focar qualquer deles. Quando o sargento Huddle não deu resposta imediata, Taylor McAden assentiu com a cabeça, com uma determinação visível.

— Havemos de encontrá-lo, prometo.

Huddle relanceou Taylor com um olhar de dúvida, antes de, finalmente, anuir também. Mudou de posição pondo um joelho no chão, visivelmente desconfortável.

Suspirando profundamente, Denise soergueu-se um pouco, esforçando-se ao máximo por manter uma certa compostura. O seu rosto, limpo pelo paramédico da ambulância, estava branco como uma toalha de mesa. A ligadura enrolada em volta da cabeça tinha uma enorme mancha vermelha, mesmo por cima do olho direito. As faces apresentavam-se inchadas e feridas.

Quando ela se achou em condições, os homens passaram às questões essenciais para o relatório: nomes, moradas, números de telefone, emprego, residência anterior, quando se havia mudado para Edenton, que motivo a levara a conduzir naquela altura, a paragem na estação de serviço para meter gasolina continuando à frente do temporal, a corça no meio da estrada, a perda de controlo do carro, o acidente propriamente dito. O sargento Huddle tomou nota de tudo num bloco de apontamentos. Quando terminou, olhou para ela quase esperançadamente.

— É parente de J. B. Anderson?

John Brian Anderson fora o seu avô materno, e ela assentiu.

O sargento Huddle clareou a garganta; como toda a gente em Edenton, tinha conhecido os Anderson. Olhou para o bloco outra vez.

— O Taylor disse que Kyle tem quatro anos?

Denise acenou afirmativamente.

— Faz cinco em Outubro.

— Pode fazer-me a descrição dele, algo que eu possa comunicar pela rádio?

— Pela rádio?

O sargento Huddle respondeu pacientemente.

— Sim, vou transmitir à rede de emergências da polícia para que outros departamentos obtenham as informações. No caso de alguém o encontrar, leva-o consigo e telefona à polícia. Ou, se por um qualquer acaso, ele rondar a casa de alguém, essa pessoa possa telefonar para a polícia. Coisas do género.

Denise desviou o rosto, tentando ordenar os pensamentos.

— Hm... — demorou alguns segundos antes de falar. Quem é que pode descrever os filhos com toda a precisão, como se fossem números? — Não sei... um metro e dez, mais ou menos vinte quilos. Cabelo castanho, olhos verdes... como um miúdo da idade dele. Nem muito grande nem muito pequeno.

— Alguns traços característicos? Um sinal de nascença, coisas deste género?

Ela repetia a pergunta a si mesma, porém tudo parecia tão incoerente, tão irreal, tão completamente insondável. Para que precisavam eles disto tudo? Um rapazinho perdido no pântano... quantos poderiam existir numa noite como aquela?

Deviam andar à procura dele em vez de estarem para aqui a falar comigo.

A pergunta... qual era a pergunta? Ah, sim, traços específicos... Concentrou-se o melhor que podia na esperança de que acabassem com aquilo o mais depressa possível.

— Tem dois sinais na cara, um maior do que o outro — referiu ela finalmente. — Não tem outros sinais de nascença.

O sargento Huddle tomou nota desta indicação fixando os olhos no bloco.

— E ele seria capaz de sair da cadeirinha do carro e abrir a porta?

— Sim. Já faz isso há uns meses a esta parte.

O militar assentiu. A sua filha de cinco anos, Campbell, também sabia fazer a mesma coisa.

— Lembra-se do que é que ele trazia vestido?

Ela fechou os olhos, pensava.

— Uma camisa vermelha com um grande Rato Mickey à frente. O Mickey está a piscar um olho e uma das mãos faz um sinal com o polegar para cima. E *jeans*, com elástico na cintura, sem cinto.

Houve uma troca de olhares entre os dois homens. *Roupas escuras.*

— De mangas compridas?

— Não.

— Sapatos?

— Acho que sim. Não lhos descalcei, portanto presumo que ainda os tenha calçados. Sapatos brancos, não me lembro da marca. Qualquer coisa *Wal-Mart.*

— E casaco?

— Não. Não lhe trouxe nenhum. Hoje o dia estava quente, pelo menos quando começámos a viagem.

À medida que o interrogatório prosseguia, os relâmpagos, três de seguida, explodiram no céu escuro da noite. Parecia que a chuva ainda era mais intensa, se tal fosse possível.

O sargento Huddle elevou a voz de modo a fazer-se ouvir sobre a chuva torrencial.

— Ainda tem família nesta zona? Pais? Irmãos?

— Não. Não tenho irmãos. Os meus pais já faleceram.

— E o seu marido?

Denise abanou a cabeça.

— Nunca fui casada.

— O seu filho já se tinha perdido antes?

Denise esfregou as têmporas, tentando afastar as tonturas.

— Algumas vezes. Uma vez, no centro comercial e outra, perto de casa. Mas ele tem medo de relâmpagos. Acho que pode ter sido por isso que ele abandonou o carro. Sempre que há relâmpagos, mete-se na minha cama comigo.

— E em relação ao pântano? Acha que teria medo de ir para lá no escuro? Ou acha que ficaria perto do carro?

Abriu-se um buraco no estômago. O medo clarificou-lhe a mente por alguns momentos.

— O Kyle não tem medo de estar cá fora, mesmo à noite. Adora vaguear pelos bosques junto à nossa casa. Não acho que saiba o suficiente para ter medo.

— Portanto, ele podia muito bem...

— Não sei... talvez — interrompeu ela desesperada.

O sargento Huddle fez uma pequena pausa, não querendo obrigá-la a esforçar-se demasiado. Por fim, inquiriu:

— Lembra-se que horas eram quando viu a corça?

Denise encolheu os ombros sentindo-se impotente e fraca.

— Também não sei... talvez umas nove e um quarto. Não olhei para o relógio.

Instintivamente, os dois homens deram uma vista de olhos aos seus. Taylor tinha encontrado o carro às 9h 31. Tinha dado o alarme menos de cinco minutos depois. Eram então 10h 22. Mais de uma hora, pelo menos, tinha passado desde que se dera o acidente. Quer o sargento Huddle quer Taylor sabiam que deviam arranjar uma estratégia coordenada e começar as buscas de imediato. Apesar da temperatura relativamente amena, umas horas debaixo daquela chuva sem roupas apropriadas, podiam conduzir a uma hipotermia.

O que nenhum deles referiu a Denise foi o perigo do próprio pântano. Não era lugar para ninguém, sobretudo com um temporal daqueles, quanto mais para uma criança. Uma pessoa podia, na verdadeira acepção da palavra, desaparecer para sempre.

O sargento Huddle fechou o bloco de apontamentos com um estalido. Todos os minutos eram preciosos.

— Continuamos a conversar mais tarde, se não se importar, Miss Holton. Precisamos de mais elementos para o relatório, mas dar início às buscas é, neste momento, o mais importante.

Denise anuiu.

— Há mais alguma coisa que devamos saber? Talvez um diminutivo? Algo a que ele responda?

— Não, só Kyle. Mas...

Foi nesse preciso momento que se fez luz no seu espírito... o óbvio. O pior tipo de esclarecimento, algo que o militar nunca teria pensado perguntar.

Oh Deus...

Fez-se-lhe um nó na garganta.

Oh, não... Oh, não...

Por que é que ela não se referiu a isso antes? Por que é que não lhe disse logo quando saiu do carro? Quando Kyle ainda podia estar por perto... quando o podiam ter encontrado antes de se afastar para longe? Ele podia estar mesmo ali ao lado...

— Miss Holton?

De repente parecia que tudo tinha desabado sobre ela: o choque, o medo, a raiva, a rejeição...

Ele não é capaz de lhes responder!

Ela enterrou a cara nas mãos.

Ele não é capaz de responder!

— Miss Holton? — Ouviu repetir.

Oh Deus, porquê?

Após o que pareceu uma eternidade, limpou as lágrimas, incapaz de os olhar nos olhos. *Devia tê-los avisado há mais tempo.*

— Kyle não responde se o chamarem apenas pelo nome. Têm de encontrá-lo, têm mesmo de o *ver.*

Os dois homens arregalaram, curiosos, os olhos na sua direcção, sem perceberem.

— Mas se lhe dissermos que temos andado à procura dele, que a mãe está raladíssima?

Ela abanou a cabeça, uma onda de náusea percorrendo-a.

— Ele não responde.

Quantas vezes já repetira ela as mesmas palavras? Quantas vezes é que aquilo tinha sido uma simples explicação? Quantas vezes é que aquilo não significava nada de facto, comparado com uma situação como esta?

Nenhum dos homens abriu a boca. Respirando fundo irregularmente, Denise continuou:

— Kyle não fala muito bem, apenas algumas palavras aqui e ali. Ele... ele não consegue perceber o que dizemos, seja lá por que razão... foi por isso que hoje fomos a Duke.

Ela olhava de um homem para o outro, certificando-se de que a tinham entendido.

— Têm de encontrá-lo. Não adianta nada gritar pelo nome dele. Ele não vai compreender o que lhe estão a dizer. Ele não vai responder... não é capaz. Têm de encontrá-lo...

Porquê ele? Entre tantas crianças, por que motivo tinha isto de acontecer com ele?

Incapaz de acrescentar o que quer que fosse, Denise começou a soluçar.

Neste momento, Taylor pôs a mão no ombro dela como já tinha feito antes.

— Havemos de encontrá-lo, Miss Holton — afirmou ele com convicção. — Havemos de encontrá-lo.

* * *

Cinco minutos depois, enquanto Taylor e os outros planeavam minuciosamente o tipo de busca, chegaram mais quatro homens para os ajudar. Eram todos quantos Edenton podia dispensar. Os relâmpagos tinham dado início a três fogos enormes, tinha havido quatro acidentes de viação nos últimos vinte minutos, dois deles com feridos graves, e as linhas eléctricas derrubadas ainda constituíam um perigo. As chamadas telefónicas inundavam a polícia e o quartel dos bombeiros a um ritmo alucinante, todas elas eram anotadas pela ordem de chegada, e, a menos que houvesse vidas humanas em risco, informavam-se as pessoas de que nada se podia fazer de imediato.

Uma criança perdida tinha prioridade sobre quase tudo o resto.

A primeira coisa a fazer era estacionar os carros e os camiões tão próximo quanto possível da orla do pântano. Eram deixados com os motores a trabalhar, os faróis nos máximos a cerca de quinze metros. Não só forneciam a iluminação extra necessária às buscas mais próximas, como também serviam de sinal no caso de um dos exploradores se perder.

Lanternas e *walkie-talkies* eram distribuídos, em conjunto com pilhas de reserva. Onze homens (incluindo o camionista que também quis ajudar) estariam envolvidos nas buscas que teriam como ponto de partida o local onde Taylor encontrara o cobertor. A partir dali, espalhar-se-iam em três direcções: sul, este e oeste. A este e a oeste andariam paralelamente à estrada, o sul era a última direcção que Kyle parecia ter tomado. Decidiu-se que um dos homens ficaria junto da estrada e dos veículos para a eventualidade de Kyle ver os faróis e conseguir regressar sozinho. Este homem lançaria um foguete de sinalização de hora a hora para que todos soubessem exactamente a sua localização.

Depois de o sargento Huddle ter feito uma breve descrição do menino e das roupas que usava, foi a vez de Taylor falar. Ele, em conjunto com dois outros homens, já antes haviam feito uma busca no pântano, e expôs o que tinham de enfrentar.

Ali, na orla exterior do pântano perto da estrada, os batedores ficaram a saber que o terreno estava sempre molhado mas habitualmente emerso. Só depois de percorridos cerca de setencentos e cinquenta metros para dentro do pântano é que a água formava lagos pouco profundos. Todavia, a lama constituía um perigo real; cercava os pés e as pernas, prendendo-os, por vezes como tornos, dificultando a libertação de um adulto, quanto mais a de uma criança. Naquela noite, a água já tinha quase dois centímetros de altura junto à estrada e só podia piorar se o temporal se mantivesse. Os bolsos cheios de lama e a água a subir de nível eram uma combinação fatal. Os homens concordaram sombriamente. Agiriam com cautela.

Um aspecto positivo, se é que havia algum, é que nenhum deles acreditava que Kyle pudesse ter ido longe. As árvores e as vinhas tornavam difícil o percurso, limitando, esperavam eles, a distância que o rapazinho pudesse ter andado. Talvez um quilómetro e meio, mas decididamente menos de três quilómetros. Ele ainda estaria por perto e quanto mais depressa começassem, maiores seriam as hipóteses de o encontrarem.

— Porém — continuou Taylor —, segundo a mãe, acontece que o mais certo é o rapaz não responder se o chamarmos. Procurem sinais físicos dele; não querem passar-lhe ao lado, pois não? Ela tornou bem claro que não devemos contar com resposta da parte dele.

— Ele não responde? — espantou-se um homem, completamente desconcertado.

— Foi o que disse a mãe.
— Por que é que ele não fala?
— Ela não deu explicações.
— É deficiente? — indagou um outro.

Taylor sentiu retesarem-se-lhe as costas com aquela pergunta.

— Que diabo é que isso importa? Trata-se de um rapazinho perdido no pântano que não consegue falar. É tudo o que sabemos de momento.

Taylor fixou o homem até que este desviou, finalmente, a cara. Só se ouvia o som da chuva a cair à sua volta até que, por fim, o sargento Huddle suspirou profundamente.

— Então temos de ir andando.

Taylor acendeu a sua lanterna.

— Vamos a isso.

CAPÍTULO 5

Denise podia imaginar-se no pântano com os outros, afastando os ramos do rosto, os pés afundando-se na terra ensopada, procurando desesperadamente o filho. Todavia, a verdade é que jazia numa maca na traseira da ambulância, a caminho do hospital de Elizabeth City, uma cidade a quarenta e cinco quilómetros para nordeste, o serviço de urgência mais próximo.

Denise fixava o tecto da ambulância, ainda a tremer e atordoada. Queria ter ficado, tinha implorado para ficar mas haviam-lhe dito que seria melhor para Kyle se ela se fosse embora. Ela só ia atrapalhar, argumentaram. Asseverou que não se importava e, teimosamente, saiu da ambulância para o meio do temporal, insistindo que o filho precisava dela. Como se estivesse na posse de todas as suas faculdades, pediu uma gabardina e uma lanterna. Deu dois passos e tudo à sua volta começou a rodopiar. Precipitou-se para a frente, sem se aguentar nas pernas, e caiu no chão. Dois minutos depois as sirenes da ambulância cortavam a noite e era transportada para o hospital.

Para além dos tremores, ainda não se tinha mexido desde que a deitaram na maca. As mãos e os braços estavam completa e estranhamente imóveis. A respiração era acelerada e fraca, como a de um pequeno animal. Tinha o rosto pálido, doentio, e a última queda reabriu-lhe o golpe da cabeça.

— Tenha esperança, Miss Holton. — Acalmou-a o paramédico. Tinha acabado de medir-lhe a tensão arterial e suspeitava de que ela se encontrava em estado de choque.

— Sabe, conheço estes tipos. Já antes muitos miúdos se perderam por aqui, e eles encontraram-nos sempre.

Denise não deu resposta.

— E a senhora também vai ficar boa — continuou o paramédico. — Dentro de alguns dias já vai estar a pé.

Por um minuto fez-se silêncio. Denise continuava a fixar o tecto. O paramédico tomou-lhe o pulso.

— Há alguém a quem queira que telefone quando chegarmos ao hospital?

— Não — murmurou ela. — Não há ninguém.

* * *

Taylor e os outros alcançaram o local onde o cobertor tinha sido achado e começaram a dispersar-se. Taylor, em conjunto com mais dois homens, dirigiram-se para sul, cada vez mais para o interior do pântano, enquanto os outros elementos da equipa de buscas rumavam para este e oeste. A tempestade ainda não amainara nem um pouco e a visibilidade no pântano, mesmo com as lanternas, não ia além de alguns metros. Passados uns minutos, Taylor não conseguia ver nem ouvir ninguém e um estado de desalento abateu-se sobre ele. De algum modo perdida nas vagas de adrenalina anteriores à busca, onde tudo parecia possível, encontrava-se a realidade da actual situação.

Já antes Taylor havia procurado gente perdida e, de repente, compreendeu que os homens eram poucos. O pântano de noite, o temporal, uma criança que não respondia aos chamamentos... Cinquenta pessoas não seriam suficientes. Talvez nem mesmo cem. O processo mais eficaz de procurar alguém naqueles bosques era manter-se no raio de visão da pessoa, à direita e à esquerda, movimentando-se todos em uníssono, quase como uma banda a marchar.

Mantendo-se próximos, os batedores podiam explorar uma área rápida e minuciosamente, como uma rede, sem se esperar que alguma coisa pudesse escapar. Com dez homens era, pura e simplesmente, impossível. Alguns momentos após a sua partida, todos os envolvidos nas buscas estavam por sua conta e risco, completamente isolados uns dos outros. Limitavam-se a deambular na direcção indicada, apontando as lanternas para aqui e para ali, para todos os lados, na proverbial procura de uma agulha num palheiro. Encontrar Kyle era sobretudo uma questão de sorte, não de perícia.

Tendo em mente não perder a esperança, Taylor prosseguia obstinadamente à volta das árvores em cima de uma terra cada vez mais mole. Embora não tivesse filhos, era padrinho dos do seu melhor amigo, Mitch Johnson, e Taylor atarefava-se como se procurasse um deles. Mitch também era bombeiro voluntário e Taylor desejou ardentemente que ele estivesse presente naquela busca. Contudo, Mitch tinha ido para fora por uns dias. Taylor esperava que isso não fosse um mau presságio.

À medida que se distanciava da estrada, o pântano tornava-se cada mais denso, mais escuro, mais longínquo e mais desconhecido. Passo a passo. As árvores mais altas cresciam muito perto umas das outras, as árvores em decomposição espalhavam-se pelo terreno. As vinhas e os ramos lançavam-se contra ele à medida que caminhava, e tinha de utilizar a mão livre para afastá-los da cara. Apontava a lanterna a todos os tufos de árvores, a todos os troncos, para trás de todos os arbustos, movendo-se sem parar, procurando qualquer sinal de Kyle. Decorreram alguns minutos, depois dez.

Depois vinte.

Depois trinta.

Agora, mais embrenhado no pântano, a água subira acima dos tornozelos tornando os movimentos ainda mais penosos. Taylor olhou para o relógio: 10h 56. Kyle tinha desaparecido há hora e meia, talvez há mais tempo. O tempo, inicialmente um aliado, rapidamente se tinha tornado num inimigo. *Quanto tempo levaria até o garoto enregelar? Ou...*

Abanou a cabeça, tentando pôr de lado aqueles pensamentos.

Os relâmpagos e os trovões eram, agora, frequentes, a chuva intensa e aflitiva. Parecia vir de todos os lados. Taylor limpava o rosto repetidamente para ver com mais nitidez. Apesar de a mãe insistir que ele não responderia, Taylor continuava, entretanto, a chamá-lo. Por algum motivo fazia-o sentir que estava a fazer mais do que realmente estava.

Raios!

Não houvera uma tempestade como aquela em quê, seis anos? Sete? Porquê naquela noite? Porquê agora, que um rapaz se tinha perdido? Não podiam utilizar os cães de Jimmie Hicks numa noite como aquela, e eram os melhores da região. O temporal impossibilitava-os de seguir qualquer pista. E vaguear ali às cegas não ia ser o suficiente.

Aonde é que um miúdo iria? Um garoto com medo de temporais, mas sem receio dos bosques? Um miúdo que tenha visto a mãe, ferida e inconsciente, a seguir ao acidente.

Pensa!

Taylor conhecia o pântano tão bem, se não melhor, que qualquer outra pessoa sua conhecida. Fora ali que atirara sobre o seu primeiro veado aos doze anos de idade; da mesma forma, em cada Outono aventurava-se mais para o interior para caçar patos. Tinha uma capacidade inata para perseguir quase tudo, raramente voltando de uma caçada sem uma peça. A população de Edenton brincava muitas vezes dizendo que ele tinha um nariz de lobo. Possuía, na verdade, um talento invulgar; até ele próprio admitia isso. Claro que ele conhecia aquilo que todos os caçadores conhecem (pegadas, excrementos, ramos partidos que indicavam o rasto que um veado podia ter seguido) mas estas coisas não explicavam inteiramente o seu sucesso. Quando lhe pediam para divulgar o segredo da sua perícia, replicava que tentava pensar como um veado. As pessoas riam-se disso, mas Taylor afirmava-o sempre com uma cara tão séria que depressa percebiam que ele não estava a tentar ser engraçado. *Pensar como um veado? Mas que diabo é que isso significava?*

Abanavam as cabeças. Talvez só Taylor o soubesse.

E agora estava a tentar fazer o mesmo, só que desta vez com riscos muito mais elevados.

Fechou os olhos. Onde é que iria um miúdo de quatro anos? Que rumo tomaria?

Abriu os olhos de repente com a explosão do foguete de sinalização no céu nocturno, assinalando a passagem da hora. Onze horas.

Pensa!

* * *

A sala de urgências do hospital em Elizabeth City estava apinhada. Não só havia gente com ferimentos graves, mas também pessoas que, simplesmente, não se estavam a sentir muito bem. Com toda a certeza que poderiam esperar para o dia seguinte, mas tal como a lua cheia, as tempestades pareciam despertar uma emoção irracional nas pessoas. Quanto mais brutal fosse o temporal, tanto maior era a irracionalidade das pessoas. Numa noite destas, uma azia transformava-se no princípio de um ataque cardíaco; uma febre que tivesse aparecido de manhã tornava-se, de repente, demasido grave para ser ignorada; uma cãibra numa perna podia ser uma trombose. Os médicos e as enfermeiras já sabiam; noites como esta eram tão previsíveis como o nascer do Sol. A espera era de, pelo menos, duas horas.

Dada a natureza do seu ferimento, Denise Holton foi, todavia, imediatamente levada para dentro. Ainda estava consciente, embora apenas parcialmente. Tinha os olhos fechados, mas desfiava uma algaravia, repetindo continuamente a mesma palavra. Foi transportada para os raios X. Com base na radiografia, o médico decidiria se era preciso fazer uma TAC.

A palavra que não parava de repetir era «Kyle».

* * *

Passou mais meia hora, e Taylor McAden tinha-se encaminhado para os recantos mais profundos do pântano. Estava, agora, incrivelmente escuro, era como vasculhar numa caverna. Mesmo com uma lanterna, começou a sentir claustrofobia. As árvores e as vinhas cresciam ainda mais perto umas das outras, e era impossível andar em linha recta. Era fácil vaguear em círculos, e ele não conseguia imaginar como seria com Kyle.

Nem a chuva nem o vento tinham, de forma alguma, amainado. No entanto, os relâmpagos eram menos frequentes. A água chegava-lhe agora até às canelas e não tinha visto nada. Tinha feito um contacto pelo *walkie-talkie* uns minutos antes; todos lhe diziam a mesma coisa.

Nada. Nem um sinal da criança em parte nenhuma.

Kyle já tinha desaparecido há duas horas e meia.

Pensa!
Será que tinha conseguido chegar tão longe? Será que alguém do tamanho dele seria capaz de avançar com a água tão profunda? Não, considerou ele. Kyle não teria chegado tão longe, não de *T-shirt* e *jeans*.
E se tivesse conseguido, eles provavelmente não o encontrariam vivo.
Taylor McAden tirou a bússola do bolso e apontou-lhe a lanterna, calculando a sua posição. Decidiu retroceder ao sítio onde inicialmente tinham encontrado o cobertor, exactamente àquele local. Kyle tinha estado ali... era tudo quanto sabiam.
Mas que direcção tomara ele?
O vento soprava forte, e as árvores vergavam-se por cima dele. A chuva batia-lhe na cara enquanto os relâmpagos brilhavam, a leste, no céu. A fúria da tempestade estava finalmente a passar.
Kyle era pequeno e com medo dos relâmpagos... chuva de aguilhoar...
Taylor fixou o céu, concentrando-se, e teve a impressão de ver uma forma... algo no mais recôndito da sua mente começou a surgir. Uma ideia? Não, não tão forte assim... mas uma possibilidade?
Rajadas de vento... chuva de aguilhoar... medo dos relâmpagos...
Estas coisas todas haviam de ter importância para Kyle, não é verdade?
Taylor pegou no *walkie-talkie* e começou a falar, pedindo que todos se dirigissem à estrada o mais rapidamente possível. Encontrar-se-iam todos ali.
— Tem de ser — exclamou para ninguém em especial.

* * *

Tal como muitas das mulheres dos bombeiros voluntários que telefonaram para o quartel nessa noite, preocupadas com os maridos numa noite tão perigosa, Judy McAden não resistiu a fazer o mesmo. Apesar de Taylor ser chamado ao quartel apenas duas ou três vezes por mês, como mãe, ficava preocupada sempre que ele saía. Ela não queria que fosse bombeiro e tinha-lho dito, embora finalmente acabasse por deixar de protestar quando percebeu que ele jamais mudaria de ideias. Era tão teimoso como o pai havia sido.

Todavia, instintivamente sentira, durante toda a noite, que alguma coisa se tinha passado. Nada de dramático, e, a princípio, tentara pôr de lado essa impressão, mas a suspeita persistente mantinha-se, aumentando à medida que o tempo passava. Por fim, relutantemente, acabara por telefonar, quase esperando o pior; em contrapartida, porém, ficou a saber que o rapazinho, «o bisneto de J. B. Anderson», estava perdido no pântano e que Taylor, haviam-lhe dito, fazia parte do grupo de buscas embora a mãe fosse a caminho do hospital de Elizabeth City.

Depois de desligar o telefone, Judy reclinou-se na cadeira, aliviada por saber que Taylor se encontrava bem, mas subitamente preocupada com o garoto. Tal como toda a gente em Edenton, também conhecera os Anderson. Mais do que isso, Judy conhecera também a mãe de Denise quando ambas eram novas, antes de esta se ter mudado e casado com Charles Holton. Tinha sido há tanto tempo, há quarenta anos, pelo menos, e nunca mais se lembrara dela. Contudo, agora, as recordações da juventude regressavam inopinadamente numa sucessão de imagens: a irem ambas para a escola; os dias de ócio à beira do rio a falarem de rapazes; a recortarem fotografias de revistas de moda... Também lhe veio à memória a tristeza que sentira quando soube da sua morte. Não fazia ideia que a filha da amiga tinha vindo viver para Edenton.

E agora o filho andava perdido.

Que infeliz regresso.

Judy não se pôs com muitas considerações, adiar as coisas não estava no seu feitio. Sempre tinha sido de natureza mais decidida e, aos sessenta e três anos, não tinha mudado nada. Muitos anos antes, após a morte do marido, Judy aceitara um emprego na biblioteca e criara Taylor sozinha, jurando a si mesma que assim seria. Não só se deparou com as obrigações financeiras da família, como também conseguiu fazer aquilo que fazem os dois pais. Foi como voluntária para a escola do filho onde, todos os anos, ajudava como auxiliar, sem se esquecer de levar Taylor aos desafios de futebol e de o acompanhar nos acampamentos de escuteiros. Ensinara-o a cozinhar e a limpar, ensinara-o a fazer lançamentos ao cesto no basquetebol e a bater as bolas no basebol. Embora estes dias estivessem já distantes, encontrava-se agora mais ocupada que nunca. Durante os últimos doze anos, a sua atenção desviara-se mais da educação de Taylor e concentrara-se na ajuda à cidade de Edenton, participando em todos os aspectos da vida da comunidade. Escrevia com regularidade ao senador do seu distrito e aos legisladores do seu estado e andou de porta em porta a recolher assinaturas para várias petições quando percebia que não lhe davam ouvidos. Era membro da Sociedade Histórica de Edenton, que angariava fundos para a preservação das casas antigas da cidade; ia a todas as Reuniões de Assembleia da Câmara onde transmitia a sua opinião sobre o que se devia fazer. Ensinava catequese na igreja episcopal, cozinhava para todas as quermesses e ainda trabalhava na biblioteca trinta horas por semana. O seu horário não lhe permitia perder muito tempo e, uma vez tomada uma decisão, seguia-a à risca e sem olhar para trás. Principalmente, se sentia que tinha razão.

Apesar de não conhecer Denise, ela também era mãe e entendia o medo quando se tratava de crianças. Taylor tinha-se encontrado em muitas situações de perigo toda a sua vida; na realidade, parecia que as atraía, mesmo em tenra idade. Judy sabia que o pequeno devia estar completamente aterrorizado; e a mãe... bem, essa estava provavelmente destroçada. *Deus sabe que eu estaria.* Pegou na gabardina, com a certeza absoluta de que a mãe precisava de todo o apoio possível.

A perspectiva de conduzir debaixo do temporal não a assustava; nem este pensamento lhe passou pela cabeça. Havia uma mãe e um filho em apuros.

Mesmo que Denise não a quisesse ver, ou não pudesse devido aos ferimentos, Judy sabia que não ia conseguir dormir se não lhe dissesse que as pessoas da cidade estavam preocupadas com o que tinha acontecido.

CAPÍTULO 6

À meia-noite o foguete de sinalização explodiu no céu escuro da noite como o repicar de um sino.

Kyle já desaparecera há quase três horas.

Entretanto, Taylor aproximava-se da estrada e ficou surpreendido com a luminosidade que parecia haver, comparada com os recantos sombrios de que tinha saído. Também ouviu vozes pela primeira vez desde que se tinham separado... imensas vozes, pessoas que se chamavam umas às outras.

Apressando o passo, Taylor transpôs a última das árvores e viu mais de uma dúzia de carros que tinham chegado; os faróis acesos como os anteriores. E também havia mais gente. Não só os outros batedores haviam voltado, como se encontravam agora rodeados pelos que tinham ouvido falar das buscas pelos rumores que se espalhavam pela cidade e que tinham vindo ajudar. Mesmo àquela distância, Taylor reconheceu a maior parte deles. Craig Sanborn, Rhett Little, Skip Hudson, Mike Cook, Bart Arthur, Mark Shelton... e também outros seis ou sete. Pessoas que desafiaram a tempestade, pessoas que tinham de ir trabalhar no dia seguinte. Pessoas que Denise nunca vira antes.

Boa gente, não pôde ele deixar de pensar.

A disposição geral, todavia, era de abatimento. Os que tinham andado nas buscas estavam encharcados até aos ossos, cobertos de lama e escoriações, exaustos e desanimados. Tal como Taylor, tinham visto quão escuro e impenetrável o pântano se tornava. À medida que Taylor se aproximava, aquietaram-se. O mesmo aconteceu com os recém-chegados.

O sargento Huddle voltou-se, o rosto iluminado pelas lanternas. Tinha um arranhão fundo e recente, parcialmente coberto por salpicos de lama.
— Então, quais são as novidades? Encontraste alguma coisa?
Taylor abanou a cabeça.
— Não, mas acho que tenho uma ideia do rumo que ele tomou.
— Como sabes?
— Não tenho a certeza. É apenas um palpite, mas acho que ele se dirigiu para sudeste.
Como todos os demais, o sargento Huddle conhecia a reputação de Taylor relativamente ao seu faro para seguir pistas, conheciam-se desde crianças.
— Porquê?
— Bom, por um lado, foi onde encontrámos o cobertor, e se ele continuou nessa direcção, o vento estaria a seu favor. Não penso que um miúdo tentasse lutar contra o vento; acho que ele caminharia com essa orientação. A chuva magoá-lo-ia muito. Também julgo que quereria manter-se de costas voltadas para os relâmpagos. A mãe disse que ele tinha medo de relâmpagos.
O sargento Huddle olhou-o cepticamente.
— Não é muito.
— Não — admitiu Taylor —, não é. Mas acho que é a nossa melhor hipótese.
— Não consideras que devíamos continuar as buscas como antes? Em todas as direcções?
Taylor abanou a cabeça.
— Mesmo assim, estaríamos a cobrir uma área pequena. Não ia adiantar nada. Já viram como é que é andar por aí.
Limpou a cara com as costas da mão, organizando os pensamentos. Desejava que Mitch estivesse com ele para ajudá-lo na decisão; Mitch era bom nestas coisas.
— Ouçam — continuou ele —, sei que é apenas um palpite, mas aposto em como estou certo. O que é que temos? Mais de vinte pessoas agora? Podíamos espalhar-nos e bater a zona nessa direcção.
Huddle semicerrou os olhos na dúvida.
— Mas e se ele não foi nessa direcção? E se estás enganado? Está tão escuro... tanto quanto sabemos, pode andar em círculos. Pode

ter-se abrigado num sítio qualquer. Lá porque tem medo de relâmpagos, não quer dizer que se tenha afastado deles. Só tem quatro anos. Para além disso, temos agora gente suficiente para procurarmos em diferentes direcções.

Taylor não respondeu pensando nestas considerações. O que Huddle dissera fazia sentido, perfeitamente. No entanto, Taylor tinha-se habituado a confiar nos seus instintos. A sua expressão era decidida.

O sargento Huddle franziu as sobrancelhas com as mãos enterradas nos bolsos da gabardina encharcada.

Finalmente, Taylor concluiu:

— Confia em mim, Carl.

— Não é fácil. É a vida de uma criança que está em jogo.

— Eu sei.

Face a esta determinação, o sargento Huddle suspirou e afastou-se. Em última análise, a decisão era sua. Era ele que oficialmente coordenava as buscas. Era ele que faria o relatório, era o seu dever... e, no fim, era ele que tinha de responder pelos resultados.

— Está bem — concordou por fim. — Faremos o que dizes. Só peço a Deus que tenhas razão.

* * *

Já era meia-noite e meia.

Ao chegar ao hospital, Judy McAden dirigiu-se ao serviço de informações. Familiarizada com as formalidades do hospital, pediu para ver Denise Holton, sua sobrinha. A empregada não duvidou das suas afirmações (a sala de espera ainda estava cheia de gente) e rapidamente consultou os ficheiros. Explicou que Denise Holton tinha sido transferida para uma sala do piso superior, mas que as horas de visita tinham acabado. Se ela pudesse voltar no dia seguinte de manhã...

— Pode, ao menos, dizer-me como é que ela está? — interrompeu-a Judy.

A empregada encolheu os ombros fatigada.

— Diz aqui que foi levada para o Raio X, mas é tudo quanto sei. Tenho a certeza de que haverá mais informações quando as coisas acalmarem.

— A que horas começam as visitas?
— Às oito horas.
A empregada já estava a procurar outro ficheiro.
— Compreendo — anuiu Judy, mostrando-se abatida.
Por cima do ombro da empregada, Judy reparou que as coisas pareciam ainda mais caóticas do que na sala de espera. As enfermeiras andavam de sala em sala, com ar aflito e acabrunhado.
— Tenho de passar por aqui antes de lá ir acima? Isto é, amanhã?
— Não. Pode ir pela entrada principal, depois de contornar ali a esquina. Amanhã de manhã, dirija-se ao quarto 217 e previna as enfermeiras de serviço quando lá chegar. Elas indicar-lhe-ão o quarto.
— Obrigada.
Judy afastou-se do balcão, e a pessoa na fila a seguir a ela aproximou-se. Era um homem de meia-idade que tresandava a vinho. Tinha o braço enrolado com uma ligadura improvisada.
— Porquê esta demora? O meu braço está a dar cabo de mim.
A empregada suspirou com impaciência.
— Lamento, mas como pode verificar, hoje estamos com muito trabalho. O médico vai observá-lo o mais rapidamente...
Judy certificou-se de que a atenção da empregada ainda se concentrava no homem. Saiu da zona da sala de espera através de duas portas de vaivém que conduziam directamente ao sector principal do hospital. De visitas anteriores sabia que os elevadores se achavam ao fundo do corredor.
Numa questão de minutos passou apressadamente por um gabinete vazio das enfermeiras, rumo ao quarto 217.

* * *

Ao mesmo tempo que Judy se dirigia ao quarto de Denise, os homens recomeçavam as buscas. Vinte e quatro homens ao todo, com uma distância entre si que lhes permitisse verem as lanternas vizinhas, espalharam-se numa largura de quase setecentos e cinquenta metros. Lentamente, começaram a deslocar-se para sudeste, as luzes brilhando por toda a parte, esquecidos da tempestade. Em poucos minutos, as luzes provenientes dos carros parados na estrada tornaram-se, mais uma vez, invisíveis. Para os que acabavam de chegar, a escuridão repentina foi um choque e perguntavam-se por quanto tempo um garoto poderia sobreviver naquele sítio.

Outros, contudo, começavam a duvidar se, ao menos, encontrariam o corpo.

* * *

Denise ainda estava acordada, pois o sono era, pura e simplesmente, uma hipótese remota. Havia um relógio na parede junto à sua cama, e ela fixava-o, vendo os minutos passarem com uma regularidade assustadora.

Neste momento Kyle já desaparecera há quase quatro horas.

Quatro horas!

Queria fazer algo, fosse o que fosse, em vez de jazer ali tão desesperada, inútil ao filho e aos batedores. Queria estar lá fora à procura dele, e o facto de assim não acontecer tornava-se mais doloroso do que as dores dos ferimentos. Tinha de saber o que estava a passar-se. Queria ser ela a comandar as operações. Mas ali não podia fazer nada.

O seu corpo traíra-a. Na última hora as tonturas tinham diminuído apenas ligeiramente. Continuava a não conseguir equilibrar-se de modo a poder descer à entrada, quanto mais a participar nas buscas. O brilho das luzes incomodara-a e quando o médico lhe fez umas quantas perguntas, tinha visto três imagens do seu rosto. Agora, sozinha no quarto, detestava-se pela sua precariedade física. Que espécie de mãe era ela?

Nem sequer era capaz de ir à procura do seu próprio filho!

À meia-noite, quando se apercebeu de que não poderia sair do hospital, tinha soçobrado; Kyle já há três horas que desaparecera. Começara a gritar, repetidamente, o nome do filho assim que a radiografaram. Tratava-se de uma estranha forma de alívio gritar assim o nome dele a plenos pulmões. Na sua mente, ele conseguia ouvi-la, e ela desejava que ele ouvisse a sua voz. *Volta, Kyle. Volta para onde a mamã estava. Tu consegues ouvir-me, não consegues?* Não importava que duas enfermeiras a aconselhassem a ficar sossegada, a acalmar-se, enquanto ela se debatia com violência contra a resistência que elas ofereciam. Descontraia-se, haviam-lhe dito, tudo vai ficar bem.

Todavia, ela não era capaz de parar. Continuava a gritar o nome dele lutando contra elas até que, finalmente, a trouxeram para ali. Nessa altura, já estava completamente esgotada, e os gritos tinham-se transformado em soluços. Uma das enfermeiras ficara com ela para se certificar de que estava bem, depois teve de sair para atender uma urgência noutro quarto. Desde então, Denise ficara sozinha.

Fixava o ponteiro dos segundos do relógio.

Tique-taque.

Ninguém sabia o que se estava a passar. Antes de se ter ido embora, Denise pedira à enfermeira para telefonar à polícia para saber se havia notícias. Tinha-lhe implorado, mas a enfermeira recusou gentilmente. Disse-lhe, por seu turno, que se soubessem de alguma coisa, informá-la-iam. Até lá, a melhor coisa que podia fazer era acalmar-se, descontrair-se.

Descontrair-se.

Estavam todos doidos?

Ele ainda andava perdido mas Denise sabia que ele estava vivo. Tinha de estar. Se Kyle tivesse morrido, ela sabê-lo-ia. Ela senti-lo-ia no mais fundo do seu ser, e esse sentimento seria tangível, como se tivesse sido atingida no estômago por um murro. Talvez entre eles houvesse uma ligação especial, talvez todas as mães a partilhassem com os filhos. Talvez fosse por Kyle não ser capaz de falar, e ela tivesse de confiar no seu próprio instinto quando cuidava dele. Não tinha bem a certeza. Mas o seu coração acreditava que saberia, e o seu coração continuava em silêncio.

Kyle ainda estava vivo.

Oh por favor, Deus, faz com que assim seja.

Tique-taque.

* * *

Judy McAden não bateu à porta. Entreabriu-a ligeiramente, verificando que a luz da cabeceira estava apagada. Um pequeno candeeiro dava uma iluminação fraca num canto do quarto quando Judy entrou. Não sabia se Denise estava ou não a dormir mas não queria acordá-la se assim fosse. No momento em que Judy fechava a porta, Denise voltou a cabeça hesitante, observando-a.

Mesmo naquela semiescuridão, quando Judy se voltou e viu Denise na cama, ficou petrificada. Foi uma das poucas vezes na sua vida em que não soube o que dizer.

Conhecia Denise Holton.

De imediato, apesar da ligadura em volta da cabeça, apesar das escoriações no rosto, apesar de tudo, Judy identificou Denise como a jovem mulher que costumava usar os computadores da biblioteca. Aquela que levava o rapazinho engraçado que gostava de livros sobre aviões...

Oh, não... o rapazinho engraçado...

Denise, por seu lado, não fez a associação enquanto mirava, com os olhos semicerrados, a senhora que estava em pé à sua frente. As suas ideias ainda estavam nebulosas. Uma enfermeira? Não, não estava vestida a preceito. A polícia? Não, demasiado idosa. Fosse como fosse, aquela cara era-lhe familiar...

— Conheço-a? — conseguiu finalmente articular.

Judy, caindo por fim em si, encaminhou-se para a cama. Falou suavemente:

— Mais ou menos. Tenho-a visto na biblioteca. Trabalho lá.

Os olhos de Denise estavam semiabertos. A *biblioteca?* O quarto começou a rodopiar outra vez.

— O que é que está a fazer aqui? — As palavras saíam-lhe indistintas, os sons misturando-se.

De facto, o que estava ela ali a fazer? Não pôde Judy deixar de pensar.

Ajustou a alça da carteira com nervosismo.

— Ouvi dizer que o seu filho se tinha perdido. O meu filho é um dos que anda à procura dele neste preciso momento.

Enquanto falava, pelos olhos de Denise passou um misto de esperança e de medo, e a sua expressão pareceu iluminar-se. Interrompeu-a com uma pergunta, mas desta vez as palavras saíram-lhe mais nítidas do que antes.

— Sabe de alguma coisa?

A pergunta era imprevista, todavia Judy percebeu que já devia estar à espera de uma pergunta daquelas. Que outro motivo a levaria a ter ido vê-la?

Judy abanou a cabeça.

— Não, nada. Lamento muito.

Denise apertou os lábios, permanecendo em silêncio. Parecia estar a avaliar a resposta antes de, finalmente, se voltar.

— Gostava de ficar sozinha — replicou Denise.

Ainda sem saber o que fazer (*Por que diabo é que eu cá vim? Ela nem sequer me conhece*) Judy disse-lhe a única coisa que ela teria querido ouvir, a única coisa em que podia pensar em dizer.

— Eles vão encontrá-lo, Denise.

A princípio, Judy não achou que ela a tivesse ouvido, mas depois viu-lhe o queixo a tremer e no momento seguinte as lágrimas transbordavam dos seus olhos. Denise não fazia qualquer ruído. Parecia reprimir as suas emoções como se não quisesse que ninguém a visse naquele estado, o que era pior. Embora não soubesse como Denise iria reagir, Judy, num impulso maternal, aproximou-se fazendo uma breve pausa ao pé da cama antes de se sentar. Parecia que Denise não tinha reparado. Judy olhava-a em silêncio.

Em que é que eu estava a pensar? Que podia ajudar? Que diabo posso eu fazer? Talvez não devesse ter vindo... Ela não precisa de mim aqui. Se me voltar a pedir, vou-me embora...

Os seus pensamentos foram interrompidos por um sussurro quase inaudível.

— Mas, e se não conseguirem?

Judy pegou-lhe na mão e apertou-lha.

— Vão conseguir.

Denise deu um suspiro longo e irregular, como se tentasse reunir forças de uma qualquer origem insuspeita. Voltou lentamente a cabeça e encarou Judy com os olhos vermelhos e inchados.

— Nem sequer sei se ainda andam à procura dele...

Assim tão perto, Judy deu-se conta das parecenças entre ela e a mãe, ou melhor, da aparência da mãe. Podiam ter sido irmãs, e perguntou-se por que não fizera a associação na biblioteca. No entanto, este pensamento foi rapidamente substituído à medida que as palavras de Denise iam saindo. Sem ter a certeza de que ouvira correctamente, franziu as sobrancelhas.

— O quê? Quer dizer que não a informaram do que se está a passar?

Se bem que Denise estivesse a olhar para ela, parecia-lhe que estava muito longe, perdida numa espécie de aturdimento apático.

— Não soube mais nada desde que me enfiaram na ambulância.

— Nada? — exclamou ela finalmente, chocada pela negligência de não a manterem informada.

Denise abanou a cabeça.

Num abrir e fechar de olhos, Judy tentou vislumbrar um telefone e pôs-se em pé, ganhando de novo a autoconfiança ao reconhecer que havia alguma coisa que ela *podia* fazer. Devia ter sido por isto que ela sentira uma necessidade imperiosa de vir. *Não dizer nada à mãe? Completamente inaceitável. Não só isso, como também... cruel. Distracção, seguramente, mas não deixava de ser cruel.*

Judy sentou-se na cadeira perto da mesinha ao canto do quarto e pegou no auscultador. Depois de discar rapidamente um número, entrou em contacto com o departamento da polícia de Edenton. Os olhos de Denise arregalaram-se quando percebeu o que Judy estava a fazer.

— Daqui fala Judy McAden e estou com Denise Holton no hospital. Estou a telefonar para saber como estão a correr as buscas... Não... não... Sei que estão muito atarefados mas preciso falar com Mike Harris... Bom, diga-lhe que atenda. Diga-lhe que é a Judy que está ao telefone. É muito importante.

Pôs a mão no bocal e dirigiu-se a Denise.

— Conheço o Mike há anos, é o comandante. Talvez ele saiba de alguma coisa.

Houve um clique na linha, e ela ouviu-o atender do outro lado.

— Olá, Mike... Não, estou bem, mas não é por isso que estou a falar. Estou aqui com Denise Holton, aquela cujo filho está perdido no pântano. Estou no hospital, e parece que ninguém a informou do que se está a passar... Sei que é uma barafunda, mas ela tem de saber o que se passa... Compreendo... hm-hm... oh, está bem, obrigada.

Depois de desligar, abanou a cabeça e confidenciou a Denise, enquanto marcava outro número de telefone:

— Não sabe de nada, e depois não são os homens dele que comandam as buscas porque já é fora dos limites do distrito. Vou tentar falar para o quartel dos bombeiros.

Passou pelos mesmos preliminares antes de conseguir falar com algum responsável. Em seguida, após pouco mais ou menos um minuto, o seu tom tornou-se como o sermão de uma mãe:

— Compreendo... bom, podes contactar com alguém que lá esteja... pela rádio? Tenho aqui uma mãe que tem todo o direito de saber o que se está a passar e nem quero acreditar que não a tenham mantido informada. O que é que fazias se a Linda aqui estivesse e fosse o Tommy a estar perdido?... Não me interessa que haja muita confusão. Não há desculpa. Nem posso acreditar que tenham descuidado uma coisa destas... Não, prefiro não voltar a telefonar. Por que não os contactas enquanto eu espero... Joe, ela precisa de saber agora. Não sabe de nada há horas... Está bem, então...

Olhou para Denise:

— Estou à espera. Está a falar para lá pela rádio. Dentro de minutos, ficamos a saber. Como é que se está a aguentar?

Denise sorriu pela primeira vez desde há horas.

— Obrigada — respondeu ela fraca.

Passou-se um minuto, depois outro, antes que Judy voltasse a falar.

— Sim, ainda aqui estou...

Judy ficou em silêncio enquanto ouvia o relato, no entanto e apesar de tudo, Denise sentiu renascer em si a esperança. *Talvez... Por favor...* Observava Judy à procura de sinais exteriores dos seus sentimentos. À medida que o silêncio se prolongava, a boca de Judy transformou-se numa linha recta. Falou finalmente para o bocal:

— Oh, compreendo... Obrigada, Joe. Telefona para aqui se souberes de alguma coisa, seja o que for... Sim, o hospital em Elizabeth City. E nós voltamos a ligar dentro em breve.

Enquanto a observava, Denise sentiu um nó subir-lhe à garganta e de novo voltarem as náuseas.

Kyle ainda estava perdido.

Judy desligou o telefone e regressou à cama.

— Ainda não o encontraram, mas continuam à procura. Uma enorme quantidade de gente da cidade apareceu por lá, portanto há mais pessoas do que havia antes. O tempo melhorou um pouco e pensam que Kyle se dirigiu para sudeste. Foram nessa direcção há cerca de uma hora.

Denise mal a ouvia.

* * *

Era quase 1h 30 da manhã.

A temperatura, inicialmente à volta dos dezoito graus centígrados, rondava agora os doze graus e eles tinham caminhado em grupo por mais de uma hora. Um vento norte frio fazia baixar rapidamente a temperatura, e os batedores começaram a aperceber-se de que se esperavam encontrar o rapazinho com vida, era necessário fazê-lo nas duas horas seguintes.

Tinham alcançado uma zona do pântano um pouco menos densa onde as árvores cresciam mais isoladas umas das outras e as vinhas e os arbustos não os esfolavam a cada passo. Aqui havia a possibilidade de procurar mais rapidamente, e Taylor conseguia ver três homens, ou melhor, as suas lanternas, nas respectivas direcções. Nada era descuidado.

Taylor já antes havia caçado neste recanto do pântano. Porque o terreno se elevava ligeiramente, o solo estava habitualmente seco e os veados afluíam a esta área. Mais ou menos a cerca de setecentos e cinquenta metros, a elevação descia outra vez para ficar ao nível dos lençóis de água e chegariam a uma zona do pântano conhecida como Duck Shot. Durante a época da caça podiam ver-se os homens nas dúzias de chamarizes de patos que se espalhavam naquela área. A água era pouca profunda ao longo do ano inteiro e as caçadas eram sempre boas.

Era, simultaneamente, o lugar mais longínquo até onde Kyle se poderia ter deslocado.

Naturalmente, se fossem na direcção certa.

CAPÍTULO 7

Eram já 2h 26 da madrugada. Kyle andava perdido há quase cinco horas e meia.

Judy humedeceu uma toalha, trouxe-a para junto de Denise e limpou-lhe suavemente o rosto. Denise pouco falara, e Judy não a pressionou. Denise parecia em estado de choque: pálida e exausta, os olhos vermelhos e vítreos. Judy tinha telefonado de novo e informaram-na de que ainda não havia novidades. Desta vez parecia que Denise já esperava esta resposta e praticamente não reagira.

— Quer que lhe vá buscar um copo de água? — quis saber Judy.

Como Denise não se manifestasse, Judy levantou-se da cama e foi, em todo o caso, buscar-lho. Quando voltou, Denise tentava sentar-se para beber um golo, contudo o acidente tinha começado a apresentar os seus efeitos no resto do corpo. Uma dor lancinante percorreu-lhe o braço, do pulso ao ombro, como uma onda eléctrica. O estômago e o peito doíam-lhe como se lhe tivessem colocado um peso em cima durante muito tempo e agora lho tivessem retirado, voltando lentamente a senti-los, como um balão que se enchesse penosamente. O pescoço estava rígido como se uma vara de aço tivesse sido colocada na espinha e a impedisse de mexer a cabeça para a frente e para trás.

— Vá, deixe-me ajudá-la — ofereceu-se Judy.

Judy pôs o copo em cima da mesa e ajudou Denise a sentar-se. Denise estremeceu e susteve a respiração comprimindo os lábios à medida que as dores a percorriam como ondas e depois relaxou quando finalmente começaram a desaparecer. Judy passou-lhe a água.

Enquanto Denise bebia um golo, olhou de relance para o relógio mais uma vez. E mais uma vez os ponteiros avançavam inexoravelmente.

Quando é que eles o encontram?

Examinando a expressão de Denise, Judy perguntou-lhe:

— Quer que chame uma enfermeira?

Denise não respondeu.

Judy fechou a sua mão na dela. — Quer que me vá embora para poder descansar?

Denise voltou o rosto do relógio para Judy e continuou a ver uma cara estranha... mas uma desconhecida simpática, alguém que se preocupava. Alguém com olhos bondosos, fazendo-lhe lembrar a sua vizinha mais idosa de Atlanta.

Só quero o Kyle...

— Acho que não consigo dormir — confessou ela por fim.

Denise acabou a água, e Judy tirou-lhe o copo.

— Qual é o seu nome? — indagou Denise. A pronúncia indistinta tinha-se atenuado, mas a exaustão fazia-a falar debilmente. — Ouvi-o quando fez os telefonemas, mas não me consigo lembrar.

Judy colocou o copo na mesa e em seguida auxiliou Denise a assumir uma posição mais confortável.

— Chamo-me Judy McAden. Acho que me esqueci de me apresentar quando cheguei.

— E trabalha na biblioteca?

Ela assentiu.

— Tenho-a visto com o seu filho várias vezes.

— Foi por isso que...? — quis saber Denise, emudecendo.

— Não, na realidade, vim porque conheci a sua mãe quando era nova. Ela e eu éramos amigas. Quando ouvi dizer que estava em apuros... bem, não quis que pensasse que estava sozinha nesta situação.

Denise semicerrou os olhos, tentando concentrar-se em Judy como se fosse a primeira vez que a via.

— A minha mãe?

Judy acenou com a cabeça.

— Ela vivia a pouca distância da minha casa. Crescemos juntas.

Denise tentou recordar-se se a mãe lhe tinha falado dela, todavia a capacidade de concentração no passado era como tentar decifrar uma imagem distorcida numa televisão avariada. Fosse como fosse, não conseguia lembrar-se. Enquanto tentava, o telefone tocou.

Sobressaltaram-se ambas e voltaram-se para o aparelho, o som era estridente e simultaneamente sinistro.

* * *

Alguns minutos antes, Taylor e os outros tinham chegado a Duck Shot. Aqui, a dois quilómetros e pouco do local onde se dera o acidente, a água pantanosa começava a ser mais funda. Kyle não podia ter ido mais além, contudo não tinham encontrado nada.

Um a um, depois de alcançarem Duck Shot, o grupo começou a reunir-se e quando os *walkie-talkies* se faziam ouvir, havia mais do que algumas vozes desapontadas.

Taylor, no entanto, não entrou em contacto. Continuava à procura, tentando colocar-se na pele de Kyle, repetindo as mesmas perguntas que antes se fizera. Kyle teria vindo nesta direcção? Uma vez e outra chegava à mesma conclusão. Só com o vento ele se teria encaminhado para ali. Não havia de ter querido andar contra o vento e, ao seguir nesta direcção, deixava os relâmpagos atrás de si.

Raios! Ele tinha que ter vindo nesta direcção. Só podia ser.

Mas onde estava ele?

Não lhes podia ter escapado, podia? Antes de terem começado, Taylor tinha-lhes recordado que verificassem todos os lugares possíveis e imaginários ao longo do percurso, árvores, arbustos, cepos, troncos caídos, qualquer lugar onde uma criança se pudesse esconder da tempestade... e tinha a certeza de que o tinham feito. Todos se preocupavam como ele.

Então onde estava ele?

Subitamente, desejou ter uns óculos de infravermelhos, algo que tivesse tornado a escuridão menos incapacitante e lhes permitisse localizar o garoto através do calor do corpo. Ainda que esse equipamento estivesse disponível comercialmente, não conhecia ninguém que tivesse esse tipo de acessórios. Subentendendo-se que o quartel dos bombeiros não tinha nada disso; nem sequer se podiam dar ao luxo de ter uma corporação permanente, quanto mais uma coisa de tão alta tecnologia. Todavia, os orçamentos apertados eram uma característica comum na vida duma cidade pequena.

Mas a Guarda Nacional...

Taylor tinha a certeza que eles tinham o equipamento necessário, mas não eram agora uma opção. Levaria demasiado tempo a reunir uma unidade para ali. E pedir emprestado um conjunto desses aparelhos à Guarda Nacional não era realista; o empregado do armazém de fornecimento precisaria da autorização do seu superior, que, por sua vez, precisaria da de outrém, que exigiria o preenchimento de formulários, blá, blá, blá. E, se por milagre, o pedido fosse concedido, o depósito mais próximo ficava a duas horas de caminho. Que diabo! Não tardaria a amanhecer.

Pensa!

Os relâmpagos brilharam outra vez, sobressaltando-o. A última série de relâmpagos tinha ocorrido há algum tempo atrás, e para além da chuva, ele pensava que o pior já tinha passado.

Todavia, no momento em que o céu se iluminou, ele viu-a à distância... rectangular, de madeira e coberto de folhagem. Uma das muitas armadilhas para os patos.

A sua mente começou a raciocinar a toda a velocidade... chamarizes de patos... pareciam mesmo uma casa de brincar para crianças, com espaço suficiente para as abrigar da chuva. Kyle teria visto um?

Não, demasiado fácil... não podia ser... mas...

Apesar do que pensava, a adrenalina começou a percorrer-lhe o corpo. Fez o possível para se manter calmo.

Talvez... era apenas isso. Apenas um grande «talvez».

No entanto, agora o «talvez» era tudo quanto lhe restava e correu para a primeira armadilha que viu. As suas botas afundavam-se na lama, fazendo um ruído de sucção à medida que ele se debatia na abundante terra amolecida. Uns segundos depois alcançava a armadilha; não tinha sido utilizada desde o último Outono e estava coberta de vinhas e de moitas que entretanto tinham crescido. Abriu caminho por entre as vinhas e meteu a cabeça lá dentro. Movendo a lanterna pelo interior da armadilha, quase esperou ver um rapazinho escondido da tempestade.

Mas tudo o que viu foi madeira apodrecida.

Enquanto recuava, mais uma série de relâmpagos iluminou o céu, e Taylor vislumbrou mais outra armadilha, não a mais de quarenta e cinco metros. Não estava tão escondida como a que ele acabara de esquadrinhar. Taylor afastou-se, correndo, acreditando...

Se eu fosse um miúdo e tivesse vindo para tão longe e visse o que se parecia com uma casinha pequena...

Alcançou a segunda armadilha, examinou-a rapidamente e não encontrou nada. Soltou uma imprecação, com um sentimento mais agudo de pressa. Afastou-se outra vez, dirigindo-se ao chamariz mais próximo sem saber exactamente onde o podia encontrar. Sabia, por experiência, que não estaria a mais de noventa metros de distância, perto da linha de água.

E tinha razão.

Ofegante, debateu-se contra a chuva, o vento e, principalmente, contra a lama, pressentindo no mais íntimo do seu ser que tinha de estar certo em relação às armadilhas. Se Kyle não estivesse nesta, chamaria os outros através dos *walkie-talkies* e fá-los-ia procurar em todas as armadilhas da zona.

Desta vez, ao aproximar-se do chamariz, pisou com força a vegetação. Ao deslocar-se para um lado, encheu-se de coragem para enfrentar o facto de nada encontrar. Apontando a lanterna para o interior, quase perdeu o fôlego.

Um rapazinho, sentado num canto, enlameado, arranhado e sujo... mas, de contrário, parecendo estar bem.

Taylor pestanejou, pensando tratar-se de uma miragem, todavia, quando abriu os olhos de novo, o rapazinho ainda lá estava, a camisa com o rato Mickey e tudo.

Taylor ficou demasiado estupefacto para falar. Apesar de todas as horas ali passadas, o desfecho pareceu surgir rapidamente.

Em silêncio, alguns segundos no máximo, Kyle olhou para cima, para ele, para o homem grande com uma comprida gabardina amarela, com uma expressão de surpresa no rosto, como se tivesse sido apanhado a fazer alguma malandrice.

— Oá — exclamou Kyle exuberante, e Taylor riu se alto.

Largos sorrisos espalharam-se de imediato em ambas as faces. Taylor ajoelhou-se, e o rapazinho trepou para os pés dele e em seguida para os braços. Estava com frio e molhado, a tremer, e quando Taylor sentiu aqueles bracinhos à volta do pescoço, vieram-lhe as lágrimas aos olhos.

— Ora viva, meu rapaz. Acho que deves ser o Kyle.

CAPÍTULO 8

— Ele está bem, malta... repito, ele está bem. Tenho o Kyle comigo neste momento.

Com estas palavras ditas através do *walkie-talkie*, um brado de excitação cresceu entre os batedores que passaram palavra ao quartel, de onde Joe telefonou para o hospital.

Eram 2h 31 da madrugada.

Judy retirou o telefone de cima da mesa e depois sentou-se na cama para que Denise pudesse atender. Mal respirava quando pegou no auscultador. Logo de seguida, levou a mão à boca para abafar um grito. O seu sorriso, tão sincero e emotivo, era contagioso e Judy teve de se controlar para não se pôr aos pulos.

As perguntas que Denise fazia eram sintomáticas.

— Ele está mesmo bem?... Onde é que o encontraram?... Tem a certeza de que não está ferido?... Quando é que o posso ver?... Porquê tanto tempo?... Ah, sim compreendo. Mas tem a certeza?... Obrigada. Muito obrigada a todos... Nem acredito!

Quando desligou o telefone, Denise sentou-se, desta vez sem ajuda, e instintivamente abraçou Judy enquanto lhe contava os pormenores.

— Vão trazê-lo para o hospital... está com frio e molhado e querem que venha apenas por precaução, para terem a certeza de que está tudo bem. Deve chegar dentro de uma hora mais ou menos... Nem acredito!

A excitação trouxe-lhe tonturas, todavia desta vez Denise pouco se importou com isso.

Kyle estava a salvo. Era isso o que mais importava agora.

* * *

De regresso ao pântano, Taylor tinha despido a gabardina e embrulhara Kyle com ela para o manter quente. Em seguida, afastando-se da armadilha, encontrou-se com os outros e, em Duck Shot, esperaram o tempo suficiente para se certificarem de que todos os homens estavam presentes. Uma vez reunidos, voltaram em grupo, desta vez numa formação única.

As cinco horas de buscas tinham desgastado Taylor e transportar Kyle foi um sacrifício. O garoto pesava, pelo menos, vinte quilos, e aquele peso fazia-lhe doer o braço, bem como o enterrava mais na lama. Quando chegaram à estrada, ele estava morto de cansaço. Como as mulheres conseguiam andar com os filhos ao colo enquanto faziam as compras no centro comercial, estava para além do seu entendimento.

Uma ambulância aguardava-os. A princípio, Kyle não queria largar Taylor, mas este falou-lhe com meiguice e conseguiu persuadi-lo a ir para o chão a fim de ser observado pelo paramédico. Sentado na ambulância, Taylor não queria mais que um bom duche quente, mas como Kyle parecia à beira do pânico cada vez que Taylor se afastava, decidiu acompanhá-lo ao hospital. O sargento Huddle seguia à frente no seu carro patrulha, e os outros batedores tomaram o rumo de casa.

Aquela longa noite tinha, por fim, terminado.

* * *

Chegaram ao hospital um pouco depois das 3h 30 da madrugada. Por essa altura, a sala de urgências estava mais calma e quase todos os pacientes haviam sido observados. Os médicos tinham sido informados da chegada iminente de Kyle e estavam à sua espera. Também Denise e Judy o esperavam.

A enfermeira de serviço ficara perplexa quando Judy, a meio da noite, se tinha encaminhado para o seu gabinete a fim de lhe pedir uma cadeira de rodas para transportar Denise Holton.

— O que é que está aqui a fazer? Não sabe que horas são? A hora das visitas já acabou...

Judy ignorou, pura e simplesmente, as perguntas e repetiu o pedido. Era preciso um pouquinho de lisonja, mas não muito.
— Encontraram o filho dela e vão trazê-lo para cá. Ela quer vê-lo quando chegar.
A enfermeira decidiu-se e satisfez-lhe o pedido.

* * *

A ambulância chegou uns minutos antes da hora prevista e a porta de trás escancarou-se. Kyle foi transportado numa cadeira de rodas enquanto Denise se esforçava por se pôr em pé. Uma vez no interior do hospital, o médico e as enfermeiras recuaram um pouco para que Kyle pudesse ver a mãe.
Na ambulância haviam-no despido e embrulhado em cobertores quentes para recuperar a temperatura do corpo. Embora a temperatura tivesse descido ao longo das últimas horas, ele não tinha corrido um risco real de hipotermia, e os cobertores tinham servido os objectivos. Kyle tinha o rosto rosado e mexia-se com facilidade. Em todos os aspectos, apresentava-se muito melhor que a mãe.
Denise alcançou a maca, inclinando-se para que Kyle a pudesse ver, e ele pôs-se de pé num salto. Trepou para os seus braços e abraçaram-se com força.
— Olá, mamã — disse ele finalmente. (*Oá, mã*)
Denise riu-se e o mesmo fizeram o médico e as enfermeiras.
— Olá, doçura — cumprimentou ela, sussurrando aos ouvidos dele com os olhos bem fechados. — Estás bem?
Kyle não respondeu, todavia isso foi o que menos interessou a Denise desta vez.

* * *

Denise acompanhou Kyle, dando-lhe a mão enquanto a maca era conduzida para o gabinete médico. Judy manteve-se afastada durante o exame, vendo-os a trabalhar, sem querer interromper. Quando se foram embora, suspirou, dando-se conta, de repente, de quão cansada estava. Há anos que não estava acordada até tão tarde.

No entanto, tinha valido a pena; não havia nada como uma emoção forte para pôr a funcionar a velha bomba. Mais umas noites como esta e estava pronta para a maratona.

Saiu da sala de urgências na altura em que a ambulância se afastava e começou a procurar as chaves no bolso. Ao levantar os olhos, viu Taylor a conversar com Carl Huddle junto do carro patrulha e deu um suspiro de alívio. Taylor viu-a também ao mesmo tempo, certo de que os olhos lhe pregavam uma partida. Observou-a com curiosidade e encaminhou-se na sua direcção.

— Mãe, o que é que está a fazer aqui? — Espantou-se, incrédulo.

— Só vim passar a noite com a Denise Holton. Sabes, a mãe da criança? Achei que podia precisar de apoio.

— E sem mais nem menos, decidiu vir até cá? Sem mesmo a conhecer?

Abraçaram-se os dois. — Naturalmente.

Taylor sentiu uma onda de orgulho. A mãe era uma mulher e peras. Judy afastou-se, por fim, dando-lhe uma vista de olhos.

— Estás com um aspecto horrível, filho.

Taylor riu-se. — Obrigado pelo voto de confiança. Contudo, sinto-me bastante bem.

— Aposto que sim. E deves. Esta noite levaste a cabo uma façanha maravilhosa.

Fez um sorriso breve antes de ficar sério outra vez. — Então como é que ela estava? — quis ele saber. — Quero dizer, antes de o encontrarmos.

Judy encolheu os ombros. — Perturbada, perdida, aterrorizada... escolhe tu o adjectivo. Passou um mau bocado esta noite.

Olhou-a matreiro. — Ouvi dizer que deste um raspanete ao Joe.

— E voltava a fazê-lo. O que é que vocês pensam?

Taylor levantou os braços como se se defendesse. — Ei, não me culpe. Não sou o chefe e, para além disso, ele estava tão preocupado quanto nós. Acredite em mim.

Ela pôs-se na ponta dos pés e afastou o cabelo dos olhos de Taylor. — Aposto que estás exausto.

— Um bocado. Nada que umas horas de sono não possam remediar. Posso acompanhá-la ao carro?

Judy deu o braço ao filho e encaminharam-se para o parque de estacionamento. Após alguns passos olhou-o de soslaio.

— És um rapaz tão simpático. Como é que ainda não te casaste?

— A sogra preocupa-me.

— Hã?

— Não a minha sogra, mãe. A da minha mulher.

Judy tirou, brincalhona, o seu braço do do filho.

— Retiro tudo o que acabei de dizer.

Taylor riu à socapa enquanto a alcançava de novo. — Estava a brincar. Sabe que a adoro.

— É melhor para ti!

Quando chegaram ao carro, Taylor pegou nas chaves e abriu a porta. Já atrás do volante, ele inclinou-se para ficar à mesma altura da janela aberta. — Tem a certeza de que não está demasiado cansada para conduzir? — perguntou.

— Não, estou bem. Também não é assim tão longe. A propósito, onde está o teu carro?

— Ficou lá na estrada. Vim com o Kyle na ambulância. O Carl vai lá pôr-me.

Judy assentiu enquanto girava a chave na ignição, ouvindo-se o motor a trabalhar de imediato.

— Tenho muito orgulho em ti, Taylor.

— Obrigado, mãe. Também eu me orgulho de si.

CAPÍTULO 9

O dia seguinte amanheceu com nuvens e com alguns aguaceiros, embora a tempestade já tivesse sido arrastada para o mar. Os jornais traziam a cobertura dos acontecimentos da noite anterior com os cabeçalhos concentrando-se num tornado perto de Maysville, que tinha destruído parte de um parque de caravanas, matando quatro pessoas e deixando sete feridos. Nenhuma notícia sobre as buscas bem sucedidas a Kyle Holton. O facto de ter estado perdido era do completo desconhecimento dos repórteres até ao dia seguinte, muitas horas depois de ter sido encontrado. Este sucesso fora, nas suas palavras, um não-acontecimento, principalmente em comparação com as ondas sucessivas de notícias que chegavam do Leste do estado.

Denise e Kyle ainda estavam hospitalizados e tinham recebido autorização para dormirem no mesmo quarto. Era obrigatório, para ambos, que ali passassem a noite (ou melhor, o que dela restava), e embora Kyle pudesse ter tido alta na tarde do dia seguinte, os médicos não deixaram Denise sair a fim de ficar em observação mais um dia.

O barulho no hospital não permitia dormir até tarde e, após mais um exame a ambos pelo médico de serviço, Denise e Kyle passaram a manhã a ver desenhos animados. Estavam os dois na cama, encostados às almofadas, vestindo a roupa do hospital. Kyle estava a ver o *Scooby-Doo*, os seus desenhos animados preferidos. Também tinham sido os favoritos de Denise em criança. Só lhes faltavam as pipocas, mas este simples pensamento deu a volta ao estômago dela. Apesar de as tonturas se terem atenuado, as luzes intensas ainda lhe feriam os olhos e tinha dificuldade em reter a comida no estômago.

— Está a correr — afirmou Kyle apontando para o ecrã e vendo as pernas do Scooby transformarem-se em círculos. (*Tá corrê.*)

— Sim, está a fugir do fantasma. És capaz de repetir?

— A fugir do fantasma — repetiu ele. (*Fugi o fatáma.*)

Ela tinha o braço em redor dele e deu-lhe umas palmadinhas no ombro. — Ontem à noite também fugiste?

Kyle assentiu, os olhos fixos no ecrã. — Sim, *figiu*.

Ela olhou-o com ternura. — Tiveste medo ontem à noite?

— Sim, ele teve medo. (*Sim, ele medo.*)

Apesar de o seu tom se ter alterado ligeiramente, Denise não sabia se ele estava a falar de si próprio ou do Scooby-Doo. Kyle não compreendia a diferença entre os pronomes (eu, tu, me, ele, ela e por aí fora) nem utilizava os tempos verbais correctamente. Correndo, correu, corre... tudo tinha o mesmo significado, pelo menos tanto quanto ela se podia aperceber. O conceito de tempo (ontem, amanhã, a noite passada) também estava para além da sua compreensão.

Não era a primeira vez que ela tentava falar com ele sobre aquela experiência. Já antes tinha tentado conversar com ele acerca disso, mas não fora muito longe. Por que é que fugiste? Em que é que estavas a pensar? O que é que viste? Onde é que foste encontrado? Kyle não respondera a nenhuma das suas perguntas, nem ela estava à espera disso, fosse como fosse, quis experimentar. Talvez um dia lhe pudesse contar. Um dia, quando pudesse falar, talvez fosse capaz de se lembrar do passado e explicar-lhe o que acontecera. «Sim, mamã, lembro-me...» Até lá, todavia, tudo seria um mistério.

Até lá.

Parecia uma eternidade.

Com um pequeno empurrão, a porta rangeu ao abrir-se.

— Truz, truz.

Denise voltou-se para a porta, e Judy McAden espreitou.

— Espero não vir em má altura. Telefonei para cá e disseram-me que ambos estavam acordados.

Denise endireitou-se, tentando esticar os vincos do fato do hospital. — Não, claro que não. Estamos a ver televisão. Entre.

— Tem a certeza?

— Faça o favor. Só consigo assistir a tantas horas de desenhos animados se fizer um intervalo.

Com o comando à distância baixou um pouco o volume do som.

Judy encaminhou-se para a cama. — Bem, só quis passar por cá para conhecer o seu filho. É o tema de conversa na cidade. Recebi cerca de vinte telefonemas hoje de manhã.

Denise pôs a cabeça de lado, olhando orgulhosa para o filho.

— Aqui está ele, o pequeno terrorista. Kyle, diz olá a Miss Judy.

— Olá, Miss Judy — sussurrou ele. (*Oá, Miss Juí.*) Não tirara os olhos do ecrã.

Judy puxou uma cadeira e sentou-se junto à cama. Deu-lhe umas palmadinhas na perna.

— Olá, Kyle. Como estás? Ouvi dizer que tiveste uma grande aventura ontem à noite. A tua mãe estava deveras preocupada.

Após um momento de silêncio, Denise encorajou o filho. — Kyle, diz: «Sim, é verdade.»

— Sim, é verdade. (*Sim, é vedá.*)

Judy olhou para Denise. — Parece-se mesmo consigo.

— Foi por isso que o comprei — afirmou ela rapidamente e Judy riu-se.

Judy voltou a centrar a sua atenção em Kyle.

— A tua mãe é bem-humorada, hã?

Kyle não respondeu.

— O Kyle ainda não fala bem — esclareceu Denise calmamente. — Está atrasado na fala.

Judy acenou com a cabeça, depois inclinou-se um pouco para a frente, como se dissesse um segredo a Kyle.

— Oh, não faz mal, pois não Kyle? Seja como for, não sou tão divertida como ver os desenhos animados. O que é que estás a ver?

Mais uma vez, não obteve resposta, e Denise bateu-lhe no ombro.

— Kyle, o que é que está a dar na televisão?

Sem a olhar, murmurou:

— O Scooby-Doo. (*Coody-Doo.*)

O rosto de Judy iluminou-se. — Oh, Taylor costumava ver isso quando era pequeno. — Depois articulando as palavras mais devagar: — É divertido?

Kyle assentiu com exuberância. — Sim, é divertido. (*Sim, é divetido.*)

Denise arregalou os olhos quando ele respondeu, depois enterneceu-se outra vez. *Deus seja louvado pelas pequenas graças...*

Judy voltou-se para Denise. — Nem acredito que ainda passem isto.

— Scooby? Passam-no duas vezes por dia — informou Denise. — Temos de o ver de manhã *e* à tarde.

— Sorte a sua.

— Sim, sorte a minha.

Denise revirou os olhos e Judy riu-se à socapa.

— Então, como é que os dois se estão a aguentar?

Denise endireitou-se um pouco mais na cama. — Bem, aqui o Kyle está perfeitamente. Pelo aspecto dele até parece que não aconteceu nada ontem à noite. Quanto a mim... bom, digamos que podia estar melhor.

— Vai ter alta em breve?

— Amanhã, espero. Assim o corpo ajude, claro.

— Se tiver de ficar, quem é que vai tomar conta do Kyle?

— Oh, fica aqui comigo. O hospital tem sido muito compreensivo nesse aspecto.

— Bom, se precisar de alguém para tomar conta dele, avise-me.

— Obrigada pela oferta — agradeceu ela, os olhos postos em Kyle de novo. — Mas acho que ambos ficaremos bem, não ficamos, Kyle? A mamã já esteve separada dele mais do que o suficiente por uns tempos.

Nos desenhos animados, o túmulo de uma múmia abriu-se subitamente, e Shaggy e Scooby desataram a correr outra vez com Velma no seu encalço. Kyle riu-se, não parecia ter ouvido a mãe.

— Além do mais, já fez mais do que devia — continuou Denise. — Desculpe não ter tido a oportunidade de lhe agradecer ontem à noite, mas... bem...

Judy levantou as mãos como se lhe recomendasse que não falasse.

— Oh, não se preocupe com isso. Fiquei contente por as coisas se terem resolvido da melhor maneira. O Carl já passou por cá?

— O Carl?

— É um militar. O de ontem à noite.

— Não, ainda não. Vai passar por cá?

Judy assentiu. — Foi o que ouvi dizer. Esta manhã o Taylor disse-me que ele ainda tinha de acabar umas quantas coisas.

— Taylor? É o seu filho, não é?

— O meu único filho.

Denise esforçava-se por se recordar da noite anterior. — Foi ele quem me encontrou, não é verdade?

Judy assentiu. — Andava a tentar ver que linhas eléctricas estavam derrubadas quando deparou com o seu carro.

— Acho que lhe devia agradecer, também.

— Eu digo-lhe. Mas não era ele o único nas buscas, sabe? Acabaram por reunir-se cerca de vinte pessoas. Pessoas de toda a cidade foram lá para ajudar.

Denise abanou a cabeça, espantada. — Mas eles nem sequer me conheciam.

— As pessoas têm uma forma especial de nos surpreender, não têm? Mas há muita gente boa por aqui. Na verdade, não fiquei nada admirada. Edenton é uma cidade pequena, mas tem um grande coração.

— Viveu sempre aqui?

Judy anuiu.

Denise murmurou com ar conspiratório: — Aposto que sabe praticamente tudo o que se passa cá.

Judy pôs a mão sobre o coração, como a Scarlett O'Hara, e arrastou as palavras:

— Minha querida, podia contar-lhe histórias que lhe punham os cabelos em pé.

Denise riu-se. — Talvez tenhamos a oportunidade de visitá-la um dia e então pôr-me-á a par.

Judy representou, por completo, o papel da bela e inocente sulista: — Mas isso seria bisbilhotice e a bisbilhotice é pecado.

— Bem sei. Mas eu sou fraca.

Judy piscou um olho. — Bom, também eu. Havemos de fazer isso. E já que falamos disto, vou contar-lhe como era a sua mãe em pequena.

* * *

Uma hora após o almoço, Carl Huddle encontrou-se com Denise e preencheu a papelada que faltava. Mais animada e muito mais lúcida que na véspera, Denise respondeu a tudo pormenorizadamente. Uma vez que o caso estava mais ou menos oficialmente encerrado, não levou mais de vinte minutos. Kyle estava sentado no chão a brincar com um avião que Denise descobrira na mala de mão. O sargento Huddle também lha devolvera.

Quando acabaram, o sargento Huddle dobrou os papéis e meteu-os num ficheiro, se bem que não se levantasse logo de seguida. Em vez disso, fechou os olhos abafando um bocejo com as costas da mão.

— Desculpe — pediu ele, tentando sacudir o entorpecimento que se tinha apoderado dele.

— Cansado? — inquiriu ela compreensiva.

— Um bocado. Tive uma noite recheada de peripécias.

Denise ajeitou-se melhor na cama. — Bom, estou satisfeita por ter cá vindo. Queria agradecer-lhe por tudo quanto fez a noite passada. Não pode imaginar o quanto isso significa para mim.

O sargento Huddle anuiu como se já se tivesse encontrado em situações semelhantes.

— Não precisa agradecer. É o meu trabalho. Para além do mais, também tenho uma filha e se fosse com ela, teria querido que toda a gente, num raio de setenta e cinco quilómetros, deixasse o que estava a fazer para me ajudar a encontrá-la. Ninguém teria conseguido arrastar-me dali ontem.

Pelo seu tom de voz, Denise não duvidou do que ele dizia.

— Então — perguntou ela —, tem uma menina?

— Sim, tenho. O aniversário dela foi na segunda-feira passada. Fez cinco. É uma boa idade.

— Todas as idades são boas, pelo menos foi o que aprendi. Como é que ela se chama?

— Campbell. Como a sopa. É o nome de solteira da Kim, a minha mulher.

É a sua única filha?

— Até agora. Mas dentro de uns meses, já não será.

— Oh, parabéns. Rapaz ou rapariga?

— Ainda não sabemos. Vai ser surpresa como foi com a Campbell.

Ela acenou com a cabeça fechando os olhos por uns instantes. O sargento Huddle bateu com o ficheiro na perna e levantou-se para se ir embora.

— Bom, tenho de ir andando. Com certeza que precisa de descansar — disse embora suspeitasse de que falava mais para si próprio do que para ela.

Denise endireitou-se mais na cama. — Bem... hm... antes de ir, posso fazer-lhe algumas perguntas sobre a noite passada? Com toda a confusão na altura e tudo o mais esta manhã, ainda não sei o que, de facto, aconteceu. Pelo menos, não de fonte segura.

— Claro. Pode perguntar.

— Como é que foram capazes... quero dizer, estava tão escuro e com a tempestade... — fez uma pausa tentando encontrar as palavras certas.

— Quer dizer, como é que o encontrámos? — sugeriu o sargento Huddle.

Ela assentiu.

Ele relanceou os olhos por Kyle que ainda continuava a brincar com o avião num canto.

— Bom, gostaria de dizer-lhe que foi tudo perícia e treino, mas não foi. Tivemos sorte. Uma sorte danada. Podia ter ficado por lá dias a fio; o pântano é tão denso. Durante um bom período de tempo não tínhamos ideia da direcção que ele tinha tomado, mas o Taylor a modos que pensou que o Kyle seguiria a favor do vento, de costas voltadas para os relâmpagos. Foi o que aconteceu, acertou em cheio.

Acenou com a cabeça em direcção a Kyle com o ar de um pai cujo filho tivesse feito o *home run* da vitória, depois continuou.

— Tem ali um rapaz dos tesos, Miss Holton. O facto de o Kyle estar bem, tem mais a ver com ele do que connosco, a maioria dos miúdos... bem, dos que conheço... teria ficado aterrorizada, mas o seu filho não. É espantoso.

Denise franzia o sobrolho enquanto pensava no que ele lhe tinha acabado de contar.

— Espere, foi Taylor McAden?

— Sim, o tipo que a encontrou. — Esfregou o queixo. — Na verdade, foi ele que os encontrou aos dois, se quer saber. Descobriu Kyle numa armadilha para os patos e ele já não o largou até chegarmos ao hospital. Agarrou-se a ele como uma lapa.

— Taylor McAden encontrou Kyle? Mas eu pensava que tinha sido o senhor.

O sargento Huddle pegou no boné que estava aos pés da cama.

— Não, não fui eu, mas pode apostar que não foi por não tentar. Só que parecia que Taylor estava especialmente sintonizado com o Kyle naquela noite, não me pergunte como.

O sargento Huddle parecia embrenhado em pensamentos. De onde estava deitada, Denise podia ver-lhe os papos debaixo dos olhos. Tinha um aspecto cansado, como se não quisesse senão estender-se numa cama.

— Bom... agradeço-lhe na mesma. Se não fosse o senhor, provavelmente Kyle não estaria aqui.

— Tudo bem. Adoro finais felizes e fico satisfeito por este ter sido um deles.

Depois de se despedir, o sargento Huddle esgueirou-se pela porta. Quando esta se fechou atrás dele, Denise olhou para o tecto sem na realidade estar a vê-lo.

Taylor McAden? Judy McAden?

Nem queria acreditar na coincidência, mas, mais uma vez, tudo o que ocorrera na noite anterior não tinha sido senão um mero acaso. A tempestade, o veado, o cinto apertado no colo e não no ombro (nunca antes tinha feito isto e não voltaria a fazê-lo, disso estava certa), Kyle vagueando pelo pântano enquanto Denise jazia inconsciente e incapaz de o impedir... Tudo.

Até mesmo os McAden.

Ela que viera dar-lhe apoio, ele que encontrara o seu carro. Ela que conhecera a mãe há tanto tempo atrás, e ele acabando por localizar Kyle.

Coincidência? Destino?

Qualquer outra coisa?

Ainda nessa mesma tarde, com a ajuda duma enfermeira e da lista telefónica, Denise escreveu cartas pessoais de agradecimento para Carl e para Judy, bem como uma carta para todos os envolvidos nas buscas (endereçada ao quartel dos bombeiros).

Por último, escreveu uma carta a Taylor e, enquanto o fazia, não pôde afastar o pensamento dele.

CAPÍTULO 10

Três dias após o acidente e a busca de Kyle Holton, levada a cabo com sucesso, Taylor McAden passava por debaixo do arco em marga que lhe servia de entrada e percorreu a distância até à pedra tumular do Cemitério de Cypress Park, o mais antigo de Edenton. Sabia exactamente para onde se dirigia e encurtou caminho através do relvado, avançando por entre as lápides. Algumas eram tão antigas que duzentos anos de chuvas tinham apagado quase todas as inscrições nelas gravadas, e recordava-se das vezes que parara para tentar decifrá-las. Era, como cedo percebeu, impossível.

Naquele dia, contudo, Taylor não lhes prestou muita atenção deslocando-se, com passadas regulares sob um céu coberto de nuvens, e parando somente quando se aproximou da sombra de um salgueiro gigantesco. Aqui, no lado oeste do cemitério, a sepultura que tinha vindo visitar situava-se a não mais de trinta centímetros. Era mais um bloco de granito com uma inscrição apenas na pedra vertical.

A relva estava muito crescida dos lados, mas estava bem cuidada. Mesmo em frente, num pequeno vaso, estava um ramo de cravos secos. Não teve de os contar para saber quantos eram, nem sequer se deitou a adivinhar quem os colocara lá.

A mãe deixara onze cravos, um por cada ano de casamento. Punha-os lá sempre em Maio, no dia do aniversário do seu casamento, como vinha fazendo ao longo dos últimos vinte e sete anos. Durante todo este tempo, ela nunca contara a Taylor que o pai se preparava para os deixar, e Taylor nunca falara desse assunto, embora dele tivesse conhecimento. Ficava satisfeito por deixá-la guardar o seu segredo e, assim sendo, também podia guardar o seu.

Ao contrário da mãe, Taylor não visitava a sepultura do pai no dia do aniversário do casamento dos pais. Esse era o dia reservado à mãe, o dia em que tinham jurado amor eterno, na presença da família e dos amigos. Taylor, por sua vez, visitava-a em Junho, no dia em que o pai falecera. Era um dia que ele jamais esqueceria.

Como habitualmente, trazia vestidos uns *jeans* e uma camisa de trabalho de mangas curtas. Tinha vindo directamente dum projecto em que estava a trabalhar, escapulindo-se durante o intervalo do almoço, e algumas partes da camisa colavam-se no peito e nas costas. Ninguém perguntou onde é que ele ia, e ele não se deu ao trabalho de lhes dizer. Ninguém tinha nada a ver com isso, era um assunto seu.

Taylor curvou-se e começou a arrancar as ervas mais altas, enrolando-as à volta da mão para as agarrar melhor e puxando-as de repente de modo a nivelá-las com a relva circundante. Não se apressou, tendo, assim, uma oportunidade de aclarar as ideias enquanto desbastava dos quatro lados. Quando acabou, passou o dedo pelo granito polido. As palavras eram simples:

Mason Thomas McAden
Pai e marido dedicado
1936-1972

Ano após ano, visita após visita, Taylor ia ficando mais velho; tinha agora a mesma idade que o pai tinha quando morreu. Tinha-se transformado de um rapazinho assustado no homem que era agora. No entanto, a lembrança que guardava do pai tinha acabado, abruptamente, naquele último e horrível dia. Por mais que tentasse, não conseguia imaginar qual seria o aspecto do pai se ainda fosse vivo. Para Taylor, o pai teria sempre trinta e seis anos. Nem mais velho nem mais novo, a memória selectiva tinha-se encarregado disso. Naturalmente, o mesmo acontecia com a fotografia.

Taylor fechou os olhos à espera que a imagem lhe surgisse no pensamento. Não precisava de andar com uma fotografia para saber exactamente como ele era. Ainda havia uma em cima da consola da lareira da sala de estar. Via-a todos os dias ao longo dos últimos vinte e sete anos.

A fotografia tinha sido tirada uma semana antes do acidente, numa manhã amena de Junho, mesmo em frente à casa. No retrato, o pai estava a descer do alpendre, com a cana de pesca na mão, a caminho do rio Chowan. Embora às escondidas, Taylor tinha seguido o pai, ainda em casa enquanto reunia o isco, porfiando em encontrar tudo o que precisava. A mãe tinha-se ocultado atrás do camião e, quando ela chamou por ele, Mason voltou-se, e, inesperadamente, ela tirou-lhe a fotografia. O rolo havia sido mandado revelar e, por esse motivo, não tinha sido destruído com os outros retratos. Judy só o foi buscar depois do funeral e tinha chorado enquanto olhava a fotografia, depois meteu-a na carteira. As outras pessoas não estranhavam (o pai deambular pelas ruas com o cabelo despenteado, uma nódoa na camisa que vestia) mas para Taylor isso resumia a própria natureza do pai. Era esse espírito indomável que definia o homem que ele era e a razão por que tinha afectado tanto a mãe. Era a sua expressão, o brilho dos olhos, a postura atrevida e, no entanto, profundamente alerta.

Um mês após a morte do pai, Taylor surripiara a fotografia da bolsa da mãe e adormecera com ela nas mãos. A mãe tinha entrado no quarto e deparara com o retrato preso nas suas mãozinhas pequenas, segurando-o com força entre os dedos dobrados e manchado pelas lágrimas. No dia seguinte, ela pegara no negativo e mandara fazer outra cópia; Taylor colara quatro pauzinhos de gelados num vidro sem préstimo e encaixou-lhe o retrato. Ao longo dos anos nunca pensara em trocar a moldura.

Trinta e seis.

O pai parecia tão novo na fotografia. O rosto era magro e jovial, nos olhos e na testa apenas se vislumbravam umas rugas ténues que nunca viriam a acentuar-se. Por que razão, então, parecia o pai muito mais velho do que Taylor se sentia neste momento? O pai tinha-se mostrado tão... sensato, tão seguro de si, tão corajoso. Aos olhos do filho de nove anos, ele era um homem de valor mítico, um homem que entendia a vida e que era capaz de explicar quase tudo. Seria isso devido a uma vida vivida mais intensamente? Teria a sua vida sido pautada por experiências mais profundas e mais excepcionais? Ou seria esta impressão apenas o produto dos sentimentos de um rapazinho pelo seu pai, incluindo os últimos momentos que passaram juntos?

Taylor não sabia, mas também nunca viria a saber. A resposta havia sido enterrada com o pai há muitos anos atrás.

Já mal se lembrava das semanas que se seguiram à sua morte. Todo aquele tempo se tinha transformado, estranhamente, numa série de recordações fragmentadas: o funeral, ficar com os avós, na casa deles, no outro extremo da cidade, pesadelos sufocantes quando tentava dormir. Era Verão, a escola tinha acabado, e Taylor passava a maior parte do tempo na rua, tentando apagar o que acontecera. A mãe vestiu-se de preto durante dois meses, chorando a perda sofrida. Depois, finalmente, pôs o preto de lado. Mudaram de casa, para uma mais pequena, e, se bem que nove anos de idade não compreendessem muito o que é a morte ou como lidar com ela, Taylor sabia exactamente o que a mãe queria transmitir-lhe.

Agora somos só os dois. Temos de andar para a frente.

Depois daquele Verão fatídico, Taylor deixava-se ir ao sabor da maré na escola, obtendo notas razoáveis mas não espectaculares, passando, porém, sempre de ano. Os outros achavam-no particularmente vivo e, em alguns aspectos, tinham razão. Com os cuidados e a força interior da mãe, a sua adolescência decorreu como a da maioria dos outros adolescentes que viviam nesta região. Ia acampar e andar de barco sempre que podia; jogava futebol, basquetebol e basebol, ao longo dos anos de estudante. No entanto, era considerado, sob muitos aspectos, um solitário. Mitch era, e sempre tinha sido, o seu melhor amigo, e no Verão iam, apenas os dois, caçar e pescar. Desapareciam uma semana seguida e chegavam a ir até à Geórgia. Embora Mitch agora já estivesse casado, continuavam a fazê-lo sempre que podiam.

Depois de acabar o liceu, Taylor preferiu trabalhar em vez de ir para a faculdade, levantando paredes e aprendendo o ofício de carpinteiro. Foi aprendiz de um alcoólico, um homem amargo cuja mulher o abandonara e que se preocupava mais com o dinheiro que podia ganhar do que com a qualidade do trabalho que fazia. Depois de uma violenta discussão que quase acabou em pancadaria, Taylor deixou de trabalhar para ele e começou a frequentar aulas para tirar a licença de empreiteiro.

Sustentava-se a si mesmo trabalhando na mina de gesso perto de Little Washington, um emprego que o deixava com tosse quase todas as noites, mas aos vinte e quatro anos tinha poupado o suficiente para abrir o seu próprio negócio. Nenhum projecto era demasiado pequeno, e baixava frequentemente os preços para ir construindo o seu empreendimento e a sua reputação. Aos vinte e oito anos, quase tinha falido por duas vezes, mas continuava teimosamente em frente tentando melhores resultados. Ao longo dos últimos oito anos, foi consolidando o negócio e atingindo um estilo de vida razoável. Nada de grandioso (a loja era pequena e o camião tinha seis anos) mas era o suficiente para ele levar a vida simples que desejava.

Uma vida que incluía ser bombeiro voluntário.

A mãe tinha tentado, energicamente, dissuadi-lo. Foi a única vez que ele recusou, deliberadamente, fazer-lhe a vontade. Taylor troçava, por norma, dos argumentos e mudava de assunto. Nunca estivera para se casar e punha em dúvida se isso alguma vez viria a acontecer. Era algo que não imaginava fazer embora no passado se tivesse envolvido, de forma bastante séria, com duas mulheres. A primeira vez acontecera aos vinte e poucos anos, quando começou a encontrar-se com Valerie. Ela acabara de sair de uma relação desastrosa quando se conheceram: o namorado engravidara outra rapariga, e ela recorrera a Taylor naqueles momentos difíceis. Dois anos mais velha que ele, era esperta e tinham-se dado bem durante bastante tempo. Todavia, Valerie queria uma relação mais séria; Taylor dissera-lhe que poderia nunca vir a estar pronto para esse passo. Foi uma fonte de tensões sem respostas fáceis. Com o passar do tempo, acabaram por se afastar; ela foi-se embora. As últimas notícias que tinha dela era que se tinha casado com um advogado e que vivia em Charlotte.

Depois houve Lori. Ao contrário de Valerie, era mais nova que Taylor e tinha vindo para Edenton para trabalhar no banco. Era a funcionária que tratava dos empréstimos e trabalhava muitas horas; ainda não tinha tido a oportunidade de fazer amigos quando

Taylor entrou no banco para pedir uma hipoteca. Ofereceu-se para a apresentar a algumas pessoas; ela aceitou. Em breve começaram a namorar. Tinha uma inocência infantil que encantava Taylor e, simultaneamente, lhe despertava o seu instinto de protecção; porém, ao fim e ao cabo, também ela desejava mais do que Taylor estava disposto a oferecer. Romperam pouco tempo depois. Agora estava casada com o filho do prefeito; tinha três filhos e conduzia uma carrinha. Depois do noivado, ele apenas trocara gracejos com ela.

Quando chegou aos trinta, tinha saído com a maior parte das raparigas solteiras de Edenton; quando chegou aos trinta e seis, estas deixaram de existir. Melissa, a mulher de Mitch, tinha tentado arranjar-lhe encontros, mas também estes tinham fracassado. Contudo, em boa verdade, ele não se tinha esforçado, pois não? Quer Valerie, quer Lori achavam que havia algo dentro dele a que elas não eram capazes de chegar, alguma coisa relacionada com a forma como ele se via a si mesmo e que elas não conseguiam, de facto, compreender. E, embora soubesse que elas tinham boas intenções, as suas tentativas para falarem com ele acerca deste seu distanciamento, não conseguiram, ou não puderam, mudar nada.

Quando acabou de arrancar as ervas, pôs-se de pé, os joelhos estalaram e doíam-lhe da posição em que tinha estado. Antes de se retirar, rezou uma pequena oração em memória do pai e curvou-se para tocar a pedra tumular uma vez mais.

— Tenho tanta pena, pai — murmurou —, tenho tanta, tanta pena.

* * *

Mitch Johnson estava encostado ao camião de Taylor quando o viu sair do cemitério. Na mão tinha duas latas de cerveja presas pelas tiras de plástico (o resto da embalagem de seis que tinha encetado na noite anterior) e agarrou numa delas e atirou-a a Taylor à medida que se aproximava. Taylor apanhou-a em andamento, surpreendido por ver o amigo e ainda com os pensamentos no passado.

— Pensei que estivesses para fora por causa do casamento — comentou Taylor.

— Regressámos ontem à noite.
— O que é que estás aqui a fazer?
— A modos que pensei que agora ias querer uma cerveja — retorquiu Mitch com toda a simplicidade.

Mais alto e mais magro que Taylor, media um metro e oitenta e seis e pesava oitenta quilos. Grande parte do cabelo já desaparecera, tinha-lhe começado a cair aos vinte e poucos anos, e usava óculos com uns aros de metal que lhe davam um ar de contabilista ou de engenheiro. Na realidade, trabalhava no armazém de ferragens e ferramentas do pai e na cidade era considerado um génio da mecânica. Conseguia consertar tudo, desde cortadores de relva a *bulldozers*, e trazia os dedos permanentemente sujos de óleo. Ao contrário de Taylor, tinha frequentado a Universidade da Carolina de Leste, formando-se em Gestão, e conhecera uma psicóloga de Rocky Mount chamada Melissa Kindle antes de ter voltado para Edenton. Estavam casados há doze anos e tinham quatro filhos, todos rapazes. Taylor tinha sido o padrinho de casamento e do filho mais velho. Por vezes, da forma como ele falava da família, Taylor suspeitava que agora amava mais Melissa do que quando desceram do altar.

Tal como Taylor, Mitch também era bombeiro voluntário do Quartel de Bombeiros de Edenton. Com a insistência de Taylor, ambos tinham feito o treino exigido e incorporaram-se na mesma altura. Embora Mitch o considerasse mais um dever do que uma vocação, era alguém que Taylor queria ao seu lado sempre que eram chamados. Quando Taylor procurava o perigo, Mitch empregava a prudência e ambos se contrabalançavam em situações difíceis.

— Sou assim tão previsível?
— Bolas, Taylor, conheço-te melhor que à minha mulher.

Taylor revirou os olhos enquanto se encostava ao camião. — Como vai a Melissa?

— Vai bem. A irmã pô-la maluca no casamento, mas já voltou ao normal desde que chegámos a casa. Agora sou só eu e os miúdos a darem com ela em doida. — O tom de Mitch suavizara-se imperceptivelmente. — E tu, como é que vais?

Taylor encolheu os ombros sem fitar os olhos de Mitch. — Vou bem.

Mitch não o pressionou sabendo que Taylor não diria mais nada. O pai era um dos poucos assuntos de que nunca falavam. Mitch tirou um lenço do bolso de trás das calças e limpou o suor da testa.

— Ouvi dizer que tiveste uma grande noite no pântano enquanto estive fora.

— É verdade, tivemos.

— Quem me dera ter lá estado.

— Tenho a certeza de que nos tinhas feito jeito. Foi uma tempestade dos diabos.

— Sim, mas se lá tivesse estado, não tinha havido aquele drama todo. Ter-me-ia dirigido directamente àquelas armadilhas dos patos, sem hesitar. Nem acredito que tenham levado tantas horas a descortinar isso.

Taylor riu à socapa bebendo um golo de cerveja e dando uma mirada a Mitch.

— A Melissa ainda quer que desistas?

Mitch guardou o lenço no bolso e anuiu. — Sabes como é que é, com os miúdos e tudo. Só não quer que nada me aconteça.

— E o que é que tu pensas?

Levou algum tempo a dar uma resposta. — Costumava pensar que faria isto para o resto da vida, mas já não estou assim tão certo.

— Então, estás a pôr a hipótese de te vires embora?

Mitch sorveu um grande golo da cerveja antes de responder.

— Sim, acho que sim.

— Precisamos de ti — afiançou Taylor, sério.

Mitch deu uma gargalhada. — Pareces um recruta do exército quando falas assim.

— No entanto, é verdade.

Mitch abanou a cabeça. — Não, não é. Agora já temos uma grande quantidade de voluntários e há muita gente que me pode substituir de um momento para o outro.

— Esses não saberiam o que se estaria a passar.

— Nem nós no princípio. — Fez uma pausa, apertando a lata com os dedos e pensando. — Sabes, não é só por causa da Melissa, é também por mim. Já lá estou há muito tempo e acho que já não tem o mesmo significado. Eu não sou como tu, já não sinto necessidade de o fazer. A modos que gosto de poder passar algum tempo com os miúdos sem ter de sair a correr numa chamada de urgência. Gostaria de poder jantar com a minha mulher com a certeza de que o dia acabara.

— Parece que já te decidiste.

Mitch percebeu o desapontamento na voz de Taylor e levou um instante a assentir.

— Bom, na verdade assim é. Vou ficar até ao fim do ano, mas depois acabou-se. Só queria que fosses o primeiro a saber.

Taylor não teceu comentários. Uns escassos minutos depois, Mitch levantou a cabeça olhando timidamente para o amigo. — Mas não foi por isso que hoje vim ter contigo. Vim para te dar apoio, não para discutir esse assunto.

Taylor parecia embrenhado em pensamentos. — Como já te disse, estou bem.

— Queres ir aí para um sítio qualquer e tomarmos umas cervejas?

— Não. Tenho de voltar ao trabalho. Estamos nos acabamentos em casa de Skip Hudson.

— Tens a certeza?

— Bom, que tal jantarmos na próxima semana? Quando as coisas voltarem ao normal?

— Bifes grelhados?

— Claro! — asseverou Mitch como se nunca tivesse considerado outra alternativa.

— Então está bem. — Taylor olhou para Mitch desconfiado. — A Melissa não vai levar outra amiga de novo, pois não?

Mitch riu-se. — Não. Mas posso dizer-lhe para recrutar alguém, se quiseres.

— Não, obrigado. Depois da Claire, acho que já não acredito no discernimento dela.

— Ora, vá lá, a Claire não era assim tão má.

— Tu não ficaste a noite toda a ouvir a tagarelice dela. Era como um daqueles coelhos a pilhas, não conseguia estar sossegada um minuto sequer.

— Estava nervosa.

— Era uma chata.

— Vou contar à Melissa que me disseste isso.

— Não, não o faças...

— Estava só a brincar. Sabes perfeitamente que não o faria. Que tal quarta-feira? Queres passar lá em casa?

— Magnífico!

— Está bem, então. — Mitch concordou e afastou-se do camião enquanto tirava as chaves do bolso. Depois de amolgar a lata, atirou-a para a caixa aberta do camião de Taylor fazendo um estrépito.

— Obrigado — agradeceu Taylor.

— Sempre às ordens.

— Quero dizer, por teres passado por cá hoje.

— Já sabia ao que te querias referir.

CAPÍTULO 11

Sentada na cozinha, Denise pensava que a vida era como o estrume.
Quando usado no jardim, servia de fertilizante. Eficaz e barato, alimentava o solo e ajudava o jardim a tornar-se tão bonito quanto podia ser. Mas, fora dele, numa pastagem, por exemplo, e quando pisado inadvertidamente, era uma coisa repugnante.
Uma semana atrás, quando ela e Kyle se juntaram no hospital, sentira, decididamente, que o estrume estava a ser utilizado no jardim. Nessa altura nada mais importava, e quando ela verificou que ele se encontrava bem, tudo no mundo ficou no seu lugar. A sua vida, por assim dizer, tinha sido fertilizada.
No entanto, passada uma semana, tudo parecia, de repente, ser diferente. A realidade, na sequência do acidente, tinha-se finalmente instalado, e não era, de forma nenhuma, um fertilizante. Denise estava sentada em cima da mesa de fórmica da sua pequena cozinha, estudando atentamente os papéis que tinha na frente e esforçando-se por percebê-los. A estada no hospital estava coberta pelo seguro, mas o que podia ser deduzido nos impostos não. O carro podia ser velho, porém era seguro. Agora estava desfeito, e ela só tinha seguro contra terceiros. O patrão, Ray, graças a Deus, dissera-lhe que voltasse ao trabalho quando estivesse tudo em ordem, e haviam passado oito dias sem receber um único tostão. As facturas habituais, telefone, electricidade, água, gás, deviam ser pagas dentro de poucos dias. Sem contar com a conta do serviço de reboque que tinha sido chamado para retirar o carro da berma da estrada.

Esta semana a vida de Denise estava como o estrume numa pastagem.

Claro que não seria assim tão mau se fosse milionária. Nestas circunstâncias, estes problemas não passariam de meros inconvenientes. Imaginava alguns colunáveis comentarem a *maçada* que era ter de tratar destes assuntos. Mas com apenas umas centenas de dólares no banco, isto não era uma maçada. Era um problema concreto e dos grandes.

Podia pagar as contas mensais com o que restava na conta à ordem e ainda ficar com dinheiro suficiente para as despesas de alimentação, se tivesse cuidado. Este mês comeriam montanhas de cereais, isso era certo, e tinham muita sorte por Ray os deixar comer de graça ao jantar. Podia utilizar o cartão de crédito para pagar ao hospital a parte que não estava coberta pelo seguro, quinhentos dólares. Felizmente tinha telefonado a Rhonda, uma outra empregada do Eights, e ela tinha concordado em lhe dar boleia à ida e no regresso do emprego. Ainda faltava a conta do reboque, mas afortunadamente, estavam dispostos a não lhe cobrar nada em troca dos salvados. Setenta e cinco dólares pelo que restava do carro e, afirmavam, estavam quites.

Resultados práticos? Um pagamento adicional do cartão de crédito todos os meses, e ela teria de começar a usar a bicicleta para as suas voltas na cidade. Pior ainda, teria de depender de alguém para ir e vir do restaurante. Para uma rapariga com formação universitária, não era uma situação de que se pudesse gabar.

Que porcaria!

Se tivesse uma garrafa de vinho, tê-la-ia aberto. Bem precisava de um escape. Gaita, nem sequer se podia dar ao luxo de a comprar.

Setenta e cinco dólares pelo carro!

Embora fosse correcto, parecia-lhe que, de alguma forma, não era justo. Nem sequer ia pôr os olhos no dinheiro.

Depois de passar os cheques das contas, fechou os sobrescritos e colou os últimos selos que tinha. Teria de passar pelos correios para comprar mais e fez uma anotação no bloco junto do telefone ao tomar consciência de que «passar por» tinha assumido um significado completamente novo. Se não fosse tão patético, ter-se-ia rido do ridículo de tudo aquilo.

Uma bicicleta. Valha-nos Deus!

Tentando ver os aspectos positivos, disse de si para si que, pelo menos, ficaria em forma. Alguns meses depois poderia até ficar grata pela melhoria da forma física. «Olha-me para as tuas pernas», já imaginava as pessoas a comentarem «sem dúvida, parecem *aço*. Como é que conseguiste?»

«A andar de bicicleta.»

Desta vez não pôde deixar de soltar uma risada. Tinha vinte e nove anos e havia de estar a falar da sua bicicleta. Valha-nos Deus!

Denise parou de rir, sabendo que não se tratava senão de uma reacção ao *stress* e saiu da cozinha para ir ver Kyle. Estava a dormir profundamente. Depois de lhe ajeitar o cobertor e de lhe dar um beijo rápido na face, deixou o quarto e foi sentar-se no alpendre das traseiras, perguntando-se, mais uma vez, se teria tomado a decisão certa em mudar-se para ali. Se bem que soubesse que era impossível, deu consigo a desejar ter podido ficar em Atlanta. Teria sido agradável ter, por vezes, com quem conversar, alguém que ela já conhecia há anos. Achou que podia telefonar, mas este mês estava fora de questão e nem pensar em telefonar a pagar no destino. Apesar de os amigos não se importarem, não era algo que ela se sentisse bem a fazer.

No entanto, queria tanto falar com alguém. Mas quem?

À excepção de Rhonda, do restaurante, (que tinha vinte anos e era solteira), e de Judy McAden, Denise não conhecia ninguém na cidade. Uma coisa era ter perdido a mãe alguns anos antes, outra era ter perdido toda a gente que conhecia. Nem tão-pouco a ajudava saber que a culpa era sua. Tinha decidido mudar-se, tinha decidido deixar o emprego, tinha decidido viver para o filho. Viver assim implicava umas certas facilidades (bem como uma necessidade) mas, por vezes, não podia deixar de pensar que a vida lhe passava ao lado sem ela se dar conta.

A solidão, no entanto, não era da exclusiva responsabilidade da mudança para Edenton. Mesmo em Atlanta, pensando bem, as coisas tinham começado a alterar-se. A maior parte dos seus amigos haviam casado e tinham filhos. Outros tinham ficado solteiros. Nenhum deles, porém, tinha já afinidades com ela. Os casados gostavam de se encontrar com outros casais, os solteiros gostavam de levar o tipo de vida que tinham tido na faculdade. Ela não se encaixava em nenhum destes mundos. Mesmo no dos que tinham filhos; bolas, era penoso ouvir as maravilhas que eles faziam. E falar sobre Kyle? Mostravam-se prestáveis, mas nunca iriam compreender, de facto, a situação.

E depois havia, naturalmente, a relação com os homens. Brett, o bom do Brett, foi o último homem com quem saiu e, na realidade, nem sequer tinha sido um encontro marcado. Uma casualidade, talvez, mas não um encontro marcado. E que casualidade, hã? Vinte minutos e catrapus!, toda a sua vida mudou. Como é que seria a sua vida se isto não tivesse acontecido? É verdade, Kyle não teria nascido... mas... Mas o quê? Talvez estivesse casada, talvez tivesse tido filhos, talvez tivesse até uma casa com uma vedação branca de estacas pontiagudas em volta do jardim. Talvez conduzisse um *Volvo* ou uma carrinha e passasse as férias na Disney World. Soava bem, definitivamente soava mais fácil, mas a sua vida teria sido melhor?

Kyle. O querido Kyle. O simples pensamento fê-la sorrir.

Não, decidiu ela, não teria sido melhor. Se havia um raio de sol na sua vida, esse raio era ele. Engraçado como ele a conseguia pôr doida e ainda fazê-la amá-lo por isso.

Suspirando, Denise deixou o alpendre e dirigiu-se para o quarto. Ao despir-se na casa de banho, ficou em pé frente ao espelho. As escoriações no rosto ainda eram visíveis, mas apenas ligeiramente. O corte na testa fora muito bem cosido e, embora fosse ficar com uma cicatriz para sempre, era perto da raiz do cabelo e não seria muito evidente.

À parte isso, agradou-lhe o que viu. Porque o dinheiro era uma preocupação constante, não havia bolachas nem batatas fritas lá em casa. E dado que Kyle não comia carne, também raramente a comprava. Estava agora mais magra do que antes de Kyle ter nascido; céus, estava mais magra do que quando andava na faculdade. Sem qualquer esforço, tinha perdido sete quilos. Se tivesse tempo, escreveria um livro com o título *Stress e Pobreza: o Caminho Mais Seguro para Perder Rapidamente os Centímetros a Mais!* Era capaz de vender um milhão de exemplares e depois reformava-se.

Voltou a dar uma risada. *Sim, pois!*

Tal como Judy referira no hospital, Denise parecia-se muito com a mãe. Tinha o mesmo cabelo escuro e ondulado e olhos amendoados, tinham sensivelmente a mesma altura. À semelhança da mãe, também nela os anos iam passando sem marcas evidentes: alguns pés-de-galinha aos cantos dos olhos mas, à parte isso, tinha uma pele macia.

Ao menos alguma coisa corria bem.

Decidindo pôr de lado estas conjecturas, vestiu um pijama, pôs a ventoinha no mínimo e gatinhou para dentro dos lençóis antes de apagar a luz. O zumbido e o movimento da ventoinha eram ritmados, e ela adormeceu uns escassos minutos depois.

* * *

Com os primeiros raios de sol a entrarem pela janela, Kyle atravessou o quarto e enfiou-se na cama com Denise, pronto para dar início ao novo dia. Murmurou: — Acorda, Mã, acorda. — E, quando ela se agitou com um suspiro, ele trepou para cima dela e, com os deditos, tentou levantar-lhe as pálpebras. Conquanto não tivesse obtido resultado, ele achou a situação divertida e o seu riso era contagioso. — Abre os olhos, mã — repetia ele, e apesar da hora imprópria, ela não pôde deixar de rir também.

Para alegrar a manhã ainda mais, Judy telefonou um pouco depois das nove para saber se estavam à espera da visita dela. Depois de alguma tagarelice (Judy viria na tarde seguinte, hurra!) Denise desligou o telefone, pensando na disposição da noite anterior e na diferença que fazia uma boa noite de sono.

Atribuiu o mau humor à tensão pré-menstrual.

Um pouco depois do pequeno-almoço, Denise foi preparar as bicicletas. A de Kyle estava pronta; a sua estava cheia de teias de aranha que ela teve de limpar. Os pneus de ambas as bicicletas estavam em baixo, verificou, mas tinham ar suficiente para chegarem à cidade.

Depois de ajudar Kyle a pôr o capacete, partiram em direcção à cidade sob um céu azul e sem nuvens, com Kyle na dianteira. Em Dezembro último, tinha ela passado um dia a correr pelo parque de estacionamento dos apartamentos, em Atlanta, segurando o selim da bicicleta do filho até ele lhe apanhar o jeito. Levou-lhe algumas horas e meia dúzia de quedas, mas, de maneira geral, o rapazinho mostrou um talento natural para andar de bicicleta.

Kyle estava acima da média no que se referia ao desenvolvimento motor, um facto que sempre surpreendera os médicos quando o examinavam. Era, acabou ela por perceber, uma criança com muitas contradições.

Claro que, como qualquer criança de quatro anos, não era capaz de se concentrar para além de manter o equilíbrio e de se divertir. Para ele, guiar a bicicleta, era uma aventura (principalmente quando a mãe o fazia também), e seguia com afoito desembaraço. Embora não houvesse muito trânsito, Denise achou-se a gritar instruções em questão de segundos.

— Fica perto da mamã...
— Pára!
— Não vás para a estrada...
— Vai para a berma, querido, vem lá um carro...
— Pára!
— Cuidado com o buraco...
— Pára!
— Não vás tão depressa...
— Pára!

«Pára» era a única ordem que ele entendia de facto, e, de cada vez que ela a gritava, ele travava, punha um pé no chão e voltava-se para trás com um sorriso largo, como se dissesse, *Isto é tão divertido. Por que está tão transtornada?*

Denise estava arrasada quando chegaram aos Correios.

Foi nesse preciso momento que se deu conta que deslocar-se de bicicleta não era solução e decidiu pedir a Ray que lhe desse mais dois turnos, pelo menos por enquanto. O pagamento das deduções do hospital, poupar todos os tostões, e talvez conseguisse comprar outro carro dentro de uns dois meses.

Uns dois meses?

Até lá, com certeza dava em doida.

Na fila, havia sempre uma fila nos Correios, Denise limpou a transpiração da testa e rezou para que o desodorizante fizesse efeito. Este era outro factor de que ela não estava propriamente à espera quando saiu de casa de manhã. Andar de bicicleta não era simplesmente um inconveniente, era trabalho, sobretudo para alguém que já não pedalava há muito tempo. Tinha as pernas cansadas, sabia que o rabo lhe iria doer no dia seguinte e sentia o suor escorrer por entre os seios e nas costas. Tentou manter uma certa distância em relação às outras pessoas da fila para não lhes desagradar. Felizmente, ninguém parecia notar.

Um minuto depois estava em frente ao balcão e comprou os selos. Preencheu um cheque, guardou o livro de cheques e os selos na carteira e dirigiu-se para a rua. Ela e Kyle confiaram nas respectivas bicicletas e rumaram ao mercado.

Edenton tinha uma pequena «baixa», mas do ponto de vista histórico, a cidade era uma preciosidade. As casas datavam dos princípios de 1800 e quase todas tinham sido restauradas, nos últimos trinta anos, de forma a apresentarem o seu esplendor de outros tempos. Carvalhos gigantescos alinhavam-se ao longo de ambos os lados da rua e davam sombra ao caminho, fornecendo uma agradável protecção do calor e do sol.

Embora Edenton tivesse um supermercado, este situava-se no outro lado da cidade, e Denise decidiu entrar no Merchants, um armazém que fazia parte da cidade desde 1940. Era antiquado em todos os aspectos, mas uma maravilha em termos de provisões. Vendia de tudo, desde comida a refeições ligeiras, a máquinas, tinha vídeos para alugar e um pequeno grelhador do lado de fora onde as pessoas podiam cozinhar o que quisessem mesmo ali. Para compor o ambiente, havia quatro cadeiras de baloiço e um banco comprido, em frente à loja, onde um grupo habitual de habitantes parava para tomar o café de manhã.

A loja em si não era grande, talvez umas centenas de metros quadrados, mas espantava sempre Denise quando olhava para a quantidade de diferentes produtos que se acumulavam nas prateleiras. Denise encheu um pequeno cesto de plástico com as coisas que necessitava: leite, flocos de aveia, queijo, ovos, pão, bananas, *Cheerios*, macarrão com queijo, bolachas *Ritz* e rebuçados (para trabalhar com Kyle), e depois encaminhou-se para a caixa. A conta não chegou ao que pensara, o que era bom, todavia, ao contrário do supermercado, o armazém não fornecia os sacos de plástico para transportar as compras. Em vez disso, o dono, um homem com o cabelo perfeitamente penteado e sobrancelhas grossas e farfalhudas, empacotou tudo em dois sacos sem alças de papel castanho.

E esta era, naturalmente, uma situação que ela não equacionara. Teria preferido os sacos de plástico para poder pendurá-los no guiador... mas sacos sem asas? Como é que ela ia levar isto tudo para casa? Dois braços, dois sacos, dois manípulos na bicicleta; isto não fazia sentido. Sobretudo, porque tinha de vigiar Kyle.

Olhou para o filho, ponderando o problema, e reparou que ele estava a olhar atentamente, através do vidro da porta da entrada, para a rua, com uma expressão estranha no rosto.

— O que é, querido?

Ele respondeu, se bem que ela não percebesse o que tentava dizer-lhe. Era qualquer coisa como *bambeiú*. Deixando as compras em cima do balcão, ela curvou-se para poder observá-lo a repetir a palavra. Às vezes conseguia percebê-lo mais facilmente pelo movimento dos lábios.

— O que é que disseste? «Bambeiú»?

Kyle acenou a cabeça e repetiu. — Bambeiú. — Desta vez ele apontou através da porta, e Denise seguiu a direcção da mão. Quando o fez, Kyle correu para a porta, e ela percebeu exactamente o que ele queria dizer.

Não era bambeiú, embora andasse lá perto. *Bombeiro.*

Taylor McAden estava do lado de fora da loja, segurando a porta, parcialmente aberta, enquanto falava com alguém a seu lado, alguém que ela não conseguia ver. Observou-o a inclinar a cabeça e a acenar, a rir-se de novo e depois abriu a porta um pouco mais. Enquanto Taylor acabava a conversa, Kyle desatou a correr em direcção a ele, e Taylor entrou sem prestar muita atenção ao caminho por onde seguia. Quase atirou Kyle ao chão enquanto se equilibrava outra vez.

— Uau, desculpa, não te vi — pediu instintivamente. — desculpa. — Involuntariamente, deu um passo atrás, pestanejando confuso. Depois, um súbito reconhecimento atravessou-lhe o rosto, abriu um sorriso largo, agachando-se para ficar ao mesmo nível dos olhos da criança. — Oh, ei, meu rapaz. Como é que vais?

— Olá, Taylor — cumprimentou Kyle alegremente. (*Oá, Tayer.*)

Sem acrescentar mais nada, Kyle lançou os braços em volta do pescoço de Taylor, como tinha feito naquela noite na armadilha dos patos. Taylor, inseguro a princípio, enterneceu-se e abraçou-o também, simultaneamente surpreendido e contente.

Em silêncio, Denise observava, aturdida, a cena com a mão na boca. Passado um longo momento, Kyle finalmente afrouxou o abraço, permitindo que Taylor recuasse. Os olhos de Kyle dançavam como se reencontrasse um amigo que não via há muito tempo.

— Bambeiú — exclamou Kyle excitado. — Encontrou-te. (*Contou.*)

Taylor pôs a cabeça de lado. — O que é isso?

Denise finalmente recuperou a presença de espírito e avançou na direcção deles, se bem que com dificuldades em acreditar no que presenciara. Mesmo depois de passar um ano com a sua terapeuta da fala, Kyle só a abraçava quando a mãe o incitava. Nunca tinha sido um abraço espontâneo como este, e ela não sabia bem o que pensar sobre esta nova e extraordinária amizade de Kyle. Ver o filho abraçar um estranho, mesmo sendo uma boa pessoa, suscitou--lhe sentimentos antagónicos. Era bom, mas perigoso. Agradável, mas algo que não devia tornar-se num hábito. Ao mesmo tempo, havia qualquer coisa de reconfortante na forma como Taylor reagiu a Kyle, e vice-versa, que lhe pareceu tudo menos ameaçadora. Tudo isto lhe passava pela cabeça enquanto se aproximava e respondia pelo filho.

— Ele está a tentar dizer-lhe que o encontrou — explicou ela.

Taylor olhou para cima e viu Denise pela primeira vez desde o acidente, e, por escassos momentos, não conseguiu desfitá-la. Não obstante o facto de a ter já visto antes, ela tinha um aspecto... bom, mais atraente do que ele se lembrava. Era evidente que, naquela noite, ela estava num estado lastimável, mas ainda assim, o aspecto que ela podia ter em circunstâncias normais nunca lhe passara pela cabeça. Não é que estivesse fascinante ou elegante; era mais como se irradiasse uma beleza natural, uma mulher que sabia que era atraente mas que não passava o dia a pensar nisso.

— Sim. Encontrou-te — repetiu Kyle, interrompendo os pensamentos de Taylor. Kyle acenava com a cabeça para dar mais ênfase, e

Taylor ficou agradecido por encontrar um motivo para o encarar de novo. Imaginava se Denise teria percebido o que pensara.

— Isso mesmo, encontrei — aquiesceu amigável com a mão sobre o ombro de Kyle —, mas tu, meu rapaz, é que és corajoso.

Denise observava-o a falar com Kyle. Apesar do calor, Taylor trazia *jeans* e botas de trabalho *Red Wing*. As botas estavam cobertas por uma fina camada de lama seca e muito gastas, como se as tivesse calçado todos os dias ao longo de vários meses. O couro grosso estava cheio de golpes e de esfoladelas. A camisa branca que vestia tinha mangas curtas mostrando braços bronzeados e musculados; os braços de alguém que trabalhava com as mãos o dia inteiro. Quando se levantou, pareceu-lhe mais alto do que se lembrava.

— Desculpe quase tê-lo feito cair — pediu ele. — Não o vi quando entrei. — Hesitou como se não soubesse o que devia acrescentar, e Denise detectou uma timidez que não esperara.

— Eu vi o que aconteceu. A culpa não foi sua. Ele quase que se atirou a si. — Sorriu. — A propósito, eu sou Denise Holton. Sei que já nos encontrámos antes, mas a maior parte dessa noite continua bastante nublada.

Esticou-lhe a mão, e Taylor cumprimentou-a. Podia sentir as calosidades na palma da mão dele.

— Taylor McAden — apresentou-se. — Recebi a sua carta. Obrigado.

— Bambeiú — repetiu Kyle, o tom de voz mais alto do que antes. Apertava as mãos uma na outra, torcendo-as e virando-as quase compulsivamente. Era uma coisa que ele fazia sempre que estava nervoso.

— Gande bambeiú. — Realçou o *grande*.

Taylor franziu as sobrancelhas e estendeu o braço ao mesmo tempo que segurava o capacete de Kyle de modo amistoso, quase fraternal. A cabeça de Kyle movia-se de acordo com os movimentos da sua mão. — Com que então, achas que sim, hã?

Kyle assentiu. — Gande.

Denise riu-se. — Acho que é um caso de veneração ao herói.

— Bom, o sentimento é recíproco, meu rapaz. Foste tu, mais do que eu.

Os olhos de Kyle estavam arregalados. — Gande.

Se Taylor percebeu que Kyle não tinha entendido o que lhe dissera, não o mostrou. Ao contrário, piscou-lhe um olho. Excelente.

Denise aclarou a garganta. — Ainda não tinha tido a oportunidade de lhe agradecer pessoalmente por tudo o que fez naquela noite.

Taylor deu de ombros. Com algumas pessoas, este gesto poderia parecer arrogante, como se soubessem que tinham feito algo de extraordinário. Com Taylor, porém, isso não acontecia e era aceite de maneira diferente, como se não tivesse voltado a pensar no assunto desde aquela altura.

— Ah, tudo bem — retorquiu ele. — A sua carta foi o bastante.

Durante alguns momentos nenhum deles falou. Kyle, por seu turno, como se estivesse cansado com tanta conversa, afastou-se em direcção ao corredor das guloseimas. Ambos observavam como ele parava a meio caminho, concentrando-se atentamente nas cores vivas dos invólucros.

— Está com boa cara — afirmou Taylor quebrando o silêncio. — Quero dizer, Kyle. Depois de tudo o que se passou, até certo ponto interrogava-me como é que ele estaria a reagir.

Os olhos de Denise seguiram os dele. — Parece estar bem. Acho que o tempo o dirá, mas por agora não estou muito preocupada. O médico afiançou que está de perfeita saúde.

— E a senhora? — perguntou-lhe ele.

Ela respondeu-lhe automaticamente, quase sem pensar. — O mesmo de sempre.

— Não... Quero dizer, os seus ferimentos. Estava bastante ferida quando a vi da última vez.

— Oh... bom, acho que também estou bem — corrigiu ela.

— Só bem?

A sua expressão suavizou-se. — Melhor que bem. Apenas uma dorzita aqui e ali, mas quanto ao resto estou perfeitamente. Podia ter sido pior.

— Óptimo, fico satisfeito. Também estava preocupado consigo.

Houve qualquer coisa na voz dele que fez com ela o olhasse com mais atenção. Se bem que não fosse o homem mais bonito que alguma vez vira, havia algo nele que lhe prendia a atenção: talvez uma certa delicadeza apesar da sua estatura; uma arguta mas nada ameaçadora percepção no seu olhar firme. Se bem que fosse impossível, era quase como se ele soubesse o quão difícil a sua vida tinha sido nos últimos anos. Olhando sub-repticiamente para a sua mão esquerda, reparou que ele não usava aliança.

Nesse momento, desviou o olhar rapidamente, magicando onde tinha ido buscar tal pensamento e de que forma tinha surgido. O que é que isso lhe interessava? Kyle continuava no corredor dos doces e preparava-se para abrir um saco de *Skittles* quando Denise reparou no que ele estava a fazer.

— Kyle, não! — Apressou-se na sua direcção e depois voltou-se para Taylor. — Desculpe. Está à beira de fazer o que não deve.

Ele recuou ligeiramente. — Não há problema.

À medida que ela se afastava, Taylor não deixava de a observar. O rosto atraente, quase misterioso, acentuado por maçãs salientes e olhos exóticos, o cabelo comprido e escuro apanhado num rabo de cavalo que lhe chegava abaixo dos ombros, uma silhueta realçada pelos calções e a blusa que trazia...

— Kyle, põe isso no lugar. Os teus rebuçados já estão no saco.

Antes que ela o apanhasse a olhar para ela, Taylor abanou a cabeça e voltou-se, espantando-se de novo como a sua beleza lhe tinha passado despercebida. Uns escassos minutos depois, Denise estava de volta, à sua frente, com Kyle junto dela. A expressão do menino mostrava-se sombria por ter sido apanhado com a boca na botija.

— Desculpe. Ele é muito espertinho — justificou-se ela.

— Tenho a certeza que sim, mas as crianças vão sempre até aos limites.

— Parece que fala por experiência própria.

Ele sorriu. — Não, na verdade não. É o que eu acho. Não tenho filhos.

Fez-se um silêncio desconfortável antes de Taylor continuar.

— Então veio à cidade fazer compras? — Conversa fiada, nada mais que isso, reconheceu Taylor, mas, por uma qualquer razão, sentia-se relutante em deixá-la ir-se embora.

Denise passou a mão pelo rabo de cavalo despenteado. — Sim, precisávamos de algumas coisas. A despensa estava a ficar vazia, sabe como é. E o senhor?

— Só vim buscar umas bebidas para a rapaziada.
— Do quartel?
Não, sou apenas voluntário. A rapaziada que trabalha para mim. Sou empreiteiro; faço a reconstrução de casas, coisas do género.
Por um momento ela ficou baralhada. — Voluntário? Julguei que era o que fazia desde há vinte anos.
— Não, aqui não. De facto, penso que nas cidades pequenas não é assim. Regra geral não há trabalho que justifique o pessoal a tempo inteiro, portanto dependem de pessoas como eu quando surgem as emergências.
— Não sabia. — A constatação deste facto fez com que a actuação dele parecesse ainda mais significativa, se bem que ela não achasse isso possível.
Kyle chamou a atenção da mãe. — Ele tem fome — queixou-se. (*Tem fomi.*)
— Tens fome, meu amor?
— Sim.
— Bom, estaremos em casa num instante. Faço-te uma tosta de queijo quando lá chegarmos. Achas bem?
Ele assentiu. — Sim, está bem. (*Sim, tá bem.*)
Todavia, Denise não se despachou logo, pelo menos não tão depressa quanto Kyle desejava. Em vez disso, olhou de novo para Taylor. Kyle ergueu a mão e puxou a mãe pela bainha dos calções e ela baixou as mãos automaticamente para impedi-lo de continuar.
— Vamos embora — acrescentou Kyle. (*Vamo bóa.*)
— Já vamos, querido.
As mãos de Denise e de Kyle encetaram uma pequena batalha à medida que ela evitava que os dedos dele lhe puxassem a bainha outra vez. Agarrou-lhe a mão para fazê-lo parar.
Taylor abafou uma gargalhada e aclarou a garganta. — Bom, é melhor não a reter por mais tempo. Um rapazinho a crescer precisa de comer.
— Sim, acho que sim. — Olhou para Taylor com a expressão de aborrecimento comum a todas as mães e teve uma estranha sensação de alívio quando percebeu que ele não se importava que Kyle estivesse a fazer disparates.

— Foi bom vê-lo de novo — acrescentou ela. Embora lhe parecesse superficial tudo quanto fosse «Olá. Como vai? Que bom. Gostei de vê-lo!» Denise esperava que ele percebesse que ela sentia o que dizia.

— A si também — retorquiu ele. Agarrou no capacete de Kyle e sacudiu-o enquanto afirmava: — A ti também, meu rapaz.

Kyle acenou com a mão livre. — 'deus, Tayer — despediu-se ele com exuberância.

— Adeus.

Taylor sorriu antes de se dirigir aos frigoríficos encostados à parede para tirar as bebidas que tinha vindo buscar.

Denise voltou-se para o balcão suspirando. O dono estava imerso na leitura da revista *Field and Stream*, mexendo ligeiramente os lábios à medida que examinava o artigo. Quando se encaminhava para ele, Kyle voltou a repetir:

— Ele tem fome.

— Eu sei. Já vamos embora, está bem?

O dono viu-a aproximar-se, confirmou se ela precisava dele ou se queria apenas as compras e depois pôs a revista de lado.

Ela indicou os sacos. — Importa-se que deixemos isto aqui um bocadinho? Temos de ir arranjar outro tipo de sacos que se possam pendurar no guiador.

Apesar de já se encontrar a meio caminho da loja e de estar a tirar uma embalagem de seis *Coca-Colas* do frigorífico, Taylor esforçava-se por ouvir o que se estava a passar. Denise continuou:

— Viemos de bicicleta e acho que não consigo levar isto para casa. Não demoramos muito, voltamos já.

Lá ao fundo a voz dela extinguiu-se e ouviu o gerente responder:

— Claro, não há problema. Vou pô-los aqui atrás do balcão enquanto não chegam.

Com as bebidas na mão, Taylor encaminhou-se para a parte da frente da loja. Denise empurrava Kyle para fora da loja com a mão nas costas dele. Taylor deu dois passos, pensando no que acabara de ouvir casualmente e decidiu-se rapidamente.

— Ei, Denise, espere...

Voltou-se e parou enquanto Taylor se aproximava.

— Aquelas bicicletas em frente à loja são vossas?

Ela anuiu. — Hm-hm. Porquê?

— Não pude deixar de ouvir o que dizia ao gerente e... bem...
Fez uma pausa, os seus firmes olhos azuis deixando-a imóvel no meio da loja. — Posso ajudá-la a levar as compras para casa? Vou nessa direcção e tenho todo o gosto em levar-lhas.

Enquanto falava, ele apontou para o camião estacionado mesmo em frente à porta.

— Oh, não, não tem importância...

— Tem a certeza? Fica mesmo em caminho. São dois minutos no máximo.

Embora ela soubesse que ele estava a ser simpático, o produto da educação numa pequena cidade, ela não estava certa se deveria aceitar.

Sentindo a indecisão dela, levantou as mãos com um sorriso traquinas no rosto. — Juro que não roubo nada.

Kyle deu um passo em direcção à porta e ela pôs-lhe a mão no ombro para impedi-lo de avançar. — Não, não é nada disso...

Mas então o que era? Estaria assim há tanto tempo entregue a si própria que já não sabia aceitar a generosidade dos outros? Ou seria porque ele já fizera tanto por ela?

Vá lá. Ele não te está a pedir que cases com ele nem nada que se pareça...

Engoliu em seco, pensando que tinha de sair e de voltar outra vez para depois carregar as compras para levar para casa.

— Se lhe fica em caminho...

Taylor sentiu-se como se tivesse obtido uma pequena vitória.

— Claro, fica em caminho. Deixe-me só pagar isto e ajudo-a a transportar as coisas para o camião.

Ele voltou ao balcão e pôs as *Coca-Colas* ao lado da registadora.

— Como é que sabe onde vivo? — perguntou ela.

Ele olhou-a por cima do ombro. — É uma cidade pequena. Sei onde mora toda a gente.

* * *

Ao fim do dia Melissa, Mitch e Taylor encontravam-se no quintal, os bifes e os cachorros já crepitando sobre o carvão e os primeiros vestígios de Verão fazendo-se sentir quase como um sonho. Era uma tarde que se prolongava lentamente com o ar carregado de humidade e de calor. O Sol dourado pairava baixo no céu mesmo por cima dos cornisos imóveis, as folhas nem se mexiam no ar calmo da tarde.

Enquanto Mitch cuidava dos grelhados com a tenaz na mão, Taylor bebericava uma cerveja, a terceira da tarde. Sentia uma agradável excitação e bebia exactamente à cadência certa para se conservar assim. Pegando-lhes na palavra sobre os acontecimentos recentes, incluindo a busca no pântano, aludiu ao encontro com Denise no armazém e ao facto de lhe ter levado as compras a casa.

— Parece que estão bem — observou ele tentando matar um mosquito que lhe pousara na perna.

Se bem que o tivesse dito com inocência, Melissa deu-lhe uma olhadela, examinando-o cuidadosamente e depois inclinou-se para a frente na cadeira.

— Com que então gostas dela, hã? — comentou ela sem esconder a sua curiosidade.

Antes que Taylor tivesse oportunidade de responder, Mitch meteu-se na conversa.

— O que é que ele disse? Que gosta dela?

— Eu não disse isso — redarguiu Taylor rapidamente.

— Nem era preciso. Pode ver-se na tua cara e, ademais, não lhe terias levado as compras se não gostasses. — Melissa voltou-se para o marido. — Sim, ele gosta dela.

— Vocês estão a falar de cor.

Melissa sorriu com malícia. — Então... é bonita?

— Que diabo de pergunta é essa?

Melissa participou ao marido: — Ele também a acha bonita.

Mitch anuiu, convencido. — A modos que o achei muito quieto quando chegou. Então e a seguir? Vais convidá-la para sair?

Taylor olhava de um para outro, cismando de que modo a conversa tinha tomado este rumo.

— Não tinha pensado nisso.

— Devias. Precisas de sair de casa de vez em quando.

— Estou fora de casa o dia inteiro...

— Tu sabes ao que me refiro. — Mitch piscou-lhe o olho, gozando o embaraço do outro.

Melissa recostou-se na cadeira. — Ele tem razão, sabes? Não estás a ficar mais novo. Já não estás na flor da idade.

Taylor sacudiu a cabeça. — Muito agradecido. Da próxima vez que precisar de insultos, sei exactamente onde vir buscá-los.

Melissa deu uma risada. — Sabes que nos estamos a meter contigo.

— É essa a tua versão de um pedido de desculpas?

— Só se te fizer mudar de opinião em relação a convidá-la para sair. — As sobrancelhas dela dançavam para cima e para baixo e, involuntariamente, Taylor desatou a rir. Melissa tinha trinta e quatro anos mas parecia e agia como se tivesse menos dez. Loura e *mignonne*, estava sempre pronta a dar uma palavra simpática, era leal aos amigos e parecia nunca guardar ressentimentos de nada. Os filhos podiam bater-se, o cão podia ter sujado a carpete, o carro podia não pegar: não tinha importância. Em poucos minutos voltava a ser ela de novo. Taylor tinha dito a Mitch, mais que uma vez, que era um homem de sorte. A resposta de Mitch era sempre a mesma: — Eu sei.

Taylor bebeu mais um golo de cerveja.

— Por que é que estão tão interessados? — perguntou ele.

— Porque gostamos de ti — retorquiu Melissa gentilmente como se isso explicasse tudo.

E não percebem por que é que ainda continuo sozinho, pensou Taylor.

— Está bem — rematou ele —, vou pensar no assunto.

— De acordo — afirmou Melissa sem esconder o seu entusiasmo.

CAPÍTULO 12

No dia a seguir ao encontro de Denise com Taylor no Merchants, ela passou a manhã a trabalhar com Kyle. O acidente parecia não ter tido quaisquer consequências, nem negativas nem positivas, na sua apredizagem, se bem que, agora que o Verão tinha chegado, dava mostras de trabalhar melhor se se despachasse antes do meio-dia. Depois dessa hora ficava muito calor para ambos se conseguirem concentrar.

Nessa manhã, depois do pequeno-almoço, telefonara a Ray e pedira-lhe mais dois turnos temporários no restaurante. Felizmente, ele tinha concordado. A partir do dia seguinte, trabalharia todos os dias excepto aos domingos, contrariamente aos quatro turnos habituais. Como de costume, deveria chegar por volta das sete e sair à meia-noite. Se bem que entrar um pouco mais tarde significasse menos gorjetas, pois perderia uma boa parte do maior movimento ao jantar, ela não podia, em consciência, deixar Kyle no quarto das traseiras sozinho mais uma hora enquanto estivesse acordado. Chegar mais tarde significava que o deitaria na caminha, e ele adormeceria numa questão de minutos.

Deu consigo a pensar em Taylor McAden desde que o encontrara na loja, no dia anterior. Tal como havia prometido, deixara as compras no alpendre da frente, à sombra do beiral do telhado. Como não levou mais de dez ou quinze minutos a regressar, o leite e os ovos ainda estavam frescos, e ela meteu-os no frigorífico para não se estragarem.

Enquanto Taylor carregava os sacos para o camião, ofereceu-se para pôr as bicicletas na caixa aberta e dar-lhes uma boleia também, mas Denise recusou. Tinha mais a ver com Kyle do que com Taylor; ele já estava a montar a bicicleta e ela sabia como ansiava por mais uma corrida com a mãe. Não quis defraudar as suas expectativas, principalmente porque esta seria, provavelmente, uma rotina habitual e a última coisa que ela queria era que ele julgasse que, cada vez que iam à cidade, voltariam de camião.

No entanto, uma parte dela tinha desejado aceitar a oferta. Gostaria de ter estado com ele o tempo suficiente para se certificar de que ele a tinha achado atraente (o modo como ele olhava para ela demonstrava-o) se bem que não a tinha feito sentir-se constrangida como por vezes acontecia com os olhares dos outros homens. Não existia aquele olhar guloso quando a olhava, aquele olhar convidativo que resolveria tudo. Nem os seus olhos a tinham olhado de alto a baixo enquanto conversavam, outra situação vulgar. É impossível levar um homem a sério se ele não tirar os olhos dos seios.

Não, havia um quê diferente na maneira de ele a olhar. Era talvez mais de apreciação, menos ameaçadora e, por mais que resistisse à ideia, ficou não só lisonjeada mas também satisfeita.

Claro que ela sabia que podia fazer parte das características de Taylor, a sua forma de abordar as mulheres, um modelo desenvolvido ao longo dos anos. Alguns homens eram muito bons neste aspecto. Encontrá-los e falar com eles evidenciava cada *nuance* da sua personalidade e parecia insinuar que eram diferentes, de mais confiança que outros. Já vivia há tempo suficiente para ter encontrado bastantes indivíduos assim e, por norma, costumava ouvir uma campainha de alarme disparar. Mas, ou Taylor era um actor de primeira categoria com quem jamais se cruzara, ou era, de facto, diferente, pois desta vez a campainha não tinha soado o alarme.

Então, que tipo de homem seria?

Das muitas coisas que aprendeu com a mãe, havia uma que sempre se destacara, aquela que lhe vinha à ideia na avaliação das outras pessoas. «Vais encontrar muita gente pela vida fora que diz as palavras certas na altura certa. Mas, ao fim e ao cabo, é pelas suas acções que os deves julgar. São as acções e não as palavras que contam.»

Talvez fosse essa a razão, pensou de si para si, por que se tinha mostrado sensível a Taylor. Já havia mostrado que era capaz de actos heróicos, mas não foi apenas o salvamento dramático de Kyle que influenciou o seu... *interesse* nele, se era que assim se podia chamar. Até mesmo os mais grosseiros podiam, por vezes, fazer coisas decentes. Não; foram as pequenas coisas que fizera quando se encontraram na loja. O modo como se ofereceu para ajudar sem esperar nada em troca... o modo como parecia estar preocupado com Kyle e com ela... o modo como tratou Kyle...

Isso em especial.

Embora não o quisesse admitir, acabou por começar a avaliar as pessoas em função da maneira como tratavam o filho. Lembrava-se de, mentalmente, agrupar as amigas que se tinham esforçado por Kyle e as que não o fizeram. «Aquela sentava-se no chão com ele e brincava com os *Legos*», *esta era boa*. «A outra mal reparava que ele existia», *essa era má*. A lista das pessoas «más» era bastante mais extensa do que a das pessoas «boas».

Todavia, havia um indivíduo que, por uma qualquer razão, tinha estabelecido uma ligação com o filho, e ela não conseguia deixar de pensar nisso. Nem era capaz de esquecer a reacção de Kyle em relação a ele. *Oá, Tayer...*

Se bem que Taylor não tivesse percebido tudo quanto Kyle lhe dissera (levava algum tempo até as pessoas se habituarem à dicção de Kyle), Taylor tinha continuado a conversar com ele como se o entendesse. Tinha-lhe piscado o olho, agarrara no capacete de forma bricalhona, abraçara-o, fitava os olhos de Kyle quando falava com ele. Não se esquecera de se despedir.

Coisas insignificantes, mas incrivelmente importantes para ela. *Acções.*

Taylor tinha tratado Kyle como uma criança normal.

* * *

Ironicamente, Denise ainda pensava em Taylor mesmo quando Judy subia a entrada de cascalho para o carro e estacionou à sombra de uma enorme magnólia. Denise, que estava a acabar de lavar a loiça, avistou Judy e acenou-lhe, simultaneamente dando uma vista de olhos pela cozinha. Não estava perfeita, mas suficientemente limpa, pensava ela enquanto se dirigia à porta da frente ao encontro de Judy.

Após os habituais cumprimentos (como estava cada uma delas e todos esses preliminares), Denise e Judy sentaram-se no alpendre da frente para poderem vigiar Kyle. Estava a brincar com os seus camiões perto da vedação, empurrando-os por estradas de fingir. Pouco antes da chegada de Judy, Denise tinha-lhe aplicado um protector solar e um *spray* contra os insectos e as loções funcionavam como cola quando ele brincava na terra. Os calções e a camisola estavam manchados de terra castanha e o rosto parecia que não era lavado há uma semana, lembrando a Denise as crianças descritas em *As Vinhas da Ira* de Steinbeck.

Em cima da pequena mesa de madeira (*comprada numa venda de garagem por três dólares; outra compra excelente por uma pechincha que Denise Holton realizara!*) havia copos de chá doce. Denise tinha-o feito de manhã à moda tipicamente sulista: chá de Luzianne ainda a ferver de modo a poder dissolver por completo uma grande quantidade de açúcar e depois arrefecido no frigorífico com gelo. Judy bebeu um golo da bebida sem nunca tirar os olhos de Kyle.

— A sua mãe também adorava sujar-se — informou Judy.

— A minha mãe?

Judy olhou-a divertida. — Não esteja tão espantada. A sua mãe era uma Maria-rapaz quando era nova.

Denise pegou no copo. — Tem a certeza de que estamos a falar da mesma pessoa? — perguntou. — A minha mãe nem sequer era capaz de ir buscar o jornal sem se maquilhar.

— Oh, isso aconteceu pouco mais ou menos na altura em que descobriu os rapazes. Foi nessa altura que a sua mãe mudou as suas atitudes. Transformou-se na requintada senhora sulista, com luvas brancas e modos perfeitos à mesa, praticamente do dia para a noite. Mas não se deixe enganar. Antes disso a sua mãe era o retrato fiel do Huckleberry Finn.

— Está a brincar, não está?

— Não, a sério. A sua mãe costumava apanhar rãs, praguejava como um pescador de camarões que tivesse perdido a rede, até se meteu em algumas brigas com rapazes para lhes mostrar como era valente. E era uma lutadora e peras, deixe-me dizer-lhe. Enquanto um rapaz se punha a pensar se era correcto bater numa rapariga ou não, ela dava-lhe um murro em cheio no nariz. Uma vez, os pais dos outros miúdos chegaram a chamar o xerife. Era uma rapariga muito aguerrida.

Judy pestanejou, a mente vagueando, claramente, entre o presente e o passado. Denise ficou em silêncio, à espera que a outra continuasse.

— Lembro-me de que costumávamos descer o rio para apanhar amoras-pretas. A sua mãe nem sequer calçava os sapatos nestas incursões mais imprudentes. Tinha os pés mais resistentes que eu jamais vira. Era capaz de passar o Verão todo sem se calçar, excepto quando tinha de ir à igreja. Em Setembro tinha os pés tão sujos que a mãe não lhe conseguia tirar as manchas senão com *Brillo* e *Ajax*. Quando a escola recomeçava, a sua mãe coxeava nos dois primeiros dias. Nunca cheguei a perceber se era por causa da esfrega com *Brillo* ou se era por não estar habituada aos sapatos.

Denise riu-se não querendo acreditar. Era uma faceta da mãe de que nunca tinha tão-pouco ouvido falar. Judy prosseguiu.

— Eu vivia na mesma rua, um pouco mais abaixo. Conhece a casa de Boyle? Aquela casa branca com venezianas verdes, com um grande celeiro vermelho nas traseiras?

Denise assentiu. Passava por ela quando ia à cidade.

— Bom, era aí que eu morava quando era pequena. A sua mãe e eu éramos as duas únicas raparigas a viver nesta zona e acabámos, portanto, a fazer quase tudo em conjunto. Também tínhamos a mesma idade e, assim sendo, estudávamos as mesmas matérias na escola. Foi nos anos quarenta, e nessa altura todos frequentavam a mesma sala de aulas até ao oitavo ano, embora nos agrupassem de acordo com o nível etário. A sua mãe e eu sentámo-nos ao lado uma da outra ao longo desse tempo todo. Ela foi, seguramente, a melhor amiga que já tive.

Fitando as árvores distantes, Judy parecia mergulhada numa tristeza nostálgica.

— Por que é que ela não manteve o contacto depois de se ter ido embora? — indagou Denise. — Isto é...

Fez uma pausa, magicando como perguntar o que realmente lhe ia na cabeça, e Judy deitou-lhe um olhar de soslaio.

Quer dizer porquê, se éramos tão boas amigas? Ela não lhe contou?

Denise confirmou, e Judy embrenhou-se em pensamentos.

— Acho que teve a ver, sobretudo, com o facto de ela se ter ido embora. Levei algum tempo a perceber que a distância pode arruinar a melhor das intenções.

— É triste...

— Nem por isso. Acho que depende da forma como encaramos as coisas. Para mim... bem, só traz o enriquecimento que, doutra maneira, não possuiria. As pessoas vêm e vão, entram e saem das nossas vidas, quase como as personagens de um livro de que gostamos muito. Quando, finalmente, o fechamos, as personagens contaram a sua história e procuramos outro livro, recheado de novas personagens e aventuras. Então damos connosco a concentrarmo-nos nos novos e não nos que já lemos.

Denise demorou algum tempo a responder, lembrando-se dos amigos que havia deixado em Atlanta.

— Isso é bastante filosófico — acabou por dizer.

— Sou velha. O que é que esperava?

Denise colocou o copo em cima da mesa e, com ar ausente, limpou aos calções a humidade que o copo lhe deixara nas mãos. — Então não voltou a falar com ela outra vez? Depois que se foi embora?

— Oh não, ainda nos mantivemos em contacto durante uns anos, mas nessa altura a sua mãe apaixonou-se, e quando as mulheres se apaixonam, só conseguem pensar nisso. Foi por essa razão que ela se foi embora de Edenton. Por um rapaz, Michael Cunningham. Alguma vez lhe falou dele?

Denise abanou a cabeça, espantada.

— Não me surpreendo. Michael era o protótipo do rapaz que não convém, não exactamente o tipo de pessoa de quem queremos lembrar-nos mais do que devemos. Não tinha uma boa reputação, se é que me entende, mas as raparigas achavam-no atraente. Julgo que o consideravam excitante e perigoso. A mesma velha história, mesmo nos dias de hoje. Bem, a sua mãe foi com ele para Atlanta logo depois de acabar o liceu.

— Mas ela disse-me que tinha ido para Atlanta por causa da faculdade.

— Oh, isso podia ser o motivo remoto, mas a verdadeira razão era Michael. Ele exercia uma espécie de magnetismo sobre ela, isso era certo. Ele foi também a causa que a levou a não voltar aqui nem de visita.

— Como assim?

— Bem, os pais, os seus avós, não lhe perdoaram por ter fugido daquela maneira. Eles viram logo o tipo de pessoa que ele era e disseram-lhe que se ela não regressasse imediatamente a casa, não voltaria a ser bem-vinda. Pertenciam à velha geração, teimosos como tudo, e a sua mãe não lhes ficava atrás. Eram como dois touros que se fitavam, cada um deles à espera que o outro se desse por vencido. Todavia, nenhum deles o fez, mesmo depois de Michael ter passado à história por causa de outra pessoa.

— O meu pai?

Judy abanou a cabeça. — Não... outra pessoa, o seu pai só apareceu muito depois de eu ter perdido contacto com ela.

— Então nunca o conheceu?

— Não. Mas lembro-me de os seus avós terem ido ao casamento e de terem ficado magoados por a sua mãe não me ter convidado. Não que eu pudesse ter ido. Claro. Eu já estava casada nessa altura e, como a maioria dos casais jovens, eu e o meu marido tínhamos algumas dificuldades financeiras e com o bebé... bem, teria sido impossível deslocar-me daqui.

— Lamento tudo isso.

Judy pôs o copo na mesa. — Não tem nada que lamentar. Não foi você e, de certo modo, a sua mãe já não era a mesma pessoa, pelo menos não era a que eu conhecera. O seu pai vinha de uma família muito respeitável de Atlanta e nessa altura da vida dela acho que se envergonhava das suas origens. Não que o seu pai se importasse, obviamente, uma vez que casou com ela. Mas recordo-me que os seus avós não falaram muito, depois de virem do casamento. Penso que também estavam um tanto embaraçados, se bem que não devessem estar. Eram umas excelentes pessoas, mas julgo que pensavam que já não se encaixavam no mundo da filha, mesmo depois de o seu pai falecer.

— Isso é horrível.

— É triste, mas como eu disse, aconteceu de ambas as partes. Eles eram obstinados e a sua mãe também. E a pouco e pouco, foram-se afastando.

— Sei que a minha mãe não era muito chegada aos pais, mas nunca me contou nada disso.

— Não, não esperava que o fizesse. Mas, por favor, não pense mal da sua mãe. Eu não penso. Ela era sempre tão cheia de vida, tão arrebatada... era óptimo estar com ela. E tinha o coração de um anjo, tinha mesmo. Era a pessoa mais doce que jamais encontrei.

Judy voltou-se para a encarar. — Há muito dela em si.

Denise tentava digerir estas informações acerca da mãe enquanto Judy bebia mais um golo de chá. Em seguida, como se reconhecesse que tinha falado demais, Judy acrescentou: — Agora ouça-me, tenho estado para aqui a falar como uma velha senil. Deve pensar que estou com os pés para a cova. Fale-me de si.

— De mim? Não há muito para dizer.

— Então por que não começar com o óbvio? Por que se mudou para Edenton?

Denise olhou para o filho a brincar com os camiões, imaginando o que ele estaria a pensar.

— Existem algumas razões.

Judy inclinou-se para a frente e murmurou em tom de conspiração: — Problemas com algum homem? Algum desequilibrado como os que se vêem na *America's Most Wanted?*

Denise deu uma risada. — Não, nada tão dramático. — Calou-se franzindo ligeiramente as sobrancelhas.

— Se for muito pessoal, não tem de me contar nada. Para todos os efeitos, não tenho nada a ver com isso.

Denise sacudiu a cabeça. — Não me importo de falar disso; é que não sei por onde começar. — Judy ficou em silêncio e Denise suspirou, ordenando os pensamentos. — Acho que tem a ver principalmente com Kyle. Já lhe falei do problema da fala que ele tem, não já?

Judy assentiu.

— Disse-lhe porquê?

— Não.

Denise dirigiu o olhar para Kyle. — Ora bem, neste momento dizem que tem uma deficiência auditiva que se repercute no atraso da linguagem verbal e na compreensão do que ouve. Basicamente, significa que por qualquer motivo, ninguém sabe qual, perceber o que se diz e aprender a falar é uma grande dificuldade para ele. Julgo que a melhor comparação se faz com a dislexia, só que em vez de sinais visuais, o problema põe-se em relação à reprodução dos sons. Parece que os sons se misturam todos: é como se estivesse a ouvir chinês e logo a seguir alemão, resultando num discurso sem sentido. Ninguém sabe se o problema está na relação entre o cérebro e o ouvido ou só no cérebro. Ao princípio não sabiam como fazer-lhe um diagnóstico e, bem...

Denise passou a mão pelos cabelos e encarou Judy de novo.
— Tem a certeza de que me quer ouvir falar disto tudo? É uma longa história.

Judy esticou o braço e bateu no joelho de Denise. — Só se lhe apetecer desabafar.

A expressão sincera de Judy fez subitamente Denise recordar-se da mãe. Estranhamente, sentia-se bem a contar-lhe tudo e hesitou, apenas uns escassos segundos, antes de continuar.

— Bem, ao princípio os médicos pensavam que ele era surdo. Passei semanas a levar Kyle a consultas de especialistas em audição e em otorrinolaringologia, sabe, especialistas em ouvidos, nariz e garganta, antes que descobrissem que ele tinha capacidades auditivas. Então, pensaram que ele era autista. Esse diagnóstico demorou quase um ano, talvez o ano mais desgastante da minha vida. Depois pensaram numa disfunção difusa do desenvolvimento, que é uma espécie de autismo, embora menos grave. Também este subsistiu apenas uns meses, até lhe fazerem novos exames. Depois afirmaram que era deficiente mental, com um problema de insuficiência da atenção, ainda por cima. Não foi senão há nove meses que se decidiram, finalmente, por este diagnóstico.

— Deve ter sido muito difícil para si...
— Nem consegue imaginar quanto. Dizem-nos coisas horríveis sobre um filho e passamos por variadíssimos sentimentos: descrença, raiva, mágoa e, por fim, aceitação. Estudamos tudo sobre o assunto, pesquisamos, lemos, conversamos com quem quer que

seja, e quando estamos prontos para o enfrentarmos frontalmente, mudam de ideias e recomeça tudo outra vez.

— Onde estava o pai ao longo dessa trapalhada toda?

Denise encolheu os ombros, uma expressão de quase culpa no rosto. — O pai nunca esteve presente. Em boa verdade, não esperava engravidar. Kyle foi um deslize, se é que me entende.

Voltou a fazer uma pausa e, em silêncio, ambas observaram Kyle. Judy não parecia nem surpreendida nem chocada com as revelações que acabara de ouvir, nem tão-pouco a sua expressão revelava qualquer tipo de julgamento. Denise aclarou a garganta.

— Depois de Kyle ter nascido, pedi uma licença sem vencimento na escola onde era professora. A minha mãe tinha morrido, e eu queria passar o primeiro ano com o bebé. Mas depois que isto tudo começou a acontecer, não pude regressar ao trabalho. Andava numa roda viva a consultar médicos, a ir a centros de diagnóstico e a terapeutas até que, finalmente, me deparei com um programa terapêutico que podíamos fazer em casa. Com tudo isto não me sobrava tempo para um emprego a tempo inteiro. Trabalhar com Kyle *é* a tempo inteiro. Tinha herdado esta casa, e o dinheiro acabou por se gastar.

Olhou para Judy com uma expressão pesarosa no rosto.

— Assim, acho que a resposta à sua pergunta é que tive de me mudar para cá por necessidade, para poder continuar a trabalhar com Kyle.

Quando ela acabou de falar, Judy fixou-a e bateu-lhe no joelho mais uma vez. — Desculpe a expressão, mas você é uma mãe dos diabos. Muito pouca gente faria esse tipo de sacrifícios.

Denise observava o filho a brincar na terra. — Só quero que ele melhore.

— Pelo que me contou, parece que já melhorou. — Deixou que esta frase fosse digerida antes de se encostar de novo na cadeira e continuou: — Sabe, lembro-me de observar Kyle quando costumava ir ao computador da biblioteca, mas nem uma única vez me passou pela cabeça que tivesse qualquer tipo de problemas. Era como todas as crianças que lá iam, excepto, talvez, que se portava melhor.

— Mas ainda tem problemas na fala.

— Também Einstein e Teller os tinham e tornaram-se nos maiores físicos da história.

— Como é que sabe que eles tinham esses problemas?

Embora Denise soubesse (tinha lido quase tudo sobre o assunto), ficou surpreendida, e impressionada, que Judy tivesse este tipo de conhecimentos.

— Oh, ficaria espantada com a quantidade de pormenores que fui aprendendo ao longo dos anos. Sou como um aspirador com coisas dessas, não me pergunte porquê.

— Devia ir ao *Jeopardy!*

— E iria se não fosse aquele Alex Trebek que é tão engraçado. Provavelmente, esquecer-me-ia de tudo mal ele me cumprimentasse. Não seria capaz de tirar os olhos dele o tempo todo, tentando inventar uma maneira de ele me beijar, como aquele Richard Dawson fez em *Family Feud*.

— O que é que o seu marido iria pensar se soubesse que tinha dito isso?

— Tenho a certeza de que não se importava. — O seu tom de voz tornou-se um pouco mais sério. — Morreu há muito tempo.

— Desculpe — começou Denise —, não sabia.

— Não há problema.

No silêncio repentino que se fez, Denise esfregava as mãos, nervosa. — Então... nunca voltou a casar?

Judy abanou a cabeça. — Não. Parecia que não tinha tempo para encontrar alguém. Taylor era terrível, era tudo quanto podia fazer para o acompanhar.

— Oh, como isso soa tão familiar. Parece que a única coisa que faço é trabalhar com Kyle e trabalhar no restaurante.

— Trabalha no Eights? Com o Ray Toler?

— Hm-hm. Arranjei esse emprego quando me mudei para cá.

— Já lhe falou dos filhos?

— Só uma dúzia de vezes pouco mais ou menos — retorquiu Denise.

A partir daqui, a conversa desviou-se facilmente para o trabalho de Denise e para os intermináveis projectos que pareciam ocupar o tempo de Judy. O ritmo da conversa era fluido, como Denise não experimentava há muito tempo achando-o, inesperadamente, re-

confortante. Meia hora mais tarde, Kyle estava farto de brincar com os camiões e meteu-os debaixo do alpendre (embora nada lhe dissessem, Judy não pôde deixar de reparar) e olhou interrogativamente para a mãe. O rosto dele estava corado do calor e algumas madeixas de cabelo colavam-se-lhe à testa. — Posso comer macarrão e queijo? (*Podi comê carão quêjo?*)
— Macarrão e queijo?
— Sim.
— Claro, meu amor. Vou preparar-to.
Denise e Judy levantaram-se e entraram na cozinha com Kyle no seu encalço, deixando pegadas de terra pelo soalho. Sentou-se à mesa enquanto Denise abria o armário.
— Quer fazer-nos companhia ao almoço? Posso arranjar, rapidamente, umas sandes.
Judy olhou para o relógio. — Gostaria muito, mas não posso. Tenho uma reunião na baixa por causa da feira do próximo fim-de-semana. Ainda temos de acertar algumas agulhas.
Denise enchia um tacho com água quente e olhou por cima do ombro. — Uma feira?
— Sim, no fim-de-semana. É um acontecimento anual e predispõe as pessoas para o Verão. Espero que possa ir.
Denise pôs o tacho no fogão e, com um clique, ligou o gás. — Não tinha pensado nisso.
— Porque não?
— Bom, por um lado, nem sequer tinha ouvido falar disso.
— Anda *mesmo* na lua.
— Nem me diga!
— Então devia ir, Kyle ia adorar. Há comida e artesanato, concursos, um parque de diversões; há sempre algo para toda a gente.
O pensamento de Denise voltou-se imediatamente para as despesas que isso acarretaria.
— Não sei se podemos — acabou por dizer, pensando numa desculpa. — Tenho de trabalhar no sábado à noite.
— Ora, não precisa ficar muito tempo. Vá durante o dia se preferir. Mas é muito divertido e, se quiser, posso apresentá-la a pessoas da sua idade.

Denise não respondeu logo, e Judy percebeu a hesitação dela.
— Pense no assunto, está bem?

Judy pegou na carteira que estava em cima da bancada e Denise inspeccionou a água (ainda não estava a ferver) antes de se dirigirem à porta da rua e saírem para o alpendre outra vez.

Denise passou a mão pelos cabelos afastando uma madeixa que lhe caíra para a cara.

— Obrigada por ter vindo. Foi muito agradável ter uma conversa de adultos para variar.

— Gostei muito — afiançou Judy, inclinando-se para lhe dar um abraço inesperado. — Obrigada por me ter convidado.

Quando Judy se voltava para se ir embora, Denise apercebeu-se do que se esquecera de lhe mencionar.

— Oh, a propósito, não lhe disse que ontem encontrei Taylor no armazém.

— Eu sei. Falei com ele a noite passada.

Após um breve e incómodo silêncio, Judy ajeitou a alça da carteira. — Vamos repetir isto, está bem?

— Adoraria.

Denise demorou o olhar em Judy enquanto esta descia os degraus e se dirigia para o caminho de gravilha. Quando chegou ao carro, voltou-se para ver Denise mais uma vez.

— Sabe, Taylor vai estar na feira, este fim-de-semana, com os colegas do quartel — gritou Judy sem cerimónias. — A equipa deles de *softball* vai jogar às três horas.

— Oh? — Foi tudo quanto ocorreu a Denise dizer.

— Bem, no caso de aparecer, é lá que eu vou estar.

Um momento depois, Judy abriu a porta do carro. Denise continuava à porta de casa e acenou enquanto Judy deslizava para trás do volante, com um sorriso brincando-lhe nos lábios, e punha o motor a trabalhar.

CAPÍTULO 13

— Ei! Não tinha a certeza se vocês iam aparecer — chamou Judy, feliz.

Era sábado à tarde, um pouco depois das três, quando Denise e Kyle subiram a bancada em direcção a Judy, abrindo caminho por entre os outros espectadores.

O jogo de *softball* não tinha sido difícil de encontrar; era a única zona do parque com bancadas e com o campo rodeado por um separador de correntes. Quando estacionaram as bicicletas, Denise tinha descortinado facilmente Judy sentada no banco. Ao vê-los, Judy acenara-lhes enquanto Denise agarrava Kyle, fazendo os possíveis por se equilibrar à medida que tomava o caminho dos lugares superiores.

— Ei, Judy... conseguimos. Não sabia que Edenton tinha tanta gente. Ainda levámos um bom bocado para atravessar a multidão.

As ruas da baixa tinham sido fechadas ao trânsito e fervilhavam de gente. Havia bandeiras ao longo da rua e tendas que se estendiam em ambos os passeios com pessoas que observavam as peças de artesanato e que vagueavam entrando e saindo das lojas, transportando as suas novas aquisições. Perto do Cook's Drugstore, tinha-se instalado uma zona para as crianças. Aí podiam montar os seus próprios brinquedos usando cola *Elmer*, pinhas, feltro, espuma *Styro*, balões e uma diversidade de materiais que várias pessoas tinham oferecido. No centro da praça, o parque de diversões estava em pleno auge. Denise reparou que as filas já eram bem compridas.

Denise e Kyle caminharam com calma, levando as bicicletas à mão, através da cidade, ambos gozando a efervescência da feira. No extremo mais afastado da cidade, o parque palpitava com mais comida e mais jogos. Um concurso de churrascos estava a ter lugar numa zona de sombra junto à estrada, e os Shriner estavam a preparar uma fritada de peixe na esquina mais próxima. Por todo o lado, as pessoas que tinham trazido a sua própria comida, confeccionavam, em pequenos grelhadores, cachorros quentes e hambúrgueres para a família e os amigos.

Judy chegou-se para o lado para dar espaço aos dois, e Kyle postou-se entre as duas. Ao fazê-lo, inclinou-se sobre Judy, quase amoroso e riu-se como se achasse a situação muito divertida. Em seguida, instalou-se e tirou um dos aviões que trouxera consigo. Denise tinha insistido que ele os metesse nos bolsos antes de saírem de casa. Nem sequer tinha a pretensão de lhe explicar o jogo de forma a mantê-lo interessado e queria que ele tivesse alguma coisa com que brincar.

— Oh, as pessoas vêm de todo o lado para a feira — comentou Judy à laia de explicação. — Arrasta multidões de todo o distrito. É uma das poucas ocasiões em que as pessoas podem reencontrar amigos que já não vêem há muito tempo e é uma bela maneira de passar o tempo.

— É, de facto, o que parece.

Judy deu um cotovelada a Kyle. — Olá, Kyle. Como é que vais?

Com uma expressão séria, comprimiu o queixo no peito antes de levantar o brinquedo para ela o ver. — Vião — exclamou ele com entusiasmo, certificando-se que Judy o via. Embora Denise soubesse que era a forma que ele utilizava para tentar comunicar, ao nível do seu próprio entendimento (algo que ele fazia frequentemente) ela encorajou-o, não obstante, a dar uma resposta correcta. Deu-lhe uma palmadinha nas costas.

— Kyle, diz: «Estou bem, obrigado.»

— Estou bem, obrigado. (*Tou bem, bigado*) — Meneava a cabeça para trás e para a frente ao ritmo das sílabas, depois dirigiu a sua atenção para o brinquedo.

Denise pôs-lhe um braço em volta dos ombros e concentrou-se no desenrolar do jogo.

— Por quem é que estamos a torcer concretamente?
— Na verdade, por qualquer das equipas. Agora Taylor está em campo como terceiro base da equipa vermelha: os Voluntários Chowan. São do Quartel dos Bombeiros. A equipa azul, as Forças Chowan. São os polícias, os xerifes e os militares locais. Todos os anos jogam apenas para fins de beneficência. A equipa que perder tem de pagar quinhentos dólares à biblioteca.
— E quem teve essa ideia? — perguntou Denise intencionalmente.
— Fui eu, claro!
— Assim, a biblioteca ganha de qualquer das maneiras?
— É esse o objectivo — afirmou Judy. — Na realidade, os rapazes levam o jogo muito a sério. Há uma grande quantidade de egos ali no campo. Sabe como são os homens.
— Qual é o resultado?
— Quatro a dois. Está a ganhar o Quartel dos Bombeiros.

No campo, Denise viu Taylor agachado em posição de bater a bola, tamborilando, distraidamente, na luva e pronto para o arremesso. O *pitcher* atirou uma bola alta e difícil, e o *batter* atingiu-a com destreza empurrando-a para o centro do campo. Foi agarrada com segurança, um corredor alcançou o *home plate* aumentando a pontuação.

— Não foi Carl Huddle que bateu aquela bola?
— Foi. O Carl é, na realidade, um dos melhores jogadores. Ele e Taylor jogaram juntos no liceu.

Durante a hora seguinte, Denise e Judy observaram o jogo, tagarelando acerca de Edenton e puxando por ambas as equipas. O jogo só tinha sete turnos e era, de facto, mais interessante do que Denise o havia imaginado, pontuavam bastante e não havia tantas bolas perdidas como pensara. Taylor fez umas duas jogadas de modo a que a bola chegasse à base antes do *batter,* mas, no geral, era um jogo de lançamentos, e a vantagem subia e descia alternadamente em cada turno. Quase todos os jogadores conseguiam bater a bola para o *outfield*, obrigando os jogadores a um exercício intenso. Denise não pôde deixar de verificar que os jogadores do *outfield* eram bastante mais jovens, e transpiravam muito mais, do que os que estavam no *infield*.

Todavia, Kyle tinha-se fartado do jogo apenas um turno após o início e foi brincar para as bancadas trepando e saltando para cima e para baixo, correndo por aqui e ali. Com tanta gente, Denise ficava nervosa com receio de perdê-lo de vista e, em várias ocasiões, levantou-se para o localizar.

Sempre que o fazia, Taylor sentia os olhos desviarem-se para essa direcção. Tinha-a visto chegar com Kyle, segurando-lhe a mão e caminhando devagar, perscrutando as bancadas, sem se dar conta de os homens voltarem a cabeça à medida que passava por eles. Porém, Taylor havia reparado nos olhares, tinha-os visto admirarem o seu aspecto: a camisa branca metida para dentro dos calções, as pernas longas descendo até umas sandálias a condizer, o cabelo solto caindo em cascata pelos ombros. E não conseguiu perceber por que razão deu consigo com inveja do facto de a sua mãe (e não ele) estar sentada a seu lado.

A presença dela era perturbadora, mas não só porque não deixava de pensar no que Melissa havia dito. A bancada onde ela se encontrava sentada era entre o *home* e a primeira base; a sua posição na terceira base fazia com que não pudesse deixar de a ver. Parecia não poder deixar de olhar, constantemente, na sua direcção, como que para se certificar que não se tinha ido embora. Censurava-se cada vez que o fazia, perguntando-se por que motivo era isso assim tão importante, mas dava consigo a repetir o mesmo gesto uns escassos minutos depois. Numa das vezes demorara o seu olhar um pouco mais, e ela acenou-lhe.

Ele correspondeu da mesma forma com um sorriso de embaraço e voltou-se, interrogando-se por que diabo, de repente, se sentia como o raio de um adolescente outra vez.

* * *

— Com que então é ela, hã? — perguntou-lhe Mitch quando ambos se sentaram no banco entre dois turnos.
— Quem?
— Denise, a que está sentada ao lado da tua mãe.
— Nem sequer reparei — retorquiu Taylor enquanto distraidamente fazia girar o bastão, esforçando-se por parecer desinteressado.

— Tinhas razão — rematou Mitch.
— Sobre o quê?
— Ela é muito bonita.
— Não fui eu quem disse isso, foi a Melissa.
— Oh — concordou Mitch —, claro.
Taylor desviou a sua atenção para o jogo, e Mitch seguiu-lhe o olhar.
— Então por que é que não tiravas os olhos dela? — perguntou-lhe finalmente.
— Eu não estava a olhar para ela.
— Oh — condescendeu Mitch, assentindo. Nem sequer se incomodou a esconder o sorriso trocista.

* * *

Ao sétimo turno, com a contagem em 14-12, os Voluntários estavam a perder, e Taylor esperava pela sua vez na defesa. Kyle tinha feito uma pausa nas suas brincadeiras e estava em pé junto à vedação quando viu Taylor a treinar os movimentos.
— Oá, Tayer — cumprimentou ele alegremente, exactamente como tinha feito no Merchants.
Taylor rodou nos calcanhares ao ouvir a sua voz e aproximou-se da vedação.
— Olá, Kyle. Que bom ver-te. Como vais?
— Bambeiú — exclamou Kyle apontando.
— Claro que sou bombeiro. Estás a divertir-te com o jogo?
Em vez de responder, Kyle ergueu o avião no ar para Taylor o ver.
— O que é que tens aí, meu rapaz?
— Vião.
— Tens razão. É um bonito avião.
— Podes pegar-lhe. (*Pó pegá*)
Kyle passou-lho através da vedação, e Taylor hesitou antes de o agarrar. Examinou-o enquanto Kyle o observava com um olhar de orgulho no seu rosto pequeno. Por sobre o ombro, Taylor ouviu que o chamavam para a base.
— Obrigado por me mostrares o teu avião. Queres que to dê?

— Podes pegar-lhe — repetiu Kyle.

Taylor hesitou e depois resolveu: — Está bem, vai ser o meu amuleto da sorte. Já to trago. Certificou-se de que Kyle conseguia vê-lo a guardar o brinquedo no bolso, e o rapazinho esfregava as mãos uma na outra.

— Não te importas? — perguntou-lhe Taylor.

Kyle não respondeu, mas parecia estar de acordo.

Taylor esperou, para se assegurar, depois correu a passo lento. Denise inclinou a cabeça na direcção de Kyle. Quer ela, quer Judy tinham-se apercebido da cena que acabara de ter lugar.

— Acho que o Kyle gosta de Taylor — admitiu Denise.

— Penso que o sentimento é recíproco — retorquiu Judy.

* * *

No segundo arremesso, Taylor bateu na bola vigorosamente atirando-a mesmo para o *field* (bateu-lhe com a mão esquerda) e desatou a correr em direcção à primeira base enquanto dois outros, em posição de marcar, faziam o percurso à volta dos sacos. A bola bateu no chão e saltou três vezes antes do *fielder* a conseguir apanhar e estava em desequilíbrio quando a atirou. Taylor dava a volta à segunda, atacando com força, reflectindo se devia tentar a base. Porém, a sua decisão acabou por vencer, e a bola alcançou o *infield* mesmo quando Taylor chegava, são e salvo, à terceira base. Ganhou dois pontos, o jogo estava empatado e Taylor marcou quando o jogador seguinte rebateu a bola. A caminho do banco, devolveu o avião a Kyle com um grande sorriso nos lábios.

— Bem te disse que me daria sorte, meu rapaz. É um lindo avião.

— Sim, o avião é lindo. (*Sim, vião indo*)

Teria sido a forma perfeita de acabar o jogo, mas azar dos azares, não era assim que tinha de ser. No fim do sétimo turno, as Forças marcaram o ponto da vitória quando Carl Huddle atirou uma bola para fora do parque.

* * *

Depois do jogo acabar, Denise e Judy desceram da bancada com o resto dos espectadores, prontas a encaminharem-se para o parque onde a comida e as cervejas as aguardavam. Judy apontou para o lugar onde se iriam sentar.

— Já estou atrasada — anunciou Judy. — Tinha ficado de ajudar à montagem. Podemos encontrar-nos além?

— Com certeza. Vou lá ter dentro de minutos. Primeiro, tenho de ir buscar o Kyle.

O garoto ainda estava perto da vedação, a observar Taylor a reunir o equipamento, quando Denise se aproximou dele. Não se voltou mesmo depois de Denise o ter chamado, e ela teve de lhe dar uma palmadinha nas costas para se fazer notar.

— Kyle, anda, vamos embora — incitou Denise.

— Não — respondeu abanando a cabeça.

— O jogo já acabou.

Kyle ergueu o olhar para ela com uma expressão de ansiedade no rosto.

— Não, não é. (*Não, num é.*)

— Kyle queres ir jogar?

— Não é — repetiu ele, frazindo as sobrancelhas e descendo uma oitava no tom de voz. Denise sabia exactamente o que isto queria dizer: era uma das formas de mostrar frustração dada a sua incapacidade de comunicar. Era também o primeiro passo que conduzia, frequentemente, a uma verdadeira, demolidora e interminável birra. E que birra!

Claro que todas as crianças tinham acessos de raiva de vez em quando, e Denise não estava à espera que Kyle fosse perfeito. Todavia, com Kyle estes ataques de fúria sucediam porque não conseguia exprimir-se de forma a ser compreendido. Zangava-se com Denise por ela não o perceber, Denise zangava-se porque ele não conseguia transmitir as suas intenções e, a partir daqui, tudo acontecia num crescendo em espiral.

Pior ainda, no entanto, eram os sentimentos que esses incidentes despoletavam. Sempre que aconteciam, lembravam a Denise, de modo brutal, que o filho sofria de um problema grave e apesar de saber que a culpa não era dele, apesar de saber que era errado, se a birra se prolongava por muito tempo, dava consigo a gritar com o filho da mesma maneira irracional que ele gritava com ela. *Que dificuldade há em juntar umas simples palavras? Por que é que não consegues fazê-lo? Por que é que não és como as outras crianças? Por que é que não és normal, Deus do céu?*

Posteriormente, depois de as coisas acalmarem, ela sentia-se terrivelmente. Como é que, amando-o tanto, podia dizer-lhe semelhantes coisas? Como é que podia *até* pensá-las? Nunca conseguia dormir na sequência duma situação destas, ficando horas a fio a olhar para o tecto, pensando realmente que era a mãe mais mesquinha que havia ao cimo da terra.

Mais do que tudo, não queria que acontecesse ali algo parecido. Controlou-se, prometendo-se não levantar a voz.

Muito bem, começa com o que sabes... demora o tempo que precisares... ele está a fazer o melhor que pode...

— Não é — afirmou Denise, repetindo o que Kyle dissera.

— Sim.

Ela pegou-lhe no braço suavemente, na expectativa do que poderia seguir-se. Queria que ele se concentrasse.

— Kyle, não é o quê?

— Não... — A palavra saiu como um queixume e Kyle fez um ruído baixo de raiva com a garganta. Tentou afastar-se.

Decididamente, à beira de uma birra.

Ela tentou de novo com o vocabulário que ele conhecia.

— Queres ir para casa?

— Não.

— Estás cansado?

— Não.

— Tens fome?

— Não.

— Kyle...

— Não! — exclamou ele sacudindo a cabeça e cortando-lhe a palavra. Agora estava zangado, as faces corando.

— Não é o quê? — perguntou ela tão pacientemente quanto possível.

— Não é...

— Não é o quê? — repetiu Denise.

Kyle abanou a cabeça frustrado, procurando as palavras.

— Não é... Kye — declarou por fim.

Denise ficou perplexa.

— Tu não és o Kyle?

— Sim.

— Tu não és o Kyle — repetiu ela desta vez como se fosse uma afirmação. Tinha aprendido que a repetição era importante. Era um modo de perceber se estavam ou não no mesmo comprimento de onda.

— Sim.

Hã?

Denise ficou a pensar, tentando entender o que se passava antes de se concentrar nele de novo.

— Qual é o teu nome? É Kyle?

Kyle sacudiu a cabeça. — Ele não é Kye. É meu gapaz.

Ela pensou outra vez, certificando-se de que compreendera o que ele dissera.

— Meu rapaz? — inquiriu.

Kyle acenou triunfante com a cabeça e sorriu, a sua fúria desaparecendo tão súbita e rapidamente como surgira.

— É meu gapaz — insistiu de novo, e tudo quanto Denise fez foi olhar para ele estarrecida.

Meu rapaz.

Oh, Deus, quanto tempo iria *isto* durar?

Nesse momento, Taylor aproximou-se deles com o saco do equipamento a tiracolo.

— Ei, Denise, como está? — Tirou o chapéu e limpou a testa com as costas da mão.

Denise voltou a sua atenção para ele, ainda aturdida.

— Não tenho bem a certeza — respondeu ela abertamente.

* * *

Os três começaram a atravessar o parque, e Denise contou-lhe a troca de palavras com Kyle. Quando acabou, Taylor deu umas palmadinhas nas costas de Kyle.

— Meu rapaz, hã?

— Sim. Meu gapaz — afirmou Kyle com orgulho.

— Não o encoraje — avisou Denise com um aceno pesaroso de cabeça.

Taylor parecia ter achado tudo muito divertido e não se incomodou a escondê-lo. Kyle, por seu turno, contemplava Taylor como se fosse uma das sete maravilhas do mundo.

— Mas ele é um homenzinho, afirmou Taylor tomando a defesa de Kyle. — Não és?

Kyle acenou afirmativamente, satisfeito por ter alguém do seu lado. Taylor correu o fecho do saco do equipamento e vasculhou-o antes de tirar uma velha bola de basebol. Entregou-a a Kyle.

— Gostas de basebol? — perguntou.

— É uma bola — respondeu Kyle (*É bola.*)

— Não é só uma bola. É uma bola de basebol — explicou solenemente.

Kyle pensou com atenção.

— Sim — murmurou. — É uma bola de basebol. (*Sim... bola bêsból.*)

Segurou firmemente a bola na mão pequena e parecia estudá-la como se procurasse um segredo que apenas ele podia entender. Depois, olhando para cima, vislumbrou, à distância, um escorrega para crianças que, de repente, assumiu prioridade sobre tudo o resto.

— Ele quer andar — exclamou Kyle olhando na expectativa para a mãe — além. — Apontou para onde se queria dirigir. (*Qué andá... lém.*)

— Repete, «Quero andar.»

— Quero andar — murmurou ele docemente. (*Quéo andá.*)

— Está bem — concordou ela. — Mas não te afastes.

Kyle desatou a correr em direcção à zona onde as crianças brincavam com uma energia desmedida. Felizmente, era logo ao lado das mesas onde eles se sentariam; Judy tinha escolhido o local com esse objectivo uma vez que quase todos os envolvidos no jogo tinham trazido os filhos. Quer Denise quer Taylor observavam Kyle enquanto corria.

— É um miúdo engraçado — comentou Taylor com um sorriso.

— Obrigada. É um bom menino.

— Aquela coisinha pequena não é verdadeiramente um problema, pois não?

— Não devia ser... passou por uma fase, há uns meses atrás, em que fingia ser o Godzilla. Não respondia a qualquer outro tipo de chamamento.

— Godzilla?

— Sim, é bastante divertido quando penso nisso. Mas na altura, valha-me Deus. Lembro-me de que uma vez estávamos no armazém, e Kyle escapuliu-se. Andei pelos corredores a chamar pelo Godzilla e não imagina os olhares que as outras pessoas me deitavam. Quando finalmente Kyle apareceu, havia uma senhora por perto, olhou para mim como se eu fosse uma extraterrestre. Sabia que estava a pensar que tipo de mãe daria o nome de Godzilla a um filho.

Taylor riu-se. — Essa é boa!

— Sim, bom... — Revirou os olhos evidenciando uma mistura de satisfação e desespero. Ao olhar para ele, os olhos dela surpreenderam os dele e demoraram-se uns nos outros um momento antes de cada um deles os desviarem. Continuaram a andar em silêncio, parecendo exactamente como os outros casais jovens do parque.

No entanto, pelo canto do olho, Taylor ainda a observava. Estava radiosa à luz do sol daquele Junho ameno. Os olhos, reparou ele, eram da cor do jade, exóticos e misteriosos. Era mais baixa do que ele (talvez um metro e setenta, calculou) e deslocava-se com a graciosidade fácil das pessoas que sabem qual o seu lugar no mundo. Mais do que isso, pressentiu a inteligência dela no modo paciente com que lidava com o filho e, mais importante, o quanto o amava. Para Taylor eram estas as coisas que tinham, de facto, significado.

Melissa, reconhecia ele, estava certa.

— Jogou bem — elogiou Denise, interrompendo-lhe os pensamentos.

— Mesmo assim, não ganhámos.

— Mas jogou bem. Já é alguma coisa.

— Sim, bem, não ganhámos.

— Isso é mesmo coisa de homem. Espero que Kyle não venha a ser assim.

— Mas vai ser, quer queira quer não. Está nos nossos genes.

Denise riu-se e deram alguns passos em silêncio.

— Então por que é que decidiu ser bombeiro? — perguntou ela.

A pergunta trouxe-lhe à memória a imagem do pai. Taylor engoliu em seco, tentando afastar o pensamento.

— Não passava de uma coisa que eu queria fazer desde criança — retorquiu ele.

Se bem que ela tenha percebido uma ligeira alteração no seu tom de voz, a expressão dele parecia neutra enquanto olhava para a multidão à distância.

— Como é que isso funciona? Quero dizer, uma vez que é voluntário. Chamam-no apenas quando acontece uma emergência?

Ele encolheu os ombros, subitamente aliviado por uma qualquer estranha razão. — Mais ou menos.

— Foi assim que encontrou o meu carro naquela noite? Alguém o chamou?

Taylor abanou a cabeça. — Não, isso foi por mero acaso. Todas as pessoas do quartel tinham sido chamadas muito antes por causa do temporal; já havia muitas linhas eléctricas derrubadas ao longo das estradas, e eu andava cá por fora a colocar sinais luminosos para as pessoas poderem parar a tempo. Aconteceu que vi o seu carro e encostei para ver o que se passava.

— E lá estava eu — concluiu ela.

Nessa altura ele parou e fitou os olhos dela, os seus eram da cor do céu. — E lá estava você.

* * *

As mesas estavam repletas de comida suficiente para alimentar um pequeno exército, sensivelmente igual ao número de pessoas que se moviam lentamente naquela área.

Num dos lados, perto dos grelhadores onde os hambúrgueres e as salsichas estavam a ser assados, viam-se quatro grandes frigoríficos cheios de gelo e cervejas. À medida que se aproximavam deles, Taylor atirou o saco do equipamento para o lado, amontoando-o sobre os outros, e serviu-se de uma cerveja. Ainda curvado, pegou numa *Coors Light*.

— Quer uma também?

— Claro, se houver que chegue.

É o que não falta. Se conseguirmos despejar os frigoríficos, é melhor que nada aconteça esta noite. Ninguém estaria em condições de reagir.

Deu-lhe a lata e ela abriu-a. Nunca tinha bebido muito, mesmo antes de Kyle nascer, mas a cerveja era refrescante num dia tão quente.

Taylor sorveu um grande golo exactamente quando Judy os avistou. Colocou uma pilha de pratos de papel no meio de uma das mesas e depois foi ao encontro deles.

Deu um abraço rápido a Taylor. — Lamento que a tua equipa tenha perdido — comentou brincalhona. — Mas deves-me quinhentos dólares.

— Obrigado pelo apoio moral.

Judy riu-se. — Oh, sabes que estou a meter-me contigo. — Voltou a abraçá-lo antes de dirigir a sua atenção a Denise.

— Bom, agora que já chegou, posso apresentá-la a algumas pessoas?

— Claro, mas deixe-me só ver do Kyle.

— Está óptimo. Vi-o quando aí apareceu. Está a brincar no escorrega..

Tal e qual um radar, Denise foi capaz de o avistar quase de imediato. Andava, de facto, a brincar mas parecia ter muito calor. Ela conseguiu ver-lhe as faces vermelhas, mesmo àquela distância.

— Hm... acha que não faz mal se eu lhe levar qualquer coisa para beber? Uma gasosa ou assim?

— Com certeza. Do que é que ele gosta? Temos *Coca-Cola*, *Sprite*, sumo...

— Pode ser uma *Sprite*.

Pelo canto do olho, Taylor viu Melissa e Kim, a mulher de Carl Huddle que estava grávida, virem na sua direcção para cumprimentá-los. Melissa tinha a mesma expressão triunfante da noite em que ele fora jantar com eles. Não havia dúvida de que ela os tinha visto caminharem lado a lado.

— Deixe ver que eu vou levar-lha — ofereceu-se Taylor rapidamente não querendo enfrentar o olhar malicioso dela. — Acho que vêm aí umas pessoas para nos cumprimentarem.

— Tem a certeza? — perguntou Denise.

— Absoluta — respondeu ele. — Levo-lhe uma lata ou antes um copo?

— Um copo.

Taylor deu mais um golo na cerveja enquanto se dirigia à mesa para preparar a bebida de Kyle, evitando Melissa e Kim por um triz.

Judy apresentou-lhes Denise, e após uns minutos de conversa informal, afastaram-se para falarem a outras pessoas.

Se bem que Denise sentisse sempre um certo retraimento ao conhecer estranhos, neste caso não foi tão difícil quanto imaginara. A atmosfera despreocupada (crianças a correrem de um lado para o outro, toda a gente vestida com roupas leves, pessoas a rir e a dizer piadas) tornou a situação fácil e descontraída. Mais parecia um encontro onde todos eram bem-vindos.

Durante a meia hora seguinte conheceu cerca de uma dúzia de pessoas e, tal como Judy havia referido, quase todas elas tinham filhos. As apresentações sucediam-se rapidamente, as suas e as dos filhos, sendo-lhe impossível fixar os nomes de todas, embora fizesse um esforço para reter os das que pareciam ter uma idade aproximada da sua.

Em seguida serviu-se o almoço para a miudagem e, mal os cachorros eram tirados da grelha, as crianças corriam para a mesa vindas de todos os lados.

É claro que Kyle não foi para a mesa como o resto das crianças, todavia e estranhamente, ela também não vislumbrava Taylor. Não o via desde que ele se afastara em direcção ao parque infantil e perscrutou a multidão, perguntando-se se ele teria regressado sem dar conta. Não o avistou.

Curiosa, olhou para o parque infantil e foi então que os divisou a ambos, apenas a alguns metros, olhando um para o outro. Quando se apercebeu do que estavam a fazer, ficou com a respiração suspensa.

Quase não acreditava no que via. Fechou os olhos por um longo espaço de tempo e depois abriu-os de novo.

Petrificada, observava como Taylor atirava a bola cuidadosamente em direcção a Kyle. Este estava em pé com os dois braços estendidos e os antebraços juntos um ao outro. Não mexeu um músculo quando a bola foi projectada pelo ar. Contudo, como que por um truque de magia, a bola aterrou directamente nas suas mãos pequenas.

Tudo quanto ela fazia era olhar, espantada e fixamente, para a cena.

Taylor McAden estava a jogar ao apanha-bolas com o filho.

* * *

O último lançamento de Kyle foi para fora (como haviam sido outros tantos) e Taylor corria quando a bola passava por ele e parava, finalmente, na relva aparada.

— Oh, ei! — exclamou ele sem cerimónias. — Estamos a jogar ao apanha-bolas. — E pegou na bola.

— Têm estado a jogar a isso este tempo todo? — perguntou ela, ainda sem conseguir esconder a sua incredulidade.

Kyle nunca antes tinha querido brincar a este jogo. Ela tinha tentado, em inúmeras ocasiões, que ele se interessasse, mas nem uma única vez o filho fizera uma tentativa. A sua surpresa, todavia, não se limitava somente a Kyle; tinha a ver com Taylor. Era a primeira vez que alguém, para além dela, despendia algum tempo a ensinar a Kyle algo novo, uma coisa que as outras crianças faziam.

Ele estava a brincar com Kyle. Ninguém brincava com Kyle.

Taylor assentiu. — Quase todo o tempo. Parece que ele gosta disto.

Nesse momento Kyle viu-a e acenou-lhe. — Oá, mã — gritou ele.

— Estás a divertir-te? — inquiriu ela.

— Atira-a — pediu ele entusiasmado. (*Atia*)

Denise não pôde deixar de sorrir. — Estou a ver. Foi um bom arremesso.

— Atia — repetiu Kyle concordando com ela.

Taylor empurrou a aba do chapéu para cima. — Às vezes tem um braço e tanto — comentou ele à laia de explicação por ter falhado o lançamento de Kyle.

Denise apenas o olhava fixamente. — Como é que conseguiu pô-lo a jogar?

— O quê? Ao apanha-bolas? — Encolheu os ombros, completamente alheio à proeza que alcançara. — Na verdade, foi ideia dele. Depois de tomar o refrigerante, a modos que me atirou com a bola. Quase que me atingiu na cabeça. Depois lancei-lha e dei-lhe algumas dicas sobre como apanhá-la. Aprendeu bastante depressa.

— Atia — gritou Kyle com impaciência, os braços esticados de novo.

Taylor olhou para ela procurando a sua concordância.

— Vamos lá — anuiu Denise. — Tenho de ver isso outra vez.

Taylor tomou posição a uns metros de Kyle.

— Estás pronto? — quis saber.

Kyle, concentrando-se o mais possível, não respondeu. Denise cruzou os braços, um tanto nervosa.

— Lá vai ela! — exclamou, lançando a bola. A bola bateu no pulso de Kyle e fez ricochete para o seu peito como uma *pinball* antes de, finalmente, aterrar no chão. Kyle apanhou-a de imediato, fez pontaria e atirou-a. Desta vez, a bola seguiu o rumo certo e Taylor conseguiu apanhá-la sem se mexer.

— Boa bola — exclamou Taylor.

Atiraram a bola um ao outro mais algumas vezes antes de Denise intervir.

— Não querem fazer um intervalo? — perguntou ela.

— Só se ele quiser — retorquiu Taylor.

— Oh, ele era capaz de continuar a jogar por mais um bom bocado. Quando encontra uma coisa de que gosta não quer parar.

— Já reparei.

Denise gritou ao filho: — Está bem, querido, só mais uma.

Kyle sabia o que isto queria dizer e observou a bola atentamente antes de a lançar. A bola desviou-se para a direita e, uma vez mais, Taylor foi incapaz de a apanhar. Caiu perto de Denise que a agarrou no momento em que o filho se dirigia para ela.

— É assim tão fácil? Não refila? — espantou-se Taylor, obviamente impressionado com a natureza obediente de Kyle.

— Não, não tenho razão de queixa nesse aspecto.

Quando Kyle chegou junto dela, ela pegou-lhe ao colo e abraçou-o.

— Jogaste muito bem ao apanha-bolas.

— Sim — concordou o filho feliz.

— Queres ir brincar para o escorrega? — perguntou.

Kyle assentiu com a cabeça enquanto ela o punha no chão. O rapazinho deu rapidamente meia volta e encaminhou-se para o parque infantil.

Quando ficaram sozinhos, Denise encarou-o.

— Foi muito simpático da sua parte, mas não tinha de ficar com ele o tempo todo.

— Bem sei. Fui eu que quis. Ele é muito divertido.

Ela sorriu agradecida, pensando quão raramente tinha ouvido alguém dizer tal coisa sobre o filho. — O almoço está pronto se quiser ir comer qualquer coisa — anunciou ela.

— Ainda não tenho muita fome, mas gostaria de acabar de beber a minha cerveja, se não se importa.

A lata de cerveja estava em cima de um banco perto da vedação do parque infantil, e Taylor e Denise avançaram nessa direcção. Taylor agarrou na lata e sorveu um grande golo de cerveja. Pelo ângulo da lata, ela percebeu que ele mal tinha podido tocar-lhe. Via gotas de transpiração escorrerem-lhe pelas faces. O seu cabelo escuro e ligeiramente ondulado espreitava por debaixo do chapéu e a camisa colava-se-lhe ao peito. O filho não lhe tinha dado descanso.

— Quer sentar-se um instante? — inquiriu ele.

— Claro.

Entretanto, Kyle havia desviado a sua atenção do escorrega para as estruturas em ferro. Trepou, esticou os braços tão alto quanto podia e começou a suspender-se nas barras.

— Olha, mamã — gritou ele de repente. (*Óa, mã.*)

Denise voltou-se na sua direcção e observou Kyle soltar-se das barras, uma queda de cerca de um metro e pouco, aterrando no chão com um baque surdo. Pôs-se rapidamente em pé e sacudiu a terra dos joelhos com um largo sorriso no rosto.

— Tem cuidado, está bem? — avisou ela.

— Saltou — retorquiu Kyle. (*Sátou*)

— Pois saltaste.

— Saltou — repetiu o garoto.

Enquanto a atenção de Denise se concentrava no filho, Taylor observava-lhe o peito, que subia e descia a cada movimento respiratório, e notou o modo como ela cruzava uma perna sobre a outra. O movimento, por um qualquer motivo, pareceu-lhe estranhamente sensual.

Quando ela se voltou para ele, teve o cuidado de manter a conversa a um nível cauteloso.

— Então, já teve oportunidade de conhecer toda a gente? — perguntou ele.

— Acho que sim — retorquiu ela. — Parecem boas pessoas.

— E são. Conheço a maior parte desde miúdo.

— Também gosto da sua mãe. Tem sido uma verdadeira amiga nestes últimos tempos.

— É uma mulher encantadora.

Nos minutos subsequentes, continuaram a observar Kyle a fazer o circuito por todos os divertimentos que o parque oferecia. Escorregar, trepar, saltar e rastejar. Kyle parecia ter descoberto uma fonte de energia para tudo isto. Apesar do calor e da humidade, nada parecia detê-lo.

— Acho que agora já como um hambúrguer, — confessou Taylor. — Julgo que já tenha comido.

Denise olhou para o relógio. — Na verdade, ainda não, mas não podemos demorar-nos muito mais. Tenho de ir trabalhar esta noite.

— Já se vai embora?

— Dentro em breve. São quase cinco horas e ainda tenho de ir dar de comer ao Kyle e preparar-me para o trabalho.

— Ele pode comer aqui. Há tanta comida!

— O Kyle não come cachorros quentes nem batatas fritas. É uma criança difícil em relação à alimentação.

Taylor assentiu. Durante um longo período de tempo, pareceu mergulhado em pensamentos.

— Posso dar-lhe boleia até casa? — quis saber por fim.

— Viemos de bicicleta até aqui.

Taylor acenou com a cabeça. — Eu sei.

Logo que ele proferiu estas palavras, ela percebeu que era o momento de reconhecimento para ambos. Ela não precisava de boleia, e ele sabia disso; mas tinha-se oferecido, não obstante o facto de os ami-

145

gos e a comida se encontrarem à sua espera a poucos passos dali. Era óbvio que ele desejava que ela aceitasse; a sua expressão denunciava-o. Ao contrário do seu oferecimento para lhe levar as compras a casa, desta vez, ela reconhecia-o, a sua oferta tinha pouco a ver com o cavalheirismo, mas antes com o que pudesse acontecer entre os dois.

Teria sido fácil recusar. Já tinha problemas de sobra na vida; seria preciso acrescentar mais alguma coisa àquela existência complicada? A mente dizia-lhe que não tinha tempo, que não seria uma boa ideia, que ela mal o conhecia. Os pensamentos surgiam em catadupa fazendo sentido, todavia e apesar de tudo isso, deu consigo a aceitar. — Gostaria muito.

Do mesmo modo, a resposta dela pareceu surpreendê-lo também. Tomou outro golo de cerveja e depois acenou sem dizer uma palavra. Foi nessa altura que Denise reconheceu a mesma timidez que verificara no Merchants e, de súbito, ela admitiu aquilo que tinha andado a negar para si mesma desde essa altura.

Ela não tinha ido à feira apenas para estar e conversar com Judy, nem tão-pouco para conhecer novas pessoas.

Tinha ido para se encontrar com Taylor McAden.

* * *

Mitch e Melissa ficaram a ver a partida de Taylor e de Denise. Mitch inclinou-se sobre o ouvido da mulher para os outros não o escutarem.

— Então, o que é que achas dela?

— É simpática — respondeu Melissa com franqueza. — Mas não depende só dela. Conheces o Taylor. O que acontecer daqui em diante depende fundamentalmente dele.

— Achas que eles se vão entender?

— Conhece-lo melhor do que eu. O que é que pensas?

Mitch encolheu os ombros. — Não tenho a certeza.

— Ai isso é que tens. Sabes perfeitamente como o Taylor pode ser encantador quando põe os olhos em alguém que lhe agrada. Só espero que desta vez não magoe ninguém.

— Ele é teu amigo, Melissa. Nem sequer conheces a Denise.

— Bem sei. E é por essa razão que sempre o desculpei.

CAPÍTULO 14

— Camião gigante! — exclamou Kyle. (*Mião gante!*)
Um *Dodge* quatro por quatro, preto com rodas enormes. Tinha dois projectores montados numa barra cilíndrica, um cabo de reboque de serviços pesados enganchado no pára-choques dianteiro, um suporte para armas por cima dos assentos na cabina e por baixo uma caixa de ferramentas prateada.

Ao contrário dos que ela tinha visto, este não era, contudo, uma peça de exposição. A pintura estava baça e com uma enorme quantidade de riscos e esfoladelas, e havia uma amolgadela no painel da frente, mesmo perto da porta do condutor. Um dos espelhos retrovisores tinha sido arrancado deixando um buraco que se enferrujara em volta, e toda a metade inferior do camião tinha uma grossa camada de lama.

Kyle torcia as mãos, excitado. — Camião gigante — repetiu.
— Gostas? — inquiriu Taylor.
— Sim — respondeu, acenando com entusiasmo.

Taylor carregou as bicicletas na caixa aberta e depois segurou-lhes a porta para entrarem. Porque o camião era alto, teve de ajudar Kyle a trepar lá para dentro. Denise subiu a seguir e Taylor, acidentalmente, tocou-lhe ao de leve ao mostrar-lhe onde se devia agarrar para se conseguir erguer.

Pôs o motor a trabalhar e dirigiram-se aos arredores da cidade com Kyle postado entre ambos. Como se soubesse que ela queria estar sozinha com os seus pensamentos, Taylor não disse nada e ela ficou-lhe grata por isso. Algumas pessoas sentiam-se constrangidas com o silêncio, considerando-o um vazio que precisava ser preenchido, todavia ele não era, seguramente, uma delas. Estava satisfeito apenas por conduzir.

Os minutos decorriam, e a mente dela vagueava. Observava os pinheiros que passavam, uns atrás dos outros, ainda estupefacta por se encontrar no camião com ele. Pelo canto dos olhos conseguia vê-lo concentrado na estrada. Tal como notara no início, Taylor não era propriamente um bonitão. Se tivesse passado por ele numa rua de Atlanta, não lhe teria deitado um segundo olhar. Não tinha aquele aspecto agradável que alguns homens possuem, havia nele, porém, qualquer coisa que ela achava intensamente atraente. Tinha o rosto bronzeado e magro; o sol havia gravado algumas rugas finas em redor dos olhos. A cintura era estreita e os ombros bem musculados como se tivessem sido sujeitos a anos de transporte de cargas pesadas. Os braços faziam crer que tinha martelado milhares de pregos, coisa que, sem dúvida, acontecera. Era quase como se a sua profissão de empreiteiro lhe tivesse moldado a aparência.

Perguntava-se se ele alguma vez tinha sido casado. Nem ele nem Judy aludiram ao facto, mas isso não queria dizer nada. As pessoas sentiam-se frequentemente relutantes em falar de erros cometidos no passado. Só Deus sabia que ela não teria tocado no nome de Brett se a isso não tivesse sido obrigada. No entanto, havia algo nele que a fazia suspeitar de que nunca tinha assumido semelhante compromisso. No churrasco, não pôde deixar de reparar, parecia ser ele o único homem solteiro.

Em frente ficava a Charity Road, e Taylor abrandou a velocidade na curva e acelerou em seguida. Estavam quase a chegar a casa.

Um momento depois, Taylor alcançou o acesso de cascalho e enfiou por aí, travando aos poucos até o camião se imobilizar. Embraiou-o, deixou-o parar lentamente e Denise voltou-se para Taylor curiosa.

— Ei, meu rapaz — perguntou ele —, queres guiar o meu camião?

Transcorreram uns escassos momentos antes de Kyle se virar.

— Vá lá — disse ele desafiando-o —, és capaz de o guiar.

Kyle hesitou e Taylor desafiou-o de novo. O garoto mexeu-se um pouco e Taylor puxou-o, enfim, para o colo. Colocou as mãos de Kyle na parte superior do volante enquanto mantinha as suas suficientemente perto para o agarrar se tal fosse necessário.

— Estás pronto?

Kyle não respondeu, mas Taylor meteu a mudança, e o camião começou a avançar devagar.

— Muito bem, meu rapaz, vamos lá.

Kyle, um tanto inseguro, segurou firmemente o volante e o camião seguiu pelo caminho. Os seus olhos abriram-se quando percebeu que, de facto, era ele a conduzir e, de repente, girou o volante com força para a esquerda. O camião correspondeu e desviou-se para cima da relva, oscilando ligeiramente e tomando o rumo da vedação antes de Kyle guinar outra vez o volante para o outro lado. A viragem foi impetuosa, mas acabou por atravessar o acesso de cascalho no sentido oposto.

Iam a não mais de sete quilómetros à hora, todavia Kyle abriu um sorriso rasgado e voltou-se para a mãe com uma expressão no rosto que significava «vê o que estou a fazer». Riu-se deliciado antes de guinar mais uma vez.

— Está a guiar! — exclamou o menino. (*Tá guiá*.)

O camião rodava em direcção à casa descrevendo um grande S, não acertando em nenhuma árvore (graças aos pequenos mas necessários ajustes que Taylor ia fazendo durante o percurso) e quando Kyle riu alto pela segunda vez, Taylor piscou um olho a Denise.

— O meu pai deixava-me fazer isto quando eu era pequeno. Achei que Kyle também gostaria de experimentar.

* * *

Kyle, com a orientação oral, e manual, avançou para a sombra de uma magnólia antes de, finalmente, parar. Depois de abrir a sua porta, Taylor baixou Kyle para o chão. Este tentou equilibrar-se e depois correu para casa.

Enquanto o observavam, nenhum deles disse nada, e por fim Taylor voltou-se e aclarou a garganta.

— Deixe-me ir tirar as vossas bicicletas — afirmou. E saltou da cabina.

À medida que se deslocava para as traseiras do camião e destrancava as linguetas, Denise ficou sentada sem se mexer, sentindo-se um tanto estranha. Mais uma vez Taylor a tinha surpreendido. Duas vezes numa única tarde, ele tinha feito algo simpático por Kyle, algo considerado normal na vida das outras crianças. A primeira tinha-a deixado maravilhada; a segunda, contudo, sensibilizara-a como ela nunca pudera esperar. Como mãe, fazia o que podia; podia amar e proteger o filho, mas não podia obrigar as outras pessoas a aceitá-lo. Era óbvio, no entanto, que Taylor já o aceitara e sentiu um nó na garganta.

Após quatro anos e meio, Kyle tinha por fim feito um amigo.

Ouviu um ruído surdo e sentiu o camião balançar ligeiramente quando Taylor subiu para a caixa. Controlou-se antes de abrir a porta e saltar para fora.

Taylor tinha posto as bicicletas no chão e depois saltou da caixa com um movimento fácil e fluido. Ainda não se sentindo em si, Denise procurou Kyle e avistou-o em pé, em frente à porta. Com o sol espreitando por entre a folhagem das árvores e batendo-lhe nas costas, o rosto de Taylor parecia esconder-se com as sombras.

— Obrigada por nos ter trazido a casa — agradeceu ela.

— O gosto foi todo meu — replicou ele calmamente.

Parada perto dele, não conseguia esquecer as imagens de Taylor a jogar ao apanha-bolas com o filho ou a deixá-lo conduzir o camião e foi então que admitiu que gostaria de saber mais coisas sobre Taylor McAden. Queria passar mais tempo com ele, queria conhecer melhor a pessoa que tinha sido tão amável para com o filho. Acima de tudo, queria que ele sentisse o mesmo.

Começou a experimentear uma sensação de rubor nas faces, levando a mão à testa para tapar o sol que lhe batia nos olhos.

— Ainda tenho algum tempo antes de me começar a arranjar para ir trabalhar — aventurou-se ela, seguindo os seus instintos. — Gostaria de entrar e tomar uma chávena de chá?

Taylor empurrou o chapéu para cima. — Parece-me uma boa ideia, se não for incómodo.

Levaram as bicicletas à mão para as traseiras da casa deixando-as no alpendre e entraram então empurrando uma porta cuja tinta tinha estalado e caído ao longo dos anos. A casa estava um tanto abafada, e Denise deixou a porta aberta para o ar circular. Kyle seguiu-lhes na peugada.

— Vou buscar o seu chá — disse ela tentando esconder o súbito nervosismo que transparecia na sua voz.

Tirou um jarro de chá do frigorífico e colocou uns quantos cubos de gelo nos copos que tinha ido buscar ao armário. Entregou a Taylor um copo, deixando o seu em cima da bancada, consciente da proximidade dele. Voltou-se para Kyle, esperando que Taylor não se apercebesse do seu estado de espírito.

— Queres beber alguma coisa?

Kyle assentiu. — Quer água. (*Qué bua*.)

Intimamente, agradeceu a interrupção dos seus pensamentos e foi buscar a água e deu-lha.

— Vamos tomar banho? Estás todo transpirado.

— Sim — concordou ele. Bebeu um golo pelo seu pequeno copo de plástico derramando parte da água na camisa.

— Dá-me um minuto para lhe preparar o banho? — perguntou olhando de relance para Taylor.

— Claro! Esteja à vontade.

Denise levou o filho da cozinha e, uns momentos depois, Taylor ouviu a água a correr sobrepondo-se ao sussurro distante da sua voz. Encostando-se à bancada, avaliou a cozinha com o olhar profissional de empreiteiro. A casa, isso já ele sabia, tinha estado vazia durante um bom par de anos antes de Denise vir habitá-la e, apesar dos esforços dela, a cozinha ainda apresentava sinais de incúria. O chão denunciava uma ligeira deformação e o linóleo amarelecera com o passar dos anos. Três das portas dos armários estavam estragadas, e no lava-loiças um lento gotejar havia deixado marcas de ferrugem nos azulejos. O frigorífico, sem sombra de dúvidas, já estava lá em casa; fazia-o recordar-se de um que tinham tido quando era criança. Já havia anos que não via nenhum como aquele.

Contudo, era óbvio que Denise tinha feito o seu melhor para o tornar tão apresentável quanto possível. Estava limpo e bem tratado, isso podia ver-se. Cada prato estava guardado, os tampos das bancadas tinham sido esfregados, um pano da loiça já velho estava dobrado no lava-loiças. Perto do telefone, havia uma pilha de correspondência que parecia já ter sido passada a pente fino.

Junto da porta das traseiras, avistou uma pequena mesa de madeira com livros arrumados ao alto em que dois pequenos vasos de flores com gerânios, um de cada lado, serviam de suporte. Curioso, caminhou nessa direcção e deu uma vista de olhos aos títulos. Cada um deles tratava do desenvolvimento das crianças. Na prateleira de baixo havia uma grossa encadernação azul cuja etiqueta tinha o nome de Kyle.

A água foi fechada e Denise voltou para a cozinha tomando consciência do tempo que passara desde que estivera sozinha com um homem. Para ela, era uma sensação estranha, uma sensação que lhe recordou a sua vida distante, antes de o seu mundo se ter alterado.

Taylor examinava atentamente os títulos dos livros quando ela o viu e se encaminhou para ele.

— Leitura interessante — comentou ele.

— Às vezes. — A sua voz já soava diferente, embora Taylor não parecesse ter notado.

— Kyle?

Ela assentiu e Taylor apontou para a encadernação. — O que é isto?

— São os diários dele. Sempre que trabalho com ele, registo tudo o que ele é capaz de dizer, no que é que tem dificuldades, coisas do género. Assim, consigo acompanhar os progressos dele.

— Parece uma tarefa e tanto.

— E é. — Ela fez uma pausa. — Não quer sentar-se?

Sentaram-se ambos à mesa da cozinha e, se bem que ele nada tivesse perguntado, ela explicou-lhe, até onde lhe era possível, qual o problema de Kyle, tal como havia feito com Judy. Taylor escutou-a sem a interromper até ao fim.

— Então trabalha com ele todos os dias? — inquiriu.

— Não, todos os dias não. Descansamos ao domingo.

— Por que é que é tão difícil para ele falar?

— Essa é a pergunta crucial — afirmou ela. — Ninguém sabe responder a isso com exactidão.

Ele acenou na direcção da prateleira. — O que é que dizem os livros?

— Na grande maioria, não dizem muito. Falam bastante dos atrasos da fala nas crianças, mas normalmente abordam apenas um aspecto de uma grande situação problemática, como o autismo, por exemplo. Recomendam a terapia mas não especificam que tipo de terapia é a mais aconselhada. Apenas chamam a atenção para a consecução de um qualquer programa, e há muitas teorias diferentes sobre qual é o mais vantajoso.

— E os médicos?

— São eles que escrevem os livros.

Taylor fixava o copo, pensando nas brincadeiras com Kyle, depois ergueu os olhos de novo. — Sabe, ele não fala assim tão mal — afirmou ele com sinceridade. — Eu percebi tudo o que ele me dizia e acho que ele também me percebeu a mim.

Denise passou uma unha por uma das fissuras da mesa pensando que era uma coisa simpática, se não verdadeira, de dizer. — Neste último ano fez bastantes progressos.

Taylor inclinou-se para a frente na sua cadeira. — Não estou a dizer isto por dizer — afiançou ele. — Estou a falar a sério. Quando estávamos a lançar a bola um ao outro? Ele pedia-me para lha atirar e, sempre que a agarrava, exclamava: «Boa jogada!»

Fundamentalmente, quatro palavras. *Atira-a. Boa jogada.* Denise poderia ter comentado: *Se pensarmos bem, não é muito, pois não?* E teria razão. Todavia, Taylor estava a ser amável e, naquele momento, ela não queria entrar numa discussão sobre as limitações de linguagem de Kyle. Ao contrário, estava mais interessada no homem sentado à sua frente. Ela anuiu, pondo de lado os seus pensamentos.

— Considero que tem muito a ver consigo e não apenas com Kyle. Você é muito paciente com ele, o que não acontece com a maioria das pessoas. Faz-me lembrar alguns professores com quem trabalhei.

— Você foi professora?

— Ensinei durante três anos, até Kyle nascer.

— Gostava de ensinar?

— Adorava. Trabalhava com crianças do segundo ano e essa é uma idade fabulosa. Os miúdos gostam dos professores e ainda têm um grande desejo de aprender. Faz-nos sentir que podemos, de facto, ter alguma importância nas suas vidas.

Taylor bebeu mais um golo de chá, olhando-a atentamente por cima da borda do copo. Sentado na cozinha, rodeado pelas coisas dela, observando a sua expressão enquanto falava do passado, tudo isso fê-la parecer quase mais delicada, de alguma forma menos protegida do que antes. Também sentiu que falar dela própria não era algo que ela costumasse fazer.

— Quer voltar a ensinar?

— Um dia — retorquiu ela. — Talvez daqui a uns anos. Temos de ver o que o futuro nos reserva. — Endireitou-se na cadeira. — Mas e você? Disse que era empreiteiro?

Taylor assentiu. — Já há doze anos.

— E constrói casas?

— Já construí no passado, mas habitualmente faço restauros. Quando comecei, era o único tipo de trabalho que conseguia arranjar pois mais ninguém os queria. Mas gosto disso também; para mim é um desafio maior do que construir de raiz. Temos de trabalhar com o que já existe e nunca nada é tão fácil como supúnhamos que seria. E mais, a maior parte das pessoas tem um determinado orçamento e é divertido tentar imaginar de que modo é que podemos arrancar-lhes mais dinheiro.

— Acha que era capaz de fazer alguma coisa desta casa?

— Podia fazê-la parecer novinha em folha se você quisesse. Isso depende de quanto é que estaria disposta a gastar.

— Bom — declarou ela corajosamente —, acontece que tenho apenas dez dólares a fazerem-me cócegas no bolso.

Taylor levou a mão ao queixo. — Hm. — O rosto assumiu uma expressão grave. — Podemos ter de eliminar os tampos em madeira e o frigorífico com arca congeladora — opinou ele e ambos desataram a rir.

— Então, gosta de trabalhar no Eights? — perguntou ele.

— Não está mal. Neste momento, é tudo quanto preciso.

— Como é o Ray?

— Na verdade, ele é maravilhoso. Deixa que o Kyle durma no quarto das traseiras enquanto trabalho e isso evita uma montanha de problemas.

— Já lhe falou dos filhos?

Denise ergueu ligeiramente as sobrancelhas. — É exactamente a mesma pergunta que a sua mãe me fez.

— Bem, uma vez que já vive aqui há algum tempo, vai descobrir que toda a gente sabe tudo sobre toda a gente e que, a seu tempo, toda a gente vai fazer as mesmas perguntas. É uma cidade pequena.

— Difícil passar despercebida, hã?

— Impossível.

— E se eu me mantiver à distância?

— Aí as pessoas também hão-de falar disso. Mas não é assim tão mau quando nos habituamos. A maior parte das pessoas não são mesquinhas, apenas curiosas. Se não fizermos nada de imoral ou de ilegal, elas não se importam e certamente também não perdem muito tempo connosco. É apenas um meio de passar o tempo pois não há muito mais para fazer por estas bandas.

— Então o que é que costuma fazer? Isto é, no seu tempo livre?

— O meu trabalho e o quartel dos bombeiros dão-me bastante que fazer, mas sempre que posso escapar, vou à caça.

— Isso é um passatempo que não seria muito popular entre os meus amigos lá de Atlanta.

— O que é que eu posso fazer? Não passo de um bom rapaz do Sul.

Mais uma vez, Denise foi surpreendida pela grande diferença entre ele e os homens com quem costumava sair. Não apenas nas coisas mais óbvias (o seu tipo de trabalho e o seu aspecto) mas porque parecia satisfeito com o mundo que criara para si. Não ansiava por fama ou glória, não lutava para ganhar milhões de dólares, cheio de planos ambiciosos para ultrapassar os outros. De certo modo, quase parecia um espécimen de uma época passada, uma época em que o mundo não parecia tão complicado como agora e em que as coisas simples é que assumiam importância.

Enquanto pensava nele, Kyle chamou-a da casa de banho e Denise voltou-se ao ouvir a sua voz. Olhando para o relógio, verificou que Rhonda devia estar a chegar dentro de meia hora para a levar e ela ainda não estava pronta. Taylor adivinhou o que ela estava a pensar e acabou o chá que restava no copo.

— Acho que tenho de ir andando.
Kyle chamou-a outra vez e então Denise respondeu-lhe.
— Vou já, meu amor. — Depois voltou-se para Taylor. — Vai para o churrasco?
Taylor aquiesceu: — Devem estar a pensar onde me meti.
Ela sorriu-lhe com um olhar atrevido. — Acha que estão a cortar-nos na casaca?
— É o mais certo.
— Parece que tenho de me habituar a isso.
— Não se preocupe. Farei com que fiquem a saber que não aconteceu nada.

Os olhos dela mergulharam nos dele, sob este olhar, ela sentiu uma agitação interior, algo repentino e inesperado. Antes que se pudesse conter, as palavras saíram-lhe:

— Para mim, aconteceu.

Taylor parecia estudá-la em silêncio, cogitando no que acabara de ouvir, enquanto um rubor de embaraço subia pelas faces e pelo pescoço dela. Ele olhou em volta e depois para o chão, antes de, por fim, se concentrar nela outra vez.

— Amanhã à noite trabalha? — acabou por perguntar.
— Não — retorquiu quase sem fôlego.
Taylor inspirou fundo. *Deus, como ela era bonita!*
— Posso levar-vos aos dois à feira? Tenho a certeza de que Kyle ia adorar andar nos carrocéis.

Apesar do facto de suspeitar que ele ia convidá-la, ela sentiu, ainda assim, uma onda de alívio quando ouviu as palavras pronunciadas em voz alta.

— Gostaria muito — afirmou calmamente.

* * *

Muito depois, nessa mesma noite, sem conseguir conciliar o sono, Taylor reflecia que, o que tinha começado como um dia simples e normal, se transformara em algo que ele não previra. Não compreendia muito bem como é que tinha acontecido... toda a situação criada à volta de Denise tinha-se tornado como que numa bola de neve, quase para além do seu controlo.

É claro que ela era atraente e inteligente, admitia-o. Mas já antes havia encontrado mulheres atraentes e inteligentes. No entanto, havia algo em Denise, qualquer coisa na relação deles que provocou um pequeno deslize no seu controlo habitualmente forte. Era quase como que *conforto*, à falta de uma palavra mais adequada.

Na verdade, não fazia qualquer sentido, dizia para si mesmo, socando a almofada e tentando pô-la a seu jeito. Mal a conhecia. Apenas conversara com ela algumas vezes, só a vira umas duas vezes em toda a sua vida. Talvez ela não fosse como ele a imaginava.

Para além de tudo o mais, ele não queria envolver-se. Já tinha passado por isso.

Taylor sacudiu o cobertor com uma súbita irritação.

Por que diabo lhe tinha perguntado se a podia levar a casa? Por que razão a convidara para sair no dia seguinte?

E mais importante ainda, por que motivo as respostas a estas perguntas o deixavam com um sentimento tão incómodo?

CAPÍTULO 15

O domingo, felizmente, não estava tão quente como o dia anterior. Nuvens imprecisas tinham sido trazidas pelo vento, impedindo que o sol se reflectisse em todo o seu esplendor e, ao entardecer, levantou-se uma brisa exactamente quando Taylor se aproximava da entrada da casa de Denise. Era um pouco antes das seis quando, devido aos buracos, o camião balançou e as rodas levantaram o cascalho do acesso. Denise saiu para o alpendre, vestida com umas *jeans* desbotadas e uma camisa de manga curta, no exacto momento em que ele saltava do camião.
Esperava que o seu nervosismo não transparecesse. Era o seu primeiro encontro depois do que parecia uma eternidade. Tudo bem, Kyle estaria com eles e, tecnicamente, não era um encontro *a sério*, mas mesmo assim, sentia-o como tal. Tinha passado quase uma hora a tentar encontrar o que havia de vestir antes de, finalmente, se decidir e, não obstante, ainda estava na dúvida. Só quando viu que ele também trazia *jeans* é que ficou um pouco mais aliviada.
— Ei, olá! — exclamou ele. — Espero não estar atrasado.
— Absolutamente nada. — replicou ela. — Vem mesmo a tempo.
Distraidamente, coçou uma das faces. — Onde é que está o Kyle?
— Ainda lá está dentro. Vou já buscá-lo.
Num minuto estavam prontos para partir. Enquanto Denise fechava a porta à chave, Kyle desatou a correr pelo jardim.
— Oá, Tayer! — cumprimentou ele.

Taylor segurou a porta e ajudou-o a subir, exactamente como havia feito no dia anterior.

— Ei, Kyle. Estás com vontade de ir à feira?

— Mião gante! — exclamou alegremente.

Logo que tomou lugar no assento, trepou para o volante tentando, sem sucesso, rodá-lo de um lado para o outro.

À medida que se aproximava, Denise ouvia o filho a emitir uns ruídos semelhantes a um motor. — Tem estado todo o dia a falar do seu camião — explicou ela. — Esta manhã descobriu uma *Matchbox* que se parece com o seu camião e já não a largou.

— Então e o avião?

— Isso era a atracção de ontem. Hoje é o camião.

Acenou em direcção à cabina. — Acha que posso deixá-lo guiar outra vez?

— Não me parece que tenha alguma hipótese de recusar.

Enquanto Taylor se afastava para a deixar subir, ela sentiu o aroma da sua água-de-colónia. Nada de extravagante, provavelmente comprada no *drugstore* local, mas ficou sensibilizada pela intenção. Kyle afastou-se para lhe dar espaço e depois gatinhou, de imediato, para o seu colo mal Taylor se instalou.

Denise encolheu os ombros com uma expressão no rosto que significava: «Bem o avisei.» Taylor fez um sorriso forçado ao rodar a chave na ignição.

— Muito bem, meu rapaz, vamos lá.

Lentamente, desenharam um grande S, passando por cima da relva e em volta das árvores até que, por fim, chegaram à estrada. Nessa altura, muito contente, Kyle saltou do seu colo e Taylor rodou o volante avançando rumo à cidade.

A viagem até à feira demorou apenas uns escassos minutos. Taylor ia explicando a Kyle os diversos objectos do camião (o rádio transmissor, a telefonia, os botões do painel), e se bem que fosse evidente que o filho dela não entendia o que lhe estava a ser dito, Taylor continuou a explicação. Ela reparou, no entanto, que Taylor parecia estar a falar mais devagar do que no dia anterior e que utilizava palavras mais simples. Se foi por causa da conversa deles na cozinha ou porque ele apanhara o ritmo que ela usava, não tinha a certeza, mas ficou agradecida por aquele cuidado.

Chegaram à cidade e voltaram à direita para uma das ruas laterais a fim de estacionarem. Mesmo sendo a última noite da feira, não havia demasiado movimento, e encontraram um lugar perto da rua principal. Caminhando em direcção à feira, Denise reparou que as barracas ao longo dos passeios não tinham muita gente e os seus donos apresentavam um aspecto cansado, como se não pudessem esperar mais para as encerrar de vez.

A feira, todavia, continuava animada; sobretudo crianças com os pais, na esperança de aproveitar ao máximo as últimas horas de entretenimento que lhes eram proporcionadas. No dia seguinte, já tudo teria sido levantado e carregado, a caminho de outra cidade.

— Então, Kyle, o que é queres? — perguntou-lhe a mãe.

A criança apontou, de imediato, para o baloiço mecânico, uma viagem em que dezenas de baloiços de metal rodavam em círculos, primeiro para a frente e depois para trás. Cada criança tinha o seu próprio assento, apoiado em cada canto por correntes, e a miudagem gritava, simultaneamente, de pânico e de prazer. Kyle observava, paralisado, as voltas e reviravoltas do baloiço.

— É um baloiço — afirmou ele. (*É paloiço.*)

— Queres andar no baloiço? — quis saber Denise.

— Baloiço — repetiu com um aceno da cabeça.

— Diz: «Quero andar no baloiço.»

— Quero andar no baloiço. — murmurou ele. (*Qué andá paloiço.*)

— Está bem.

Denise avistou a tenda que servia de bilheteira (tinha guardado alguns dólares das gorjetas da noite anterior) e começou a procurar na mala de mão. Taylor, contudo, notou o que ela fazia e levantou as mãos para a impedir.

— Isto é comigo. Eu convidei, lembra-se?

— Mas o Kyle...

— Eu convidei-o também.

Depois de Taylor comprar os bilhetes, esperaram na fila. O baloiço parou e esvaziou-se, e Taylor entregou os bilhetes a um homem que parecia ter vindo directamente da Fundição Central. As mãos estavam pretas de óleo, os braços cobertos de tatuagens e faltava-lhe um dos dentes da frente. Rasgou os bilhetes antes de os arremessar para dentro de uma caixa de madeira.

— Esta geringonça é segura? — perguntou ela.

— Passou na inspecção anteontem — respondeu ele automaticamente.

Era, sem dúvida, a mesma resposta que tinha dado a todos os pais que haviam feito aquela pergunta e não foi, seguramente, suficiente para aliviar a ansiedade dela. Algumas partes do baloiço pareciam ter sido agrafadas umas às outras.

Denise, nervosa, conduziu Kyle ao seu assento. Levantou-o para o sentar e depois baixou a barra de segurança enquanto Taylor ficava fora do portão à espera.

— É paloiço — repetiu Kyle quando ficou pronto para a viagem.

— Sim, é. — Ela pôs-lhe as mãozinhas na barra. — Agora segura-te e não largues.

A única resposta de Kyle foi uma gargalhada de prazer.

— Segura-te! — repetiu ela, desta vez mais séria, e Kyle apertou a barra com força.

Ela regressou para junto de Taylor e ficou a seu lado, rezando para que o filho fizesse o que ela mandara. Um minuto depois deu-se o arranque, e a máquina começou lentamente a ganhar velocidade. Na segunda volta os baloiços principiaram a mover-se, levados pelo ímpeto. Denise não tirava os olhos de Kyle que balançava, era impossível não ouvir as suas gargalhadas tão agudas. Quando vinha para trás, ela reparou que as suas mãos ainda estavam exactamente onde deviam estar. Suspirou de alívio.

— Parece surpreendida — comentou Taylor, inclinando-se para se fazer ouvir por cima do barulho ensurdecedor.

— E estou — concordou ela. — É a primeira vez que ele anda numa coisa destas.

— Nunca o levou a uma feira?

— Não achei que estivesse preparado para isto antes.

— Por causa dos problemas da fala?

— Em parte. — Ela deitou-lhe uma olhadela. — Há tantas coisas sobre Kyle que nem eu própria entendo.

Ela hesitou perante o olhar espantado de Taylor. Inesperadamente, desejou, mais do que tudo na vida, que Taylor compreendesse Kyle, queria que ele percebesse o que tinham sido aqueles últimos quatro anos. Mais ainda, queria que ele a entendesse.

— O que eu quero dizer é — começou ela suavemente —, imagine um mundo onde nada é explicado, onde tudo tem de ser aprendido por meio de um processo de tentativas e erros. Para mim, é como o mundo de Kyle é agora. As pessoas pensam, regra geral, que a fala tem por objectivo apenas a conversa, mas para as crianças é muito mais do que isso. É através dela que iniciam a sua aprendizagem do mundo. É assim que aprendem que os bicos do fogão estão quentes sem terem de lhes tocar. É assim que aprendem que é perigoso atravessar uma rua sem terem de ser atropelados. Sem a capacidade da linguagem, como é que eu lhe posso ensinar essas coisas? Se Kyle não compreender o conceito de perigo, como é que eu o posso proteger? Quando naquela noite ele andou perdido lá pelo pântano... bem, foi você mesmo quem afirmou que ele não parecia assustado quando o encontrou.

Olhou para Taylor atentamente. — Bom, faz sentido, pelo menos para mim. Nunca passeei no pântano com ele, nunca lhe mostrei cobras; nunca lhe mostrei o que poderia acontecer se ele ficasse preso num sítio qualquer sem poder sair. E porque não lhe mostrei nada disto, ele não sabia o suficiente para ter medo. Claro que se dermos mais um passo e considerarmos todas as possibilidades do perigo e o facto de que eu tenho de lhe mostrar, literalmente, o que isso significa, em vez de ser capaz de lho *dizer*, dá a sensação de que estou a tentar atravessar o oceano a nado. Não têm conta as vezes em que foi por um triz. Subir demasiado alto e querer saltar, andar de bicicleta muito perto da estrada, perder-se, dirigir-se para cães que rosnam... parece que em cada dia surge uma coisa nova.

Fechou os olhos um instante como se estivesse a reviver cada experiência, antes de prosseguir.

— Acredite ou não, essas são apenas uma parte das minhas preocupações. A maior parte do tempo preocupo-me com as coisas óbvias. Se algum dia virá a conseguir falar normalmente, se frequentará uma escola normal, se alguma vez fará amigos, se as pessoas o aceitarão... se terei de trabalhar com ele o resto da minha vida. São estas as coisas que me mantêm acordada de noite.

Depois fez uma pausa, as palavras começaram a sair-lhe mais lentas, cada sílaba marcada pela dor.

— Não quero que pense que me arrependo de ter tido o Kyle porque não é verdade. Amo-o de todo o meu coração. Amá-lo-ei sempre. Mas...

Fixou o olhar nos baloiços em movimento, os seus olhos sem brilho fecharam-se. — Não era bem assim que eu pensava que seria criar uma criança.

— Nunca imaginei — disse Taylor com suavidade.

Ela não respondeu, parecendo mergulhada em pensamentos. Por fim, com um suspiro encarou-o de novo.

— Desculpe, não lhe devia ter contado estas coisas.

— Não, não se desculpe. Ainda bem que o fez.

Desconfiada de que tinha feito demasiadas confidências, mostrou-lhe um sorriso arrependido.

— O mais certo é ter pintado uma situação muito negra, não é?

— Não, na verdade não — mentiu ele.

À luz já fraca do sol ela parecia estranhamente radiosa. Estendeu a mão e tocou no braço dele. Era uma mão macia e quente.

— Sabe, não é muito bom a mentir. Devia dizer-me a verdade. Sei que fiz um quadro horrível, mas isso não passa do lado mau da minha vida. Não lhe falei das coisas boas.

Taylor levantou ligeiramente as sobrancelhas. — Também há coisas boas? — inquiriu, suscitando uma gargalhada embaraçada de Denise.

— Da próxima vez que eu precisar de desabafar, faça-me sinal para parar, está bem?

Embora tentasse aligeirar o comentário, a voz traiu a sua ansiedade. Taylor suspeitou, imediatamente, que ele era a primeira pessoa a quem ela tinha aberto o coração desta maneira e que não era altura para brincadeiras.

A viagem acabou de repente, o baloiço girou três vezes antes de se imobilizar. Kyle chamou do seu lugar, tinha a mesma expressão de êxtase no rosto.

— Paloiço! — gritou, quase cantando a palavra, com as pernas oscilando para a frente e para trás.

— Queres andar no baloiço outra vez? — perguntou Denise.

— Sim — assentiu ele abanando a cabeça.

Não havia muita gente na fila, e o homem acenou que Kyle podia ficar no mesmo lugar. Taylor entregou-lhe os bilhetes e depois voltou para o lado de Denise.

Quando a viagem seguinte se iniciou, Taylor viu Denise a olhar estarrecida para Kyle.

— Acho que gosta daquilo — afirmou ela quase com orgulho.

— Parece que tem razão.

Ele inclinou-se para a frente, apoiando os cotovelos no gradeamento, lamentando ainda a piada que dissera.

— Então, conte-me lá as coisas boas — pediu ele calmamente.

O baloiço rodopiou duas vezes, e ela acenou a Kyle de cada uma das vezes antes de começar a falar.

— Quer mesmo saber? — inquiriu ela por fim.

— Claro que quero.

Denise hesitou. Que estava ela a fazer? A fazer confidências sobre o filho a um homem que mal conhecia, dando voz a coisas que ela nunca tinha referido no passado; sentiu-se a pisar terreno pouco firme, como uma grande pedra que resvala para a beira de um penhasco. Todavia, de alguma forma, desejava acabar o que havia iniciado.

Aclarou a garganta.

— Muito bem, as coisas boas... — Olhou de relance para Taylor e depois desviou o olhar para o infinito. — O Kyle está a melhorar. Às vezes pode não parecer e os outros não se aperceberem, mas está a melhorar, de certeza, embora devagar. No ano passado o vocabulário dele rondava as quinze ou vinte palavras. Este ano, já vai nas centenas e consegue, por vezes, construir uma única frase com três ou quatro palavras. E na maior parte dos casos, agora já consegue transmitir os seus desejos. Diz-me quando tem fome, quando está cansado, o que quer comer: tudo isto é recente nele. Só nos últimos meses é que tem vindo a fazer isso.

Respirou fundo, sentindo as suas emoções virem ao de cima outra vez.

— Tem de compreender... Kyle esforça-se *tanto todos* os dias! Enquanto as outras crianças podem vir brincar cá para fora, ele fica sentado na sua cadeira, olhando para as figuras dos livros, tentando descobrir o mundo. Ele leva horas a aprender as coisas que as outras crianças conseguem aprender em minutos.

Fez uma pausa, voltando-se para ele com um olhar de quase desafio.

— Sabe, Kyle limita-se a acompanhar... a tentar, dia após dia, palavra por palavra, conceito por conceito. E não se queixa, não chora, fá-lo pura e simplesmente. Se ao menos soubesse o quanto ele tem de trabalhar para entender as coisas... o quanto tenta fazer as pessoas felizes... o quanto deseja que as pessoas gostem dele, para depois ser apenas ignorado...

Sentia um nó na garganta, inspirou profundamente, lutando para manter a compostura.

— Não imagina até onde ele já chegou, Taylor. Só o conhece há pouco tempo. Mas se soubesse onde começou e quantos obstáculos já ultrapassou até aqui, ficaria *muito* orgulhoso dele...

Apesar dos seus esforços, as lágrimas marejaram-lhe os olhos.

— E saberia o que eu sei. Que Kyle tem mais *coração*, mais *espírito* que qualquer outra criança que já conheci. Ficaria a saber que Kyle é o filho mais maravilhoso que uma mãe podia desejar ter. Ficaria a saber que, apesar de tudo, o Kyle foi a melhor coisa que alguma vez me aconteceu. É o que há de bom na minha vida.

Todos aqueles anos em que estas palavras nunca foram ditas, todos aqueles anos desejando transmiti-las a alguém. Todos esses anos, todos esses sentimentos, quer os bons quer os maus, era um alívio poder, enfim, partilhá-los. Ficou, súbita e intensamente, grata por o ter feito e esperava, do fundo do coração, que Taylor pudesse, de algum modo, compreender.

Incapaz de falar, Taylor tentou engolir o nó que se formara na sua garganta. Vê-la falar do filho, o medo e o amor absolutos, tornou o movimento seguinte quase instintivo. Sem uma palavra, pegou na mão dela e apertou-a na sua. Era um sentimento esquisito, uma prazer esquecido, se bem que ela não tivesse tentado retirá-la.

Com a mão livre limpou uma lágrima que lhe escorrera pela face e fungou. Parecia exausta, contudo desafiadora e bela.

— Acho que foi a coisa mais bonita que alguma vez ouvi — afirmou ele.

* * *

Quando Kyle quis andar no baloiço pela terceira vez, Taylor teve de largar a mão de Denise para poder ir entregar os bilhetes respectivos. Ao regressar, aquele momento especial tinha passado; Denise estava inclinada sobre o gradeamento, apoiando-se nos cotovelos, e ele decidiu, simplesmente, deixá-lo esfumar-se. No entanto, a seu lado, ainda podia experimentar a sensação magnética do toque dela na sua pele.

Demoraram-se ainda mais uma hora na feira, andando na roda *Ferris*, os três amontoados no banco inseguro com Taylor a chamar a atenção para alguns locais que podiam ver-se lá de cima, e no *Polvo*, uma atracção com um efeito de parafuso, de mergulho e de revolver os intestinos em que Kyle queria andar vezes sem conta.

Já quase no final dessa hora, encaminharam-se para a zona dos jogos de sorte. «Rebente três balões com três dardos e ganhe um prémio, acerte em dois cestos e ganhe algo diferente!», apregoavam os mascates aos transeuntes, mas Taylor passou por todos eles até alcançar a tenda dos tirinhos. Os primeiros chumbos foram usados para verificar a mira da arma e depois continuou de forma a acertar quinze seguidos, negociando prémios mais generosos à medida que ia comprando mais séries. Quando acabou, ganhara um panda gigante, apenas um pouco mais pequeno que o próprio Kyle. O mascate entregou-o com alguma relutância.

Denise saboreou cada minuto. Era gratificante ver Kyle tentar, e *gozar*, coisas novas, e deambular pela feira proporcionou uma alteração agradável ao mundo em que ela vivia habitualmente. Havia alturas em que se sentia como se fosse outra pessoa, alguém que desconhecia. Ao anoitecer, as luzes das diversas atracções cintilaram; à medida que o céu escurecia ainda mais, parecia que se intensificava o movimento da multidão, como se toda a gente soubesse que tudo estaria acabado no dia seguinte.

Tudo estava bem, como ela mal teria ousado pensar que estaria. Ou, se possível, melhor ainda.

* * *

Quando chegaram a casa, Denise foi buscar um copo de leite e levou Kyle para o quarto. Instalou o panda ao canto, para que ele o pudesse ver, e em seguida ajudou o filho a vestir o pijama. Depois de o acompanhar nas orações, deu-lhe o leite.

Os olhos dele estavam quase a fechar-se.

Quando acabou de lhe ler uma história, Kyle já dormia profundamente.

Esgueirando-se pela porta, saiu e deixou-a parcialmente aberta.

Taylor estava à sua espera na cozinha, sentado à mesa com as longas pernas estendidas sob a mesma.

— Dorme a sono solto — comentou ela.

— Foi rápido.

— Foi um longo dia para ele. Não está habituado a estar a pé até tão tarde.

A cozinha estava iluminada pela única lâmpada do candeeiro do tecto. A outra tinha-se fundido na semana anterior e, de repente, ela desejou tê-la substituído. Na pequena cozinha havia pouca claridade, um pouco íntimo demais. Deu algum tempo e fez a pergunta tradicional:

— Toma alguma coisa?

— Se tiver, bebo uma cerveja.

— A escolha é limitada.

— O que é que tem?

— Chá gelado.

— E?

Ela encolheu os ombros. — Água?

Ele não pôde deixar de sorrir. — Então o chá está bem.

Ela encheu dois copos e entregou-lhe um, desejando ter algo mais forte para ambos. Algo que suavizasse o que sentia.

— Está um pouco abafado cá dentro — constatou ela. — Quer sentar-se no alpendre?

— Claro.

Encaminharam-se lá para fora e sentaram-se nas cadeiras de baloiço, Denise ficou perto da porta para poder ouvir Kyle se ele acordasse.

— Que bem que se está aqui — reconheceu Taylor instalando-se confortavelmente.

— O que é que quer dizer?

— Isto. Sentarmo-nos aqui fora. Sinto-me como se estivesse num episódio dos *Waltons*.

Denise riu-se, sentindo dissipar-se um pouco o seu nervosismo.
— Não gosta de se sentar no alpendre?
— Claro. Mas raramente o faço. É uma das coisas para as quais parece que não tenho tempo.
— Um bom rapaz do sul como você? — espantou-se ela, repetindo as palavras que ele usara na véspera. — Pensava que um tipo como você se sentava no alpendre da sua casa com um banjo, a tocar canções atrás de canções com um cão deitado aos pés.
— Com a família, um jarro duma bebida de contrabando e uma escarradeira ao longe?
Ela sorriu. — Pois claro!
Ele abanou a cabeça. — Se não soubesse que também é do sul, pensaria que estava a insultar-me.
— Mas só porque sou de Atlanta?
— Desta vez vou deixar passar. — Os cantos da sua boca ergueram-se num sorriso. — Então, do que é que tem mais saudades da grande cidade?
— Não de muitas coisas. Julgo que se fosse mais nova e o Kyle não existisse, este lugar dava comigo em doida. Mas já não preciso dos grandes centros comerciais, ou dos restaurantes requintados, ou dos museus. Houve uma altura em que pensava que estas coisas eram importantes, mas na verdade não eram uma opção durante os últimos anos, mesmo quando lá vivia.
— Tem saudades dos seus amigos?
— Às vezes. Tentamos manter-nos em contacto. Por carta, telefone e assim. E você? Nunca sentiu a necessidade de fazer as malas e ir-se embora daqui?
— Nem por isso. Aqui sou feliz, e, para além disso, a minha mãe está cá. Sentir-me-ia mal se a deixasse sozinha.
Denise assentiu. — Não sei se me teria mudado se a minha mãe fosse viva, mas acho que não.
De súbito Taylor deu consigo a pensar no pai.
— Você já passou por muita coisa na vida — observou ele.
— Demasiado, é o que penso por vezes.
— Mas continua em frente.
— Tem de ser. Há alguém que depende de mim.

A conversa foi interrompida por um farfalhar nos arbustos, seguido por um grito parecido ao de um gato. Dois guaxinins saíram a correr dos arbustos passando por cima do relvado. Passaram a grande velocidade na luz reflectida pelo alpendre, e Denise levantou-se para tentar ver melhor. Taylor juntou-se-lhe perto da vedação, perscrutando na escuridão. Os guaxinins pararam e voltaram-se, dando conta da existência de duas pessoas no alpendre e depois continuaram pelo relvado fora antes de desaparecerem de vista.

— Saem quase todas as noites. Devem andar a surripiar alguma comida.

— É o mais certo. Ou isso, ou os seus caixotes do lixo.

Denise anuiu com ar entendido. — Quando me mudei para cá, pensava que eram os cães que os vasculhavam. Depois, à noite, apanhei aqueles dois em flagrante. Ao princípio não sabia o que eram.

— Nunca antes tinha visto um guaxinim?

— Claro que sim. Mas não a meio da noite, nem a remexerem no meu lixo, e muito menos no meu alpendre. O meu apartamento em Atlanta não tinha propriamente criaturas da vida selvagem. Aranhas, sim; animais selvagens, não.

— Você é como aquele rato da cidade, da história infantil, que salta para o camião errado e fica encurralado no campo.

— Acredite que é assim que me sinto às vezes.

Com o cabelo movendo-se suavemente com a brisa, Taylor voltou a ficar impressionado com a beleza dela.

— Então, como é que era a sua vida? Quero dizer, como foi crescer em Atlanta?

— Provavelmente, um pouco como a sua.

Ela procurou os olhos dele, alongando as palavras como se fossem uma revelação.

— Éramos ambos filhos únicos, criados por mães viúvas que cresceram em Edenton.

À medida que ela falava, Taylor sentiu um sobressalto no peito. Denise continuou.

— Sabe como é. Sentimo-nos um bocado diferentes porque as outras crianças têm uma mãe e um pai, mesmo quando são divorciados. É como se crescêssemos sabendo que perdemos uma coisa importante e que toda a gente tem, mas não sabemos bem o que é. Lembro-me de ouvir as minhas amigas dizerem que os pais não as deixavam sair até muito tarde ou que não gostavam dos namorados delas. Isto costumava irritar-me imenso pois elas nem sequer se apercebiam do que tinham. Entende o que quero dizer?

Taylor acenou com a cabeça afirmativamente, compreendendo, de súbito, o quanto ambos tinham em comum.

— À parte isso, a minha vida foi bastante normal. Vivia com a minha mãe, frequentei escolas católicas, ia às compras com as minhas amigas, ia aos bailes de estudantes e apoquentava-me de cada vez que tinha uma borbulha por pensar que as pessoas deixariam de gostar de mim.

— Chama a isso normal?

— Quando somos raparigas, é.

— Nunca me preocupei com coisas dessas.

Ela lançou-lhe um olhar de soslaio. — Você não foi educado pela minha mãe.

— Não, mas a Judy ficou mais pacífica com a idade. Era um bocado mais arisca quando eu era mais novo.

— Ela disse-me que andava sempre metido em encrencas.

— E você era a menina perfeita.

— Tentava — brincou ela.

— Mas não era?

— Não, mas obviamente era mais astuta a enganar a minha mãe do que você.

Taylor casquinou. — Ainda bem. Se há coisa que não suporto é a perfeição.

— Sobretudo a de outra pessoa, não é verdade?

— Pois é.

Houve uma breve interrupção na conversa antes de Taylor voltar a falar.

— Importa-se que lhe faça uma pergunta? — inquiriu ele interessado.

— Depende da pergunta — respondeu ela, tentando não ficar tensa.

Taylor olhou para longe, de novo em direcção à extremidade do quintal, fingindo procurar os guaxinins.

— Onde é que está o pai de Kyle? — quis saber após um breve intervalo.

Denise sabia que a pergunta era inevitável.

— Não sei. Nem sequer o conheci muito bem. Não era previsto Kyle acontecer.

— Ele sabe da existência de Kyle?

— Telefonei-lhe quando estava grávida. Disse-me logo que não queria nada com ele.

— Alguma vez o viu?

— Não.

Taylor franziu as sobrancelhas. — Como é que ele pode não se importar com o próprio filho?

Denise encolheu os ombros. — Não sei.

— Alguma vez sente vontade que esteja presente?

— Oh, Deus, não — afirmou ela rapidamente. — Ele não. Isto é, teria gostado que Kyle tivesse um pai, mas nunca uma pessoa como ele. Por outro lado, para Kyle ter um pai, quero dizer, o pai certo e não alguém a quem chamasse pai, também teria que ser meu marido.

Taylor assentiu, compreendendo.

— Mas agora, Sr. McAden, é a sua vez! — exclamou Denise voltando-se para ele. — Contei-lhe tudo sobre mim, mas não houve reciprocidade. Portanto, fale-me de si.

— Já sabe a maior parte.

— Não me contou nada.

— Disse-lhe que sou empreiteiro.

— E eu sou empregada de mesa.

— E também já sabe que sou bombeiro voluntário.

— Soube disso a primeira vez que o vi. Não chega.

— Na verdade não há muito mais a acrescentar — protestou ele atirando as mãos para o céu numa imitação de frustração. — O que é que queria saber?

— Posso fazer-lhe as perguntas que me apetecer?

— Força!

— Ora muito bem. — Ela ficou em silêncio uns instantes e depois olhou-o nos olhos. — Fale-me sobre o seu pai — pediu ela suavemente.

As palavras sobressaltaram-no. Não era a pergunta que ele esperava e Taylor sentiu-se um tanto constrangido, tomando consciência de que não queria responder. Podia ter acabado com aquilo de forma simples, com umas frases que nada significassem, mas por um momento não falou.

A noite estava cheia de sons. As rãs e os insectos, o rumorejar das folhas. O luar tinha aparecido e pairava por sobre a linha das árvores. No seu reflexo leitoso, um morcego fortuito rasgava o ar. Denise teve de se aproximar para o conseguir ouvir.

— O meu pai morreu quando eu tinha nove anos. — começou ele.

Denise observava-o atentamente enquanto ele ia falando. Falava devagar, como se coligisse os pensamentos, todavia ela pressentia a sua relutância em cada ruga do rosto.

— Mas ele era mais do que apenas o meu pai. Era o meu melhor amigo, também. — Hesitou. — Sei que parece estranho. Isto é, eu não passava de um miúdo e ele era um adulto, mas é verdade. Éramos ambos inseparáveis. Mal chegavam as cinco horas, instalava-me nos degraus da frente e esperava que o camião subisse o caminho de acesso a casa. Ele trabalhava na serração, e eu corria para ele assim que abria a porta do camião e saltava-lhe para os braços. Era robusto; mesmo à medida que ia crescendo, nunca me disse para não fazer aquilo. Costumava pôr-lhe os braços à volta do pescoço e respirar fundo. Trabalhava no duro, e mesmo no Inverno, podia sentir o cheiro da transpiração e da serradura nas suas roupas. Chamava-me «meu rapaz».

Denise assentiu reconhecendo a expressão.

— A minha mãe esperava sempre dentro de casa enquanto ele me perguntava o que eu tinha feito nesse dia ou como a escola tinha corrido. E eu falava muito depressa tentando dizer o mais que podia antes dele entrar. No entanto, embora estivesse cansado e provavelmente com vontade de ver a minha mãe, ele nunca me repeliu. Deixava-me contar tudo o que me ia na cabeça e só depois é que me punha no chão. Depois pegava na lancheira, dava-me a mão e entrávamos em casa.

Taylor engoliu em seco, esforçando-se por pensar apenas nas coisas boas.

— Costumávamos ir pescar aos fins-de-semana. Nem me consigo lembrar de quando comecei a acompanhá-lo, talvez mais novo que Kyle. Saíamos no barco e ficávamos sentados horas a fio. Às vezes contava-me histórias, parecia que sabia milhares delas, e respondia-me sempre, o melhor que podia, ao que quer que fosse que eu lhe perguntasse. O meu pai não chegou a fazer o liceu, mas mesmo assim conseguia explicar-me muito bem as coisas. E, quando eu lhe fazia perguntas sobre coisas que ele não sabia, também o confessava. Não era o género de pessoa que tinha de ter sempre razão.

Denise sentiu-se tentada a tocar-lhe, mas ele parecia perdido em pensamentos do passado, com o queixo descaído sobre o peito.

— Nunca o vi zangado, nunca o ouvi levantar a voz para ninguém. Quando tinha de chamar a atenção, tudo quanto dizia era: «Já chega, filho.» E eu parava logo, pois sabia que estava a desapontá-lo. Sei que provavelmente parece estranho, mas acho que não queria decepcioná-lo.

Quando terminou, Taylor respirou fundo devagar.

— Parece ter sido um homem maravilhoso — afirmou Denise, apercebendo-se de que tinha tocado num tema crucial para Taylor, mas em dúvida quanto à forma e ao conteúdo.

— E era.

O tom decidido da sua voz tornou claro que o assunto estava encerrado, embora Denise suspeitasse de que havia muito mais a dizer. Ali ficaram sem falar durante bastante tempo, ouvindo o cricrilar dos grilos.

— Que idade tinha quando o seu pai morreu? — quis saber ele quebrando, por fim, o silêncio.

— Quatro.

— Lembra-se dele como eu me lembro do meu?

— Nem por isso, não da maneira com se recorda do seu. Na verdade, só guardo algumas imagens: a ler-me histórias ou da sensação dos pêlos da barba na cara quando me dava um beijo de boas-noites. Andava sempre satisfeita quando ele estava em casa. Ainda hoje não passa um dia em que não deseje poder fazer o tempo andar para trás e mudar o que aconteceu.

Mal ela acabou a frase, Taylor voltou-se para ela com uma expressão de espanto no rosto, percebendo que ela tinha tocado no ponto fulcral. Em poucas palavras, ela tinha chegado à essência do que ele tinha tentado explicar a Valerie e a Lori. No entanto, ambas o ouviram com compaixão, mas não o entenderam de facto. Não podiam. Nenhuma delas tinha alguma vez acordado com a terrível consciência de que tinham esquecido o som da voz dos pais. Nenhuma delas acarinhara uma só fotografia como o único meio de recordação. Nenhuma delas sentira a tremenda necessidade de se dirigir a uma pequena pedra de granito à sombra de um salgueiro.

A única coisa que sabia era que, finalmente, ouvira alguém fazer eco dos seus próprios sentimentos e, pela segunda vez nessa noite, ele pegou-lhe na mão.

Ficaram em silêncio de mãos dadas com os dedos entrelaçados, cada um deles receando que as palavras quebrassem o encantamento. Nuvens preguiçosas, prateadas pelo luar, pairavam no céu. Assim tão perto dele e sentindo-se ligeiramente insegura, Denise observava as sombras brincarem no seu rosto. No maxilar detectou uma pequena cicatriz que antes nunca notara; havia uma outra no dedo anelar da mão que lhe segurava a sua, talvez uma pequena queimadura que há muito sarara. Se ele se dava conta do seu exame minucioso, não o mostrou. Em vez disso, olhava simplesmente para o quintal.

A noite arrefecera um pouco. Uma brisa marítima havia soprado anteriormente deixando uma grande quietude à sua passagem. Denise bebericou o seu chá escutando o zumbido forte dos insectos em volta da luz do alpendre. Uma coruja gritou na escuridão. As cigarras cantavam nas árvores. A noite estava a chegar ao fim, pressentia ela. Estava quase a acabar.

Ele tomou o resto do seu chá, os cubos de gelo tilintando no copo, depois colocou-o sobre o anteparo da vedação.

— Acho que tenho de me ir embora. Amanhã tenho de me levantar cedo.

— Decerto. — concordou ela.

Todavia, ficou ali mais uns minutos sem dizer nada. Fosse pelo que fosse, continuava a lembrar-se do aspecto dela quando lhe manifestou os seus receios sobre Kyle: a sua expressão desafiadora, as emoções intensas à medida que as palavras lhe brotavam dos lábios. A sua mãe também se havia preocupado com ele, mas alguma vez essas preocupações se assemelharam ao que Denise passava todos os dias?

Sabia que não tinha sido o mesmo.

Sensibilizou-o verificar que os seus medos apenas tornavam mais forte o seu amor pelo filho. E testemunhar um amor tão incondicional, tão puro face às dificuldades; era natural encontrar beleza em tudo isso. Quem não a encontraria? Contudo, havia mais qualquer coisa, não havia? Algo mais profundo, algo em comum que ele nunca encontrara antes em ninguém.

Ainda hoje não passa um dia em que não deseje poder fazer o tempo andar para trás e mudar o que aconteceu.

Como é que ela sabia?

O seu cabelo de ébano, ainda mais escuro pela noite, parecia envolvê-la em mistério.

Finalmente, Taylor afastou-se da vedação.

— Você é uma boa mãe, Denise. — Ele estava relutante em libertar a mão dela. — Mesmo sendo difícil, mesmo não sendo o que você esperava, não posso deixar de acreditar que tudo acontece por uma razão. Kyle precisava de uma mãe assim.

Ela assentiu.

Com grande relutância, desviou-se da vedação, desviou-se dos pinheiros e dos carvalhos, desviou-se dos sentimentos que o assaltavam. O chão do alpendre rangeu à medida que se deslocava para os degraus com Denise a seu lado.

Ela olhou para ele.

Então ele quase a beijou. À luz amarela e suave do alpendre os olhos dela pareciam cintilar com uma intensidade misteriosa. Mesmo assim, ele não tinha a certeza se ela desejava que o fizesse e, no último instante conteve-se. A noite já tinha uma marca mais especial do que qualquer outra noite de há muito tempo a esta parte; ele não a queria estragar.

Ao invés, deu um passo atrás como que para lhe dar mais espaço.

— Passei uma óptima noite — assegurou ele.

— Também eu — concordou ela.

Por fim, largou a mão dela, sentindo um frémito de desejo enquanto a deixava deslizar da sua. Queria dizer-lhe que havia nela algo extraordinariamente raro, algo que ele procurara no passado, mas que jamais esperara encontrar. Queria dizer-lhe tudo isto, porém descobriu que não era capaz.

Sorriu de novo, debilmente, depois voltou-se descendo os degraus à luz fraca da lua dirigindo-se, através da escuridão, para o camião.

Ainda no alpendre, ela acenou-lhe uma vez mais enquanto Taylor descia pelo caminho, os faróis brilhando à distância. Ouvi-o parar já perto da estrada e esperar para dar passagem a um carro solitário que se aproximava. O camião de Taylor deu a curva em direcção à cidade.

Depois de ele se ter ido embora, Denise encaminhou-se para o quarto e sentou-se na cama. Na mesinha-de-cabeceira havia um candeeiro, uma fotografia de Kyle de quando começara a andar, um copo de água meio vazio, que ela se esquecera de levar para a cozinha nessa mesma manhã. Suspirando, abriu uma gaveta. No passado poderia ter contido revistas e livros, mas actualmente encontrava-se vazia, à excepção de um frasco de perfume que a mãe lhe oferecera uns meses antes de falecer. Tinha sido um presente de aniversário que fora embrulhado em papel e fita dourados. Denise gastara metade do seu conteúdo nas primeiras semanas a seguir à oferta; após a morte da mãe, nunca mais o havia usado. Guardava-o como uma recordação da mãe e naquele momento, lembrou-se de há quanto tempo não usava nenhum perfume. Mesmo nessa noite, tinha-se esquecido de pôr um bocadinho.

Ela era mãe. Era assim, e acima de tudo, que agora se definia. Contudo, por mais que tentasse negá-lo, também sabia que era uma mulher e, após anos querendo manter esta verdade enterrada, sentiu-a próxima e presente. Sentada na cama, fixando o frasco de perfume, sentiu-se dominada por uma sensação de inquietação. Havia algo dentro dela que ansiava por ser desejada, apreciada e protegida, por ser ouvida e ser aceite sem juízos de valor. Por ser amada.

Com os braços cruzados, depois de apagar a luz do quarto, atravessou o corredor. Kyle dormia a sono solto. Com a temperatura amena do quarto, a criança tinha empurrado os cobertores para o lado e dormia destapada. De cima da cómoda, enchendo o quarto, vinha a música suave de um ursinho de plástico luminoso que repetia a mesma melodia vezes sem conta. Era a sua luz de presença desde bebé. Ela desligou-o, caminhou em direcção à cama e endireitou o lençol para não se enrolar nos cobertores. Kyle virou-se enquanto ela lhe aconchegava a roupa. Beijou-o na face, a pele macia e imaculada, e esgueirou-se para fora do quarto.

Na cozinha reinava o silêncio. Lá fora podiam ouvir-se os grilos cricrilar, entoando a sua canção do Verão. Olhou pela janela. À luz da Lua, as árvores tinham um brilho prateado, as folhas não buliam. O céu estava coberto de estrelas, estendendo-se até à eternidade, e ela fixou-as, sorrindo, pensando em Taylor MacAden.

CAPÍTULO 16

Duas noites mais tarde, Taylor estava sentado na cozinha, a tratar de uns papéis quando recebeu o telefonema.

Tinha havido um acidente entre um camião cisterna com gasolina e um automóvel.

Depois de ir buscar as chaves, saiu em menos de um minuto; passados cinco minutos, foi um dos primeiros a chegar ao local do sinistro. Ouviam-se, à distância, as sirenes dos carros dos bombeiros cortando o ar.

Ao parar o camião, Taylor reflectia se chegariam a tempo. Saltou cá para fora sem fechar a porta e olhou em redor. Os veículos aglomeravam-se em ambos os sentidos da ponte e as pessoas estavam fora dos seus carros pasmados com o horrível espectáculo.

A cabina do camião cisterna tinha-se encaixado na traseira do *Honda*, esmagando-a por completo, antes de colidir com o gradeamento que limitava a ponte. No meio do acidente, o condutor havia bloqueado o volante antes de travar a fundo e o camião atravessara-se nas duas vias da estrada barrando, por completo, a circulação nos dois sentidos. O carro, encravado sob a frente do camião, estava suspenso da ponte pelos pneus de trás como uma prancha de mergulho, balançando inclinado numa posição precária. O tejadilho havia sido rasgado, como uma lata parcialmente aberta, à medida que arrancara o cabo ao longo de um dos lados da ponte. A única coisa que impedia o *Honda* de cair no rio, uns dois metros e meio abaixo, era o peso da cabina do camião cisterna e a própria cabina não parecia muito estável.

O motor deitava muito fumo e o óleo derramava-se, sem cessar, sobre o *Honda*, espalhando uma camada brilhante sobre o *capot*.

Logo que Mitch vislumbrou Taylor, apressou-se na sua direcção para o pôr a par dos acontecimentos, indo directo ao assunto.

— O condutor do camião está bem, mas ainda há gente dentro do carro. Um homem ou uma mulher, ainda não sabemos, quem quer que seja não está nada bem.

— E os tanques da cisterna?

— Estão com três quartos da sua capacidade.

O motor a fumegar... um derramamento sobre o carro...

— Se a cabina explodir, os tanques também explodem?

— O motorista diz que não se o revestimento não tiver sido danificado. Não vi nenhuma fuga, mas não tenho a certeza.

Taylor olhou em volta, a adrenalina percorrendo-lhe o corpo.

— Temos de afastar estas pessoas daqui.

— Bem sei, mas é uma multidão, e eu próprio só aqui cheguei há uns instantes. Não tive oportunidade.

Dois carros dos bombeiros chegaram; o da bomba e o do guincho com a escada, com as suas luzes vermelhas iluminando, em círculos, aquela área, e sete homens saltaram das viaturas antes de estas se terem imobilizado. Já vestidos com os seus fatos à prova de fogo, puseram-se a par da situação, começaram a gritar ordens e foram buscar as mangueiras. Tendo vindo directamente para o local do acidente, sem primeiro terem passado pelo quartel, Mitch e Taylor correram a buscar os fatos que lhes tinham trazido. Enfiaram-nos sobre a roupa que tinham vestida com aquela facilidade que a prática sempre trazia.

Entretanto, Carl Huddle chegara, bem como mais dois polícias da cidade de Edenton. Após uma breve reunião, voltaram a sua atenção para os veículos na ponte. Retiraram um altifalante do porta-bagagens e deram ordem aos basbaques que se afastassem a fim de desimpedirem aquela zona. Os outros dois agentes (em Edenton havia um agente por carro) caminharam em sentidos opostos, na direcção dos extremos das filas dos carros aglomerados na estrada. O último veículo da fila recebeu a primeira instrução.

— Tem de fazer marcha atrás ou de fazer inversão de marcha. Temos um situação difícil na ponte.

— Até onde?

— Cerca de setecentos e cinquenta metros.

O primeiro condutor com quem falaram hesitou, como que reflectindo se era realmente necessário cumprir o que lhe haviam pedido.

— Já! — trovejou o agente.

Taylor considerava que setecentos e cinquenta metros eram uma distância razoável para abrir uma área de segurança, mas mesmo assim, ainda ia levar algum tempo até todos os carros se afastarem.

Entretanto, o camião cisterna deitava cada vez mais fumo.

Por norma, os bombeiros costumavam ligar as mangueiras às bocas de incêndio para poderem extrair toda a água de que precisassem. Na ponte, contudo, não havia bocas de incêndio. Desta forma, apenas dispunham da água contida no reservatório do carro da bomba. Era mais do que suficiente para extinguir as chamas da cabina do camião, mas de modo nenhum para controlar um incêndio se a cisterna explodisse.

Controlar o fogo seria uma situação crítica; salvar o passageiro preso no interior do automóvel era o que dominava os pensamentos das pessoas.

Porém, como chegar até ele? Iam-se formulando ideias à medida que todos se preparavam para o inevitável.

Trepar pela cabina para alcançar a pessoa? Utilizar uma escada e arrastá-la para fora? Montar um cabo e suspendê-lo até ela?

Fosse qual fosse o processo por que optassem, o problema mantinha-se: todos tinham receio de aumentar o peso do carro. Era um milagre que ainda ali se aguentasse, e um pequeno empurrão ou algum excesso de peso seriam suficientes para lhe provocar a queda. Quando um jacto de água foi dirigido para a cabina, aqueles receios, todos compreenderam de súbito, eram mais que justificados.

A água jorrou com violência em direcção à cabina do camião, depois caiu em cascata para dentro do vidro traseiro espatifado do *Honda* à razão de dois mil duzentos e cinquenta litros por minuto, enchendo parcialmente o interior do veículo. Em seguida escorreu, por causa da gravidade, do habitáculo para o motor. Em poucos instantes, a água saltava pela grelha da frente. A parte da frente do carro inclinou-se ligeiramente fazendo levantar a cabina do camião, depois voltou a erguer-se. Os bombeiros que manejavam a mangueira viram o carro em destroços oscilar e, sem perder um segundo, desviaram-na para o céu aberto antes de fecharem as torneiras.

Todos, sem excepção, ficaram lívidos.

A água ainda continuava a escorrer pela grelha do carro. Não tinha havido qualquer movimento por parte do passageiro que lá se encontrava.

— Vamos utilizar a escada do nosso carro — alvitrou Taylor. — Vamos suspendê-la sobre o carro e usamos um cabo para puxarmos a pessoa cá para fora.

O automóvel continuava a balançar, aparentemente de forma automática.

— Pode não aguentar com vocês os dois — alertou Joe rapidamente.

Como chefe, era o único bombeiro a tempo inteiro no Quartel; tinha como função conduzir uma das viaturas e era sempre o fiel da balança numa situação de crise como esta.

Era óbvio que o seu ponto de vista estava correcto. Devido ao ângulo que o carro em destroços fazia e à largura da ponte, relativamente estreita, o guincho e a escada não se poderiam aproximar a uma distância ideal. De onde se podia instalar, a escada teria de ser colocada por sobre o carro do lado onde o passageiro se encontrava, numa extensão de pelo menos mais seis metros. Não era muito se a posição da escada fosse de feição; mas visto ter de ser colocada quase na horizontal sobre o rio, desafiaria os limites da segurança.

Fosse aquele um modelo recente de carro de bombeiros e não haveria problemas. Todavia, a viatura dos bombeiros de guincho e de escada de Edenton era uma das mais antigas do estado ainda em funcionamento e tinha sido, inicialmente, adquirida tendo em conta que o edifício mais alto da cidade só tinha três andares. A escada não tinha sido projectada para situações como esta.

— Que outra alternativa temos? Vou e venho num abrir e fechar de olhos — assegurou Taylor.

Joe já esperava que ele se oferecesse como voluntário. Há doze anos atrás, no segundo ano em que Taylor se juntara à companhia, Joe tinha-lhe perguntado por que razão era sempre o primeiro a oferecer-se para as missões mais arriscadas. Embora o risco fizesse parte integrante do trabalho dos bombeiros, os desnecessários já eram outra cantiga, e Taylor impressionara-o pois parecia-lhe um homem que precisava provar o seu valor. Joe não queria alguém assim para o secundar; não porque não confiasse em Taylor para o livrar de problemas, mas porque não queria arriscar a própria vida a salvar a alguém que desafiava o destino desnecessariamente.

Todavia, Taylor deu-lhe uma explicação bem simples.

— O meu pai morreu quando eu tinha nove anos e sei perfeitamente o que é crescer sozinho. Não quero que isso aconteça a mais ninguém.

Não é que os outros não arriscassem a vida, claro. Todos os bombeiros aceitavam os riscos de olhos abertos. Sabiam bem o que podia acontecer-lhes e houve dezenas de ocasiões em que o oferecimento de Taylor havia sido recusado.

Mas desta vez...

— Está bem — concluiu Joe —, tens razão, Taylor. Vamos ao trabalho.

Dado que o guincho e a escada se encontravam inclinados para a frente, tinham de desistir da ponte e procurar seguir pela relva para conquistar a melhor posição possível. Uma vez retirada a viatura da ponte, o condutor teve de deslocar o camião para trás e para a frente três vezes antes de conseguir colocar-se de novo na direcção do automóvel. Quando, finalmente, obteve a posição correcta, já tinham decorrido sete minutos.

Durante esse tempo, o motor do camião cisterna continuava a deitar cada vez mais fumo. Viam-se agora pequenas chamas aparecendo sob o motor, lambendo e queimando as traseiras do *Honda*. As chamas pareciam terrivelmente próximas do depósito da gasolina, e eles não conseguiam aproximar-se o suficiente com os extintores para as debelar.

O tempo estava a esgotar-se e tudo quanto podiam fazer era olhar, impotentes.

Enquanto a viatura dos bombeiros se colocava em posição, Taylor pegou na corda de que precisava e prendeu-a ao seu próprio arnês com um movimento rápido. Quando o camião se colocou em posição, Taylor trepou e amarrou a outra ponta da corda à escada, a alguns degraus da extremidade. Um cabo, muito mais comprido, foi também passado das traseiras do guincho e da escada através desta. Amarrado ao guincho, na extermidade mais distante do cabo, encontrava-se um arnês de segurança macio e bem almofadado. Uma vez que o arnês de segurança fosse preso em volta do passageiro, o cabo deveria ser lentamente rebobinado retirando-o do habitáculo.

À medida que a escada se ia estendendo, Taylor deitou-se de barriga para baixo, com a mente fervilhando. *Mantém o equilíbrio... fica o mais longe possível... quando chegar o momento, baixa-te rápida mas cuidadosamente... não toques no carro...*

Contudo, o ocupante do automóvel ocupava-lhe a maioria dos pensamentos. Estaria preso? Poderia ser transportado sem lhe provocar mais danos físicos? Seria possível retirá-lo sem o carro se precipitar no rio?

A escada continuava a avançar devagar, aproximando-se do carro.

Ainda faltavam três, a três metros e meio, e Taylor sentiu a escada mais instável, rangendo sob o seu peso, como um velho celeiro exposto ao temporal.

Dois metros e meio. Estava suficientemente próximo para poder tocar com a mão na parte da frente do camião.

Um metro e oitenta.

Taylor podia sentir o calor vindo das pequenas chamas, podia vê-las propagarem-se ao tejadilho destruído do carro. À medida que a escada se ia estendendo, começou a oscilar ligeiramente.

Um metro e vinte. Encontrava-se agora por cima do carro... aproximando-se do pára-brisas.

Então a escada imobilizou-se com um estrépito. Ainda de barriga para baixo, Taylor olhou para trás por cima do ombro para verificar se tinha ocorrido algum problema. No entanto, pela expressão dos outros bombeiros, percebeu que a escada estava tão esticada quanto possível e que ele tinha de se arranjar por sua conta e risco.

A escada balançava precariamente enquanto desamarrava a corda presa ao seu arnês. Segurando o outro arnês para o passageiro, começou a deslocar-se para a frente muito devagar, em direcção à extremidade da escada, tirando partido dos três últimos degraus. Precisava deles para se posicionar sobre o pára-brisas e fazer-se descer para alcançar o ocupante do carro.

Apesar do caos que o rodeava, enquanto rastejava para a frente, foi surpreendido pela inverosímil beleza da noite. Como num sonho, o céu nocturno abria-se perante ele. As estrelas, a Lua, as nuvens delicadas... lá em cima, um pirilampo naquele céu escuro. Vinte e quatro metros mais abaixo, a água tinha a cor do carvão, tão negro como o tempo e, no entanto, reflectindo a luz das estrelas. Podia ouvir a sua própria respiração enquanto avançava, podia sentir o coração bater dentro do peito. Por baixo de si, a escada vacilava e estremecia a cada movimento.

Rastejava como um soldado na relva, agarrando-se aos frios degraus de metal. Atrás de si, o último dos automóveis retirava-se da ponte. Naquele silêncio de morte, Taylor conseguia ouvir as chamas lambendo a base do camião e, inesperadamente, o carro começou a baloiçar.

A frente do carro inclinou-se um pouco e endireitou-se para trás, depois mergulhou de novo antes de recuperar o equilíbrio. Não havia vento nenhum. Numa fracção de segundo em que se apercebeu disso, ouviu um leve queixume, um som surdo e quase impossível de detectar.

— Não se mexa! — gritou Taylor instintivamente.

O gemido cresceu de tom e o *Honda* começou a oscilar incessantemente.

— Não se mexa! — gritou Taylor outra vez, a sua voz revelando desespero, o único som saído da escuridão. Tudo o mais estava calmo. Um morcego cortou o ar da noite.

Voltou a escutar o queixume e o carro inclinou-se para a frente, afocinhando em direcção ao rio antes de se equilibrar de novo.

Taylor movimentou-se rapidamente. Amarrou a sua corda ao último degrau, fazendo um nó tão cego como o de qualquer marinheiro. Empurrando as pernas para a frente, comprimiu-se por entre os degraus esforçando-se por se mover tão fluida e lentamente quanto possível, sustentando-se pelo arnês. A escada balançava como um vaivém infantil, gemendo e estalando, oscilando como se fosse partir-se em duas. Taylor posicionou-se de forma tão segura quanto pôde, quase como se estivesse num baloiço. Era o melhor ângulo em que conseguira instalar-se. Segurando a corda com uma mão, estendeu a outra em direcção ao ocupante do carro, testando simultaneamente a resistência da escada. Espreitando pelo pára-brisas para o interior, verificou que ainda estava longe, porém vislumbrou a pessoa que tentava salvar.

Era um homem com vinte e tal, trinta anos, pouco mais ou menos da sua estatura. Aparentemente confuso, debatia-se no meio dos destroços provocando um violento desequilíbrio no carro. Os movimentos do homem, apercebeu-se Taylor, eram uma faca de dois gumes. Significavam que, eventualmente, podia ser retirado do veículo sem risco de agravamento de problemas da coluna vertebral; por outro lado, esses movimentos podiam precipitar o carro no rio.

Com a mente a fervilhar, Taylor alcançou a escada e agarrou no arnês de segurança puxando-o para si. Este gesto súbito fez estremecer a escada como berlindes em terreno firme. O cabo retesou-se.

— Mais corda! — gritou ele, e um instante depois sentiu-a tornar-se mais solta e começou a descê-la. Uma vez atingida a posição desejada, gritou aos companheiros que a imobilizassem. Desenganchou uma das extremidades do arnês de segurança para poder enrolá-la em volta do corpo do homem e apertá-la de novo.

Debruçou-se mais uma vez mas constatou, frustrado, que ainda não conseguia chegar ao homem. Precisava de mais um bom meio metro.

— Consegue ouvir-me? — perguntou para dentro do automóvel. — Se percebe o que estou a dizer, responda-me.

Voltou a escutar um gemido e, se bem que o ocupante se mexesse, era óbvio que, na melhor das hipóteses, estava semiconsciente.

As chamas sob o camião alastraram e intensificaram-se subitamente.

Rangendo os dentes, Taylor deixou-se escorregar pela corda até ao ponto mais baixo que lhe foi possível, depois esticou-se para tentar apanhar o passageiro. Desta vez ficou mais próximo, podia chegar ao painel da frente, mas o homem ainda estava fora do seu alcance.

Taylor ouviu os outros chamarem-no da ponte.

— Consegues tirá-lo daí? — gritou-lhe Joe.

Taylor avaliou a situaçao. A parte da frente do carro nao parecia ter sofrido estragos, e o homem, sem o cinto de segurança, estava meio deitado no assento e meio deitado no chão, encravado debaixo do volante, mas afigurando-se possível que pudesse ser retirado pela abertura do tejadilho. Taylor pôs a mão livre em volta da boca para o poderem ouvir melhor e gritou:

— Acho que sim. O pára-brisas está completamente destruído e o tejadilho nem existe. Há espaço suficiente para ele sair e não vejo nada a prendê-lo.

— Consegues agarrá-lo?

— Ainda não — retorquiu ele. — Estou quase, mas não consigo pôr-lhe o arnês em volta. Está confuso.

— Despacha-te e faz o que puderes. — Era a voz ansiosa de Joe.

— Daqui parece que o incêndio do motor está a alastrar.

No entanto, Taylor já tinha conhecimento desse facto. Nesse momento o camião espalhava um calor insuportável e ele ouvira uns estampidos que vinham do interior do camião. O suor começou a escorrer-lhe pelo rosto.

Tomando coragem, Taylor voltou a agarrar a corda e esticou-se, roçando com as pontas dos dedos no braço do homem inconsciente através do pára-brisas estilhaçado. A escada oscilou e, a cada oscilação, tentava aproximar-se mais. Ainda estava a alguns centímetros.

De repente, como um pesadelo, ouviu um estoiro enorme e as labaredas eclodiram, subitamente, do motor do camião, crepitando em direcção a Taylor. Deteve-se, tapando instintivamente a cara enquanto as chamas recuavam para o camião outra vez.

— Estás bem? — gritou-lhe Joe.

— Estou óptimo!

Não havia tempo para planos, não havia tempo para considerações...

Taylor agarrou no cabo e puxou-o para si. Esticando as pontas dos pés, levou o gancho do arnês de segurança para debaixo da bota. Depois, sustentando o seu peso com o pé, elevou-se ligeiramente e desenganchou o seu próprio arnês da sua corda de apoio.

Lutando pela própria vida, com um pequeno ponto de apoio na bota a sustentá-lo, fez deslizar as mãos pelo cabo abaixo até ficar quase dobrado em dois. Agora, suficientemente perto do ocupante do carro, tirou uma mão do cabo e alcançou o arnês de segurança. Tinha de o colocar em volta do peito do homem, por baixo dos braços.

A escada baloiçava vigorosamente. As chamas começavam a crestar o tejadilho do *Honda*, a apenas alguns centímetros da sua cabeça. Regatos de suor derramavam-se sobre os seus olhos, toldando-lhe a visão. A adrenalina avolumou-se nos seus membros...

— Acorde! — gritou ele com a voz rouca de pânico e frustração. — Tem de me ajudar!

O homem gemeu de novo pestanejando. Não era o suficiente.

Com as chamas chispando na sua direcção, Taylor deitou a mão ao homem puxando-o, em esforço, com o braço.

— *Ajude*-me, raios! — vociferou Taylor.

O homem, desperto finalmente por um lampejo de autopreservação, ergueu a cabeça ligeiramente.

— Ponha o arnês debaixo do braço!

Parecia não ter percebido. Todavia, a nova posição do seu corpo oferecia uma oportunidade. Taylor orientou imediatamente uma extremidade do arnês na direcção do braço do homem (o que estava sobre o assento) e fê-la deslizar por debaixo do membro.

E vai um.

Durante todo o tempo continuou a gritar, os seus brados cresciam em desespero.

— Ajude-me! Acorde! Já quase não há tempo!

As labaredas ganhavam intensidade e a escada oscilava perigosamente.

Mais uma vez, o homem moveu a cabeça, não muito, não o suficiente. O outro braço do homem, encravado entre o corpo e o volante, parecia preso. Sem se importar com o que pudesse acontecer naquele momento, Taylor deu um puxão ao corpo, fazendo-o balançar com a força. A escada inclinou-se precariamente tal como o carro. A frente apontada para o rio.

Fosse como fosse, o encontrão foi o suficiente. Desta vez o homem abriu os olhos e começou a tentar libertar-se de entre o volante e o assento. O automóvel baloiçava agora violentamente.

Débil, o passageiro libertou o outro braço, depois levantou-o ligeiramente como se tentasse subir para o assento. Taylor colocou o arnês de segurança à sua volta. Com a mao transpirada sobre o cabo, apertou a ponta solta do arnês, fechando o círculo e depois agarrou-o com força.

— Agora vamos tirá-lo daí. Já quase não temos tempo.

O homem balanceou simplesmente a cabeça, voltando, de súbito, a ficar inconsciente, todavia Taylor conseguiu ver que o caminho estava finalmente livre.

— Puxem-no para cima! — gritou. — O passageiro está em segurança!

Taylor começou a içar-se pelo cabo até ficar de novo em pé. Lentamente, os bombeiros principiaram a enrolar o cabo, com todo o cuidado para não o fazer oscilar pois tinham receio da sobrecarga que isso implicaria para a escada.

O cabo retesou-se e a escada começou a vergar-se e a estremecer. Contudo, em vez de o passageiro subir, parecia que a escada se inclinava cada vez mais na direcção do rio.

Cada vez mais para baixo...

Oh, gaita...

Taylor podia senti-la à beira de se dobrar, então ambos começaram a elevar-se no ar.

Centímetro a centímetro.

Depois, com um propósito horripilante, o cabo deixou de retroceder. Por seu lado, a escada começou a vergar-se de novo. Taylor percebeu, imediatamente, que a escada não conseguia suportar o peso de ambos.

— Parem! — gritou. — A escada vai partir-se!

Ele tinha de soltar o cabo e saltar da escada. Depois de se certificar de que o homem não ficaria preso, agarrou os degraus da escada acima da cabeça. Então, com todo o cuidado, tirou o pé do gancho, deixando as pernas bamboleantes e rezando para que a tensão adicional não partisse a escada em duas.

Decidiu trepar pela escada com as mãos, como fazem as crianças nas barras das estruturas metálicas dos parques. Um degrau... dois... três... quatro. O carro já não estava por baixo dele, no entanto ainda podia sentir a escada deslizar para baixo.

Foi enquanto ele atravessava os degraus que as labaredas irromperam num frenesim, estendendo-se com uma violência mortal aos tanques de gasolina. Tinha visto incêndios de motores inúmeras vezes, mas este estava a poucos segundos de explodir.

Olhou em direcção à ponte. Como que em câmara lenta, viu os bombeiros, seus amigos, gesticularem freneticamente com os braços, gritando-lhe que se despachasse, que saísse da escada, que se pusesse a salvo antes de o camião explodir. No entanto, ele sabia que não havia a mínima possibilidade de chegar ao camião a tempo e ainda salvar o passageiro.

— Puxem-no! — gritou Taylor rouco. — Tem de subir agora!

Balançando muito acima da água, largou os degraus e deixou-se ir em queda livre. Num ápice viu-se engolido pelo ar da noite.

O rio estava vinte e quatro metros abaixo.

* * *

— Foi a coisa mais louca, mais idiota que já alguma vez te vi fazer — asseverou-lhe Mitch prosaicamente, quinze minutos mais tarde, sentados os dois na margem do rio Chowan. — Quero dizer, já vi muitas proezas estúpidas na minha vida, mas esta leva a taça!

— Conseguimos tirá-lo, não conseguimos? — perguntou-lhe Taylor.

Estava ensopado e tinha perdido uma bota enquanto tentava salvar-se. No rescaldo, depois de a adrenalina se esgotar, sentia o corpo ceder a uma espécie de aquietação exaurida. Sentia-se como se não dormisse há muitos dias, os músculos pareciam de borracha, as mãos tremiam-lhe descontroladamente. Felizmente, o acidente na ponte estava a ser assistido pelos seus companheiros; ele não teria tido forças para os ajudar. Embora o motor tivesse explodido, os selos dos tanques principais tinham-se aguentado e agora eram capazes de controlar o incêndio com relativa facilidade.

— Não tinhas de te ter largado. Podias ter voltado para trás.

Embora o dissesse, Mitch não tinha a certeza de ser verdade. Logo a seguir a Taylor se ter soltado, os bombeiros sacudiram as emoções e recomeçaram a rebobinar o cabo com convicção. Sem o peso de Taylor, a escada possuía uma resistência à tracção que

permitiu que o ocupante do carro fosse içado através do pára-
-brisas. Tal como Taylor previra, ele tinha sido retirado com facilidade. Uma vez fora do carro, a escada recuperou o equilíbrio, longe
do acidente, e retrocedeu em direcção à ponte. Mal a escada alcançou a ponte, o motor do camião explodiu vomitando, com violência, chamas brancas e amarelas em todas as direcções. O carro
desprendeu-se e seguiu Taylor, mergulhando na água lá em baixo.
Taylor tinha tido o discernimento necessário para, depois de se
afundar nas águas, nadar por debaixo da ponte, prevendo que tal
situação pudesse ocorrer. De facto, o carro caíra muito perto, demasiado perto.

Depois de Taylor mergulhar na água, a pressão sugou-o para
baixo e reteve-o durante vários segundos, e muitos mais segundos
depois. Taylor rodopiou e foi torcido como um trapo numa máquina de roupa, mas conseguiu, por fim, nadar para a superfície, onde
chegou com a respiração ofegante.

Quando veio à tona a primeira vez, Taylor informara que se
encontrava bem. Depois do carro se despenhar e de ter evitado, por
um triz, ser esmagado pelos destroços, voltou a gritar que estava
bem. Todavia, quando chegou à margem, sentia náuseas e estava
tonto, os acontecimentos da última hora tinham, finalmente, ma-
nifestado os seus efeitos. Foi quando as suas mãos começaram a
tremer.

Joe não sabia o que sentir: medo por causa do salto ou alívio por
tudo ter resultado bem. Quanto ao passageiro, tudo indicava que ia
ficar bom, e Joe pediu a Mitch que fosse falar com Taylor.

Mitch encontrara-o sentado na lama, com as pernas encolhidas e
as mãos e a cabeça descansando sobre os joelhos. Ainda não se tinha
mexido desde que Mitch se sentara ao pé de si.

— Não devias ter saltado — acrescentou Mitch finalmente,
quando Taylor não lhe respondeu.

Taylor levantou a cabeça preguiçosamente, limpando a água da
cara.

— Parecia apenas perigoso — disse inexpressivamente.

— Isso é porque *era* perigoso. Mas no que eu pensava era no
carro que se despenhou logo a seguir a tu teres saltado para a água.
Podias ter sido esmagado.

Eu sei...

— Foi por isso que nadei para debaixo da ponte — retorquiu ele.

— Mas e se ele tivesse caído mais cedo? E se o motor tivesse explodido vinte segundos antes? E se tivesses batido em alguma coisa submersa na água? Por amor de Deus!

E se?

Então estaria morto.

Taylor abanou a cabeça, entorpecido. Sabia que ia ter que responder a estas perguntas outra vez, quando Joe o submetesse a um interrogatório cerrado e sério.

— Não sabia o que mais havia de fazer — afirmou ele.

Mitch observou-o preocupado, escutando o desconforto inexpressivo da sua voz. Já antes o tinha visto assim, era o aspecto traumático de alguém que sabia ter sorte por estar vivo. Reparou nas mãos trementes de Taylor e estendeu a sua batendo-lhe nas costas.

— Só estou contente por estares bem.

Taylor assentiu, demasiado cansado para falar.

CAPÍTULO 17

Nessa mesma noite, mais tarde, quando a situação na ponte estava completamente controlada, Taylor meteu-se no carro para regressar a casa. Como suspeitara, Joe fez-lhe todas as perguntas que Mitch lhe fizera e muitas mais, explorando todas as decisões e os seus motivos, mastigando tudo duas e três vezes. Se bem que estivesse tão zangado como Taylor nunca o vira, este fez o seu melhor para o convencer de que não tinha agido de forma imprudente.

— Ouve — garantiu ele —, eu não queria saltar, mas se não o tivesse feito, nenhum de nós teria conseguido sobreviver.

Perante este facto, Joe não tinha resposta.

As mãos já não tremiam e o seu sistema nervoso tinha, gradualmente, voltado ao normal, embora se sentisse esgotado. Ainda tiritava quando percorreu as calmas estradas rurais.

Uns breves minutos depois, Taylor subia os degraus de cimento estalado da pequena casa a que chamava lar. Tinha deixado as luzes acesas na pressa de sair, e a casa parecia acolhê-lo quase com deleite quando entrou. A papelada, relacionada com os seus negócios, ainda estava espalhada sobre a mesa, a calculadora ficara ligada. O gelo do copo com água havia-se derretido.

Na sala de estar podia escutar, em pano de fundo, a televisão ligada; o desafio de futebol que ele estava a ouvir tinha dado lugar às notícias locais.

Pousou as chaves em cima da bancada e tirou a camisa à medida que atravessava a cozinha em direcção a um pequeno quarto onde estavam as máquinas de lavar e secar roupa. Abrindo a tampa deitou a camisa para dentro da máquina de lavar. Descalçou os sapatos e deu-lhes um pontapé atirando-os de encontro à parede. Meteu as calças, as peúgas e a roupa interior na máquina com a camisa e deitou-lhe detergente. Depois de pôr a máquina a trabalhar, agarrou numa toalha dobrada que estava em cima da máquina de secar, dirigiu-se à casa de banho e tomou um duche rápido, enxaguando a água salobra do seu corpo.

Em seguida, deu uma escovadela ao cabelo e andou pela casa a desligar tudo antes de se enfiar na cama.

Apagou as luzes quase com alguma relutância. Queria dormir, precisava de dormir, contudo, apesar da exaustão, percebeu de repente que o sono não viria. Ao contrário, mal fechava os olhos as imagens dos acontecimentos das últimas horas voltavam a desenrolar-se na sua mente. Quase como um filme, algumas delas passavam apressadamente, outras de trás para a frente, mas em ambos os casos eram diferentes daquilo que realmente acontecera. As suas, não eram imagens de sucesso, eram mais como pesadelos.

Sequência atrás de sequência, ele assistia indefeso como tudo tinha corrido mal.

Viu-se a si mesmo alcançar a vítima, ouviu um estoiro e sentiu um estremecimento nauseante quando a escada se partiu em duas, atirando-os a ambos para a morte...

Ou...

Observava horrorizado como a vítima tentava alcançar a sua mão estendida, o rosto contorcido de pânico, mesmo no momento em que o carro escorregava da ponte e Taylor se sentia incapaz de fazer o que quer que fosse para o impedir...

Ou...

Sentiu a sua mão suada escapar-se do cabo mergulhando no ar em direcção aos pilares da ponte, para uma morte certa...

Ou...

Enquanto enganchava o arnês, ouviu um tiquetaque esquisito, imediatamente antes de o camião explodir, a sua pele estava lacerada e queimada, ouviu o som dos seus próprios gritos à medida que a vida lhe era roubada...

Ou...
O pesadelo com que vivia desde a infância...
Esbugalhou os olhos. As mãos tremiam-lhe de novo, tinha a garganta seca. Com a respiração ofegante, podia sentir outra onda de adrenalina, se bem que desta vez lhe fizesse doer o corpo todo.

Voltou a cabeça para ver as horas. As luzes vermelhas e brilhantes dos dígitos mostravam que eram quase onze e meia.

Reconhecendo que não era capaz de dormir, acendeu o candeeiro da mesinha-de-cabeceira e começou a vestir-se.

Não percebera por que tomara esta decisão. Tudo quanto sabia era que precisava de desabafar.

Não com Mitch, nem com Melissa. Nem mesmo com a mãe.

Precisava de falar com Denise.

* * *

O parque de estacionamento junto ao Eights estava praticamente vazio quando ele chegou. Havia um carro parado a um dos lados. Taylor conduziu o camião para o espaço livre mais perto da porta e viu as horas. O restaurante ia fechar dali a dez minutos.

Empurrou a porta de madeira e ouviu o tinido de um sino que assinalava a sua entrada. Era o mesmo restaurante de sempre. Um balcão corrido ao longo da parede mais afastada; era aí que a maioria dos camionistas se sentava durante as horas matutinas. Havia cerca de uma dúzia de mesas quadradas ao centro da sala sob uma ventoinha de tecto rotativa. De cada um dos lados da porta, abaixo do nível das janelas, havia três cabinas com os assentos forrados em vinil, todos eles com pequenos rasgões. O ar cheirava a *bacon* apesar do adiantado da hora.

Por detrás do balcão ao fundo, vislumbrou Ray que limpava as traseiras. Ray voltou-se com o tinido do sino e reconheceu Taylor quando este entrava. Acenou-lhe com um pano da loiça gorduroso na mão.

— Ei, Taylor — saudou ele. — Já há muito tempo que não o via. Vem jantar?

— Oh, ei, Ray. — Varreu a sala com os olhos. — Na verdade, não.

Ray abanou a cabeça, rindo de si para si.

— Foi o que me pareceu — acrescentou malicioso. — Denise está quase a sair. Está a guardar umas coisa no roupeiro. Veio saber se ela quer boleia?

Quando Taylor não respondeu logo, os olhos de Ray brilharam.

— Pensa que é o primeiro a entrar aqui com esse ar de cachorrinho perdido na cara? Há um ou dois que vêm cá todas as semanas, exactamente com o mesmo aspecto, com esperança de conseguirem o mesmo. Camionistas, ciclistas, até tipos casados. — Arreganhou os dentes. — Ela é um pedaço de mulher, lá isso é, não acha? Bela como uma flor. Mas não se preocupe, ela ainda não aceitou nada de nenhum.

— Eu não ia... — tartamudeou Taylor, sem conseguir arranjar palavras.

— Claro que ia. — Piscou um olho, deixando cair a frase, depois baixou a voz. — Mas como já lhe disse, não se preocupe. Tenho o pressentimento de que é capaz de lhe dizer que sim. Vou avisá-la de que está aqui.

Tudo quanto Taylor podia fazer era olhar no vazio, dado que Ray desaparecera de vista. Quase de imediato, Denise surgiu dos lados da cozinha, empurrando uma porta de vaivém.

— Taylor? — perguntou com a surpresa espelhada no rosto.

— Olá — cumprimentou ele encabulado.

— O que é que está a fazer aqui? — dirigiu-se a ele sorrindo, com curiosidade.

— Queria falar consigo — afirmou ele calmamente, sem saber o que dizer.

À medida que ela se encaminhava na sua direcção, ele reteve a sua imagem. Trazia um avental branco com algumas nódoas por cima do vestido amarelo com malmequeres. O vestido, de mangas curtas e decote em V, estava abotoado até acima; a saia cobria-lhe os joelhos. Calçava ténis brancos, um calçado confortável para quem tem de estar várias horas em pé. O cabelo estava penteado para trás, atado num rabo de cavalo e o rosto brilhava com a sua própria transpiração e com a gordura do ar.

Era bela.

Ela deu-se conta da apreciação dele, no entanto à medida que se aproximava, detectou-lhe algo nos olhos, algo que nunca vira antes.

— Está bem? — perguntou. — Parece que viu um fantasma.

— Não sei — sussurrou ele, quase de si para si.

Ela fixou-o, preocupada, e depois olhou por cima do ombro.

— Ei, Ray! Posso fazer uma pausa por uns instantes?

Ray agiu como se não tivesse notado a presença de Taylor. Continuou a limpar a grelha enquanto respondia:

— O tempo que quiseres, querida. De qualquer maneira, estou quase a acabar isto aqui.

Ela encarou Taylor novamente.

— Quer sentar-se?

Era exactamente o motivo que o tinha levado ali, todavia os comentários de Ray haviam-no deixado envergonhado. Só conseguia pensar nos homens que vinham ao restaurante à procura dela.

— Talvez não devesse ter vindo — especulou ele.

Contudo, Denise, como se soubesse exactamente o que fazer, sorriu-lhe compreensivamente.

— Ainda bem que veio — disse ela suavemente. — O que é que aconteceu?

Ele permaneceu em silêncio à sua frente, passando-lhe, num turbilhão, todas as peripécias pela cabeça. O odor vago do champô dela, o seu desejo de a abraçar e de lhe contar o que acontecera nessa noite, os pesadelos que tivera acordado, o quanto desejava que ela o ouvisse...

Os homens que vinham ao restaurante à procura dela...

Apesar de tudo o que sucedera, este pensamento apagava os acontecimentos dramáticos dessa noite. Não que tivesse alguma razão para ficar com ciúmes. Ray assegurara-lhe que ela sempre rejeitara os outros, e ele não estabelecera nenhum tipo de relação séria com ela. No entanto, aquele sentimento perturbava-o. Que homens? Quem é que a queria levar a casa? Queria perguntar-lhe mas sabia que não tinha nada a ver com isso.

— Tenho de me ir embora — afirmou ele sacudindo a cabeça.

— Não devia estar aqui. Ainda está a trabalhar.

— Não — redarguiu ela, agora com ar sério, pressentindo que alguma coisa o incomodava. — Aconteceu alguma coisa esta noite. O que foi?

— Queria falar consigo — replicou ele simplesmente.

— Sobre o quê?

Os olhos dela procuraram os dele sem o desfitar. Aqueles olhos maravilhosos. Deus, ela era adorável. Taylor engoliu em seco, a mente num alvoroço.

— Houve um acidente na ponte — disse ele abruptamente.

Denise assentiu, ainda sem saber aonde é que ele queria chegar.

— Eu sei. A noite esteve muito calma por aqui. Quase ninguém veio por causa da ponte estar fechada. Esteve lá?

Taylor abanou a cabeça afirmativamente.

— Ouvi dizer que foi horrível. Foi?

Mais uma vez, Taylor fez que sim.

Ela estendeu a mão para o braço dele, tocando-lhe ao de leve.

— Espere aqui, está bem? Vou ver o que é que ainda há para fazer antes de fecharmos.

Ela afastou-se dele, a mão dela deslizando na sua pele, e regressou à cozinha. Taylor ficou sentado, sozinho com os seus pensamentos por uns breves instantes, até Denise voltar.

Surpreendentemente, ela passou por ele em direcção à porta da frente, onde virou a placa de «Aberto». O Eights estava fechado.

— Na cozinha está tudo arrumado — explicou ela. — Tenho umas coisas para acabar e depois fico pronta para me ir embora. Por que é não espera por mim, está bem? Podemos conversar lá em casa.

* * *

Taylor levou Kyle ao colo para o camião, a cabeça dele apoiada no seu ombro. Uma vez instalados, passou-o para Denise sem o acordar.

Quando chegaram a casa, procederam ao contrário e depois de retirar Kyle do colo da mãe, Taylor transportou-o pela casa para o quarto. Deitou a criança na cama e Denise aconchegou-lhe a roupa. À saída, ela ligou o ursinho de plástico, e a música fez-se ouvir. Deixou a porta entreaberta enquanto ambos se esgueiravam do quarto.

Na sala de estar, Denise acendeu um dos candeeiros e Taylor instalou-se no sofá. Após uma breve hesitação, Denise sentou-se numa cadeira no lado oposto ao sofá.

A caminho de casa nenhum deles falou com receio de acordarem Kyle, mas uma vez sentados, Denise foi directa ao assunto.

— O que aconteceu? — perguntou. — Na ponte, esta noite.

Taylor contou-lhe tudo: o salvamento, o que Mitch e Joe lhe disseram, as imagens que, a seguir, o tinham atormentado. Denise manteve-se calma enquanto ele desfiava a sua história, os seus olhos presos no rosto dele.

— Salvou-o?

— Não fui só eu. Fomos todos — corrigiu Taylor, marcando instintivamente a diferença.

— Mas quantos de vós subiram a escada? Quantos de vós tiveram de se atirar à água porque a escada não aguentava?

Taylor não respondeu, e Denise levantou-se do seu lugar para se sentar ao lado dele no sofá.

— Você é um herói — rematou ela com um pequeno sorriso no rosto. — Tal como o foi quando Kyle se perdeu.

— Não, não sou — discordou ele, vindo-lhe à mente, contra a sua vontade, imagens do passado.

— Ai isso é que é. — Ela procurou a mão dele. Nos vinte minutos que se seguiram, falaram de coisas inconsequentes, a conversa abordando isto e aquilo. Por fim, Taylor fez-lhe perguntas sobre os homens que queriam levá-la a casa; ela riu-se revirando os olhos e explicou-lhe que era normal no seu tipo de trabalho.

— Quanto mais simpática eu for, mais gorjetas recebo. Todavia, alguns homens interpretam isso de forma errada.

A simples mudança do tema de conversa teve um efeito calmante; Denise esforçou-se para que Taylor não pensasse no acidente. Quando era criança, a mãe costumava fazer o mesmo quando ela tinha pesadelos. Ao tagarelar sobre isto e aquilo, ela conseguia, finalmente, descontrair-se.

Parecia que em relação a Taylor também estava a resultar. Gradualmente, ele começou a falar menos, as respostas eram mais lentas. Os seus olhos fechavam-se e abriam-se, e fechavam-se novamente. A respiração ganhou um ritmo mais regular e profundo à medida que as provações do dia começaram a esbater-se.

Denise segurou-lhe na mão, observando-o, até ele adormecer. Então levantou-se e foi ao quarto buscar um cobertor. Quando ela o empurrou levemente, Taylor estendeu-se e ela tapou-o. Meio adormecido, murmurou algo sobre ter de se ir embora; Denise sussurrou-lhe que estava ali muito bem.

— Durma — balbuciou ela apagando a luz.

Foi para o quarto e tirou a roupa de trabalho, depois vestiu o pijama. Soltou o rabo de cavalo, lavou os dentes e limpou a gordura do rosto. Em seguida, depois de se ter enfiado na cama, fechou os olhos.

O facto de Taylor McAden estar a dormir, ali ao lado na sala, foi a última coisa de que se lembrou antes de, também ela, adormecer.

* * *

— Oá, Tayer! — cumprimentou Kyle feliz da vida.

Taylor abriu os olhos para de seguida os semicerrar com a luminosidade da manhã que entrava pela janela da sala. Esfregou os olhos com as costas da mão para eliminar os vestígios do sono, viu Kyle em pé à sua frente com a cara muito perto da sua. O cabelo do menino, em desalinho e emaranhado, espetava-se em todas as direcções.

Taylor levou um instante a perceber onde se encontrava. Quando Kyle se afastou sorrindo, Taylor sentou-se. Passou ambas as mãos pelos cabelos. Olhando para o relógio, verificou que passava pouco das seis. No resto da casa reinava o sossego.

— Bom dia, Kyle. Como estás?

— Ele está a dormir. (*Tá mimir.*)

— Onde está a tua mãe?

— Ele está no sofá. (*Tá o sofá.*)

Taylor endireitou-se, sentindo a rigidez das articulações. O ombro doía-lhe como acontecia todas as manhãs ao acordar.

— Claro que estava.

Taylor esticou os braços para os lados e bocejou.

— Bom dia. — Ouviu ele saudar atrás de si. Por cima do ombro viu Denise a sair do quarto, vestindo um longo pijama cor-de-rosa e calçando umas peúgas. Levantou-se do sofá.

— Bom dia — retribuiu ele, voltando-se. — Calculo que tenha passado pelas brasas ontem à noite.

— Estava cansado.
— Peço-lhe desculpa.
— Não tem importância — afirmou ela. Kyle tinha-se dirigido para um canto da sala e sentou-se a brincar com os brinquedos. Denise encaminhou-se para ele e inclinou-se beijando-o no alto da cabeça.
— Bom-dia, meu amor.
— Bom-dia — replicou ele. (*Dia*.)
— Estás com fome?
— Não.
— Queres um iogurte?
— Não.
— Queres brincar com as tuas coisas?
Kyle assentiu e Denise voltou a sua atenção para Taylor. — E você? Tem fome?
— Não quero que vá preparar nada de especial.
— Ia oferecer-lhe uns *Cheerios* — anunciou ela, fazendo-o sorrir. Ajeitou a camisola do pijama. — Dormiu bem?
— Como uma pedra — garantiu ele. — Obrigado pela noite de ontem. Foi mais do que paciente comigo.
Ela encolheu os ombros, os seus olhos captando a luz da manhã. O cabelo longo e emaranhado roçava-lhe os ombros. — Para que servem os amigos?
Um tanto embaraçado, pegou no cobertor e começou a dobrá-lo, satisfeito por ter algo para fazer. Sentia-se pouco à vontade, ali na casa dela, logo de manhã tão cedo.
Denise aproximou-se e ficou ao lado dele. — Tem a certeza de que não quer ficar para o pequeno-almoço? Ainda tenho meia caixa.
Taylor pôs um ar de reflexão. — E leite? — acabou por perguntar.
— Não, nós pomos água nos cereais — afirmou ela muito séria.
Ele olhou-a como que a perguntar-se se devia acreditar ou não, quando, de repente, Denise soltou uma gargalhada. Que som melodioso!
— Claro que temos leite, seu tonto.
— Tonto?

— É uma expressão de carinho. Quer dizer que gosto de si — explicou ela com um piscar de olhos.

Aquelas palavras davam-lhe, estranhamente, uma sensação de bem-estar.

— Nesse caso, gostaria de ficar.

* * *

— Então qual é o seu programa para hoje? — perguntou Taylor.

Tinham acabado de tomar o pequeno-almoço e Denise acompanhava-o à porta. Ele ainda tinha de passar por casa para mudar de roupa antes de ir ter com os operários.

— O mesmo de sempre. Vou trabalhar com Kyle durante umas horas e depois não tenho a certeza. Depende do que ele quiser fazer: brincar no jardim, andar de bicicleta, o que calhar. À noite vou trabalhar.

— Servir aqueles homens devassos?

— Uma rapariga tem de pagar as contas — comentou ela brejeira — e, para além disso, não são assim tão maus. O que lá esteve ontem à noite era bem simpático. Deixei-o ficar cá em casa.

— Um encanto, hã?

— Nem por isso. Mas era tão patético que não tive coragem de o mandar embora.

— Bolas!

Quando chegaram à porta, ela inclinou-se empurrando-o, divertida.

— Sabe que estava a brincar.

— Assim espero. — No céu não havia nuvens e o sol, a leste, começava a espreitar por entre as árvores quando saíram para o alpendre. — Ouça, sobre a noite passada... obrigado por tudo.

— Já há bocado me agradeceu, lembra-se?

— Bem sei — afirmou Taylor com sinceridade —, mas queria agradecer outra vez.

Ficaram juntos um do outro até que Denise, por fim, deu um pequeno passo em frente. Olhou para baixo e depois para cima, na direcção de Taylor, inclinou a cabeça ligeiramente aproximando o seu rosto do dele. Quando o beijou ao de leve nos lábios, pôde ver a surpresa nos seus olhos.

Na realidade, não passou de um pequeno beijo, mas tudo quanto ele conseguia fazer era olhar para ela e pensar quão agradável tinha sido.

— Estou contente por ter sido você a vir comigo. — afirmou ela.

Ainda de pijama e com o cabelo despenteado, parecia absolutamente perfeita.

CAPÍTULO 18

Mais tarde, nesse dia, a pedido de Taylor, Denise mostrou-lhe o diário de Kyle.

Sentada a seu lado na cozinha, ela folheava as páginas, fazendo um comentário de vez em quando. Cada página tinha os objectivos de Denise escritos, bem como palavras e expressões específicas, a respectiva pronúncia e as suas observações finais.

— Está a ver. É apenas um registo do que fazemos. É tudo.

Taylor percorreu a primeira página. Em cima estava escrita uma única palavra: Maçã. Pela página abaixo, e continuando no verso, estava a descrição de Denise do primeiro dia em que trabalhara com Kyle.

— Posso? — perguntou ele virando a página.

Denise assentiu, e Taylor leu lentamente, assimilando cada palavra. Quando acabou, ergueu os olhos.

— Quatro horas?

— Sim.

— Só para dizer a palavra *maçã?*

— Na verdade, ele não a pronunciou correctamente, nem mesmo no fim. Mas dava para entender o que ele estava a tentar dizer.

— Como é que conseguiu que ele a dissesse?

— Continuei a trabalhar com ele até ele conseguir pronunciá-la.

— Mas como é que sabia qual o melhor processo?

— De facto, não sabia. No princípio, não. Tive de estudar uma quantidade de coisas diferentes sobre como trabalhar com crianças como o Kyle; debrucei-me sobre vários programas que as universidades estavam a implementar, aprendi terapias da fala e as coisas que se costumam fazer. Todavia, nenhuma delas parecia, realmente, descrever o problema de Kyle, isto é, algumas partes coincidiam, mas a maior parte apontava para outro tipo de problemas. No entanto, houve dois livros, *Crianças Que Falam Tarde* de Thomas Sowell e *Deixa-me Ouvir a Tua Voz* de Catherine Maurice, que se aproximavam bastante. O livro de Sowell foi o primeiro que me ensinou que eu não era a única nesta situação; que havia uma enorme quantidade de crianças com dificuldades na fala mesmo que não tivessem quaisquer outros problemas. Com o livro de Maurice fiquei com uma ideia de como devia ensinar Kyle, se bem que o livro dela abordasse fundamentalmente o autismo.

— Então como é que faz?

— Utilizo um tipo de programa de modificação do comportamento, um programa originalmente proposto pela UCLA. Tiveram, ao longo dos anos, um grande sucesso em casos de crianças autistas utilizando o método da recompensa no bom comportamento e do castigo no comportamento negativo. Eu adaptei o programa às dificuldades da fala, uma vez que esse era o único problema de Kyle. Basicamente, quando ele diz o que é suposto que diga, recebe um rebuçado. Quando não diz, não recebe nada. Quando nem sequer se esforça ou fica teimoso, ralho com ele. Quando lhe ensinei a palavra «maçã», apontava para o desenho de uma maçã e repetia a palavra vezes sem conta. De cada vez que ele emitia um som, dava-lhe um bocadinho de rebuçado; a partir daí, só lhe dava o rebuçado quando ele pronunciava o som correcto, mesmo que fosse apenas de uma parte da palavra. Posteriormente, só era recompensado quando dizia a palavra toda.

— E isso levou quatro horas?

Denise assentiu.

— Quatro horas incrivelmente longas. Ele chorava e exasperava-se, estava sempre a tentar sair da cadeira, gritava como se eu o estivesse a picar com alfinetes. Se alguém nos tivesse ouvido nesse dia, pensava, com certeza, que eu estava a torturá-lo. Devo ter repetido a palavra, sei lá, algumas quinhentas ou seiscentas vezes. Não parava de repeti-la até ambos já estarmos completamente fartos dela. Foi terrível, verdadeiramente pavoroso para os dois e nunca pensei que acabasse, mas sabe...

Ela aproximou-se um pouco mais.

— Quando ele finalmente a pronunciou, todos os momentos horríveis desapareceram de repente, toda a frustração, a raiva e o medo que ambos experimentámos. Lembro-me de como fiquei entusiasmada, nem sequer lhe passa pela cabeça. Desatei a chorar e fi-lo repetir a palavra pelo menos mais uma dúzia de vezes até acreditar que, de facto, ele tinha conseguido. Essa foi a primeira vez que tive a certeza de que Kyle era capaz de aprender. Consegui-o eu, sozinha, e nem sequer sou capaz de dizer o quanto isso significou, sobretudo depois de tudo o que os médicos tinham dito acerca dele.

Ela abanou a cabeça com tristeza, recordando aquele dia.

— Bom, depois disso, apenas continuámos a tentar novas palavras, uma de cada vez, até as aprender também. Ele chegou a uma altura em que já conseguia dizer o nome de cada árvore e flor que existe, cada marca de automóvel, cada tipo de avião... o vocabulário dele era muito vasto, no entanto ainda não era capaz de entender que a linguagem é, na realidade, *usada* com um objectivo. Portanto, começámos com combinações de duas palavras, como por exemplo, «camião azul» ou «árvore grande» e acho que isso o ajudou a perceber o que eu estava a tentar ensinar-lhe: que as palavras são o meio para as pessoas comunicarem. Alguns meses depois, ele era capaz de mimar quase tudo o que eu dizia, foi a vez, então, de começar a ensinar-lhe para que serviam as perguntas.

— Foi difícil?

— Ainda é difícil. Mais difícil do que ensinar-lhe apenas palavras porque agora tem de tentar interpretar as inflexões de tom e compreender qual é a pergunta e responder de forma adequada. Todas estas componentes são difíceis para ele e é o que temos estado a trabalhar ao longo dos últimos meses. De início, as perguntas apresentavam desafios completamente novos, pois Kyle queria simplesmente mimar o que eu dizia. Eu apontava para uma maçã e perguntava-lhe: «O que é isto?» e o Kyle respondia: «O que é isto?» Eu insistia: «Não, repete: "É uma maçã."» E ele repetia: «Não, repete: "É uma maçã."» Acabei por sussurrar a pergunta e dizer a resposta em voz alta na esperança que ele entendesse aquilo que eu pretendia. Todavia, durante bastante tempo, ele murmurava a pergunta e respondia em voz alta, repetindo exactamente as minhas palavras e entoação. Levou semanas até ele dizer apenas a resposta. Naturalmente, eu recompensava-o sempre que ele conseguia os resultados desejados.

Taylor assentiu, começando a perceber o quão difícil tudo aquilo deve ter sido.

— Você deve ter a paciência de um santo — declarou ele.
— Nem sempre.
— Mas fazer isto todos os dias...
— Tem de ser. Além disso, veja até onde ele chegou.

Taylor folheou o diário até às últimas páginas. De uma página quase completamente em branco em que estava escrita uma só palavra, os registos de Denise sobre as horas despendidas com Kyle ocupavam, agora, três e quatro páginas de cada vez.

— Conseguiu progredir muito.

— Sim, é verdade. Contudo, ainda tem um longo caminho a percorrer. Safa-se bem com algumas perguntas, como por exemplo, «o quê» e «quem», mas ainda não domina as perguntas com «porquê» e «como». Também ainda não conversa; normalmente apenas faz uma única afirmação. Do mesmo modo, ainda revela dificuldades na construção de perguntas. Entende o que eu quero dizer quando pergunto «Onde está o teu brinquedo?», mas quando digo «Onde puseste o teu brinquedo?», tudo o que obtenho é um olhar vazio. Coisas como estas são a razão por que fico satisfeita em ter guardado o diário. Sempre que Kyle tem um mau dia, o que acontece com frequência, abro-o e relembro todos os desafios que ele ultrapassou para ter chegado onde já chegou. Um dia, quando estiver melhor, hei-de dar-lho. Quero que ele o leia para que saiba o quanto o amo.

— Ele já sabe isso.

— Eu sei. Mas um dia mais tarde, também o quero ouvir dizer que me ama.

— Ele não faz isso já? Quando lhe aconchega a roupa à noite?
— Não — retorquiu ela. — O Kyle nunca me disse isso.
— Não tentou ensinar-lhe?
— Não.

— Porquê?
— Porque quero que ele me surpreenda no dia em que o fizer de sua livre e espontânea vontade.

* * *

Ao longo da semana seguinte, Taylor ia permanecendo cada vez mais tempo em casa de Denise, passando por lá à tarde, quando sabia que ela tinha acabado o seu trabalho com Kyle. Por vezes ficava uma hora, outras um pouco mais. Por duas vezes brincou ao apanha-bolas com Kyle enquanto Denise os observava do alpendre; no dia seguinte ensinou-o a bater a bola com um pequeno bastão e um *tee* que Taylor tinha utilizado quando era jovem. Balanço após balanço, Taylor recuperava a bola e colocava-a no *tee* no sentido de encorajar Kyle a tentar de novo. Quando Kyle se fartava, a camisa de Taylor estava ensopada. Denise beijou-o pela segunda vez depois de lhe ter oferecido um copo com água.

No domingo da semana a seguir à feira, Taylor levou-os a Kitty Hawk onde passaram o dia na praia. Taylor indicou o local onde Orville e Wilbur Wright fizeram o seu histórico voo em 1903 e leram os pormenores da viagem num monumento erigido em sua honra. Fizeram um piquenique e depois deram um longo passeio pela praia, ora correndo para a rebentação das ondas ora fugindo dela, com as andorinhas do mar batendo as asas sobre as suas cabeças. Já quase ao fim da tarde, Denise e Taylor construíram castelos de areia que Kyle se comprazia em destruir. Rugindo como Godzilla, pisava com força os montes de areia tão rapidamente quanto eram moldados.

No regresso a casa, pararam numa barraca de estrada de um agricultor para comprarem milho. Enquanto Kyle comia macarrão e queijo, Taylor jantou, pela primeira vez, em casa de Denise. O sol e o vento tinham esgotado Kyle, e ele adormeceu logo a seguir. Taylor e Denise ficaram a conversar na cozinha até quase à meia-noite. À porta, voltaram a beijar-se e Taylor abraçou-a.

Uns dias depois, Taylor emprestou o camião a Denise para ela ir à cidade tratar de alguns assuntos. Quando voltou, ele tinha consertado as portas dos armários da cozinha.

— Espero que não se importe — afirmou ele, imaginando se não teria ultrapassado alguma fronteira invisível.

— De modo nenhum — exclamou ela, batendo palmas. — Consegue fazer alguma coisa com a torneira do lava-loiças? Está sempre a pingar.

Meia hora depois também isso estava arranjado.

Quando se encontravam sozinhos, Taylor ficava hipnotizado com a simplicidade da beleza e graça dela. No entanto, momentos havia em que ele conseguia detectar nos seus traços os sacrifícios que vinha fazendo pelo filho. Era quase uma expressão de fadiga, como a de um guerreiro depois de uma longa batalha nas planícies, e isso inspirava-lhe uma admiração que dificilmente era capaz de exprimir por palavras. Ela parecia ser um exemplar de uma raça em vias de extinção; um contraste total com todos aqueles que passavam a vida atrás de alguma coisa, a correr, em constante movimento, à procura da satisfação e auto-estima. Havia tanta gente, hoje em dia, que acreditava que estas coisas se podiam adquirir apenas através do trabalho e não pela maternidade ou paternidade, e muitas pessoas julgavam que ter filhos não tinha nada a ver com educá-los. Quando ele lhe confidenciou estes seus pensamentos, Denise olhara indiferente, pela janela.

— Também eu já pensei assim.

Na quarta-feira da semana seguinte, Taylor convidou Denise e Kyle para irem a sua casa. Semelhante à de Denise em muitos aspectos, era uma casa antiga situada num enorme lote de terreno. A dele, todavia, tinha sido restaurada ao longo dos anos, antes e depois de a comprar. Kyle adorou a oficina das ferramentas construída nas traseiras e, depois de apontar para o «tractor» (na verdade não passava de um cortador de relva), Taylor levou-o para dar uma volta pelo jardim sem ligar a lâmina. Tal como havia acontecido com o camião, Kyle estava radiante ziguezagueando pelo pátio.

Ao observá-los juntos, Denise percebeu que a sua impressão inicial sobre Taylor ser tímido não era completamente exacta. Todavia, ele não se referia a aspectos pessoais, reflectia ela. Embora tivessem conversado sobre o seu trabalho e da sua experiência como bombeiro, ele ficara estranhamente calado em relação ao pai, naquela primeira noite, não indo além do que considerara indispensável. Também nunca falara das mulheres que conhecera no passado, nem sequer de modo fortuito. Claro que isso não importava, contudo essa omissão deixava-a perplexa.

Ainda assim, tinha de admitir que se sentia atraída por ele. Tropeçou na sua vida quando ela menos esperava e da forma mais inverosímil. Já era mais que um amigo. Mas à noite, enfiada entre os lençóis com a ventoinha rotativa zumbindo em pano de fundo, dava consigo a desejar e a rezar para que tudo fosse real.

* * *

— Quanto tempo falta? — indagou Denise.

Taylor surpreendera-a ao ir buscar uma batedeira de gelados antiga e todos os ingredientes necessários para fazer um gelado. Ele rodava a manivela, o suor escorria-lhe pelo rosto e batia o creme que, lentamente, ia ganhando consistência.

— Cinco minutos, talvez dez. Porquê, está com fome?

— Nunca comi gelado caseiro em toda a minha vida.

— Gostaria de reclamar alguma intervenção? Pode continuar a bater...

Ela levantou as mãos. — Não, está muito bem assim. É mais divertido vê-lo a fazer isso.

Taylor acenou com a cabeça como que decepcionado e depois fez o papel de mártir enquanto fingia debater-se com a manivela. Ela riu. Quando ela parou, Taylor limpou a testa com as costas da mão.

— Tem alguma coisa para fazer no domingo à noite?

Ela sabia; era uma pergunta por que esperara. — Nem por isso.

— Quer ir jantar fora?

Denise encolheu os ombros. — Claro. Mas já sabe como é o Kyle. Ele não come qualquer coisa.

Taylor engoliu em seco, o braço sempre em movimento. Os seus olhos encontraram os dela.

— Quero dizer, só os dois? Sem o Kyle desta vez? A minha mãe disse que ficaria feliz em lá ir tomar conta dele.

Denise hesitou. — Não sei qual vai ser a reacção dele em relação a ela. Ele não a conhece muito bem.

— E se eu a for buscar quando ele já estiver a dormir? Pode deitá-lo, aconchegar-lhe a roupa, e não saímos enquanto você achar que já não há problema.

Então ela enterneceu-se, incapaz de disfarçar a satisfação. — Você premeditou isto muito bem, não foi?

— Não queria dar-lhe a oportunidade de recusar.

Ela sorriu, aproximando-se da cara dele. — Nesse caso, adorava ir.

* * *

Judy chegou às sete e meia, alguns minutos depois de Denise ter deitado Kyle. Ela mantivera-o ocupado todo o dia, ao ar livre, na esperança de que ele não acordasse enquanto ela estivesse fora. Tinham ido de bicicleta à cidade e foram ao parque infantil; tinham brincado na terra, nas traseiras de casa. O dia estava quente e húmido, o tipo de dia que dilui as energias, e Kyle começou a bocejar mesmo antes do jantar. Depois de lhe dar banho e de lhe vestir o pijama, Denise leu-lhe, no quarto, três histórias enquanto ele bebia o leite com os olhos semicerrados. Em seguida puxou os estores para baixo, ainda havia luz lá fora, e fechou a porta; Kyle já dormia profundamente.

Tomou um duche e rapou as pernas, depois ficou com a toalha enrolada a si, tentando decidir o que vestir. Taylor dissera-lhe que iriam ao Fontana, um restaurante maravilhosamente sossegado no coração da baixa. Quando lhe perguntou o que devia levar vestido, ele respondeu-lhe que não se preocupasse com isso, o que não a ajudou em nada.

Por fim, decidiu-se por um vestido preto de *cocktail* que lhe parecia apropriado para quase todas as ocasiões. Há anos que estava pendurado no roupeiro, ainda protegido com o invólucro de plástico da lavandaria de Atlanta. Não conseguia recordar-se da última vez que o usara, mas depois de o vestir ficou satisfeita por verificar que ainda lhe assentava muito bem. Em seguida, tirou um par de escarpins pretos; ainda pôs a hipótese de calçar também umas meias pretas, mas abandonou a ideia tão rapidamente quanto lhe viera à ideia. Estava uma noite muito quente e, para além disso, quem é que se lembraria de calçar meias pretas em Edenton a não ser para um funeral?

Depois de secar e arranjar o cabelo, aplicou uma maquilhagem leve e tirou o perfume que guardava na gaveta da mesa-de-cabeceira. Pôs uma gota no pescoço e cabelos e uns salpicos nos pulsos esfregando-os um no outro. Na gaveta de cima da cómoda, tinha um pequeno guarda-jóias de onde tirou um par de argolas.

Ficou de pé, frente ao espelho, e examinou a sua imagem, satisfeita com o que via. Nem de mais, nem de menos. Na realidade, na medida certa. Foi então que ouviu Judy bater à porta. Taylor chegou dois minutos depois.

* * *

O restaurante Fontana já existia há cerca de doze anos. Era propriedade de um casal de meia idade originário de Berna, na Suíça, que se mudara de Nova Orleães para Edenton em busca de uma vida mais simples. No entanto, e por acréscimo, trouxeram um toque de elegância à cidade. Difusamente iluminado, oferecendo um serviço de primeira qualidade, era muito frequentado por casais que celebravam os seus aniversários de casamento ou noivados; a sua reputação veio a ser consolidada quando, na revista *Southern Living*, apareceu um artigo sobre este local.

Taylor e Denise estavam sentados a uma pequena mesa de canto, ele entretendo-se com um *whisky* escocês com água gasosa e ela bebericando um *Chardonnay*.

— Já tinha vindo aqui? — quis saber Denise, deitando uma vista de olhos à ementa.

— Algumas vezes, mas já há muito tempo que cá não vinha.

Ela folheou as páginas, pouco acostumada a um leque tão variado de opções após anos de jantares de prato único.

— O que é que recomenda?

— Tudo, de facto. As costelas de cordeiro são uma especialidade da casa, mas também são afamados os bifes e o marisco.

— Na verdade, isso não reduz as alternativas.

— É verdade. Mas não ficará desapontada com o que quer que seja.

Estudando a lista de entradas, ela torcia, entre os dedos, uma madeixa de cabelo. Taylor observava-a num misto de fascinação e divertimento.

— Já lhe disse que está muito bonita esta noite? — perguntou ele.

— Só duas vezes — frisou ela, fingindo-se distante —, mas não se sinta inibido. Não me importo.

— A sério?

— Não quando o galanteio vem de homem tão janota como você.

— Janota?

Ela piscou-lhe um olho.

— Tem o mesmo significado carinhoso da expressão tonto.

O jantar foi maravilhoso em todos os aspectos, a comida era deliciosa e o ambiente inegavelmente intimista. Após a sobremesa, Taylor procurou a mão dela do outro lado da mesa. Durante a hora seguinte não lha soltou.

À medida que a noite avançava, ficaram absorvidos a conversar sobre as suas vidas. Taylor contou a Denise a sua história de bombeiro e alguns episódios mais arriscados que ele tinha ajudado a ultrapassar; também falou de Mitch e de Melissa, os dois amigos que sempre o tinham apoiado. Denise confidenciou-lhe peripécias dos seus anos na faculdade e aspectos dos seus dois primeiros anos no ensino e do quão pouco preparada se sentia quando pisou uma sala de aulas pela primeira vez. Para ambos, esta noite parecia marcar o início das suas vidas como casal. Foi também a primeira vez que conversaram sem que Kyle tivesse sido o tema da conversa.

* * *

Depois do jantar, ao saírem para a rua deserta, Denise notou o quão diferente a cidade parecia à noite, era como um lugar perdido no tempo. À excepção do restaurante onde haviam estado e de um bar na esquina, tudo estava fechado. Caminhando ao longo dos passeios de ladrilhos que foram estalando com os anos, passaram por um antiquário e uma galeria de arte.

A rua estava em absoluto silêncio, nenhum deles sentiu necessidade de falar. Em poucos minutos, chegaram ao porto, e Denise pôde avistar os barcos recolhidos nas suas docas. Grandes e pequenos, novos e velhos, numa gama que passava pelos barcos à vela em madeira até às traineiras de fim-de-semana. Alguns, poucos, tinham luz no interior mas o único som que se ouvia era o das ondas espirrando sobre o molhe.

Encostando-se a um gradeamento instalado perto das docas, Taylor aclarou a garganta e pegou na mão de Denise.

— Edenton foi um dos primeiros portos a estabelecer-se no Sul e, mesmo quando a cidade não passava de um posto avançado, os barcos de comércio costumavam ancorar aqui, ou para vender as suas mercadorias ou para se reabastecerem de provisões. Consegue ver, além, aquelas grades no cimo daquelas casas?

Ele apontou para algumas casas históricas ao longo do cais e Denise acenou afirmativamente com a cabeça.

— Nos tempos coloniais, era perigoso andar embarcado e as mulheres ficavam naquelas varandas à espera que os navios dos maridos entrassem no porto. Todavia, morreram tantos que elas ficaram conhecidas como as arcadas das viúvas. Mas aqui em Edenton, os barcos nunca mais atracaram no porto. Costumavam fundear ao largo, além no meio, qualquer que tivesse sido a distância da viagem, e as mulheres acorriam às arcadas das viúvas e, forçando a vista, procuravam os maridos enquanto o navio se imobilizava.

— Por que é que eles ficavam ali?

— Havia uma árvore, um cipreste gigante, completamente isolado. Era uma das formas de os marinheiros reconhecerem que tinham chegado a Edenton, principalmente se nunca antes aqui tivessem estado. Era uma árvore única ao longo do litoral leste. Normalmente, os ciprestes crescem junto às margens, apenas a alguns metros, mas este estava, pelo menos, a cento e oitenta metros da costa. Era como um monumento por parecer tão deslocado. Bom, não sei por que motivo, passou a ser um hábito os marinheiros pararem ao pé da árvore sempre que chegavam ao porto. Metiam-se num pequeno barco e remavam em direcção à árvore e punham uma garrafa de rum junto do tronco, gratos por terem regressado sãos e salvos da viagem. E sempre que um navio partia, a tripulação parava ao pé da árvore e os marinheiros bebiam

um trago de rum na esperança de realizarem uma viagem segura e proveitosa. É por isso que lhe chamam a árvore do trago.
— A sério?
— A sério. A cidade está cheia de lendas de barcos cujos marinheiros partiam sem tomarem o seu «trago» de rum e que, subsequentemente, se perdiam no mar. Era um sinal de azar, e só os tolos descuravam esse costume. Os marinheiros que o negligenciavam punham em risco as suas próprias vidas.
— E se não houvesse lá nenhum rum quando os barcos partiam? Voltavam atrás?
— Segundo a lenda, isso nunca aconteceu. — Olhou para o mar, o tom de voz alterando-se ligeiramente. — Lembro-me de o meu pai me contar esta história quando eu era miúdo. Levava-me ao sítio onde a árvore se encontrava e falava-me destas coisas.
Denise sorriu. — Sabe mais histórias de Edenton?
— Algumas.
— Alguma história de fantasmas?
— Claro! Todas as cidades da Carolina do Norte têm histórias de fantasmas. No Dia das Bruxas, o meu pai costumava sentar-se comigo e com os meus amigos, depois de termos ido ao «doce ou partida», e contava-nos a história de Brownrigg Mill. Era acerca de uma bruxa e tinha todos os ingredientes para aterrorizar uma criança. Pessoas supersticiosas, feitiços, mortes misteriosas e até um gato com três patas. Quando o meu pai acabava, ficávamos com tanto medo que não conseguíamos dormir. Conseguia contar uma história interminável da forma mais surpreendente.
Ela pensou no tipo de vida de uma pequena cidade, as histórias antigas, e em como tudo era diferente das suas experiências em Atlanta.
— Isso devia ter sido fantástico.
— Era. Se quiser, faço o mesmo com Kyle.
— Duvido que ele percebesse o que estava a dizer.
— Talvez lhe conte aquela do camião assombrado do distrito de Chowan.
— Isso não existe.
— Bem sei. Mas posso sempre inventar uma.
Denise apertou-lhe a mão de novo.

— Como é que nunca teve filhos? — perguntou.
— Não pertenço propriamente ao sexo certo.
— Sabe exactamente ao que me refiro — recalcitrou ela dando-lhe uma cotovelada. — Teria sido um bom pai.
— Não sei. Acontece que não os tenho.
— Alguma vez o desejou?
— Algumas.
— Pois bem, devia.
— Agora já parece a minha mãe.
— Não sabe o que costumam dizer? As mentes brilhantes pensam da mesma maneira.
— Se assim o diz.
— Exactamente!

Quando deixavam o porto e se encaminhavam para a baixa de novo, ocorreu de súbito a Denise o quanto o seu mundo se alterara recentemente; e tudo, reflectiu ela, se podia imputar ao homem que a acompanhava. No entanto, nem uma só vez, e apesar de tudo quanto fizera por ela, a tinha pressionado para receber algo em troca, algo para que ela ainda não estivesse preparada. Fora ela a beijá-lo primeiro e fora ela também a beijá-lo da segunda vez. Mesmo quando ficou em sua casa até mais tarde, no dia em que foram à praia, ele foi-se embora quando pressentiu que era altura de o fazer.

A maioria dos homens não teria agido desta forma, disso estava certa. A maior parte dos homens agarraria a oportunidade mal ela se lhes apresentasse. Deus sabia que era o que tinha acontecido com o pai de Kyle. Mas Taylor era diferente. Contentava-se em conhecê-la primeiro, pensava ela, em escutar os seus problemas, em consertar portas de armários estragadas e em fazer gelado caseiro no alpendre. Em todos os aspectos, tinha-se mostrado um verdadeiro cavalheiro.

Mas justamente porque ele nunca a forçara a nada, dera consigo a desejá-lo com uma intensidade que a surpreendia. Perguntava-se como se sentiria quando, por fim ele a enlaçasse nos braços ou como seria quando ele lhe tacteasse o corpo, os seus dedos tocando-lhe a pele. Estes pensamentos geraram uma agitação interior e, instintivamente, apertou-lhe a mão.

À medida que se aproximavam do camião, passaram por uma fachada cuja porta de vidro estava escancarada e sobre a qual se via gravado o nome «Bar Trina». Além do Fontana, era o único local aberto na baixa; quando espreitaram lá para dentro, Denise viu três casais a conversarem calmamente em redor de pequenas mesas circulares. A um canto achava-se uma *jukebox* tocando uma canção *country*, a pronúncia nasalada do barítono esbatendo-se ao chegar ao fim da letra. Houve um breve silêncio até a canção seguinte se fazer ouvir: «Unchained Melody». Denise estacou quando a reconheceu e puxou Taylor pela mão.

— Adoro esta canção.

— Quer entrar?

Ela hesitava enquanto a música ecoava à sua volta.

— Podemos ir dançar se lhe apetecer — acrescentou ele.

— Não. Sentir-me-ia embaraçada com todas as pessoas a olharem — decidiu ela após mais um compasso. — E, seja como for, também não há muito espaço.

A rua estava completamente desprovida de trânsito, os passeios desertos. Um único candeeiro, colocado num poste alto, bruxuleava debilmente iluminando a esquina. Sob os acordes da música, confundiam-se os rumores de conversas íntimas. Denise afastou-se da porta aberta, indecisa. A música continuava a fazer-se ouvir quando Taylor parou de repente. Ela olhou-o com curiosidade.

Sem uma palavra, ele pôs-lhe um braço em volta das costas, puxando-a para si. Com um sorriso carinhoso, ergueu-lhe a mão e levou-a aos lábios beijando-lha, depois tomou posição. Compreendendo, de súbito, o que estava a acontecer, contudo ainda sem acreditar, Denise deu um passo incerto e começou a acompanhar o seu par.

Por um breve instante, ambos ficaram um tanto embaraçados. Mas a música continuava a tocar, em fundo, e ultrapassando o constrangimento, após uns passos de dança, Denise fechou os olhos e apoiou-se nele. O braço de Taylor amparava-a e ela conseguia ouvir-lhe a respiração enquanto rodopiavam lentamente, movendo-se suavemente ao som da música. De repente já não importava se alguém estava a ver. Já nada importava a não ser o toque e o calor do corpo dele de encontro ao seu, e dançaram, dançaram, enlaçados sob a luz bruxuleante de um candeeiro de iluminação pública na pequena cidade de Edenton.

CAPÍTULO 19

Judy, na sala de estar, lia um romance quando ambos regressaram. Kyle, contara ela, nem sequer se mexera durante a ausência deles.

— Divertiram-se? — quis saber, reparando nas faces coradas de Denise.

— Divertimos — respondeu ela. — Muito obrigada por ter ficado a tomar conta de Kyle.

— Tive muito prazer — afirmou ela com sinceridade, pondo a alça da carteira sobre o ombro e preparando-se para sair.

Denise foi espreitar Kyle para ver como ele estava enquanto Taylor acompanhava Judy ao carro. Taylor não falou muito à medida que caminhavam, e Judy tinha esperança que isso significasse que ele se tivesse apaixonado por Denise como parecia que ela se tinha apaixonado por ele.

* * *

Taylor encontrava-se na sala de estar, acocorado junto de um pequeno refrigerador que tinha trazido do camião, quando Denise surgiu do quarto de Kyle. Ele não a ouviu fechar a porta, absorvido pelo que estava a fazer. Em silêncio, Denise observava-o a abrir a tampa da mala frigorífica donde retirou duas taças em cristal. Tilintaram uma na outra quando Taylor lhes sacudiu a água, e colocou-as em cima da pequena mesa em frente ao sofá. Voltou a meter a mão na mala e tirou uma garrafa de champanhe.

Depois de arrancar o selo em folha de metal, torceu o arame que sustentava a rolha e fê-la soltar-se num movimento único e fácil. Pôs a garrafa sobre a mesa, ao lado das taças. Mais uma vez, inclinou-se para a mala e retirou um prato de morangos elegantemente embrulhados em celofane. Depois de desembrulhar os morangos, dispôs tudo sobre a mesa e empurrou o refrigerador para o lado. Inclinou-se ligeiramente para trás para ver o efeito e pareceu satisfeito. Esfregou as mãos nas calças, limpando a humidade e olhou em direcção ao vestíbulo. Mal viu Denise ali à porta, ficou paralisado com uma expressão de atrapalhação no rosto. Depois, sorrindo timidamente, levantou-se.

— Achei que era uma surpresa agradável — começou ele.

Ela olhou para a mesa e depois para Taylor, apercebendo-se de que tinha estado a suster a respiração.

— E é — concordou ela.

— Não sabia se preferia vinho ou champanhe, por isso resolvi arriscar.

Os olhos de Taylor fixavam-na.

— Tenho a certeza que é uma maravilha — murmurou ela. — Já não bebo champanhe há anos.

Ele pegou na garrafa. — Posso encher-lhe uma taça?

— Sim, se faz favor.

Taylor encheu as duas taças enquanto Denise se aproximava da mesa, de repente um tanto insegura. Sem falar, ele entregou-lhe uma taça e tudo quanto ela podia fazer era olhar para ele, imaginando quanto tempo teria levado a planear tudo aquilo.

— Espere um momento, está bem? — pediu Denise vivamente, percebendo exactamente o que estava a faltar.

Taylor observou-a a pousar a taça e a correr à cozinha. Ouviu-a vasculhar numa gaveta. Ela apareceu com duas velas e uma caixa de fósforos. Colocou-as na mesa, junto ao champanhe e aos morangos, e acendeu-as. Mal apagou a luz, a sala transformou-se, as sombras dançando na parede quando ela pegou na taça. Àquela luz brilhante, era ainda mais bela.

— A si — brindou ele, as taças tocando-se. Ela sorveu um pequeno golo. As bolhinhas fizeram-lhe cócegas no nariz, mas sabia maravilhosamente.

Ele dirigiu-se para o sofá e sentaram-se ambos, um ao lado do outro, ela com uma perna dobrada sob o corpo. Lá fora, a lua tinha-se erguido no céu e os seus raios derramavam-se por entre as nuvens transmitindo-lhes uma cor de prata leitosa. Taylor sorveu um pouco mais de champanhe olhando para Denise.

— Em que é que está a pensar? — inquiriu ela. Taylor desviou os olhos por um instante e encarou-a de novo.

— Estava a pensar no que teria acontecido se não tivesse tido aquele acidente naquela noite.

— Teria o meu carro — declarou ela, e Taylor riu-se para logo assumir um ar mais grave.

— Acha que eu estaria aqui se não tivesse acontecido?

Denise reflectiu. — Não sei — confessou por fim. — Embora desejasse que sim. A minha mãe acreditava que o destino se encarregaria de juntar as pessoas. É uma ideia romântica que têm as raparigas, mas acho que uma parte de mim ainda acredita nisso.

Taylor assentiu. — A minha mãe também costumava dizer o mesmo. Penso que é uma das razões pela qual não voltou a casar. Ela sabia que nunca ninguém poderia substituir o meu pai. Acho que nem sequer pôs a hipótese de sair com alguém depois que ele morreu.

— A sério?

— Foi o que sempre me pareceu.

— Tenho a certeza de que está enganado, Taylor. A sua mãe é humana, e todos nós precisamos de companhia.

Mal acabou de proferir estas palavras, deu-se conta de que estava a falar de si mesma tanto quanto de Judy. Taylor, no entanto, não pareceu distinguir esta *nuance*.

Ao invés, sorriu. — Você não a conhece tão bem quanto eu.

— Talvez, mas lembre-se, a minha mãe passou por tudo quanto passou a sua. Ela sempre sentiu a falta do meu pai, mas tenho a certeza de que ainda sentia o desejo de ser amada por alguém.

— Costumava ter encontros?

Denise anuiu, tomando um golo de champanhe. Algumas sombras perpassaram-lhe pelo rosto.

— Alguns anos depois, sim. Teve namoros sérios com alguns homens e houve alturas em que pensei que ia arranjar um padrasto, mas não resultou com nenhum deles.

— E isso aborrecia-a? Os encontros dela, quero eu dizer.

— Não, de forma nenhuma. Eu queria que a minha mãe fosse feliz.

Taylor ergueu um sobrolho antes de engolir a última gota de champanhe. — Não sei se eu seria tão compreensivo e maduro como você.

— Talvez não. No entanto, a sua mãe ainda é nova. Ainda pode surgir uma oportunidade.

Taylor puxou a garrafa para o colo e percebeu que jamais se tinha colocado essa possibilidade.

— E você? Pensava já estar casada nesta altura? — perguntou ele.

— Claro! — Ela olhou-o de soslaio. — Tinha tudo planeado. Licenciada aos vinte e dois anos, casada aos vinte e cinco, mãe aos trinta. Era um plano formidável, só que nada aconteceu como havia pensado.

— Parece desapontada.

— E estive — admitiu ela. — Durante muito tempo. Isto é, a minha mãe sempre idealizou um determinado estilo de vida para mim e nunca perdia a oportunidade de mo recordar. E as suas intenções eram boas, tenho a certeza. Queria que aprendesse com os erros dela, e eu estava disposta a isso. Contudo, quando ela morreu... não sei. Parece-me que durante algum tempo me esqueci de tudo quanto me ensinara.

Interrompeu-se com um olhar pensativo no rosto.

— Porque engravidou? — perguntou ele suavemente.

Denise abanou a cabeça. — Não, não por ter engravidado, se bem que isso também tenha a sua quota parte de importância. É que, depois de ela morrer, senti-me como se ela já não estivesse sempre a controlar-me, pesando todos os aspectos da minha vida. Só mais tarde é que percebi que as coisas que ela me dizia não tinham por objectivo refrear os meus impulsos, fazia-o para meu próprio bem e para que todos os meus sonhos se tornassem realidade.

— Todos nós cometemos erros, Denise...

Ela ergueu uma mão cortando-lhe a palavra. — Não estou a dizer isto por ter pena de mim. Como lhe disse, já não me sinto desapontada. Agora, quando penso na minha mãe, sei que ela teria orgulho das decisões que tomei ao longo destes últimos cinco anos.

Hesitou, respirou fundo e acrescentou: — Acho que ela teria gostado de si.

— Por ser simpático com o Kyle?

— Não — respondeu ela. — A minha mãe teria gostado de si porque me fez mais feliz nestas últimas duas semanas do que fui nos últimos cinco anos.

Taylor não fez mais do que olhar para ela, tocado pela emoção que as palavras dela escondiam. Era tão franca, tão vulnerável, tão bonita...

À luz cintilante das velas, sentada junto dele, olhava-o frontalmente, os seus olhos brilhavam com mistério e compaixão, e foi nesse momento que Taylor McAden se apaixonou por Denise Holton.

Todos os anos de expectativa sobre o que isso significava, todos os anos de solidão, tinham-no conduzido a este aqui e agora. Ele tomou-lhe a mão, sentindo a maciez da sua pele, ao mesmo tempo que uma fonte de ternura nascia dentro dele.

Quando ele lhe tocou na face, Denise fechou os olhos desejando que este momento durasse para sempre. Sabia, instintivamente, o significado da carícia de Taylor, das palavras que ele não disse. Não porque o conhecesse assim tão bem. Mas porque se apaixonara por ele exactamente no mesmo instante em que ele se apaixonara por ela.

* * *

De madrugada, a lua entrava pelo quarto. A atmosfera era de prata e Taylor jazia na cama com a cabeça de Denise repousando no seu peito. Ela havia ligado o rádio, e os acordes fracos da música *jazz* emudeciam o som dos seus suspiros.

Denise levantou a cabeça do peito dele, maravilhada com a beleza nua das suas formas, vendo, simultaneamente, o homem que amava e a imagem do jovem que ela não conhecera. Com um prazer pecaminoso, relembrou a visão dos seus corpos entrelaçados com paixão, os seus próprios frémitos de êxtase quando se uniram num só e de como enterrara o rosto no pescoço dele para abafar os seus gritos. Consciente de que era o que ela precisava e queria; fechou os olhos e entregou-se-lhe sem reservas.

Quando Taylor a viu fixá-lo, ergueu a mão e afagou-lhe a face com os dedos, um sorriso melancólico aflorou-lhe os lábios, os olhos imperscrutáveis à luz cinzenta e suave.

Ficaram deitados, em silêncio, muito juntos enquanto os dígitos do relógio piscavam avançando inexoravelmente, depois, Taylor levantou-se. Vestiu as calças rapidamente e dirigiu-se à cozinha para ir buscar dois copos de água. Quando regressou, viu o corpo de Denise meio enrolado no lençol, tapando-a apenas parcialmente. Estava deitada de costas. Taylor bebeu um golo de água e pousou os dois copos na mesa de cabeceira. Quando ele a beijou entre os seios, ela sentiu a temperatura fria da sua língua. — És perfeita — murmurou ele.

Ela pôs-lhe um braço em torno do pescoço e percorreu-lhe as costas com a mão, sentindo na totalidade a plenitude da noite, o peso silencioso da sua paixão.

— Não sou, mas obrigada. Por tudo.

Então ele sentou-se na cama com as costas apoiadas na cabeceira da cama. Denise soergueu-se e ele envolveu-a com um braço puxando-a para si.

Foi nesta posição que, finalmente, acabaram por adormecer.

CAPÍTULO 20

Quando, na manhã seguinte, Denise acordou, encontrava-se sozinha. As cobertas da cama do lado de Taylor haviam sido puxadas para cima e as suas roupas não estavam à vista. Ao consultar o relógio para ver as horas, verificou que faltava um pouco para as sete. Confusa, saltou da cama, vestiu um roupão de seda curto e andou pela casa à procura dele antes de olhar através da janela.

O camião de Taylor tinha desaparecido.

De cenho carregado, Denise regressou ao quarto para ver se havia algum recado em cima da mesa de cabeceira: nenhum recado. Na cozinha também não.

Kyle, que a ouvira a cirandar pela casa, saiu do quarto estremunhado, enquanto ela avaliava a situação, afundando-se no sofá da sala.

— Oá, mã — murmurou ele com os olhos semicerrados.

No preciso momento em que ela correspondia ao cumprimento, ouviu o camião de Taylor subir o caminho de acesso. Um minuto depois Taylor abria devagar a porta da entrada, com todo o cuidado para não acordar a família, transportando um saco de compras nos braços.

— Oh, ei! — exclamou ele num sussurro mal os viu. — Não pensei que já estivessem a pé.

— Oá, Tayer — gritou Kyle, subitamente desperto.

Denise apertou o roupão um pouco mais.

— Onde é que foste?

— Dei um pulinho ao armazém.
— A esta hora?
Taylor fechou a porta atrás de si e atravessou a sala de estar.
— Abre às seis.
— Por que é que estás a falar tão baixo?
— Não sei. — Riu-se e o seu tom de voz voltou ao normal.
— Desculpa por ter saído logo de manhã, mas o meu estômago estava a dar horas.

Ela olhou-o interrogativamente.

— Portanto, uma vez que estava acordado, decidi fazer-vos aos dois um pequeno-almoço a sério. Ovos, *bacon*, panquecas, tudo como deve ser!

Denise sorriu. — Não gostas dos meus *Cheerios*?

— Adoro os teus *Cheerios*, mas hoje é um dia especial.

— Por que é que é tão especial?

Ele olhou de relance para Kyle, que estava agora concentrado nos seus brinquedos amontoados a um canto. Judy tinha-os arrumado a todos na noite da véspera e ele empenhava-se ao máximo para corrigir essa situação. Certo de que a atenção dele estava presa aos brinquedos, Taylor ergueu simplesmente as sobrancelhas.

— Tem alguma coisa vestida por baixo desse roupão, Miss Holton? — murmurou ele, o seu tom evidenciando desejo.

— Isso querias tu saber! — provocou-o ela.

Taylor pôs o saco numa das extremidades da mesa e abraçou-a, as suas mãos percorrendo-lhe as costas até abaixo. Ela ficou momentaneamente embaraçada, os olhos dirigidos para Kyle.

— Acho que acabei de descobrir — afirmou ele em tom conspiratório.

— Pára com isso — disse ela, com essa mesma intenção, mas não querendo que ele o fizesse de facto. — O Kyle está aqui na sala.

Taylor anuiu e afastou-se com um piscar de olhos. Kyle não deixara de prestar atenção aos brinquedos.

— Bem, hoje é um dia especial pela razão óbvia — declarou ele informalmente e pegou no saco das compras. — Mas há mais. Depois de vos servir um pequeno-almoço de *gourmet*, gostaria muito de vos levar à praia aos dois.

— Mas eu tenho de trabalhar com o Kyle e à noite vou para o restaurante.

À medida que passava por ela, dirigindo-se à cozinha, ele parou e inclinou-se sobre a sua orelha como se lhe transmitisse um segredo.

— Bem sei. E eu tinha de ir a casa do Mitch, esta manhã, para o ajudar a consertar o telhado. Mas estou disposto a fazer gazeta se vocês estiverem de acordo.

* * *

— Mas eu tirei a manhã de folga no armazém — protestou Mitch energicamente. — Agora não te podes cortar. Já tirei tudo da garagem.

Vestindo umas *jeans* e uma camisa velha, estava à espera que Taylor chegasse quando ouviu a campainha do telefone.

— Bom, volta a meter tudo lá dentro — afirmou Taylor bem--humorado. — Como te disse, hoje não vai ser possível.

Enquanto falava, Taylor ia virando o *bacon* com um garfo na frigideira que chiava. O aroma enchia a casa. Denise estava por perto, ainda no seu roupão curto, deitando colheres de café em pó para dentro do filtro. A sua imagem fez Taylor desejar que Kyle se evaporasse durante a hora seguinte. A sua mente mal se concentrava na conversa.

— Mas e se chover?

— Não me disseste que ainda não deixa entrar água? É por isso que vamos adiar por hoje.

— Para quatro chávenas ou seis? — perguntou Denise.

Levantando o queixo do auscultador, Taylor respondeu:

— Para oito. Adoro café.

— Quem é que está aí? — inquiriu Mitch, tornando-se, então, tudo absolutamente claro para ele. — Ei..., estás com Denise?

Taylor olhou para ela com espanto. — Não é que seja da tua conta, mas estou.

— Então, passaste a noite com ela?

— Que diabo de pergunta é essa?

Denise sorriu, sabendo exactamente o que Mitch dizia do outro lado.

— Sua raposa matreira...

— Então, acerca do telhado — atalhou Taylor tentando retomar o fio da conversa.

— Oh, não te preocupes com isso — afirmou Mitch, repentinamente afável. — Goza bem o dia com ela. Já não era sem tempo que encontravas alguém...

— Adeus Mitch — disse Taylor, cortando-lhe a palavra.

Abanando a cabeça, desligou o telefone deixando Mitch pendurado a falar do outro lado. Denise tirou os ovos do saco das compras.

— Mexidos? — perguntou.

Ele rasgou um sorriso. — Com esse teu aspecto tão delicioso, como é que eu não havia de sentir-me baralhado?

Ela revirou os olhos.

— És mesmo um tonto!

* * *

Duas horas mais tarde, encontravam-se sentados numa manta na praia em Nags Head, Taylor aplicando um protector solar nas costas de Denise. Kyle estava a fazer covas com uma pá de plástico por perto, transportando a areia de um sítio para outro. Nem Taylor nem Denise faziam a mínima ideia do que ele estaria a pensar enquanto procedia àquela operação, mas parecia estar a divertir-se.

As memórias da noite anterior surgiram na mente de Denise à medida que a loção ia sendo espalhada, com carinho, na sua pele.

— Posso fazer-te uma pergunta? — pediu ela.

— Claro!

— Ontem à noite... depois de... bom... — fez uma pausa.

— Depois de termos dançado o tango horizontal? — sugeriu Taylor.

Ela deu-lhe uma cotovelada nas costelas. — Não lhe dês esse ar tão romântico — protestou ela e Taylor riu-se.

Ela abanou a cabeça, incapaz de reprimir um sorriso.

— Seja como for — continuou ela, recuperando o autodomínio.

— Depois, ficaste muito calmo, como se estivesses... triste ou coisa parecida.

Taylor anuiu, olhando em direcção à linha do horizonte. Denise esperava por uma resposta, mas ele ficou calado.

Observando as ondas enrolarem-se na areia, Denise reuniu coragem.

— É porque lamentas o que aconteceu?

— Não — afirmou ele calmamente, as suas mãos acariciando-lhe a pele de novo. — Não é nada disso.

— Então o que foi?

Sem lhe responder directamente, Taylor seguiu-lhe o olhar que se mantinha nas ondas.

— Lembras-te de quando éramos miúdos? Na altura do Natal? De como o gozo antecipado da festa era algo mais excitante do que abrir os presentes propriamente ditos?

— Sim.

— É o que me faz lembrar. Sempre sonhei em como isto, enfim, seria...

Calou-se, reflectindo na melhor maneira de lhe explicar o que queria dizer.

— Então, o gozo antecipado foi de facto mais excitante do que a noite passada? — quis ela saber.

— Não! — exclamou ele rapidamente. — Não percebeste o que eu quis dizer. Foi justamente ao contrário. A noite passada foi maravilhosa, tu foste maravilhosa. Foi tudo tão perfeito... Acho que o que me faz ficar triste é pensar que nunca mais vai haver uma primeira vez contigo outra vez.

Neste ponto, ele calou-se de novo. Denise, digerindo as palavras dele e o seu súbito olhar fixo e tranquilo, decidiu deixar o assunto. Ao invés, recostou-se contra ele, consolada pelo calor reconfortante dos braços que a envolviam. Ficaram assim durante muito tempo, cada um perdido nos seus pensamentos.

Mais tarde, quando o Sol descrevia no céu a sua trajectória de final do dia, arrumaram as coisas nos sacos, prontos a seguirem para casa. Taylor transportava a manta, as toalhas e o cesto do piquenique que trouxeram com eles. Kyle caminhava à frente deles com o corpo coberto de areia, levando o balde e a pá enquanto calcava, deliberadamente, as últimas dunas. Ao longo do trilho para os peões, desabrochava um mar flores, de cores espectaculares, cor de laranja e amarelas. Denise curvou-se e apanhou uma flor, levando-a ao nariz.

— Por estas bandas, chamamos-lhes flores de Jobell — informou Taylor, observando-a.

Ela entregou-lha e ele fez-lhe sinal com o dedo fingindo repreendê-la.

— Sabes que é proibido colher flores nas dunas. Elas ajudam a proteger-nos dos furacões.

— Vais denunciar-me?

Taylor abanou a cabeça. — Não, mas vou fazer-te escutar a lenda de como receberam este nome.

Ela afastou os cabelos que o vento impelira para os seus olhos.

— É uma história como a da árvore do «trago»?

— Mais ou menos. Todavia, um pouco mais romântica.

Denise deu um passo para se aproximar dele. — Então conta lá a lenda das flores.

Ele torceu-a entre os dedos e as pétalas pareceram fundir-se.

— A flor de Jobell recebeu este nome por causa de Joe Bell que viveu nesta ilha há muito tempo. Supostamente, Joe estava apaixonado por uma mulher que acabou por casar com outro homem. Com o coração desfeito, mudou-se para as Outer Banks onde pretendia levar uma vida de eremita. Contudo, na primeira manhã que passou na sua nova casa, viu uma mulher, com um ar terrivelmente triste e solitário, a passear pela praia mesmo em frente à sua casa. Todos os dias, à mesma hora, costumava vê-la e um dia acabou por ir ao seu encontro, mas mal o viu, ela voltou-se e fugiu. Ele julgou que a tinha afugentado para sempre, no entanto, no dia seguinte lá andava ela a passear outra vez pela praia. Desta vez, quando se encaminhou para ela, não fugiu e Joe ficou impressionado com a sua beleza. Conversaram o dia inteiro, depois no dia seguinte, e em breve se apaixonaram. Surpreendentemente, no momento em que ele se apaixonou, uma pequena quantidade de flores começou a crescer nas traseiras da sua casa, flores que nunca antes se tinham visto por estes lados. À medida que o seu amor ia aumentando, as flores continuavam a espalhar-se e, no final do Verão, tinham-se transformado num belo oceano de cor. Foi nessa altura que Joe se ajoelhou aos pés dela e lhe pediu para casar com ele. Como ela aceitasse, Joe colheu uma dúzia de flores e entregou-lhas, mas estranhamente, ela recuou, recusando-se a recebê-las. Mais tarde, no dia do casamento, ela explicou-lhe o motivo que a impedira de aceitar as flores. «Esta flor é o símbolo vivo do nosso amor», disse-lhe ela. «Se as flores morrerem, então o nosso amor também morre.» Isto aterrorizou Joe; por uma qualquer razão, ele sentiu, no fundo do seu coração, que jamais haviam sido proferidas palavras mais verdadeiras. Assim, ele começou a plantar ou a semear flores de Jobell ao longo da faixa da praia onde se tinham conhecido e, posteriormente, por todas as Outer Banks, como testemunho do quanto amava a mulher. E, a cada ano que passava, à medida que as flores se espalhavam, eles sentiam um pelo outro um amor cada vez mais profundo.

Quando acabou de contar a história, Taylor baixou-se e apanhou mais algumas flores e entregou o ramo a Denise.

— Gosto dessa história — confessou ela.

— Eu também.

— Mas não acabaste de infringir a lei também?

— Claro! Mas acho que desta maneira cada um de nós terá algo para pôr o outro na linha.

— Como a confiança?

— Isso também — concordou ele, aproximando-se e beijando-a na face.

* * *

Nessa noite, Taylor levou-a ao emprego mas Kyle não ficou com a mãe. Em vez disso, Taylor prontificou-se a tomar conta dele em casa dela.

— Vamos divertir-nos. Jogamos à bola um bocadinho, vemos um filme, comemos pipocas.

Após alguma indecisão, Denise acabou por concordar e Taylor deixou-a à porta do restaurante, mesmo um pouco antes das sete. À medida que o camião se afastava, Taylor piscou o olho a Kyle.

— Muito bem, meu rapaz. A primeira paragem é na minha casa. Se vamos ver um filme, precisamos de um vídeo.

— Ele vai a conduzir — respondeu Kyle com energia e Taylor riu-se, habituado já à forma de comunicar da criança.

— Ainda temos de fazer uma outra paragem, está bem?

Kyle limitou-se a acenar novamente com a cabeça, parecendo aliviado por não ter de entrar no restaurante. Taylor pegou no telemóvel e fez uma chamada esperando que o tipo no outro lado da linha não se importasse de lhe fazer um favor.

* * *

À meia-noite, Taylor levou Kyle para o carro para ir buscar Denise. Kyle só acordou por uns breves instantes quando a mãe entrou, depois aninhou-se no colo dela como fazia habitualmente. Quinze minutos depois, já todos estavam deitados; Kyle no seu quarto, Denise e Taylor no dela.

— Tenho estado a pensar no que me disseste à tarde — declarou Denise tirando o vestido de malmequeres do serviço.

Taylor teve dificuldade em se concentrar quando aquele caiu no chão. — O que é que eu disse?

— Sobre estares triste por não voltar a haver uma primeira vez.

— E?

De *soutien* e cuecas, ela aproximou-se, aconchegando-se a ele.

— Bem, estava só a pensar que se desta vez for melhor que a noite passada, o teu gozo antecipado pode voltar.

Taylor sentiu o corpo dela roçar no seu. — Como assim?

— Se de todas as vezes for melhor que a anterior, vais ficar sempre em ânsias pela vez seguinte.

Taylor abraçou-a, ficando excitado. — Achas que vai dar certo?

— Não faço a mínima ideia — respondeu ela desapertando-lhe os botões da camisa — mas gostaria muito de saber.

* * *

Taylor esgueirou-se para fora do quarto dela antes do alvorecer, como tinha feito na véspera, se bem que desta vez ficasse no sofá. Não querendo que Kyle os visse a dormir juntos, dormitou ali um par de horas, até Denise e Kyle saírem dos seus quartos. Eram quase oito horas; Kyle já há muito tempo que não dormia até tão tarde.

Denise perscrutou a sala e, de imediato, percebeu a razão. Pelo aspecto das coisas, era óbvio que tinha estado acordado até tarde.

O televisor tinha uma posição diferente, o vídeo estava no chão perto dele, havia cabos eléctricos serpenteando por todo o lado. Duas chávenas meio-vazias estavam num dos tampos da mesa, paralelamente a três latas de *Sprite*. Bocadinhos de pipocas espalhavam-se pelo chão e pelo sofá; os papéis que embrulhavam os *Skittles* tinham sido enfiados entre as almofadas da cadeira. Sobre o televisor viam-se dois filmes, *Os Libertadores* e o *Rei Leão*, as caixas abertas com as películas por cima.

Denise pôs as mãos nas ancas, contemplando a confusão.

— Quando entrei, não reparei na desordem que vocês os dois fizeram ontem à noite. Parece que passaram um bom bocado, à moda antiga.

Taylor sentou-se no sofá e esfregou os olhos. — Divertimo-nos.

— Aposto que sim — resmungou ela.

— Mas já viste o que fizemos para além disso?

— Queres dizer, para além de espalharem pipocas por toda a minha mobília?

Ele riu. — Vá lá. Deixa-me mostrar. Limpo isto num instante.

Levantou-se do sofá e espreguiçou os braços por cima da cabeça.

— Tu também Kyle. Vamos mostrar à mãe o que fizemos ontem à noite.

Para grande surpresa de Denise, Kyle parecia ter percebido o que Taylor lhe dissera e, obediente, seguiu Taylor até à porta das traseiras. Este conduziu-os pelo alpendre, até aos degraus, em direcção ao jardim de ambos os lados da porta.

Quando Denise viu o que a esperava, ficou sem fala.

Ao longo das traseiras da casa havia flores Jobell recentemente plantadas.

— Fizeste isto? — perguntou ela.

— O Kyle também — respondeu ele com uma ponta de orgulho na voz, verificando que ela tinha ficado satisfeita.

* * *

— É tão bom — exclamou Denise docemente.

Já passava da meia-noite, muito depois de Denise, mais uma vez, ter acabado o seu turno no Eights. Ao longo da última semana,

Taylor e Denise tinham-se encontrado praticamente todos os dias. No 4 de Julho, Taylor levou-os a passear no seu velho e restaurado barco a motor, mais tarde, deitaram o seu próprio fogo de artifício para grande júbilo de Kyle. Fizeram um piquenique nas margens do rio Chowan e apanharam mexilhões na praia. Para Denise tudo isto constituía uma espécie de interlúdio, mais doce que quaisquer sonhos, que nunca sequer se havia permitido imaginar.

Naquela noite, como em tantas outras noites recentes, estava deitada na cama, nua, com Taylor a seu lado. A sensação das mãos dele, amaciadas pelo óleo, ao deslizarem no seu corpo era insuportavelmente perturbadora.

— Pareces um pedaço do céu — sussurrou Taylor.

— Não podes continuar a fazer isto — gemeu ela.

Ele massajou-lhe os músculos das costas, fazendo uma ligeira pressão e aliviando as mãos em seguida. — A fazer o quê?

— A ficares acordado até tão tarde todas as noites. É a minha morte.

— Para uma mulher à beira da morte, tens muito bom aspecto.

— Não tenho dormido mais de quatro horas desde o fim-de-semana passado.

— Isso é porque não me consegues largar.

Com os olhos quase fechados, ela sentiu que um sorriso lhe aflorava aos cantos da boca. Taylor inclinou-se e beijou-a nas costas entre as omoplatas.

— Queres que me vá embora para poderes descansar? — perguntou-lhe ele, as suas mãos movimentando-se para os ombros dela outra vez.

— Ainda não — ronronou ela. — Vou deixar-te acabar primeiro.

— Agora estou a ser usado?

— Se não te importares.

— Não me importo.

* * *

— Então, o que é que está a acontecer com Denise? — quis saber Mitch. — A Melissa deu-me ordens expressas para não te deixar ir embora sem me informares de todos os detalhes.

Encontravam-se em casa de Mitch, na segunda-feira, a consertar, finalmente, o telhado, conserto este que Taylor tão bem soubera adiar na semana anterior. O sol estava particularmente quente e ambos haviam despido as camisas enquanto usavam os pés-de-cabra, arrancando, uma a uma, as telhas danificadas. Taylor puxou o lenço e limpou o suor do rosto.

— Nada de especial.

Mitch esperou que Taylor continuasse, mas este não disse mais nada.

— Só isso? — espantou-se Mitch. — Nada de especial?

— O que é que queres que diga?

— Os factos. Começa lá a despejar o saco que eu interrompo-te se precisar de explicações.

Taylor relanceou o olhar por todos os lados como se quisesse certificar-se que ninguém mais andava por perto. — Sabes guardar um segredo?

— Claro!

Taylor inclinou-se para se aproximar.

— Eu também! — afirmou ele com um piscar de olhos e Mitch desatou a rir.

— Com que então não vais contar nada?

— Não sabia que tinha de te informar de tudo — replicou ele com uma indignação fingida. — Acho que presumi que eram contas do meu rosário.

Mitch abanou a cabeça. — Sabes? Vai contar essa a outro. Se bem te conheço, acabas por me contar tudo mais cedo ou mais tarde, portanto mais vale ser agora.

Taylor observou o amigo com um sorriso presunçoso. — Achas que sim, hã?

Mitch começou a arrancar um prego do telhado. — Eu não acho. Tenho a *certeza*. Para além disso, como já disse, a Melissa não te deixa ir embora sem que o faças. Confia em mim, aquela mulher pode atirar uma frigideira com uma precisão mortal.

Taylor riu-se. — Bom, podes dizer-lhe que está tudo bem.

De luvas calçadas, Mitch agarrou numa telha estragada e começou a puxá-la com força, sentindo que se ia partir em duas. Arremessou-a para o chão e continuou a tratar da outra metade.

— E?
— E o quê?
— Ela faz-te feliz?

Taylor levou um momento a responder. — Sim — acabou por dizer. — Muito.

Procurava as palavras certas à medida que continuava a trabalhar com o pé-de-cabra. — Nunca tinha conhecido ninguém como ela.

Mitch agarrou na garrafa-termo com água gelada e sorveu um golo, à espera que Taylor prosseguisse.

— Quero dizer, ela tem tudo. É bonita, inteligente, encantadora, faz-me rir... E havias de ver como ela é com o filho. É um puto bestial, mas tem problemas na fala, e a forma como ela trabalha com ele, ela é tão paciente, tão dedicada, tão amorosa... É espectacular, lá isso é verdade.

Taylor fez saltar mais um prego solto, atirando-o para o lado.

— Parece fantástica — afirmou Mitch impressionado.

— E é.

De súbito, Mitch estendeu o braço, agarrou o ombro de Taylor e deu-lhe um forte abanão.

— Então o que faz ela ao pé de um tipo como tu? — gracejou ele. Em vez de rir, Taylor encolheu simplesmente os ombros.

— Não faço a mínima ideia.

Mitch pôs a garrafa-termo de lado.

— Posso dar-te um conselho?

— Posso impedir-te?

— Não, de facto não. Sou como a Ann Landers quando se trata de coisas como esta.

Taylor tomou posição no telhado e encaminhou-se para outra telha. — Diz lá então.

Mitch ficou um pouco mais tenso, antevendo a reacção do amigo. — Bem, se ela é como dizes e te faz feliz, não lixes tudo desta vez.

Taylor parou a meio caminho. — O que é que pretendes dizer com isso?

— Sabes como reages em situações como esta. Lembras-te da Valerie? Lembras-te da Lori? Se não te consegues lembrar, eu consigo. Sais com elas, és um poço de *charme*, passas o tempo todo com elas, deixa-las apaixonarem-se por ti... e depois, zás, acabas com tudo.

— Não sabes do que é que estás a falar.

Mitch observou como a boca de Taylor se transformava numa linha dura. — Não? Então diz-me lá onde é que eu estou enganado.

Com relutância, Taylor reflectiu sobre o que Mitch acabara de dizer.

— Elas eram diferentes de Denise... — replicou ele lentamente. — Eu também era diferente. De lá para cá, mudei.

Mitch levantou as mãos impedindo-o de continuar. — Não é a mim que tens de convencer, Taylor. Como se costuma dizer, não mates o mensageiro, só te estou a avisar porque não quero que te arrependas depois.

Taylor abanou a cabeça. Durante uns minutos trabalharam em silêncio. Por fim acrescentou: — És um chato, sabias?

Mitch arrancou alguns pregos. — Sim, eu sei. A Melissa também me diz o mesmo, portanto não me leves tão a peito. É assim que eu sou.

* * *

— Então, acabaram o telhado?

Taylor assentiu. Tinha uma lata de cerveja no colo, e bebia devagar, algumas horas antes de Denise iniciar o seu turno. Estavam sentados nos degraus da porta da frente enquanto Kyle brincava com os seus camiões no jardim. Apesar dos seus esforços, os seus pensamentos voltavam-se sistematicamente para o que Mitch lhe havia dito. Existia alguma verdade no que o amigo lhe dissera, ele bem o sabia, mas não conseguia deixar de desejar que não tivesse levantado aquelas questões que o importunavam como uma má lembrança.

— Sim — comentou ele —, já está pronto.

— Foi mais difícil do que pensavas? — inquiriu Denise.

— Não, nem por isso. Porquê?

— Pareces distraído.

— Desculpa. Acho que estou apenas um bocado cansado.
Denise examinou-o. — Tens a certeza de que não é mais nada?
Taylor levou a cerveja aos lábios e deu-lhe um trago. — Acho que sim.
— Achas?
Colocou a lata sobre os degraus. — Bom, hoje o Mitch disse-me umas coisas...
— Que coisas?
— Coisas sem importância — respondeu Taylor não querendo ir mais além. Denise leu-lhe a preocupação nos olhos.
— Como por exemplo?
Taylor respirou fundo, reflectindo se devia ou não contar-lhe, acabando por decidir fazê-lo. — Disse-me que se as minhas intenções forem sérias em relação a ti, não devo estragar as coisas desta vez.
Denise sentiu a respiração parar com a franqueza do comentário dele. Por que razão precisava Mitch de avisá-lo desta maneira?
— O que é que lhe respondeste?
Taylor abanou a cabeça. — Disse-lhe que não sabia do que estava a falar.
— Bem... — ela hesitou. — E sabe?
— Não, claro que não!
— Então por que é que isso te preocupa?
— Porque — respondeu ele — me chateia que ele pense que eu pudesse fazer isso. Ele não sabe nada de ti ou de nós. E não sabe o que sinto, essa é que é essa.
Ela semicerrou os olhos, abarcando a imagem dele sob os raios do pôr do Sol. — O que é que sentes?
Ele agarrou-lhe a mão.
— Não sabes? — interpelou-a ele. — Não o tornei já óbvio?

CAPÍTULO 21

Em meados de Julho, o Verão chegou em plena força com as temperaturas a subirem aos quarenta graus centígrados, começando depois a refrescar. Quase no fim do mês, o furacão Belle ameaçou a costa da Carolina do Norte perto do Cabo Hatteras, antes de evoluir para o mar; nos princípios de Agosto aconteceu o mesmo com o furacão Delilah. Os meados do mês de Agosto trouxeram condições favoráveis à seca e no seu final as colheitas definhavam com o calor.

O mês de Setembro chegou com uma frente fria fora de época, uma coisa que já não sucedia há vinte anos. Tiravam-se as *jeans* das gavetas e vestiam-se casacos leves quando se aproximava o fim do dia. Uma semana mais tarde, foi substituída por uma vaga de calor e as *jeans* foram arrumadas, esperançadamente, por mais dois meses.

Ao longo de todo o Verão, a relação entre Taylor e Denise manteve-se estável. Instalados numa certa rotina, passavam a maior parte das tardes juntos (para fugir ao calor, os operários de Taylor começavam a trabalhar muito cedo e terminavam por volta das duas horas da tarde) e Taylor continuava a ir pôr e a ir buscar Denise ao restaurante sempre que podia. Ocasionalmente jantavam em casa de Judy; outras vezes Judy vinha tomar conta de Kyle para eles poderem passar algum tempo sozinhos.

Durante estes três meses, Denise foi gostando cada vez mais de Edenton. Taylor, naturalmente, continuava a fazer de guia, mostrando-lhe as paisagens dos arredores da cidade, andando de barco e indo à praia. Com o tempo, Denise acabou por aceitar Edenton pelo que era, uma cidade que fluía a uma velocidade lenta e própria, uma cultura virada para a educação dos filhos, em que ao domingo era obrigatória uma visita à igreja, ao trabalho nos reservatórios de água e no cultivo do solo fértil; um lugar onde o lar ainda tinha significado. Denise dava consigo a olhá-lo fixamente quando se encontrava na cozinha com uma chávena de café nas mãos, imaginando preguiçosamente se ele ainda teria o mesmo aspecto num futuro distante, quando o cabelo se tivesse tornado grisalho.

Ela esperava ansiosamente tudo quanto faziam; numa noite amena dos finais de Julho, ele levou-a a dançar em Elizabeth City, mais uma primeira vez em tantos anos. Ele conduzia-a pela sala com uma graciosidade surpreendente, dançando a valsa ou o *two--step* ao ritmo de uma banda *country* local. As mulheres, não pudera ela deixar de notar, sentiam-se naturalmente atraídas por ele e, ocasionalmente, uma ou outra sorrira-lhe e Denise tivera um inopinado acesso de ciúmes, se bem que Taylor parecesse nunca ter reparado nisso. Ao invés, o seu braço nunca deixou de a abraçar nas costas e olhava-a, nessa noite, como se ela fosse a única pessoa do mundo. Horas depois, enquanto comiam sandes de queijo na cama, Taylor puxou-a para si à medida que, através da janela, uma trovoada rugia lá fora.

— O temporal — confidenciou ele — está praticamente no auge.

Também Kyle desabrochara com os cuidados dele. Ganhou confiança no seu discurso, começou a falar mais frequentemente, embora muito do que dizia não fizesse sentido. Também deixara de sussurrar quando conseguia juntar mais que algumas palavras seguidas. No final do Verão, tinha aprendido a bater a bola do *tee* com convicção e a sua habilidade a lançá-la tinha melhorado substancialmente. Taylor colocara bases improvisadas no pátio da frente e, se bem que se esforçasse por lhe ensinar as regras, Kyle nunca manifestara interesse. Só queria divertir-se.

Todavia, por mais idílico que tudo parecesse, momentos havia em que Denise pressentia em Taylor uma onda de inquietação que ela não conseguia explicar. Tal como havia acontecido na primeira noite em que dormiram juntos, Taylor assumia, por vezes, aquele ar vago, quase distante, depois de fazerem amor. Abraçava-a e acariciava-a como de costume, todavia, ela sentia algo nele que lhe deixava uma sensação vagamente desconfortável, algo obscuro e impenetrável que o fazia parecer mais velho e mais cansado, e que ela jamais experimentara. Por vezes ficava assustada, se bem que com o amanhecer se censurasse por deixar dar asas à sua imaginação.

Nos finais de Agosto, Taylor teve de ausentar-se, durante três dias, para ir ajudar a combater um incêndio na floresta Croatan, uma situação tanto mais perigosa dada a seca provocada pelas altas temperaturas do mês. Denise teve alguma dificuldade em dormir enquanto ele esteve fora. Preocupada, telefonou a Judy e passaram uma hora a conversar. Denise seguia a cobertura dada ao incêndio pelos jornais e pela televisão, procurando, em vão, vislumbrar Taylor. Quando, finalmente, Taylor regressou a Edenton, dirigiu-se imediatamente para casa dela. Com a aprovação de Ray, tirou a noite de folga, mas Taylor estava tão exausto que adormeceu no sofá pouco depois do pôr do Sol. Denise tapara-o com um cobertor, pensando que ele iria dormir até de manhã, no entanto a meio da noite, esgueirou-se para o quarto dela. Voltou a sentir as tremuras, contudo desta vez, prolongaram-se durante horas. Taylor recusou-se a falar acerca do que havia acontecido e Denise manteve-o nos seus braços, preocupada, até que por fim ele voltou a adormecer. Mesmo enquanto dormia, os seus fantasmas não lhe davam descanso. Torcia-se e dava voltas, falava alto, as palavras incompreensíveis, excepto pelo medo que ela adivinhava nelas.

Na manhã seguinte ele pediu-lhe, timidamente, desculpa, não dando, contudo, qualquer tipo de explicação. Não tinha de o fazer. Ela sentia que não eram simplesmente as lembranças do incêndio o que o consumia; era qualquer outra coisa, íntima e obscura, que tentava vir à superfície.

A mãe dissera-lhe uma vez que havia homens que guardavam segredos dentro de si que só traziam problemas para as mulheres que os amavam. Instintivamente, Denise reconheceu a verdade da afirmação da mãe, embora fosse difícil conjugar as suas palavras com o amor que ela sentia por Taylor McAden. Adorava o cheiro dele, adorava a textura rugosa das suas mãos sobre o seu corpo e as rugas aos cantos dos olhos de cada vez que ele se ria. Adorava a forma como ele a olhava quando saía do emprego, encostado ao camião com uma perna cruzada sobre a outra. Adorava tudo nele.

Às vezes, dava consigo a imaginar-se, um dia, a caminhar pela nave da igreja ao lado dele. Podia negar este facto, podia ignorá-lo, podia dizer de si para si que ainda nenhum dos dois estava preparado. E talvez esta última parte fosse verdade. Não estavam juntos há muito tempo e, se ele lhe perguntasse no dia seguinte, gostava de pensar que teria a prudência suficiente para lhe responder exactamente isto. No entanto... ela nunca diria tais palavras, admitia-o a si própria nos seus momentos mais impiedosamente honestos. Ela dir-lhe-ia *Sim... sim...sim.*

Nos seus devaneios, só esperava que Taylor sentisse a mesma coisa.

* * *

— Pareces nervosa — comentou Taylor observando a imagem dela reflectida no espelho. Ele estava em pé atrás dela, na casa de banho, enquanto ela acabava os últimos retoques da maquilhagem.

— Eu estou nervosa.

— Mas são apenas o Mitch e a Melissa. Não há nenhum motivo para estares nervosa.

Segurando dois brincos, cada um junto de cada orelha, hesitava entre as argolas e umas bolinhas simples.

— Talvez para ti. Já os conheces. Só os encontrei uma vez, há três meses e não estivemos a falar assim tanto tempo. E se eu lhes causar uma má impressão?

— Não te preocupes. — Taylor deu-lhe um pequeno beliscão no braço. — Isso não vai acontecer.

— Mas, e se acontecer?

— Eles não se importam. Vais ver.

Pôs as argolas de lado e optou pelas bolinhas. Apertou-as nas orelhas.

— Bom, não seria tão exasperante se já me tivesses lá levado, sabias? Esperaste um ror de tempo para me levares a encontrar os teus amigos.

Taylor levantou as mãos. — Ei, não me deites as culpas. És tu que trabalhas seis noites por semana e peço desculpa por te querer só para mim na tua folga.

— Sim, mas...

— Mas o quê?

— Bem, começava a pensar se terias vergonha de ser visto comigo.

— Não sejas ridícula. Garanto-te que as minhas intenções eram puramente egoístas. Fico possessivo quando se trata de passar o tempo contigo.

Olhando por cima do ombro, ela perguntou: — Isso é alguma coisa com que eu tenha de me preocupar no futuro?

Taylor encolheu os ombros com um sorriso matreiro no rosto. — Só depende de tu continuares a trabalhar seis noites por semana.

Ela suspirou acabando de pôr os brincos. — Bem, parece-me que já falta pouco. Já poupei quase o que preciso para um carro, e depois, acredita, vou voltar a pedir ao Ray que me dê os quatro turnos.

Taylor pôs os dois braços em volta dela, continuando a fixá-la através do espelho. — Ei, já te disse como estás bonita?

— Estás a mudar de assunto.

— Bem sei. Mas, raios. Olha só para ti. Estás linda!

Depois de olhar para a imagem dos dois no espelho, ela voltou-se e encarou-o.

— O suficiente para um churrasco com os teus amigos?

— Estás fantástica — declarou ele com sinceridade — mas ainda que não estivesses, eles iam adorar-te na mesma.

* * *

Meia hora mais tarde, Taylor, Denise e Kyle encaminhavam-se para a porta quando Mitch apareceu das traseiras da casa com uma cerveja na mão.

— Ei, gente! — exclamou ele. — A malta está lá atrás.

Taylor e Denise seguiram-no através do portão, passando pelo baloiço e pelos arbustos de azáleas antes de chegarem ao toldo.

Melissa estava sentada à mesa do jardim observando os quatro filhos a saltarem para dentro e para fora da piscina, os seus gritos estridentes fundindo-se num bramido confuso, interrompido por berros agudos. A piscina fora instalada no Verão anterior depois de muitas cobras de água terem sido vistas perto da doca do rio. Nada como uma cobra venenosa para azedar a opinião de uma pessoa sobre a beleza da natureza, gostava Mitch de salientar.

— Ei — chamou Melissa levantando-se. — Obrigada por terem vindo.

Taylor deu a Melissa um abraço sufocante e beijou-a na face.

— Vocês as duas já se conhecem, não é assim? — perguntou ele.

— Na feira — retorquiu Melissa com à-vontade. — Mas isso já foi há séculos, e, para além disso, ela conheceu muita gente nessa dia. Como vai, Denise?

— Bem, obrigada — respondeu ela, ainda um tanto nervosa.

Mitch dirigiu-se ao frigorífico. — Vocês os dois querem uma cerveja?

— É uma bela ideia — replicou Taylor. — Também queres uma, Denise?

— Sim, se faz favor.

Enquanto Taylor foi buscar as cervejas, Mitch instalou-se à mesa, ajustando o chapéu-de-sol para ficarem à sombra. Melissa voltou a acomodar-se confortavelmente secundada por Denise. Kyle, que trazia uns calções de banho e uma *T-shirt*, ficou em pé, timidamente, ao lado da mãe, com uma toalha enrolada sobre os ombros. Melissa inclinou-se para ele.

— Olá, Kyle, como vais?

O garoto não respondeu.

— Kyle repete: 'Estou bem, obrigado.' — incitou Denise.

— Estou bem, obrigado. (*Tou bem, bidado.*)

Melissa sorriu. — Ora bem, queres ir para a piscina com os outros meninos? Eles têm estado todo o dia à tua espera.

Kyle desviou os olhos de Melissa para a mãe.

— Queres ir nadar? — perguntou Denise, refraseando a pergunta.

Kyle anuiu entusiasmado. — Sim.

— Está bem, vai lá então. Tem cuidado.

Denise pegou na toalha dele enquanto Kyle se dirigia mansamente para a água.
— Ele precisa de uma bóia? — quis saber Melissa.
— Não, ele sabe nadar, mas claro que tenho de estar de olho nele.
Kyle chegou à borda da piscina e entrou, a água dava-lhe pelos joelhos. Curvou-se e mergulhou espadanando a água como que a experimentar a temperatura e em seguida o seu rosto abriu-se num sorriso rasgado. Denise e Melissa observam-no à medida que ele avançava com energia.
— Que idade tem ele?
— Vai fazer cinco anos dentro de poucos meses.
— Oh, o Jud também. — Melissa apontou para o extremo oposto da piscina. — É aquele além, agarrado à beira da piscina, perto da prancha de mergulhos.
Denise avistou-o. Tinha a mesma altura de Kyle e o cabelo cortado à escovinha. Todos os filhos de Melissa saltavam, chapinhavam e gritavam, em resumo, divertiam-se ao máximo.
— São todos seus, os quatro? — perguntou Denise espantada.
— Hoje são. No entanto, há-de dizer-me se quer ficar com algum. Deixo-a escolher um da ninhada.
Denise sentiu-se descontrair um pouco. — São uma mão-cheia!
— São rapazes. A energia até lhes sai pelas orelhas.
— Que idades têm?
— Dez, oito, seis e quatro.
— A minha mulher tinha um plano — declarou Mitch metendo-se na conversa e retirando o rótulo da garrafa. — Ano sim, ano não, no dia do nosso aniversário de casamento, ela deixava-me dormir com ela quer ela quisesse quer não.
Melissa revirou os olhos. — Não lhe dê ouvidos. O talento dele para conversar não se destina a pessoas civilizadas.
Taylor regressou com as cervejas, abrindo a garrafa de Denise antes de lha colocar à frente. A sua já estava aberta. — De que é que vocês estão para aí a falar?
— Da nossa vida sexual — respondeu Mitch com um ar sério e Melissa, nesse momento, deu-lhe um murro no braço.
— Tem cuidado, ó fala-barato. Temos visitas. Não queres causar má impressão, pois não?

Mitch inclinou-se para Denise. — Não estou a causar-lhe má impressão, pois não?

Denise sorriu, pensando em como já gostava daquelas duas criaturas. — Não.

— Estás a ver, querida? — exclamou Mitch vitorioso.

— Ela só está a dizer isso porque tu a meteste em apertos. Agora deixa a pobre senhora em paz. Nós estávamos a conversar, estávamos a ter uma conversa absolutamente agradável até tu te meteres.

— Bem...

Foi tudo quanto Mitch pôde dizer antes que Melissa lhe cortasse a palavra. — Não insistas.

— Mas...

— Queres dormir no sofá esta noite?

As sobrancelhas de Mitch dançaram. — Isso é uma ameaça?

Ela deu-lhe uma mirada. — Passou a ser.

Todos em redor da mesa riram e Mitch debruçou-se para a mulher e pousou a cabeça no ombro dela.

— Desculpa, querida — pediu ele, olhando-a com o ar de um cachorrinho que tivesse sujado o tapete.

— Isso não chega — retorquiu ela, fingindo desdém.

— E se eu lavar a loiça mais logo?

— Hoje vamos usar pratos de papel.

— Bem sei. Foi por isso que me ofereci.

— Por que é que vocês os dois não nos deixam em paz para conversarmos? Vão limpar a churrasqueira ou qualquer coisa.

— Ainda agora aqui cheguei — queixou-se Taylor —, por que é tenho de ir?

— Porque a grelha está sujíssima.

— Está? — perguntou Mitch.

— Vá lá! — exclamou Melissa como que enxotando uma mosca do prato. — Deixem-nos a sós para podermos ter uma conversa de mulheres.

Mitch voltou-se para o amigo. — Não acho que sejamos bem-vindos, Taylor.

— Tens razão, Mitch.

Melissa comentou em tom conspiratório: — Estes dois deviam ter sido cientistas de foguetões. Nada passa por eles.

244

Mitch ficou, na brincadeira, boquiaberto. — Acho que ela acabou de nos insultar, Taylor — afirmou ele.

— Tens razão.

— Está a ver o que quero dizer? — inquiriu Melissa, acenando como se o seu ponto de vista tivesse acabado de ser provado. — Cientistas de foguetões.

— Anda daí, Taylor — exclamou Mitch fingindo-se ofendido. — Não temos de aturar isto. Somos muito melhores.

— Óptimo! Vão ser melhores a limpar a grelha.

Mitch e Taylor levantaram-se da mesa, deixando Denise e Melissa sozinhas. Denise ainda ria quando eles se dirigiam para a churrasqueira.

— Há quanto tempo estão casados?

— Há doze anos. Mas só que parecem vinte.

Melissa piscou-lhe um olho e Denise não pôde deixar de pensar, de repente, que parecia que a conhecia desde sempre.

— Como é que se conheceram? — quis saber Denise.

— Numa festa na faculdade. A primeira vez que o vi, Mitch estava a tentar equilibrar uma garrafa de cerveja na testa enquanto atravessava a sala. Se conseguisse ir até ao fim sem a entornar, ganhava cinquenta dólares.

— Conseguiu?

— Não. Ficou ensopado da cabeça aos pés. Mas era óbvio que não tinha levado tudo aquilo muito a sério. E, depois dos outros tipos todos com quem tinha saído, acho que era dele que eu andava à procura. Começámos a namorar e alguns anos depois estávamos casados.

Ela olhou para o marido com uma grande afeição reflectida nos olhos.

— É um bom homem. Acho que vou ficar com ele.

* * *

— Então, como é que foi em Croatan?

Quando, algumas semanas antes, Joe tinha pedido voluntários para combaterem o incêndio florestal, apenas Taylor levantara a mão. Mitch recusara abanando a cabeça quando Taylor lhe pediu para o acompanhar.

O que Taylor não esperava era que Mitch já soubesse exactamente o que se tinha passado. Joe chamara Mitch à parte e contara-lhe que Taylor quase morrera, quando de repente o fogo se fechara em redor dele. Não tivesse sido uma ligeira alteração da direcção do vento, que possibilitou a Taylor encontrar uma saída, teria morrido. A sua última escaramuça com a morte não fora, de modo nenhum, uma surpresa para Mitch.

Taylor bebeu um trago da cerveja, os olhos obscurecendo-se com a lembrança.

— Bastante complicado, por vezes, sabes como são estes fogos. Mas, felizmente, ninguém se magoou.

Sim, tiveste a sorte do teu lado. Mais uma vez.

— Mais nada?

— Nada de especial — respondeu ele, eliminando qualquer vestígio de perigo. — Mas devias ter ido. Fizeram-nos falta mais homens.

Mitch abanou a cabeça enquanto pegava na grade da grelha. Começou a esfregá-la de um lado para o outro.

— Não, isso é para gente jovem como tu. Já estou a ficar velho para coisas como essas.

— Sou mais velho que tu, Mitch.

— Claro, se pensares apenas em termos de algarismos. Mas eu sou como um velho comparado contigo. Tenho uma progénie.

— Progénie?

— Palavras cruzadas. Quer dizer que tenho filhos.

— Eu sei o significado.

— Bem, então também sabes que já não posso levantar-me e ir embora sem mais nem menos. Agora os miúdos estão a ficar crescidos, não é justo para a Melissa eu sair da cidade por coisas como estas. O que quero dizer é que se houver um problema por cá, é uma coisa. Mas não vou atrás deles por aí fora. A vida é demasiado curta para isso.

Taylor pegou num pano da loiça e entregou-o a Mitch para limpar a grelha.

— Continuas a pensar em deixar a corporação?

— Sim. Mais uns meses e acabou-se.

— Sem qualquer arrependimento?

— Nenhum. — Mitch fez uma pausa antes de continuar. — Sabes? Talvez também tu possas querer pensar em retirar-te — acrescentou em tom de insinuação.

— Eu não vou sair, Mitch — afirmou Taylor, rejeitando a ideia imediatamente. — Não sou como tu. Não tenho medo do que possa acontecer.

— Devias ter.

— É a tua opinião.

— Talvez — continuou Mitch, falando calmamente. — Mas é a verdade. Se de facto te preocupas com Denise e com Kyle, tens de começar a pô-los em primeiro lugar, tal como eu faço com a minha família. Aquilo que fazemos é perigoso, por mais cuidadosos que sejamos, e é um risco que não temos de correr. Tivemos sorte em inúmeras ocasiões. — Ficou em silêncio enquanto punha a grelha de lado. Depois os seus olhos encontraram os de Taylor.

— Tu sabes o que é crescer sem pai. Queres que isso aconteça com Kyle?

Taylor obstinou-se. — Por Cristo, Mitch...

Mitch levantou as mãos para impedir Taylor de continuar.

— Antes de começares para aí a chamar-me nomes, há uma coisa que te quero dizer. Desde aquela noite na ponte... e depois, de novo, em Croatan. Sim, eu também sei o que se passou, e isso não me delicia. Um herói morto continua morto, Taylor. — Aclarou a garganta. — Não percebo. É como se, ao longo dos anos, tu desafiasses o destino cada vez mais, como se andasses atrás de alguma coisa. Isso às vezes assusta-me.

— Não precisas de te preocupar comigo.

Mitch levantou-se e pôs a mão no ombro de Taylor.

— Preocupo-me sempre contigo, Taylor. Para mim és como um irmão.

* * *

— O que é que acha que eles estão a conversar? — inquiriu Denise observando Taylor da mesa.

Ela reparara na alteração do seu comportamento, a súbita rigidez, como se alguém tivesse ligado um interruptor.

Melissa também se dera conta do mesmo.

— O Mitch e o Taylor? Provavelmente do Quartel dos Bombeiros. Mitch vai deixá-lo no final do ano. Talvez tenha dito a Taylor para fazer a mesma coisa.

— Mas Taylor não gosta de ser bombeiro?

— Não sei se gosta. Fá-lo porque tem de o fazer.

— Porquê?

Melissa olhou para Denise em cujo rosto transpareceu uma expressão de perplexidade.

— Bom... por causa do pai — concluiu ela.

— Do pai? — repetiu Denise.

— Ele não lhe contou? — perguntou Melissa medindo as palavras.

— Não. — Denise abanou a cabeça, com um receio repentino do que Melissa queria dizer. — Ele só me contou que o pai morreu quando era pequeno.

Melissa anuiu, os lábios apertados.

— O que é? — inquiriu Denise, a sua ansiedade evidente.

Melissa suspirou, hesitando se devia continuar ou não.

— Por favor — pediu Denise e Melissa olhou no vazio. Por fim disse:

— O pai de Taylor morreu num incêndio.

A estas palavras, pareceu que uma mão gelada se havia colado à espinha de Denise.

* * *

Taylor tinha levado a grelha a enxaguar debaixo da mangueira e regressava quando viu Mitch abrir o frigorífico e tirar mais duas cervejas. Enquanto Mitch abria a sua, Taylor passou por ele sem falar.

— Ela é de facto bonita, Taylor.

Taylor colocou a grelha na churrasqueira, sobre o carvão.

— Bem sei.

— O filho dela também é giro. Um rapazinho simpático.

— Bem sei.

— Parece-se contigo.

— Hã?

— Estava só a ver se me estavas a ouvir — explicou Mitch sorrindo. — Parecias um tanto distraído quando vieste de enxaguar a grelha. Ele aproximou-se. — Ei, escuta. Lamento ter-te dito aquelas coisas. Não queria que ficasses aborrecido.

— Não fiquei aborrecido — mentiu Taylor.

Mitch entregou a cerveja a Taylor. — Claro que ficaste. Mas alguém tem de te dizer as verdades.

— E esse alguém és tu?

— Claro. Sou o único a poder fazê-lo.

— Não, Mitch, por favor não sejas tão modesto — afirmou Taylor sarcástico.

Mitch ergueu as sobrancelhas. — Pensas que estou a brincar? Há quanto tempo te conheço? Trinta anos? Acho que isso me dá direito a dizer o que penso de vez em quando, sem me preocupar com o que tu possas pensar. E falei a sério. Não tanto em relação a deixares a corporação, sei que não o vais fazer. Embora no futuro devas tentar ser mais cauteloso. Estás a ver isto?

Mitch apontava para a sua cabeça quase calva. — Já tive uma grande cabeleira. E continuaria a ter se não fosses um temerário dos diabos! De cada vez que cometes uma loucura, sinto o resto dos meus cabelos a suicidarem-se, atiram-se da cabeça e aterram nos meus ombros. Se ouvisses bem, conseguias ouvi-los gritar em plena queda. Tu sabes como é que é ficar careca? Ter de pôr um protector solar no cocuruto da cabeça sempre que andas ao ar livre? Ficar com manchas escuras onde costumavas fazer o risco? Isto não é bom para o ego, se é que me entendes. Portanto, estás em dívida para comigo.

Apesar da má disposição, Taylor riu-se. — Credo! E eu a pensar que era hereditário.

— Ah, não. És tu, amigo.

— Fico sensibilizado.

— Devias ficar. Não seria provável estar disposto a ficar careca por qualquer um.

— Está bem! — suspirou. — Vou tentar ser mais cuidadoso daqui para a frente.

— Óptimo! Porque dentro em breve não vou estar lá para te ajudar.

* * *

— Como é que vão os grelhados? — gritou Melissa.
Mitch e Taylor mantinham-se em pé, junto à grelha e as crianças já estavam a comer. Mitch havia feito em primeiro lugar os cachorros quentes, e os cinco rapazes sentavam-se à mesa. Denise, que trouxera a refeição para Kyle (macarrão com queijo, bolachas *Ritz* e uvas), pôs-lhe o prato à frente. Depois de nadar por umas horas, estava esfomeado.

— Mais uns dez minutos — exclamou Mitch por cima do ombro.

— Também quero macarrão com queijo — lamuriou o filho mais novo de Melissa ao ver que Kyle estava a comer uma coisa diferente da dos demais.

— Come o teu cachorro — ordenou Melissa.

— Mas, Mamã...

— Come o teu cachorro — repetiu ela. — Se ainda tiveres fome depois disso, eu faço-to, está bem?

Ela sabia que o garoto já não teria fome, mas o que disse pareceu acalmar a criança.

Uma vez que tudo estava sob controlo, Denise e Melissa afastaram-se da mesa e sentaram-se junto à piscina. A partir do momento em que Denise soubera o que tinha acontecido ao pai de Taylor, que estava a tentar montar as peças mentalmente. Melissa adivinhou o que lhe ia no pensamento.

— Taylor? — perguntou. E Denise sorriu timidamente, embaraçada por ser tão óbvia.

— Sim.

— Como é que vocês os dois se estão a dar?

— Pensei que tudo ia bem. Mas agora já não tenho a certeza.

— Porque ele não lhe falou do pai? Bem, vou contar-lhe um segredo. Taylor não fala com ninguém acerca desse assunto. Nunca. Nem comigo, nem com ninguém que trabalha com ele, nem com os amigos. Ele nem nunca falou com Mitch sobre isso.

Denise reflectia no que acabara de ouvir, sem saber o que responder.

— Isso faz-me sentir melhor. — Fez uma pausa franzindo o sobrolho. — Acho eu.

Melissa pôs de lado o seu chá gelado. À semelhança de Denise, também deixara de beber cerveja quando acabou a segunda.

— Ele é encantador quando quer, não é? Atraente, também.

Denise recostou-se na cadeira. — Sim, claro que sim.

— Como é que ele é com o Kyle?

— Kyle adora-o. Ultimamente, gosta mais do Taylor do que de mim. O Taylor é como um miúdo quando estão juntos.

— O Taylor sempre se entendeu muito bem com a miudagem. Os meus filhos sentem a mesma coisa por ele. Telefonam-lhe para saberem se pode vir brincar com eles.

— E ele vem?

— Às vezes, se bem que ultimamente não. Você tem-lhe tomado o tempo todo.

— Lamento que assim seja.

Melissa acenou com a mão como que a recusar o pedido de desculpas. — Não é preciso. Fico feliz por ele. Por si também. Já começava a interrogar-me se ele algum dia encontraria alguém. Você é a primeira pessoa, em muitos anos, que ele cá traz.

— Então houve outras?

Melissa sorriu de esguelha. — Também não lhe falou delas?

— Não.

— Muito bem, minha menina, foi muito bom ter cá vindo — afirmou ela com um ar conspiratório, e Denise riu-se.

— Ora vamos lá, o que é que quer saber?

— Como é que elas eram?

— Em nada parecidas consigo, essa é a verdade.

— Não?

— Não. Você é muito mais bonita do que elas. E tem um filho.

— O que é que lhes aconteceu?

— Bem, infelizmente, nada posso contar-lhe. Taylor também não fala acerca disso. Tudo quanto sei é que, num dia tudo parecia estar a correr bem e no seguinte, estava tudo acabado. Nunca percebi porquê.

— Que pensamento reconfortante!

— Oh, não estou a dizer que vai passar-se o mesmo consigo. Ele gosta mais de si do que gostava delas, muito mais. Posso afirmá-lo pela forma como a olha.

Denise esperava que Melissa estivesse a dizer a verdade.

— Algumas vezes... — começou Denise, depois calou-se, não sabendo exactamente como exprimir-se.

— Por vezes fica assustada interrogando-se no que ele estará a pensar?

Olhou para Melissa, sobressaltada pela acuidade da sua observação. Melissa continuou:

— Muito embora eu e Mitch estejamos juntos há muito tempo, ainda não entendo alguns dos seus comportamentos e atitudes. Nesse aspecto é, por vezes, parecido com o Taylor. Mas ao fim e ao cabo, tem resultado porque ambos queremos que assim seja. Enquanto vocês os dois quiserem, vão conseguir ultrapassar todas as dificuldades.

Uma bola de praia voou da mesa onde as crianças se sentavam e atingiu Melissa na cabeça. Fez-se ouvir uma série de risadas agudas.

Melissa revirou os olhos, mas, à parte isso, não lhes prestou atenção e a bola rolou para longe. — Até era capaz de aturar quatro rapazes, como nós aturamos.

— Não sei se seria capaz disso.

— Claro que era. É fácil. Só precisa de se levantar cedo, ir buscar o jornal e lê-lo preguiçosamente à medida que se bebem umas tequilhas.

Denise riu-se.

— A sério. Já pensou em ter mais filhos? — perguntou Melissa.

— Não penso nisso com muita frequência.

— Por causa de Kyle? — Já ambas tinham falado dos problemas dele.

— Não, não é só isso. Mas não é uma coisa que eu possa fazer sozinha, pois não?

— E se fosse casada?

Alguns instantes depois Denise sorriu. — Talvez.

Melissa anuiu. — Acha que Taylor seria um bom pai?

— Tenho a certeza disso.

— Eu também — concordou Melissa. — Já alguma vez falaram disso?
— De casamento? Não. Ele nunca se referiu a isso.
— Hm — fez Melissa. — Vou tentar saber o que é que ele pensa do assunto, está bem?
— Não tem de fazer isso — protestou Denise corando.
— Ah, mas eu quero. Sou tão curiosa como você. Mas não se preocupe, serei discreta. Ele nem sequer vai perceber no que me estou a meter.

* * *

— Então, Taylor, vais casar com esta rapariga maravilhosa ou quê?
Denise quase deixou cair o garfo no prato. Taylor estava a meio de um golo da bebida e engasgou-se, sendo forçado a tossir três vezes enquanto a expelia pelo canal errado. Levou o guardanapo ao rosto, com lágrimas nos olhos.
— O quê?
Estavam os quatro a comer: bifes, salada de alface, batatas com queijo *Cheddar* e pão de alho. Tinham estado a rir e a trocar piadas, divertindo-se e já estavam a meio da refeição quando Melissa largou a bomba. Denise sentiu o sangue aflorar-lhe às faces enquanto Melissa continuava prosaicamente.
— Isto é, ela é uma beleza, Taylor. Também é esperta. Não é todos os dias que aparecem raparigas como ela.
Embora dito obviamente em ar de gracejo, Taylor ficou um tanto tenso.
— Na verdade, ainda não pensei nisso — respondeu ele na defensiva e Melissa inclinou-se para a frente, batendo-lhe no braço enquanto ria alto.
— Não estou à espera de uma resposta, Taylor... Estava no gozo. Só queria ver a tua reacção. Os teus olhos ficaram grandes como dois ovos.
— Isso é porque eu me engasguei — desculpou-se Taylor.
Ela inclinou-se para ele. — Peço desculpa. Mas não consegui resistir. É fácil provocar-te. Tal como a este compincha aqui.

— Estás a falar de mim, querida? — interrompeu Mitch, tentando dissipar o embaraço evidente de Taylor.

— Quem mais é que te chama compincha?

— Sem seres tu, e as minhas outras três mulheres, claro, mais ninguém.

— Hm — fez ela —, assim está bem. De outro modo, poderia ficar com ciúmes.

Melissa debruçou-se e deu um beijo rápido na face do marido.

— Eles são sempre assim? — perguntou Denise, num sussurro, a Taylor, rezando para que ele não pensasse que tinha sido ela a fazer a pergunta pela boca de Melissa.

— Desde que os conheço — respondeu ele, sendo, no entanto óbvio que os seus pensamentos andavam longe.

— Ei, não vale falar nas nossas costas — advertiu Melissa.

Voltando-se para Denise, dirigiu a conversa para terrenos mais seguros.

— Conte-me como é Atlanta. Nunca lá estive...

Denise respirou fundo enquanto Melissa a olhava de frente com uma quase imperceptível careta no rosto. O seu piscar de olhos foi tão subtil que nem Mitch nem Taylor se aperceberam.

E, se bem que Melissa e Denise tagarelassem durante a hora seguinte, com Mitch a juntar-se-lhes quando lhe parecia apropriado, Taylor, notou Denise, pouco falara.

* * *

— Vou apanhar-te! — gritava Mitch correndo através do jardim atrás de Jud que também gritava, os guinchos agudos alternando entre o prazer e o medo.

— Estás quase no «coito»! Corre! — gritava Taylor.

Jud baixou a cabeça, investindo, enquanto Mitch atrás dele abrandava: causa perdida. Jud alcançou o «coito» juntando-se aos outros.

Já tinham jantado há uma hora; o Sol havia, finalmente, desaparecido, e Mitch e Taylor brincavam à apanhada com os rapazes no pátio à frente de casa. Mitch, com as mãos na anca, olhava em redor do pátio para os cinco miúdos, o peito arfando. Todos eles se encontravam a pouca distância uns dos outros.

— Não me consegues apanhar, papá! — zombava Cameron com os polegares junto às orelhas e agitando os dedos.

— Tenta apanhar-me, papá! — acrescentou Will, juntando a sua às vozes dos irmãos.

— Então tens de sair do «coito» — arriscou Mitch curvando-se e apoiando as mãos nos joelhos.

Cameron e Will, cheirando o perigo, partiram, de repente, em direcções opostas.

— Anda, papá! — gritou Will jubilante.

— Tudo bem, foram vocês que pediram! — afirmou Mitch, esforçando-se por se manter à altura do desafio.

Mitch começou a arrastar-se na direcção de Will, passando por Taylor e Kyle que se mantinham no «coito».

— Corre, papá, corre! — provocava Will, sabendo que era suficientemente ágil para se manter bem longe do pai.

Nos minutos seguintes Mitch perseguia cada um dos filhos, num percurso ziguezagueante conforme as necessidades. Kyle, que precisara de uns instantes para se inteirar das regras do jogo, conseguiu, por fim, perceber o suficiente para correr com as outras crianças e em breve os seus gritos juntavam-se aos dos outros à medida que Mitch corria pelo pátio. Depois de, por pouco, Mitch ter sido alvo de vários insucessos, dirigiu-se para perto de Taylor.

— Preciso de fazer um intervalo! — exclamou ele, as palavras quase perdendo-se com a respiração ofegante.

Taylor desviou-se para o lado, pondo-se a salvo. — Então tens de me apanhar a mim, amigo.

Taylor permitiu-se deixá-lo sofrer mais alguns minutos, até Mitch quase ficar verde. Por fim, correu para o meio do pátio, abrandou e deixou-se agarrar por Mitch. Este voltou a curvar-se, tentando retomar o fôlego.

— São mais rápidos do que parecem — afirmou Mitch com franqueza — e mudam de direcção como lebres.

— Isso é o que parece quando se é velhote como tu — replicou Taylor. — Mas se tiveres razão, apanho-te num instante.

— Se pensas que vou sair do «coito», então estás maluco! Vou sentar-me aqui durante um bocado.

— Vá lá! — Cameron desafiava Taylor, querendo que o jogo prosseguisse. — Não me consegues apanhar!

Taylor esfregou as mãos. — Muito bem, aqui vou eu!

Deu uma enorme passada em direcção aos rapazes, que com um grito de júbilo, se afastaram em direcções contrárias. Todavia, a voz de Kyle, cortando forte a escuridão, era inconfundível e fez Taylor estacar subitamente.

— Vá lá, papá! (*Vá á, pá.*) — gritava Kyle. — Vá lá, papá! *Papá.*

Taylor ficou gelado por um breve instante, fixando, pura e simplesmente, os olhos na direcção de Kyle.

Mitch, que se tinha apercebido da reacção de Taylor, provocou-o.

— Há alguma coisa que não me tenhas dito, Taylor?

Taylor não respondeu.

— Ele só te chamou papá — acrescentou Mitch, como se isso tivesse escapado a Taylor.

Todavia, Taylor mal ouvia o que o amigo lhe dizia. Embrenhado em pensamentos, a palavra ressoou na mente dele.

Papá.

Se bem que soubesse que não era mais que Kyle a imitar as outras crianças (como se usar a palavras papá fizesse parte do jogo) trouxe-lhe, no entanto, à memória a pergunta de Melissa.

Então vais casar com esta rapariga ou quê?

— Terra chama Taylor... responda, grande *papá* — brincou Mitch, incapaz de reprimir uma careta.

Taylor olhou finalmente para ele. — Cala-te, Mitch.

— Com certeza... Papá!

Por fim, Taylor deu um passo no sentido dos miúdos. — Eu não sou o pai dele — exclamou quase de si para si.

Embora Mitch tivesse dito as palavras que disse em seguida para si mesmo, Taylor ouviu-as com nitidez, tal como ouvira Kyle uns momentos antes.

— Ainda não!

* * *

— Divertiram-se? — perguntou Melissa quando as crianças entraram a correr pela porta da frente, cansadas, enfim, o bastante para desistirem por aquela noite.

— Foi o máximo! No entanto, o papá está a ficar muito lento — insinuou Cameron.

— Não estou nada! — explicou Mitch na defensiva. — Deixei-os chegar ao «coito».

— Sim, pois, papá!

— Há sumo na sala de estar. Não entornem, está bem? — declarou Melissa quando os rapazes passaram por ela arrastando-se. Mitch baixou-se para beijar Melissa, mas ela afastou-se.

— Só depois do duche! Estás imundo!

— É esta a recompensa que recebo por distrair os miúdos?

— Não, esta é a resposta que recebes quando cheiras mal.

Mitch riu-se e encaminhou-se para a porta de sanfona do jardim das traseiras em busca de uma cerveja.

Taylor entrou por último com Kyle à sua frente. O garoto seguiu os outros rapazes enquanto Denise o observava a afastar-se.

— Como é que ele se portou? — perguntou Denise.

— Bem — disse simplesmente Taylor. — Divertiu-se.

Denise examinou Taylor atentamente. Havia algo que obviamente o incomodava.

— Estás bem?

Taylor fitou o vazio. — Sim — respondeu —, estou bem.

Sem dizer palavra, seguiu Mitch para o exterior.

* * *

Com a agitação da noite a abrandar, Denise ofereceu-se para ajudar Melissa a arrumar a cozinha depois do jantar, pondo os restos de lado. As crianças estavam a ver um filme na sala de estar, esparramadas no chão, enquanto Mitch e Taylor arrumavam tudo, lá fora nas traseiras.

Denise passava os talheres por água antes de os colocar na máquina. De onde se encontrava podia ver os dois homens e observou-os, as suas mãos quietas sob a água.

— Um tostão pelos seus pensamentos — declarou Melissa, sobressaltando-a.

Denise abanou a cabeça voltando à tarefa que tinha em mãos.

— Não sei se um tostão chega!

Melissa pegou em algumas chávenas vazias e levou-as para o lava-loiça.

— Oiça, lamento se a pus em cheque ao jantar.

— Não, não estou zangada por isso. Só estava a brincar. Estávamos todos.

— Mas, seja lá como for, está preocupada?

— Não sei... Acho que... — Ela olhou para Melissa. — Talvez um bocadinho. Ele tem estado tão apático a noite toda.

— Eu não me preocuparia tanto com isso. Sei que ele se importa consigo. Os olhos brilham-lhe quando olha para si, mesmo depois de eu o ter provocado.

Observava a forma como Taylor arrumava as cadeiras em volta da mesa.

Denise assentiu. — Eu sei.

Apesar desta sua resposta, não podia deixar de se interrogar por que motivo, assim de repente, isso parecia não ser o suficiente. Pôs a tampa na caixa do *Tupperware*.

— O Mitch contou-lhe alguma coisa que tenha acontecido lá fora com os miúdos?

Melissa olhou para ela com curiosidade. — Não, porquê?

Denise meteu a salada no frigorífico. — Era só para saber.

* * *

Papá.
Então vais casar-te com esta rapariga ou quê?

À medida que bebericava a cerveja, as palavras ecoavam na sua mente.

* * *

— Ei, por que é que estás tão taciturno? — perguntou Mitch, enchendo um saco de plástico para o lixo com os restos da refeição.

Taylor encolheu os ombros. — Só estou perocupado. É tudo.
— Com quê?
— Coisas do trabalho. Estou a tentar determinar tudo o que tenho de fazer amanhã — respondeu Taylor, apresentando apenas uma parte da verdade. — Tenho passado muito tempo com a Denise e desleixei um pouco os meus negócios. Tenho de voltar a eles.
— Não tens lá ido todos os dias?
— Sim, mas nem sempre lá fico o dia inteiro. Sabes como é. Se fizermos isso durante muito tempo, começam a surgir problemas.
— Posso ajudar nalguma coisa? Ver como vão as tuas encomendas ou coisas do género?
Taylor fazia o grosso das suas encomendas através do armazém de materiais.
— Não, não é preciso, mas tenho de pôr as coisas em ordem. Se há alguma coisa que aprendi é que quando as coisas começam a andar mal, vão por água abaixo num instante.
Mitch hesitou deitando um copo de papel para dentro do saco, e experimentando uma sensação estranha de *déja vu*.
A última vez que Taylor falara da mesma maneira estava de namoro com Lori.

* * *

Meia hora mais tarde, Taylor e Denise estavam no camião de regresso a casa com Kyle no meio dos dois, uma cena repetida vezes sem conta. Todavia agora, pela primeira vez, havia no ar uma certa tensão sem um motivo que qualquer deles pudesse explicar. Mas era um facto que os mantinha calados a tal ponto que Kyle adormecera, embalado pelo silêncio.
Para Denise esta sensação era surpreendente. Continuava a pensar em tudo quanto Melissa lhe contara, as suas afirmações martelando-lhe o cérebro como um jogo electrónico sem sentido, fazendo ricochete. Não lhe apetecia falar e o mesmo acontecia com Taylor. Tinha estado estranhamente distante e isso apenas aumentava os seus pressentimentos. O que deveria ter sido uma

noite agradável e informal passada em casa de amigos, tinha-se tornado, disso Denise estava certa, em algo muito mais sério.

Tudo bem, Taylor quase se engasgara quando Melissa lhe perguntara se o casamento estava nos seus planos. Isto surpreenderia qualquer um, sobretudo pela forma abrupta e impensada com que ela se exprimira, não é verdade? Já no camião, Denise tentara convencer-se de que assim era, mas quanto mais pensava nisso, tanto mais insegura se sentia. Três meses não é muito tempo quando se é jovem. Mas também já não eram crianças. Ela ia a caminho dos trinta e ele tinha mais seis anos. Já deviam ter crescido, saber exactamente quem eram e o que pretendiam da vida. Se ele não levava a sério o seu futuro em conjunto, como parecia, então qual era o motivo por que a cumulava de atenções e carinho ao longo dos últimos meses?

Tudo quanto sei é que, num dia tudo parecia estar a correr bem e no seguinte, estava tudo acabado. Nunca percebi porquê.

Isto também a incomodava, não incomodava? Se Melissa não tinha percebido o que se passara nas outras relações de Taylor, provavelmente Mitch também não. Significaria que Taylor não compreendia a situação?

E se assim era, iria acontecer-lhe o mesmo?

Denise sentiu um nó no estômago e relanceou, insegura, o olhar sobre Taylor. Pelo canto do olho, Taylor apanhou-lhe aquele movimento rápido e voltou-se para a encarar, aparentemente desatento aos seus pensamentos. Do lado de fora da janela, as árvores que farfalhavam à sua passagem eram escuras e fundiam-se umas nas outras, reflectindo uma única imagem.

— Divertiste-te esta noite?

— Sim, diverti — respondeu Denise calmamente. — Gosto dos teus amigos.

— Como é que tu e a Melissa se deram?

— Demo-nos bem.

— Uma coisa que, com certeza, já reparaste é que ela diz a primeira coisa que lhe vem à cabeça, independentemente de quão ridícula possa ser. Às vezes temos de ignorá-la.

Este comentário não ajudou em nada ao nervosismo de Denise. Kyle resmoneou, incoerente, à medida que se acomodava melhor, deslizando um pouco mais no assento. Denise interrogava-se por que razão as coisas que ele não dissera pareciam, subitamente, mais importantes do que as que tinha dito.

Quem és tu, Taylor McAden?
Até que ponto é que eu, de facto, te conheço?
E, mais importante, para onde caminhamos a partir de agora?

Ela sabia que ele não responderia a nenhuma destas questões. Ao invés, respirou fundo, desejando que a sua voz se mantivesse firme.

— Taylor... por que é que não me contaste o que aconteceu ao teu pai? — inquiriu ela.

Taylor esbugalhou os olhos. — Ao meu pai?

— Melissa contou-me que ele morreu num incêndio.

Ela percebeu como as mãos dele se apertaram mais em torno do volante.

— Como é que surgiu esse assunto? — quis ele saber, o seu tom de voz ligeiramente alterado.

— Não sei. Aconteceu.

— A ideia de falar nisso partiu dela ou de ti?

— O que é que isso interessa? Não me lembro como surgiu.

Taylor ficou calado; os seus olhos estavam fixos na estrada à sua frente. Denise aguardou, depois percebeu que ele não ia responder à sua primeira pergunta.

— Foste para bombeiro por causa do teu pai?

Sacudindo a cabeça, Taylor soprou o ar com força. — Prefiro não falar disso.

— Talvez eu possa ajudar...

— Não podes — afirmou ele cortando-lhe a palavra — e, para além disso, é uma coisa que não te diz respeito.

— Não me diz respeito? — perguntou ela sem acreditar no que ouvia. — O que é que estás para aí a dizer? Eu importo-me contigo, Taylor, e magoa-me pensar que tu não confias em mim o suficiente para me contares o que te preocupa.

— Não há nada a preocupar-me — afirmou ele. — Só que não gosto de falar do meu pai.

Podia tê-lo pressionado um pouco mais, mas sabia que isso não a levava a lado nenhum.

Mais uma vez o silêncio se abateu dentro do camião. Desta volta, porém, o silêncio estava marcado pelo medo. E assim se manteve até chegarem a casa.

* * *

Depois de Taylor ter levado Kyle para o quarto, esperou por Denise na sala de espera até ela lhe vestir o pijama. Quando entrou, verificou que ele não se pusera à vontade. Ao contrário, estava de pé perto da porta como se esperasse para se despedir.

— Não vais cá ficar? — inquiriu ela com surpresa.

Ele abanou a cabeça. — Não, na verdade não posso. Amanhã tenho de ir trabalhar bastante cedo.

Se bem que ele o tenha dito sem azedume ou raiva, as suas palavras não dissiparam o desconforto dela. Começou a fazer tilintar as chaves na mão e Denise atravessou a sala para se aproximar dele.

— Tens a certeza?

— Sim, tenho a certeza.

Ela pegou-lhe na mão. — Há alguma coisa que te esteja a preocupar?

Taylor sacudiu a cabeça. — Não, nada de nada.

Ela esperou para ver se ele acrescentava mais alguma coisa, mas ele ficou-se por ali.

— Está bem. Vemo-nos amanhã?

Taylor aclarou a garganta antes de responder: — Vou tentar, mas amanhã tenho um dia muito sobrecarregado. Não sei se poderei passar por cá.

Denise examinou-o atentamente, o seu pensamento vagueando.

— Nem mesmo para almoçar?

— Vou fazer os possíveis — replicou ele — mas não prometo nada.

Os olhos de ambos encontraram-se por breves instantes e depois ele fitou o espaço.

— Vais ter possibilidade de me levares ao restaurante amanhã à noite?

Por um rápido e arrepiante momento, quase pareceu a Denise que ele não queria que ela lhe fizesse aquela pergunta.
Seria imaginação sua?
— Sim, claro — acabou ele por dizer finalmente. — Eu levo-te lá.
Saiu, depois de lhe ter dado um beijo fugidio, e afastou-se em direcção ao camião sem se voltar.

CAPÍTULO 22

Na manhã seguinte, enquanto Denise bebia uma chávena de café, o telefone tocou. Kyle estava estendido no chão da sala de estar, a pintar o melhor que podia, tendo, no entanto, dificuldade em não ultrapassar as linhas do desenho. Quando atendeu, reconheceu, de imediato, a voz de Taylor.

— Oh, ei, ainda bem que já estás a pé! — exclamou ele.

— A esta hora já estou sempre a pé — retorquiu ela, tomada por uma estranha sensação de alívio que se apoderou dela ao ouvir o som da voz dele. — Ontem tive saudades tuas.

— Também eu — confessou ele. — Se calhar, devia aí ter ficado. Não dormi bem.

— Nem eu — admitiu ela. — Passei a noite a acordar por ter, excepcionalmente, a roupa toda só para mim.

— Eu não fico com os lençóis só para mim. Deves estar a pensar noutra pessoa qualquer.

— Como quem, por exemplo?

— Talvez um daqueles homens do restaurante.

— Acho que não. — Ela riu à socapa. — Ei, estás a telefonar por teres mudado de ideias quanto ao almoço?

— Não, não posso. Hoje não. No entanto, passo por aí depois de acabar para te levar ao emprego.

— E uma ceia antecipada?

— Não, acho que não vou conseguir despachar-me, mas agradeço-te a oferta. Tenho um carregamento de paredes em bruto que vêm tarde e penso que não conseguiria chegar a tempo.

Ela virou-se no mesmo lugar e o fio do telefone esticou-se em volta dela.

Fazem distribuições depois das cinco?

Contudo não disse nada. Ao invés disse alegremente:

— Oh, está bem. Vejo-te logo à noite.

Fez-se um silêncio mais prolongado do que ela esperava.

— Está bem — acabou ele por concordar.

* * *

— O Kyle não parou de perguntar por ti toda a tarde — informou Denise displicente.

Tal como prometera, Taylor estava na cozinha à espera que ela reunisse as suas coisas, se bem que não tivesse vindo muito antes de ela ter de sair. Haviam-se beijado rapidamente e ele parecia um pouco mais distante do que o habitual, embora se desculpasse por isso, atribuindo a circunstância a problemas no local de trabalho.

— Ah sim? Onde é que está o rapazinho?

— Lá fora, nas traseiras. Acho que não te ouviu chegar. Deixa-me ir chamá-lo.

Depois de Denise abrir a porta e tê-lo chamado, Kyle veio a correr para casa. Após um instante, precipitou-se para o seu interior.

— Oá, Tayer — cumprimentou ele com um grande sorriso no rosto. Ignorando a mãe, lançou-se na direcção de Taylor e saltou. Taylor agarrou-o facilmente.

— Ei, meu rapaz. Como foi o teu dia?

Denise não pôde deixar de reparar na diferença de comportamento de Taylor enquanto elevava Kyle ao nível dos olhos.

— Está aqui! — gritava Kyle contente.

— Desculpa, mas hoje estive muito ocupado — desculpou-se Taylor sentindo o que afirmava. — Tiveste saudades minhas?

— Sim — respondeu ele. — Tive saudades tuas.

Era a primeira vez que respondia a uma pergunta correctamente sem lhe pedirem que o fizesse, ficando os outros dois em silêncio pelo choque.

E, por um segundo, as preocupações que Denise sentira na véspera foram esquecidas.

* * *

Se Denise estava à espera que aquela simples afirmação de Kyle lhe aliviasse as preocupações acerca de Taylor, enganou-se redondamente.

Não que as coisas se deteriorassem logo em seguida. Na realidade, em muitos aspectos, as coisas não pareciam de todo muito diferentes, pelo menos durante a semana seguinte, pouco mais ou menos. Se bem que Taylor, apresentando o trabalho como desculpa, tivesse deixado de aparecer durante a tarde, continuava a ir levá-la e a ir buscá-la ao restaurante. Também fizeram amor na noite em que Kyle falara.

No entanto, as coisas estavam a mudar, isso era óbvio. Nada de dramático; era mais como o desenrolar de um cordel, um desapego gradual de tudo o que se tinha estabelecido ao longo do Verão. Menos tempo juntos significava menos tempo para simplesmente se abraçarem ou conversarem, e por esta razão, era difícil a Denise ignorar as campainhas de alerta que tinham soado na noite em que jantaram em casa de Mitch e de Melissa.

Mesmo nesta altura, uma semana e meia depois, as coisas que foram ditas naquela noite ainda a perturbavam, mas, simultaneamente, ela interrogava-se, conscienciosa, se não estaria a exacerbar toda a situação. Taylor não tinha, em boa verdade, feito nada de errado, por assim dizer, e era isso que tornava o seu recente comportamento difícil de entender. Negara que algo o preocupasse, não levantara a voz; ainda não tinham discutido. No domingo à tarde tinham ido para o rio, como haviam feito inúmeras vezes. Continuava fantástico para com Kyle e mais do que uma vez lhe segurara a mão enquanto a conduzia ao restaurante. À primeira vista, tudo parecia igual. A principal mudança estava na súbita e intensa devoção ao trabalho, coisa que ele explicara. Todavia...

Todavia, o quê?

Sentada no alpendre enquanto Kyle brincava com os seus camiões no pátio, Denise tentou pôr o dedo na ferida. Já andava neste mundo há tempo suficiente para conhecer algumas características das facetas das relações humanas. Sabia que os sentimentos iniciais associados ao amor eram quase como uma vaga do oceano na sua intensidade, actuando como uma força magnética que unia duas pessoas. Era possível ser-se arrastado pelas emoções, mas a onda não duraria para sempre. Não podia, nem era assim que devia ser, mas se duas pessoas fossem a pessoa certa para cada uma, uma espécie de amor verdadeiro podia ser eterno no seu curso. Pelo menos, ela assim acreditava.

No entanto, Taylor quase parecia que tinha sido apanhado pela onda, alheio ao que pudesse ficar para trás, e agora que ele percebera, tentava remar contra a maré. Não o tempo todo... mas durante *uma parte* do tempo, e era isto que ela parecia ter notado ultimamente. Era quase como se utilizasse o trabalho como desculpa para evitar as novas realidades da situação de ambos.

Naturalmente que se as pessoas começassem a procurar algo em especial, era muito provável que encontrassem, e ela esperava que este fosse o caso. Podia simplesmente tratar-se de uma preocupação de Taylor pelo trabalho e os seus motivos serem razoavelmente genuínos. À noite, depois de a ir buscar, ele parecia suficientemente cansado para Denise perceber que ele não estava a mentir ao dizer-lhe que trabalhava o dia inteiro.

Assim, mantinha-se o mais ocupada possível, esforçando-se por não ficar a magicar no que poderia estar a acontecer entre eles. Enquanto Taylor parecia afundar-se em trabalho, Denise atirava-se às lições de Kyle com energia renovada. Agora que ele falava mais, ela começara a trabalhar frases e ideias mais complexas e elaboradas, sem descurar outras capacidades associadas à escola. Uma a uma, começou a ensinar-lhe instruções simples e ajudava-o a melhorar a técnica de pintar. Também introduziu o conceito dos números, o que parecia não fazer qualquer sentido para o rapazinho. Limpava a casa, fazia os seus turnos, pagava as contas, em resumo, vivia a sua vida muito em conformidade com o que fazia antes de conhecer Taylor McAden. Mas mesmo sendo uma vida a que ela estava habituada, passava a maior parte da tarde a olhar para fora da janela da cozinha, na esperança de o ver subir o caminho de acesso.

Por norma, isso não acontecia.

Involuntariamente, dava consigo a ouvir as palavras de Melissa.

Tudo quanto sei é que, num dia tudo parecia estar a correr bem e no seguinte, estava tudo acabado.

Denise sacudia a cabeça, esforçando-se por afastar o pensamento. Se bem que não quisesse acreditar em semelhante coisa acerca dele, ou deles, tornava-se cada vez mais difícil não o fazer. Incidentes como o da véspera só reforçavam as suas dúvidas.

Resolvera fazer um passeio de bicicleta com Kyle até à casa em que Taylor andava a trabalhar, e vira o seu camião estacionado em frente daquela. Os proprietários queriam remodelar todo o interior, a cozinha, os quartos de banho, a sala de estar, e uma enorme pilha de madeira velha que tinha sido retirada das entranhas da casa servia de prova de que se tratava de um projecto gigantesco. No entanto, quando ela espreitou lá para dentro para o cumprimentar, os empregados de Taylor disseram-lhe que ele estava nas traseiras, debaixo de uma árvore, a almoçar. Quando, por fim, o encontrou, ele fez uma ar de quem se sentia culpado por alguma coisa, como se tivesse sido apanhado a fazer um disparate. Kyle, desatento a esta expressão, correu para ele e este levantou-se para o saudar.

— Denise?
— Ei, Taylor. Como vais?
— Óptimo. — Limpou as mãos às *jeans*. — Estava aqui a comiscar umas coisitas — explicou ele.

O almoço viera do Hardee's, o que significava que ele tinha de ter passado pela casa dela para se deslocar ao ponto mais distante da cidade para o comprar.

— Bem vejo — comentou ela, tentando que a sua preocupação não transparecesse.
— Então, o que é que andas a fazer por aqui?

Não era isso propriamente que eu gostaria de ouvir.

Exibindo uma expressão corajosa, ela sorriu. — Apenas quis parar para te cumprimentar.

Após alguns instantes, Taylor conduziu-os para o interior da casa, descrevendo o projecto de restauração quase como se estivesse a falar com desconhecidos. Lá no fundo, ela suspeitava que era uma forma de ele evitar uma pergunta óbvia como, por exemplo, por que motivo tinha ele decidido comer ali em vez de ir almoçar com ela, como havia feito ao longo de todo o Verão, ou por que razão não havia parado ao passar por sua casa.

Todavia, nessa mesma noite, quando a foi buscar para a levar ao emprego, não falou muito.

O facto de isto se repetir nos últimos tempos, deixou Denise ansiosa ao longo de todo o tempo do seu turno.

* * *

— É apenas por alguns dias — explicava Taylor encolhendo os ombros.

Estavam sentados no sofá da sala de estar enquanto Kyle via os desenhos animados na televisão.

Tinha decorrido mais uma semana e nada se alterara. Ou antes, tudo se alterara. Tudo dependia da perspectiva, e naquele momento, Denise inclinava-se firmemente para a última. Era terça-feira e ele acabara de chegar para a levar ao restaurante. A sua satisfação por ele ter vindo mais cedo evaporou-se quase de imediato ao informá-la de que iria para fora por alguns dias.

— Quando é que decidiste isso? — perguntou ela.

— Esta manhã. Alguns tipos conhecidos vão e perguntaram-me se os queria acompanhar. Na Carolina do Sul a época da caça abre duas semanas mais cedo que aqui, então achei que devia ir com eles. Estou a precisar de descansar.

Estás a falar de mim ou do trabalho?

— Então vais-te embora amanhã?

Taylor mexeu-se ligeiramente. — Na verdade, é mais a meio da noite. Saímos por volta das três da madrugada.

— Vais estar exausto.

— Nada que um termo de café não consiga resolver.

— Não devias ter vindo buscar-me, então — sugeriu Denise. — Precisas de dormir umas horas.

— Não te preocupes com isso. Vou lá estar.

Denise abanou a cabeça. — Não, vou falar com a Rhonda. Ela traz-me a casa.

— Tens a certeza de que não te importas?

— Ela não mora muito longe daqui. E ultimamente não lhe tenho pedido.

Taylor pôs um braço em redor dos ombros de Denise, surpreendendo-a com esta atitude. Puxou-a para si.

— Vou ter saudades tuas.

— Vais? — perguntou ela, detestando o tom melancólico da sua voz.

— Claro. Principalmente por volta da meia-noite. O mais certo é enfiar-me no camião pela força do hábito.

Denise sorriu, pensando que a ia beijar. Ao invés, ele voltou-se apontando para Kyle com o queixo.

— E também vou ter saudades tuas, meu rapaz.

— Sim — afirmou Kyle com os olhos colados ao televisor.

— Ei, Kyle — chamou Denise —, o Taylor vai-se embora por uns dias.

— Sim — repetiu Kyle, obviamente sem a ter ouvido.

Taylor afastou-se do sofá e aproximou-se de Kyle gatinhando.

— Não me estás a ligar nenhuma, Kyle! — resmungou ele.

Quando já se encontrava perto, Kyle percebeu as intenções dele e guinchou quando tentava escapar-se. Taylor agarrou-o facilmente e começaram a lutar no chão.

— Estás a ouvir-me? — inquiriu Taylor.

— Está a lutar. — Kyle dava risadas agudas, agitando os braços e as pernas. (*Tá lutá.*)

— Vou dar cabo de ti — rugiu Taylor, e durante os minutos seguintes foi um pandemónio no chão da sala de estar.

Quando Kyle ficou cansado, Taylor deixou-o afastar-se.

— Ei, quando eu voltar, vou levar-te a um jogo de basebol. Isto é, se a tua mãe estiver de acordo, claro.

— Jogo de bessbaw. — repetiu Kyle com espanto.

— Por mim, tudo bem.

Taylor piscou o olho a Denise e depois a Kyle.

— Ouviste? A tua mãe diz que podemos ir.

— Jogo de bessbaw — gritou Kyle, desta vez ainda mais alto.

Ao menos com Kyle ele não mudou.

Denise deu uma mirada ao relógio.

— Está na hora — suspirou ela.

— Já?

Denise assentiu, em seguida levantou-se do sofá para ir buscar as suas coisas. Uns breves instantes depois, iam a caminho do restaurante. Quando chegaram, Taylor acompanhou Denise até à porta.

— Telefonas-me?

— Vou tentar — prometeu ele.

Ficaram a olhar um para o outro por uns momentos e Taylor deu-lhe um beijo de despedida. Denise entrou, esperando que a viagem o ajudasse a aclarar as ideias ou o que quer que fosse que o andava a incomodar.

Talvez assim acontecesse, mas ela não tinha forma de o saber.

Ao longo dos quatro dias seguintes, não teve notícias dele.

* * *

Detestava ficar à espera que o telefone tocasse.

Não fazia parte da sua personalidade proceder desta maneira; era uma nova experiência. Na faculdade, a sua colega de quarto recusava-se a sair à noite porque pensava que o namorado podia telefonar. Denise sempre fizera os possíveis para a convencer a acompanhá-la, mas habitualmente não era bem sucedida, e então ia-se embora para se encontrar com outros amigos. Sempre que explicava o motivo por que a sua companheira de quarto não viera, todos eles juravam que nunca fariam semelhante coisa.

Contudo, ali estava ela, e, de súbito, não parecia assim tão fácil seguir o seu próprio conselho.

Não que ela tivesse deixado de viver a sua vida, como sucedera com a sua colega. Tinha demasiadas responsabilidades para se dar a esse luxo. Mas isso não a impedia de correr para o telefone sempre que este tocava e de experimentar uma sensação de desapontamento quando não era Taylor.

Toda a situação a fazia sentir-se indefesa, e ela detestava esta sensação. Não era, nem nunca fora, o tipo de mulher dada a abatimentos e recusava-se a transformar-se numa delas. Pronto, ele não telefonou... e isso que importa? Porque estava a trabalhar, não a podia apanhar à noite, e ele, provavelmente, passava o dia inteiro nos bosques. Quando é que lhe podia telefonar? A meio da noite?

Ao romper da aurora? Claro que ele podia telefonar e deixar uma mensagem quando ela não estivesse, mas por que razão estava ela à espera que ele o fizesse?

E por que carga de água parecia isso ser assim tão importante?

Não vou ser assim, dizia de si para si. Depois de explorar todas as explicações de novo e de se convencer que faziam sentido, Denise ia em frente. Na sexta-feira levou Kyle ao parque; no sábado deram um grande passeio no bosque. No domingo foram à igreja e passaram o princípio da tarde a desempenhar outras tarefas.

Denise conseguira juntar, agora, dinheiro suficiente para comprar um carro (velho e usado, barato, mas seguro) e comprou dois jornais por causa dos anúncios. A paragem seguinte foi no armazém de mercearias, passou os corredores a pente fino, fazendo uma selecção cuidadosa pois não queria levar excesso de peso no regresso a casa. Kyle fixava atentamente a imagem de um crocodilo dos desenhos animados, numa caixa de cereais, quando Denise ouviu chamar o seu nome. Ao virar-se, avistou Judy a empurrar o carrinho na sua direcção.

— Bem me parecia que era você! — exclamou Judy alegremente. — Como vai?

— Olá, Judy! Estou bem.

— Ei, Kyle — cumprimentou Judy.

— Oá, Miss Jewey — murmurou ele, ainda enamorado pela caixa.

Judy afastou o carrinho para um dos lados. — Então o que é que tem andado a fazer ultimamente? Você e Taylor já há muito tempo que não aparecem para jantar.

Denise encolheu os ombros, experimentando uma sensação de embaraço. — O mesmo de sempre. Tenho estado muito ocupada com o Kyle.

— Eles são assim mesmo. Como é que ele vai indo?

— Teve, seguramente, um óptimo Verão. Não tiveste, Kyle?

— Sim — respondeu ele tranquilamente.

Judy dirigiu-lhe, radiante, a sua atenção. — Estás a ficar muito bonito. E já ouvi dizer que também estás a ficar muito bom no basebol.

— *Bessbaw* — repetiu Kyle, animando-se e desfitando, por fim, a caixa.

O Taylor tem-no ajudado — acrescentou Denise. — E o Kyle gosta muito do jogo.

— Ainda bem. Fico satisfeita. É muito mais fácil para uma mãe ver o filho jogar basebol do que futebol americano. Eu costumava fechar os olhos sempre que Taylor jogava. Era normal ele ficar esmagado pelos outros; ouvia nas bancadas e ficava com pesadelos.

Denise deu uma gargalhada enquanto Kyle observava sem compreender. Judy continuou.

— Não esperava encontrá-la aqui. Imaginei que estivesse com Taylor. Ele disse-me que ia passar o dia convosco.

Denise passou a mão pelos cabelos. — Ah, sim?

Judy assentiu. — Ontem. Passou por lá depois de chegar a casa.

— Então... já voltou?

Judy olhou-a, curiosa. As palavras seguintes foram ditas com precaução. — Ele não lhe telefonou?

— Não.

Enquanto respondia, Denise cruzou os braços e voltou-se, tentando não mostrar a sua decepção.

— Bom, talvez você estivesse a trabalhar — disse Judy suavemente.

No entanto, mesmo enquanto Judy falava, ambas sabiam que não era verdade.

* * *

Duas horas depois de chegar a casa, ela avistou Taylor a subir o caminho de acesso. Kyle estava a brincar no jardim da frente e disparou imediatamente para o camião, correndo por sobre a relva. Mal Taylor abriu a porta, Kyle saltou-lhe para os braços.

Denise desceu para o alpendre com emoções contraditórias, perguntando-se se ele teria vindo por Judy, eventualmente, lhe ter telefonado depois de se encontrarem no armazém. Perguntando-se se, de outra forma, ele teria vindo na mesma. Perguntando-se por que é que ele não lhe telefonara enquanto estivera fora e perguntando-se por que razão, apesar de tudo, o seu coração ainda batia mais forte quando o via.

Depois de Taylor pôr Kyle no chão, este agarrou-lhe a mão e ambos começaram a percorrer o caminho em direcção ao alpendre.

— Ei, Denise — saudou Taylor com alguma desconfiança, quase como se soubesse naquilo que ela estava a pensar.

— Olá, Taylor.

Quando ela ficou parada no alpendre sem se dirigir a ele, Taylor hesitou antes de se aproximar. Saltou os degraus enquanto Denise recuava um passo, sem o olhar nos olhos. Ao tentar beijá-la, ela desviou-se ligeiramente.

— Estás zangada comigo? — perguntou ele.

Ela olhou em volta do pátio antes de o encarar. — Não sei, Taylor. Devia estar?

— Tayer! — exclamou Kyle outra vez. — Tayer está aqui.

Denise segurou-lhe a mão. — Podes ir lá para dentro por um bocadinho, meu amor?

— Tayer está aqui.

— Bem sei. Mas faz-me um favor e deixa-nos a sós, está bem?

Alcançando o guarda-vento atrás de si, ela abriu-o e deixou entrar Kyle. Depois de se certificar de que estava ocupado a brincar com os brinquedos, regressou ao alpendre.

— Então o que é que se passa? — inquiriu Taylor.

— Por que motivo não telefonaste enquanto estiveste fora?

Taylor encolheu os ombros.

— Não sei... Acho que não tive tempo. Andávamos pelo campo o dia inteiro e quando chegava ao motel estava exausto. É por isso que estás zangada?

Sem lhe dar resposta, Denise continuou:

— Por que razão disseste à tua mãe que vinhas passar o dia connosco se não era isso o que pretendias fazer?

— Para quê tantas perguntas? Eu passei por cá, o que é que pensas que estou a fazer neste momento?

Denise respirou fundo. — Taylor, o que é que se passa contigo?

— O que é que queres dizer?

— Tu sabes o que eu quero dizer.

— Não, não sei. Ouve, regressei ontem, estava estoirado e tive de tratar de uma série de coisas hoje de manhã. Por que é que estás a fazer uma tempestade num copo de água por causa disto?

— Não estou a fazer uma tempestade num copo de água...

— Ai isso é que estás. Se não me quiseres cá, basta dizeres e eu meto-me no camião e vou-me embora.

— Não é que não te queira cá, Taylor. Só não entendo por que motivo andas a agir como andas.

— E como é que eu ando a agir?

Denise suspirou, tentando encontrar as palavras.

— Não sei, Taylor... é difícil de explicar. É como se já não soubesses o que queres. Isto é, em relação a nós.

A expressão de Taylor não se alterou. — Onde é que foste buscar essas ideias? O quê, estiveste a falar com a Melissa outra vez?

— Não. A Melissa não tem nada a ver com isto — respondeu ela com frustração e um tanto arreliada. — Só que tu mudaste e, às vezes, já nem sei o que pensar.

— Só porque não telefonei? Já te expliquei. — Ele deu um passo em direcção a ela, a sua expressão suavizando-se. — Não tive tempo. É só isso.

Sem saber se devia acreditá-lo ou não, ela hesitou. Entretanto, como se pressentisse que alguma coisa não estava bem, Kyle empurrou o guarda-vento.

— Vá lá! — pediu ele. — Vamos entrar. (*Vá á. Amos entá.*)

Durante um momento, todavia, não se mexeram.

— Vá lá! — incitou Kyle, puxando pela camisa de Denise.

Ela olhou na sua direcção, forçou um sorriso e ergueu os olhos de novo. Taylor sorria, esforçando-se por quebrar o gelo.

— Se me deixares entrar, tenho uma surpresa para ti.

Enquanto pensava, Denise cruzou os braços. Atrás de Taylor, no pátio, um gaio assobiou de um dos balaústres da vedação. Kyle olhava na expectativa.

— Qual é a surpresa? — acabou ela por perguntar, cedendo.

— Está no camião. Vou lá buscá-la.

Taylor recuou, observando-a atentamente, percebendo que aquela pergunta significava que ela ia deixá-lo lá ficar. Antes que ela mudasse de ideias, fez um movimento com a cabeça para Kyle.

— Anda daí, podes ajudar-me.

À medida que se encaminhavam para o camião, Denise examinava-o, as suas emoções digladiando-se no peito. Mais uma vez as suas explicações pareciam plausíveis, tal como acontecia de há duas semanas a esta parte. Mais uma vez fora fantástico com Kyle.

Então, por que é que não acreditava nele?

* * *

Nessa mesma noite, depois de Kyle adormecer, Denise e Taylor sentaram-se no sofá da sala de estar.

— Então, gostaste da surpresa?

— Uma maravilha! Mas não tinhas de me encher o congelador.

— Bom, o meu já estava cheio.

— A tua mãe poderia ter ficado com algumas coisas.

Taylor encolheu os ombros. — O dela também está cheio.

— Quantas vezes *costumas* ir caçar?

— Tantas quantas posso.

Antes do jantar, Taylor e Kyle tinham estado a jogar à apanhada no jardim, Taylor preparou a refeição, ou melhor, preparou uma parte. Com o veado, trouxera salada de batatas e feijões cozinhados do supermercado. Agora, descontraindo-se pela primeira vez, Denise sentia-se melhor do que durante as duas últimas semanas. A única luz da sala provinha de um candeeiro de canto e o rádio transmitia, em pano de fundo, uma música suave.

— Então quando é que levas o Kyle a ver o jogo de basebol?

— Estava a pensar no próximo sábado, se estiveres de acordo. Vai disputar-se um jogo em Norfolk.

— Oh, é o aniversário dele! — exclamou ela desapontada. — Estava a pensar fazer-lhe uma festa, uma festa pequena.

— A que horas é a festa?

— Provavelmente por volta do meio-dia. À noite tenho de ir trabalhar.

— O jogo começa às sete. E se eu levar Kyle ao jogo enquanto ficas a trabalhar?

— Mas eu também gostaria de acompanhar-vos.

— Ah, deixa-nos passar uma noite só de homens. Ele vai gostar.
— Sei que sim. Já o conseguiste fascinar por esse jogo.
— Então estás de acordo que o leve? Voltamos a tempo de te ir buscar.

Ela pousou as mãos no regaço. — Está bem, ganhaste. Não o faças ficar muito tempo se ele se cansar.

Taylor ergueu as mãos. — Palavra de escuteiro. Venho buscá-lo às cinco e lá pelo fim da noite já ele estará a comer amendoins e cachorros quentes e a cantar «Leva-me ao Jogo de Basebol».

Ela deu-lhe uma cotovelada nas costelas. — Ah, pois, sem dúvida!

— Bom, talvez tenhas razão. Mas não será por não tentar.

Denise encostou a cabeça no ombro dele. Ele cheirava a sal e a vento.

— És um bom tipo, Taylor.
— Esforço-me por isso.
— Não, estou a falar a sério. Fizeste sentir-me especial nestes últimos meses.
— Também tu.

Durante um longo espaço de tempo, o silêncio encheu a sala como uma presença viva. Ela sentia o peito de Taylor subir e descer a cada respiração. Por mais maravilhosa que a noite tivesse sido, não conseguia esquecer as preocupações que a tinham perturbado nas últimas duas semanas.

— Alguma vez pensas no futuro, Taylor?

Ele aclarou a garganta antes de responder.

— Claro, às vezes. No entanto, não vai muito além da refeição seguinte.

Ela pegou-lhe na mão, entrelaçando os seus dedos nos dele.

— Alguma vez pensas em nós? Quero dizer, para onde é que caminhamos com isto tudo?

Taylor não respondeu e Denise continuou.

— Tenho andado a pensar que temos estado juntos estes meses, mas por vezes não sei qual é a tua posição face a isto tudo. Isto é, nestas duas últimas semanas... não sei... dá a sensação que tu te estás a afastar. Tens trabalhado tantas horas que não temos muito tempo para estar juntos e quando tu não telefonaste...

Ela calou-se, deixando os pensamentos suspensos, sabendo que se estava a repetir. Sentiu no corpo uma ligeira tensão quando ouviu a resposta dele que lhe saía num sussurro rouco.

— Eu gosto de ti, Denise, se é o que me estás a perguntar.

Ela pestanejou e fechou os olhos um longo momento antes de os abrir de novo.

— Não. Não é isso... ou, antes, não é só isso. Acho que preciso de saber se tens intenções sérias sobre nós.

Ele puxou-a para si, passando-lhe a mão pelos cabelos.

— Claro que são sérias. Mas como te disse, as minhas perspectivas de futuro não vão tão longe. Não me considero o tipo mais inteligente que tu já alguma vez conheceste.

Sorriu com a sua própria piada. A insinuação não ia ser suficiente. Denise respirou fundo.

— Muito bem, quando pensas no futuro, o Kyle e eu fazemos parte dele? — inquiriu ela directamente.

A sala estava tranquila enquanto ela esperava uma resposta. Passando a língua pelos lábios, ela apercebeu-se que tinha a boca seca. Por fim, ouviu-o suspirar.

— Não posso prever o futuro, Denise. Ninguém pode. Porém, tal como te disse, gosto de ti e gosto do Kyle. Por ora não chega?

Não é preciso dizer que esta não era a resposta que ela esperava, todavia levantou a cabeça do ombro dele e olhou-o nos olhos.

— Sim — mentiu ela. — Por ora chega.

* * *

Durante a noite, depois de se terem amado e adormecido juntos, Denise acordou e viu Taylor de pé em frente da janela olhando para as árvores, contudo pensando, obviamente, em qualquer outra coisa. Observou-o durante longos momentos, até que finalmente ele voltou para a cama. Enquanto puxava o lençol, Denise virou-se para ele.

— Estás bem? — murmurou ela.

Taylor ficou surpreendido ao ouvir a sua voz. — Desculpa, acordei-te?

— Não, já estou acordada há um bocadinho. O que é que se passa?

— Nada. Não conseguia dormir.

— Estás preocupado com alguma coisa?
— Não.
— Então, por que é que não consegues dormir?
— Não sei.
— Alguma coisa que eu fiz?
Ele inspirou longamente. — Não. Está tudo bem contigo.
Com esta afirmação, ele abraçou-a e puxou-a para si.
Na manhã seguinte Denise acordou sozinha.

* * *

Desta vez Taylor não estava a dormir no sofá. Desta vez não lhe fez a surpresa de preparar o pequeno-almoço. Esgueirou-se sem que ninguém desse conta e os telefonemas para sua casa não foram atendidos. Por uns instantes, Denise ficou indecisa sobre passar mais tarde pelo seu local de trabalho, porém, a recordação da sua última visita impediu-a de levar a cabo aquela ideia.

Ao invés, passou em revista a noite anterior, tentando efectuar uma melhor análise da mesma. Por cada aspecto positivo, parecia haver um negativo. Sim, ele tinha lá ido a casa... mas isso podia ter sido por causa da mãe lhe ter dito alguma coisa. Sim, ele tinha sido fantástico com Kyle... mas podia estar a centrar a sua atenção no garoto para evitar o que, de facto, o preocupava. Sim, dissera-lhe que gostava dela... mas não o suficiente para, nem sequer, pensar no futuro? Tinham feito amor... mas a primeira coisa que fez foi desaparecer, sem tão-pouco lhe dizer adeus.

Análise, reflexão, dissecação... detestava reduzir a sua relação a estes pontos. Parecia tão anos oitenta, tão ligados às psico-baboseiras, uma enorme quantidade de palavras e actos que poderiam ou não ter nenhum significado. Não, fora de questão. Tinham um significado, e era esse exactamente o problema.

No entanto, lá no fundo, ela percebeu que Taylor não estava a mentir quando lhe disse que gostava dela. Se havia alguma coisa que a fazia ir em frente, só podia ser isso. Mas...

Havia, agora, tantos «mas».

Sacudiu a cabeça tentando libertar-se de todos estes pensamentos, pelo menos até estar com ele de novo. Passaria lá em casa, mais tarde, para a levar ao emprego, e, se bem que achasse que não teria tempo para lhe falar outra vez dos seus sentimentos, tinha a certeza de que ficaria mais esclarecida assim que o visse. Tinha esperança que viesse um pouco mais cedo.

O resto da manhã e a tarde arrastaram-se lentamente. Kyle estava com uma das suas birras, não falava, estava rabugento e teimoso, e isso também não a ajudou a ficar bem disposta, contudo evitava que os seus pensamentos se concentrassem em Taylor o dia inteiro.

Um pouco depois das cinco pensou ter ouvido o camião dele passar na estrada, no entanto, mal saiu de casa, verificou que não era Taylor. Desapontada, vestiu a sua roupa de serviço, preparou uma tosta de queijo para Kyle e viu as notícias.

As horas avançavam. Eram já seis horas. Onde estava ele?

Desligou a televisão e tentou, sem sucesso, que Kyle se interessasse por um livro. Então, sentou-se no chão e pôs-se a brincar com os Legos, porém Kyle ignorou-a, concentrando-se na pintura do seu livro. Quando ela tentou juntar-se-lhe nessa tarefa, ele mandou-a embora. Suspirou e decidiu que não valia a pena esforçar-se.

Para passar o tempo, foi arrumar a cozinha. Não havia muito que fazer aqui, portanto, dobrou um cesto de roupa e pô-lo de lado.

Seis e meia e nem sinais dele. A preocupação estava a dar lugar a uma tremenda sensação de tristeza.

Ele há-de vir, dizia de si para si. Não vem?

Contrariamente àquilo que achava que devia fazer, marcou o número do telefone dele, mas não houve resposta.

Voltou à cozinha, encheu um copo de água e regressou à janela da sala de estar. Esperava enquanto olhava lá para fora.

E esperou.

Quinze minutos para chegar ao restaurante ou atrasar-se-ia.

Depois dez.

Às cinco para as sete, apertava tanto o copo na mão que os nós dos dedos ficaram brancos. Aliviando aquele aperto, sentiu o sangue circular outra vez pelos dedos. Quando as sete horas se aproximaram, tinha os lábios cerrados e telefonou a Ray pedindo-lhe desculpa pois chegaria um pouco atrasada.

— Temos de ir, Kyle — afirmou ela depois de desligar o telefone. — Vamos de bicicleta.

— Não — declarou ele.
— Não estou a perguntar, Kyle. Estou a mandar. Agora mexe-te!
Ao ouvir o tom de voz da mãe, Kyle largou os lápis de cor e encaminhou-se para ela.
Praguejando, dirigiu-se ao alpendre das traseiras para ir buscar a bicicleta. Conduzindo-a para fora do alpendre, reparou que não estava a deslizar como de costume e abanou-a antes de, por fim, perceber o que se passava.
Um pneu furado.
— Oh, caramba... esta noite não! — exclamou ela quase incrédula. Como se não acreditasse no que os seus olhos viam, apertou o pneu com a mão sentindo que cedia quando fazia uma ligeira pressão.
— Raios! — praguejou, dando um pontapé na roda, e deixou-a cair em cima de umas caixas de papelão. Depois entrou na cozinha no preciso momento em que Kyle vinha a sair.
— Não vamos de bicicleta — afirmou, rangendo os dentes. — Vem cá para dentro.
Kyle já a conhecia o suficiente para perceber que não era altura para protestos e fez o que ela lhe ordenou. Denise dirigiu-se ao telefone e tentou falar com Taylor de novo. Não estava ninguém em casa. Bateu com o auscultador e pensou a quem podia ligar. Não a Rhonda, ela já estava no restaurante. Mas... Judy? Discou o seu número e ouviu-o tocar uma série de vezes antes de desligar. A quem mais poderia telefonar? Quem mais é que ela conhecia? Em boa verdade, apenas mais uma pessoa. Abriu o armário e pegou na lista, em seguida procurou a página certa. Depois de marcar o número com fúria, deu um suspiro de alívio quando atenderam.
— Melissa? Olá, é a Denise.
— Oh, ei, como está?
— Para ser franca, não estou muito bem neste preciso momento. Detesto fazer isto, mas estou a telefonar para lhe pedir um favor.
— Em que posso ajudá-la?
— Sei que é uma grande maçada, mas será possível levar-me, hoje, ao restaurante?
— Claro! Quando?

281

— Agora? Sei que é em cima da hora e peço desculpa, mas os pneus da minha bicicleta estão vazios...

— Não se preocupe — interrompeu-a Melissa — Estou aí dentro de dez minutos.

— Fico a dever-lhe esta.

— Não fica nada. Não é nada do outro mundo. Vou só buscar a carteira e as chaves.

Denise desligou, em seguida voltou a telefonar a Ray e explicou-lhe, com mais pedidos de desculpa, que chegaria daí a meia hora. Desta vez Ray riu-se.

— Não te preocupes, querida. Quando chegares, chegaste. Não é preciso pressas, de qualquer maneira, neste momento não há muito movimento.

Mais uma vez suspirou de alívio. Subitamente, reparou em Kyle que a observava sem dizer palavra.

— A mamã não está zangada contigo, meu amor. Desculpa por te ter gritado.

No entanto, com Taylor estava ainda furiosa. Qualquer espécie de alívio que experimentava era contrariado por este sentimento. Como é que podia fazer uma coisa destas?

Reuniu as suas coisas e esperou que Melissa aparecesse, em seguida conduziu Kyle para fora da casa quando escutou o carro subir o caminho de acesso. Melissa baixou o vidro enquanto parava.

— Ei! Entrem, mas desculpem a desordem. Os miúdos têm andado às voltas com o futebol.

Denise apertou o cinto de segurança a Kyle, no banco traseiro, e abanava a cabeça quando se sentou à frente. Rapidamente, o automóvel desceu a rampa e virou para a estrada principal.

— Então, o que é que aconteceu? — perguntou Melissa. — Disse que tinha os pneus em baixo?

— Sim, mas, à partida, não estava à espera de ter de ir de bicicleta. Taylor não apareceu.

— E ele disse que vinha?

A pergunta fez hesitar Denise antes de responder. Ela tinha-lhe pedido? Seria que ela ainda tinha de o fazer? — Não falámos nisso especificamente — admitiu Denise —, mas ele tem lá ido levar-me todo o Verão, portanto presumi que continuaria a fazê-lo.

— Telefonou?
— Não.
Os olhos de Melissa voaram para Denise. — Calculo que as coisas tenham mudado entre vocês dois — aventurou ela.
Denise assentiu. Melissa dirigiu o olhar de novo para a estrada e ficou calada deixando Denise entregue aos seus pensamentos.
— Sabia que isto ia acontecer, não sabia?
— Já conheço o Taylor há muito tempo — ripostou Melissa, prudente.
— Mas então, que é que se passa com ele?
Melissa suspirou. — Para lhe dizer a verdade, não sei. Nunca soube. Contudo, Taylor parece retrair-se sempre que as coisas começam a ficar mais sérias.
— Mas... porquê? Isto é, nós damo-nos bem, ele é fantástico com o Kyle...
— Não posso falar por ele, essa é que é a verdade. Como disse, não consigo entender.
— E se tivesse de dar uma opinião?
Melissa hesitou. — Não é você, acredite em mim. Quando estivemos todos no jantar, eu não estava a brincar quando lhe disse que o Taylor gosta mesmo de si. Gosta, mais do alguma vez o vi gostar de alguém. E o Mitch diz a mesma coisa. No entanto, às vezes, penso que o Taylor não acha que deva ser feliz, portanto estraga todas as oportunidades. Não penso que o faça de propósito, considero que é mais como uma coisa que ele não pode evitar.
— Isso não faz sentido.
— Talvez não. Mas é como ele é.
Denise reflectiu. Em frente avistou o restaurante. Tal como Ray dissera, e a avaliar pelo parque de estacionamento, não havia muitos clientes. Fechando os olhos, cerrou os punhos com frustração.
— Mais uma vez, a pergunta é porquê?
Melissa não lhe respondeu logo a seguir. Ligou o pisca-pisca e começou a abrandar a carrinha.
— Se me pergunta... é por causa de qualquer coisa que aconteceu há muito tempo.
O tom da voz de Melissa tornou óbvio o significado da sua resposta.

— O pai?

Melissa assentiu, depois as palavras saíram-lhe lentamente: — Ele culpa-se pela morte do pai.

Denise sentiu um nó no estômago. — O que é que aconteceu nessa altura?

A carrinha imobilizou-se. — Talvez devesse falar com ele sobre isso.

— Tentei...

Melissa sacudiu a cabeça. — Eu sei, Denise. Todos nós tentámos.

* * *

Denise fez o seu turno mal conseguindo concentrar-se, mas como havia pouco movimento, isso não tinha importância. Rhonda que eventualmente a levaria, com Kyle, de regresso a casa, saiu mais cedo, deixando Ray como a única alternativa para desempenhar essa tarefa. Embora lhe ficasse grata por estar disposto a isso, ele costumava ficar mais uma hora, depois de fechar, para deixar tudo limpo, o que significava chegar mais tarde. Resignando-se perante os factos, Denise estava a acabar o seu serviço quando a porta da frente se abriu, quase no momento em que o restaurante ia fechar.

Taylor.

Entrou, acenou a Ray mas não deu um passo em direcção a Denise.

— A Melissa telefonou — afirmou ele — e disse-me que talvez precisasses de uma boleia para casa.

Ela não conseguia encontrar palavras. Raiva, mágoa, perplexidade... no entanto, ainda e inegavelmente apaixonada. Se bem que a última parte parecia estar a desvanecer-se a cada dia que passava.

— Onde é que te meteste o dia inteiro?

Taylor passou o peso do corpo de um pé para o outro. — Estive a trabalhar — acabou por responder. — Não sabia que hoje precisavas de boleia.

— Durante os últimos três meses tens vindo pôr-me e buscar--me — retorquiu ela, tentando manter a compostura.

— Mas na semana passada não estive cá. Ontem à noite não me pediste boleia, portanto presumi que a Rhonda te traria. Ainda não tinha percebido que era suposto ser o teu motorista pessoal.

Os olhos dela semicerraram-se. — Isso não é justo, Taylor, e tu sabe-lo bem.

Taylor cruzou os braços. — Ei, não vim aqui para gritares comigo. Estou aqui para o caso de precisares de uma boleia. Queres ou não queres?

Denise comprimiu os lábios. — Não — respondeu simplesmente.

Se Taylor ficou surpreendido, não o mostrou.

— Muito bem, então — disse ele. Voltou-se para olhar para as paredes, depois para o chão e finalmente para ela. — Desculpa esta tarde, se isso significa alguma coisa.

Significa e não significa, pensou Denise. Contudo, não disse nada. Quando Taylor se apercebeu de que ela não ia falar, rodou nos calcanhares e puxou a porta.

— Amanhã precisas de boleia? — perguntou por cima do ombro.

Ela reflectiu uma vez mais. — Vais lá ter?

Ele recuou. — Vou — afirmou ele suavemente. — Vou lá estar.

— Então está bem — concordou ela.

Ele assentiu e em seguida saiu. Quando Denise se virou, viu Ray a esfregar o balcão, como se a sua vida dependesse disso.

— Ray?

— Sim, querida? — respondeu fingindo que não prestarara atenção ao que se passara.

— Posso ter folga amanhã à noite?

Ele relanceou os olhos por cima do balcão, olhando para ela como provavelmente teria olhado para a própria filha.

— Acho que é melhor — retorquiu honestamente.

* * *

Taylor chegou trinta minutos antes da hora a que o turno dela devia começar e ficou supreendido quando ela lhe abriu a porta vestindo uns calções de ganga e uma blusa de mangas curtas. Tinha chovido a maior parte do dia e a temperatura rondava os dezanove graus centígrados, um pouco fresco para calções. Taylor, por seu lado, estava limpo e sem vestígios de transpiração; era evidente que tinha mudado de roupa antes de ir ter a casa dela.

— Entra — convidou ela.
— Não devias estar vestida para ires trabalhar?
— Hoje não vou trabalhar — retorquiu ela tranquilamente.
— Não vais?
— Não — repetiu ela. Taylor, curioso, entrou atrás dela.
— Onde é que está o Kyle?

Denise sentou-se. — A Melissa disse-me que podia ficar a tomar conta dele durante um bocado.

Taylor estacou, olhando em redor inseguro, e Denise bateu no sofá.

— Senta-te.

Taylor fez o que ela lhe pediu. — Então o que é que se passa?
— Temos de conversar.
— Acerca de quê?

Ela não pôde deixar de sacudir a cabeça com esta interrogação.
— O que é que se passa contigo?
— Porquê? Há alguma coisa que eu não saiba? — inquiriu ele nervoso, forçando um sorriso.
— Não é altura para brincadeiras, Taylor. Tirei uma folga esta noite na esperança que tu me pudesses ajudar a compreender qual é o problema.
— Estás a falar do aconteceu ontem à noite. Afirmei que lamentava e é verdade.
— Não se trata disso. Estou a falar de ti e de mim, de nós.
— Não discutimos já isso anteontem?

Denise suspirou desesperada.
— Sim, falámos. Ou antes, eu falei. No entanto, tu não disseste quase nada.
— Claro que disse.
— Não, não disseste. Seja como for, nunca o fizeste. Só falas de assuntos superficiais, nunca das coisas que, de facto, te preocupam.
— Isso não é verdade...

— Então por que é que me tratas, nos tratas a ambos, de uma maneira diferente da que costumavas fazer?

— Eu não trato...

Denise interrompeu-o levantando as mãos.

— Já raramente cá vens, não telefonaste quando foste caçar, foste-te embora sorrateiramente ontem de manhã, depois não apareceste à tarde...

— Já te expliquei porquê.

— Sim, não restam dúvidas, explicaste todas e cada uma das situações. Mas não consegues ver que é uma repetição?

Ele voltou-se para o relógio, fixando-o, evitando, teimosamente, a pergunta dela.

Denise passou as mãos pelos cabelos. — Mais do que isso, já não conversas comigo. E começo a perguntar-me se alguma vez o fizeste.

Taylor dirigiu o olhar para ela de novo e Denise encontrou os seus olhos. Já antes ela havia passado pela mesma situação, a recusa de qualquer circunstância problemática e não desejava voltar à carga. Com a voz de Melissa martelando-lhe os ouvidos, decidiu ir ao fundo da questão. Respirou fundo e expirou o ar lentamente.

— O que é que aconteceu ao teu pai?

A tensão que se apoderou dele foi imediata e ela detectou-a.

— O que é que isso interessa? — perguntou ele, subitamente desconfiado.

— Eu penso que isso pode ter a ver com a forma como tu tens agido nos últimos tempos.

Em vez de responder, Taylor abanou a cabeça, o seu estado de espírito alterando-se para um sentimento próximo da cólera.

— O que é que te dá essa impressão?

Ela tentou mais uma vez. — Isso não importa. Só quero saber o que, na verdade, aconteceu.

— Já falámos sobre isso — declarou de forma lacónica.

— Não, não falámos. Fiz-te algumas perguntas sobre ele e só me contaste alguns pormenores. No entanto, não me contaste a história toda.

Taylor rangeu os dentes. Fechava e abria uma das mãos sem disso se aperceber. — Ele morreu, está bem? Já te disse isso.

— E...?
— E o quê? — enfureceu-se ele. — O que é queres que diga?
Ela pegou-lhe na mão. — Melissa afirma que tu te culpas por isso.
Taylor retirou a mão com brusquidão. — Ela não percebe nada do que está a falar.
Denise manteve a voz calma. — Houve um incêndio, não é verdade?
Taylor fechou os olhos e, quando os abriu de novo, ela vislumbrou uma espécie de fúria que nunca antes vira.
— Ele morreu, ponto final. É tudo.
— Por que é que não me queres responder? — perguntou ela.
— Por que motivo não me podes contar o que aconteceu?
— Por Cristo! — bradou ele, a sua voz ressoando pela sala. — Não podes esquecer o assunto?
A sua explosão de raiva surpreendeu-a e ela esbugalhou os olhos.
— Não, não posso — insistiu ela, o seu coração disparou subitamente. — Não se for algo que nos diga respeito.
Ele levantou-se do sofá.
— Não tem nada a ver connosco! Que diabo vem a ser isto? Estou a ficar farto de me estares sempre a chatear!
Ela inclinou-se para a frente, as mãos estendidas. — Não te estou a chatear, Taylor. Eu... eu só estou a tentar conversar contigo — tartamudeou ela.
— O que é que pretendes de mim? — continuou ele sem a escutar e com o rosto afogueado.
— Apenas pretendo saber o que se passa para que possamos resolver o assunto.
— Resolver o assunto? Nós não somos casados, Denise — atirou ele. — Por que diabo insistes em te intrometer?
As palavras dele ofenderam-na. — Não estou a intrometer-me — sustentou ela na defensiva.
— Claro que estás. Estás a tentar penetrar na minha mente para poderes solucionar o que achas que está errado. Mas não há nada de errado, Denise, pelo menos no que se refere a mim. Sou como sou, e se não consegues lidar com isso, talvez não devesses tentar.

Ele olhou-a de forma penetrante do lugar onde se encontrava e Denise respirou fundo. Antes que ela pudesse dizer o que quer que fosse, Taylor abanou a cabeça e recuou um passo.

— Ouve, tu não precisas de boleia, e eu não quero ficar aqui neste momento. Portanto, pensa no que te disse, está bem? Vou-me embora.

Com estas palavras, Taylor girou nos calcanhares e encaminhou-se para a porta saindo de casa enquanto Denise se manteve sentada no sofá, absolutamente estupefacta.

Pensa no que te disse?

— Claro que o faria — murmurou ela —, se ao menos aquilo que disseste fizesse algum sentido.

* * *

Os dias seguintes decorreram sem incidentes, à excepção, naturalmente, das flores que chegaram no dia após a discussão entre ambos.

A mensagem era simples.

Peço desculpa pelo modo como agi. Só preciso de alguns dias para reflectir em algumas coisas. Será que me concedes este desejo?

Uma parte dela tinha vontade de atirar as flores pela janela fora, a outra parte queria ficar com elas. Uma parte dela desejava acabar com a sua relação naquele preciso momento, a outra parte queria dar mais uma oportunidade. *Assim sendo, o que é se alterara?* cogitou ela.

Para além da janela via-se a tempestade que havia regressado. O céu apresentava-se cinzento e frio, a chuva fustigava as janelas, os ventos fortes dobravam as árvores ao meio.

Ela levantou o auscultador e telefonou a Rhonda, em seguida dirigiu a sua atenção para os anúncios classificados. No fim-de-semana a seguir iria comprar um carro.

Talvez assim não se sentisse tão dependente.

* * *

No sábado, Kyle comemorava o seu aniversário. Melissa, Mitch e os quatro filhos e Judy foram os únicos convidados. Quando lhe perguntaram por Taylor, Denise explicou que viria mais tarde para levar Kyle ao jogo de basebol, motivo por que não se encontrava presente naquela altura.

— Kyle tem estado em ânsias durante toda a semana — comentou ela, menosprezando qualquer problema.

Era apenas por causa de Kyle que ela não se preocupava. Apesar de tudo, Taylor não alterara o seu comportamento em relação ao filho. Ela sabia que ele viria. Não havia a mínima hipótese de não aparecer.

Deveria chegar por volta das cinco horas e levaria Kyle ao jogo.

As horas foram decorrendo, mais lentas que o normal.

* * *

Às cinco e vinte, Denise, com um nó no estômago e à beira de uma crise de choro, estava a lançar bolas com Kyle, no jardim.

Kyle estava encantador vestindo umas *jeans* e um boné de basebol. Com a sua luva, uma luva nova, oferta de Melissa, ele apanhou o último lançamento de Denise. Segurando na bola, ele conservou-a à sua frente, olhando para Denise.

— O Taylor está a chegar — afirmou ele. (*O Tayer tá chegá.*)

Denise viu as horas pela centésima vez, depois engoliu em seco, sentindo-se enjoada. Ligara-lhe por três vezes; ele não estava em casa. Nem tão-pouco, tudo levava a crer, vinha a caminho.

— Acho que não, meu querido.

— O Taylor está a chegar — repetiu o petiz.

Desta vez, as lágrimas vieram-lhe aos olhos. Denise aproximou-se dele e acocorou-se de forma a ficar ao nível dos seus olhinhos.

— O Taylor está atarefado. Acho que ele não te vai levar ao jogo. Podes vir com a mamã para o restaurante, está bem?

Proferir estas palavras foi muito mais doloroso do que parecia possível.

Kyle olhou-a, interiorizando as palavras lentamente.

— O Tayer foi-se embora — acabou por dizer.

Denise abraçou-o. — Pois foi — concordou com tristeza.

Kyle deixou cair a bola, passou pela mãe encaminhando-se para casa, com um ar tão desalentado como ela nunca o vira antes.

Denise enterrou a cara nas mãos.

* * *

Taylor apareceu na manhã seguinte com um presente embrulhado debaixo do braço. Antes que Denise conseguisse alcançar a porta, já Kyle saltara lá para fora, esforçando-se por agarrar o embrulho; o facto de ele não ter vindo na véspera já estava esquecido. Se as crianças tinham qualquer vantagem em relação aos adultos, ponderou Denise, era a sua capacidade para perdoar rapidamente.

Porém, ela não era uma criança. Saiu para o alpendre com os braços cruzados, obviamente aborrecida. Kyle tinha pegado no presente e já o desembrulhava, arrancando-lhe o papel num frenesi de excitação. Decidindo não falar até que ele acabasse, Denise observava como os olhos de Kyle se abriam de admiração.

— *Legos!* — gritou ele cheio de contentamento, segurando na caixa para que Denise a pudesse ver. (*Égos.*)

— Claro, são *Legos!* — concordou ela.

Sem sequer olhar para Taylor, ela afastou uma madeixa de cabelos dos olhos. — Kyle diz: «Obrigado.»

— Bidado — repetiu ele, fixando a caixa.

— Vem cá — pediu Taylor tirando uma pequena navalha do bolso das calças ao mesmo tempo que se acocorava —, deixa-me ajudar-te a abri-la.

Cortou a fita-cola e retirou o papel de celofane que revestia a caixa. Kyle agarrou-a e tirou um conjunto de rodas para um dos modelos dos carros.

Denise aclarou a garganta: — Kyle? Por que é que tu não vais lá para dentro? A mamã precisa de conversar com o Taylor.

Segurou o guarda-vento, mantendo-o aberto e o menino fez, obedientemente, o que a mãe lhe pedira. Colocou a caixa em cima da mesinha baixa e ficou, imediatamente, absorvido com as peças.

Taylor, de pé, não fez qualquer movimento na direcção dela.

— Lamento — afirmou ele. — De facto, não tenho desculpa. Esqueci-me completamente do jogo. Ele ficou aborrecido?

— Bem podes dizê-lo.

A expressão de Taylor revelava pesar. — Talvez o possa compensar. Há outro jogo na semana que vem.

— Penso que não — retorquiu ela calmamente.

Ela apontou para as cadeiras do alpendre. Taylor hesitou antes de se movimentar e de se sentar. Denise sentou-se também mas sem o olhar. Em vez disso, ela observava um par de esquilos saltitando pelo pátio, apanhando bolotas.

— Lixei tudo, não foi? — comentou Taylor com sinceridade.

Denise sorriu de esguelha. — Sim.

— Tens todo o direito de estar zangada comigo.

Denise virou-se, por fim, para o olhar de frente. — Estava. Ontem à noite, se tivesses ido ao restaurante, ter-te-ia atirado com uma frigideira.

Os cantos dos lábios de Taylor elevaram-se ligeiramente, em seguida retomaram a posição inicial. Sabia que ela ainda não tinha acabado.

— Mas já ultrapassei isso. Agora estou mais resignada do que zangada.

Taylor olhou-a com curiosidade enquanto Denise expirava, devagar, o ar dos pulmões. Quando ela voltou a falar, a sua voz era baixa e suave.

— Durante os últimos quatro anos, vivi com o Kyle — começou ela. — Nem sempre é fácil, mas é previsível, o que é uma vantagem. Sei como vai ser amanhã e depois de amanhã e isso transmite-me alguma sensação de controlo. Kyle precisa que eu aja assim e eu preciso de agir desta forma por causa dele, pois eu sou tudo quanto ele tem nesta vida. Mas depois, apareceste tu.

Ela sorriu, no entanto este sorriso não conseguia disfarçar a tristeza patente nos seus olhos. Taylor continuou em silêncio.

— Foste tão bondoso para com ele, logo desde o início. Trataste Kyle de maneira diferente, como jamais alguém havia feito e isso significou o mundo para mim. Porém, foi mais do que isso, foste bom para mim também.

Denise fez uma pausa, puxando um nozinho do braço da cadeira de baloiço em madeira, os seus olhos exprimindo uma certa reflexão.

— Quando nos conhecemos, não me queria envolver com ninguém. Não tinha nem tempo nem energia e, mesmo depois da feira, não tinha a certeza de estar pronta para isso. Mas tu foste tão bom para o Kyle. Fazias, com ele, coisas que nunca ninguém perdeu tempo em fazer e eu fiquei deslumbrada com isso. Aos poucos, dei comigo a apaixonar-me por ti.

Taylor colocou ambas as mãos no colo, olhando fixamente para o chão. Denise abanou a cabeça pensativamente.

— Não sei... Cresci a ler contos de fadas e isso talvez tivesse tido alguma influência.

Denise recostou-se na cadeira de baloiço olhando-o sob as pestanas baixas.

— Lembras-te da noite em que nos conhecemos? Quando salvaste o meu filho? Depois disso, vieste trazer as minhas compras, em seguida ensinaste-o a apanhar as bolas. Era como se fosses o príncipe encantado das fantasias da minha juventude e, quanto melhor te conhecia, mais acreditava nisso. Uma parte de mim ainda acredita. És tudo quanto eu sempre quis num homem. Todavia, por muito que goste de ti, acho que não estás preparado para mim ou para o meu filho.

Taylor esfregou, cansado, a face antes de a olhar com os olhos escurecidos pela mágoa.

— Não sou cega ao que se tem estado a passar connosco nestas últimas semanas. Estás a afastar-te de mim, de nós os dois, por mais que tentes negá-lo. É evidente, Taylor. O que eu não entendo é o motivo por que estás a fazê-lo.

— Tenho estado muito ocupado com o meu trabalho — começou ele desanimado.

Denise respirou fundo, esforçando-se por não perder a voz.

— Sei que existe alguma coisa que me estás a esconder e, se não podes ou não queres falar dela, não posso fazer nada. Todavia, seja o que for, está a afastar-te.

Ela calou-se, os olhos marejados de lágrimas. — Ontem magoaste-me. Mas, mais grave ainda, magoaste Kyle. Ele esteve à tua espera, Taylor. Durante duas horas. Pulava de cada vez que um carro passava, pensando que eras tu. Porém, não eras tu, até que, por fim, até ele percebeu que tudo tinha mudado. Não disse uma única palavra o resto da noite. Nem uma só.

Taylor, pálido e abatido, parecia incapaz de falar. Denise dirigiu o olhar para a linha do horizonte, uma lágrima correndo-lhe pela face.

— Posso suportar muitas coisas, Deus sabe o que já passei. A forma como tu me tens atraído, me tens afastado e atraído de novo. Contudo, sou adulta, já tenho idade para optar se quero deixar que isso continue a acontecer. Mas se a mesma coisa começar a suceder com Kyle... — A sua voz sumiu-se e limpou a face. — Tu és uma excelente pessoa, Taylor. Tens muito para dar a alguém e eu espero que um dia encontres, finalmente, a pessoa que consiga compreender toda a dor que pesa sobre ti. Mereces isso. Sinto, no meu coração, que não tinhas intenção de magoar o Kyle. Mas não posso correr o risco que isso volte a acontecer, principalmente quando os teus projectos em relação ao nosso futuro em conjunto não são sérios.

— Lamento — afirmou ele numa voz abafada.

— Também eu.

Ele procurou a mão dela. — Não te quero perder — declarou ele numa voz que era quase um murmúrio.

Vendo a sua expressão melancólica, ela pegou-lhe na mão e apertou-a, depois, com relutância, deixou-a cair. Sentia as lágrimas inundarem-lhe os olhos e repeliu-as.

— Mas também não queres ficar comigo, pois não?

Taylor não respondeu.

* * *

Quando ele se foi embora, Denise vagueou pela casa como um *zombie*, mantendo o autocontrolo por um fio. Tinha chorado a maior parte da noite sabendo, de antemão, o que estava para vir. Sempre tinha sido forte, recordou a si mesma enquanto se sentava no sofá; tinha feito o que estava certo. Não podia permitir que magoasse Kyle outra vez. Não ia chorar.

Raios, nunca mais.

No entanto, ao ver Kyle a brincar com os *Legos* e sabendo que Taylor não voltaria a ir lá a casa, sentiu um nó de desgosto na garganta.

— Não vou chorar — repetiu em voz alta, as palavras saindo-lhe como um mantra. — Não vou chorar.

Neste momento, sucumbiu e desatou num pranto que demorou as duas horas seguintes.

* * *

— Com que então foste em frente e acabaste com tudo, hã? — perguntou Mitch, manifestamente desgostoso.

Encontravam-se num barzinho, um local encardido que abria as portas ao pequeno-almoço para uns três ou quatro clientes habituais. Naquela altura, no entanto, era muito tarde. Taylor só lhe telefonara depois das oito; Mitch aparecera cerca de uma hora depois. Taylor havia começado a beber sem ele.

— Não fui eu, Mitch — emendou ele na defensiva. — Foi ela que deu tudo por terminado. Desta vez não me podes responsabilizar a mim.

— E suponho que isso aconteceu inesperadamente, certo? Não tiveste nada a ver com isso.

— Acabou-se, Mitch. O que é que queres que diga?

Mitch sacudiu a cabeça. — Taylor, tu sabes que não és boa peça. Ficas para aqui sentado a pensar que percebes tudo, mas não percebes coisa nenhuma.

— Obrigado pelo teu apoio, Mitch.

Mitch olhou-o de modo penetrante. — Não me venhas com lérias! Não precisas do meu apoio. Do que precisas é de alguém que te diga que mexas esse rabo e que vás lá reparar as asneiras que fizeste.

— Tu não compreendes...

— Uma ova é que eu não compreendo! — exclamou Mitch atirando com o copo de cerveja e entornando-a por cima da mesa. — Quem é que tu pensas que és? Pensas que eu não sei? Que diabo, Taylor, conheço-te melhor do que tu te conheces a ti próprio! Julgas que és o único com um passado merdoso? Julgas que és o único a tentar remediar isso? Pois bem, tenho novidades para ti. Toda a gente tem merda no passado, toda a gente fez coisas que desejava poder desfazer. No entanto, a maioria das pessoas não anda para aí a esforçar-se por lixar as vidas que tem no presente por causa disso.

— Eu não lixei nada! — exclamou Taylor zangado. — Não ouviste o que eu disse? Foi ela que acabou com tudo. Não fui eu! Pelo menos desta vez não fui eu!

— E digo-te mais, Taylor. Podes ir para a maldita sepultura a pensar isso, mas ambos sabemos que essa não é a verdade. Portanto, vai lá e tenta salvar a situação. Ela foi a melhor coisa que alguma vez te aconteceu!

— Não te pedi para aqui vires para me dares conselhos...

— Pois bem, estás a receber o melhor conselho que já alguma vez te dei. Faz-me um favor e escuta-o, está bem? Não o ignores desta vez. O teu pai assim teria desejado.

Taylor semicerrou os olhos na direcção de Mitch, de repente tudo ficou tenso. — O meu pai não é para aqui chamado. Não entres por aí!

— Porquê, Taylor? Tens medo de alguma coisa? Tens medo que o fantasma dele comece a assombrar-nos ou a fazer saltar as nossas cervejas em cima da mesa?

— Basta! — rosnou Taylor.

— Não te esqueças que eu também conheci o teu pai. Sabia o tipo bestial que ele era. Era um tipo que adorava a família, adorava a mulher, adorava o filho. Ficaria desapontado com o que tu andas a fazer agora, disso tenho eu a certeza.

O sangue desapareceu do rosto de Taylor, que agarrou o copo com força.

— Vai-te lixar, Mitch!

— Não, Taylor. Tu mesmo já o fizeste a ti próprio. Se eu também o fizesse, isso já seria um exagero.

— Não tenho necessidade de estar a ouvir esta porcaria — retrucou Taylor azedo, levantando-se da mesa e dirigindo-se para a porta. — Tu nem sequer sabes quem eu sou!

Mitch empurrou a mesa, afastando-a do corpo e tornando a espalhar as cervejas, o que levou a que algumas cabeças se voltassem. O empregado do bar desviou a atenção da conversa enquanto Mitch se levantava e surgia por detrás de Taylor, agarrando-o, com brusquidão, pela camisa e fazendo-o rodar nos calcanhares.

— Não te conheço? Raios, como te conheço! Não passas dum maldito cobarde, é o que tu és! Tens medo de viver porque pensas que isso significa deixares de carregar uma cruz que tens carregado ao longo da tua vida inteira! Mas desta vez ultrapassaste todos os limites. Julgas que és o único, no mundo, com sentimentos? Achas que largas a Denise e que, então, tudo volta ao normal? Pensas que vais ser mais feliz? Não vais, Taylor. Tu não te vais permitir fazeres isso. E, desta vez, não estás a magoar apenas uma pessoa, já pensaste nisso? Não se trata só de Denise, estás a magoar um rapazinho! Deus Todo-Poderoso, será que isso não significa nada para ti? Que diabo diria o teu pai a isso? «Bom trabalho, meu filho?» «Estou orgulhoso de ti, filho»? Nem pensar! O teu pai ficaria enojado, exactamente como eu me sinto neste momento!

Taylor, com o rosto branco, agarrou Mitch e ergueu-o no ar atirando-o de encontro à *jukebox*. Dois homens saltaram dos seus bancos altos, fugindo para longe da confusão, enquanto o empregado do bar corria para o extremo oposto. Depois de sacar um bastão de basebol, retrocedeu na direcção dos outros. Taylor levantou um punho.

— O que é que vais fazer-me? Bater-me? — escarneceu Mitch.

— Acabem com isso! — gritou o empregado do bar. — Vão tratar disso lá para fora, já!

— Vai em frente — desafiou Mitch. — Estou-me nas tintas!

Mordendo o lábio com tanta força que começou a sangrar, Taylor puxou o braço para trás, pronto para desferir um murro, a mão tremendo.

— Sempre te perdoarei, Taylor — continuou Mitch quase calmo. — Mas também tens de te perdoar a ti próprio!

Hesitando e debatendo-se, Taylor acabou por libertar Mitch e voltou-se para os rostos que o fitavam. O empregado do bar estava a seu lado, com o bastão na mão, para ver o que Taylor ia fazer.

Reprimindo as imprecações, transpôs, com passadas vigorosas, a porta de saída.

CAPÍTULO 23

Pouco antes da meia-noite, Taylor regressou a casa. No seu atendedor de chamadas vibrava uma mensagem. Desde que havia deixado Mitch, ficara sozinho, fazendo o possível por aclarar as ideias, e sentara-se na ponte de onde mergulhara para o rio apenas alguns meses antes. Esta foi a primeira noite em que percebeu a falta que Denise lhe fazia. Parecia que tinha sido há uma eternidade.

Suspeitando que Mitch lhe podia ter deixado algum recado, Taylor dirigiu-se ao atendedor de mensagens, lamentando o acesso de raiva para com o amigo, e carregou no botão. Para sua grande surpresa, não era Mitch.

Era Joe, do Quartel dos Bombeiros, cuja voz se esforçava por se manter calma.

— Há um incêndio no armazém, nos arredores da cidade. No armazém de Arvil Henderson. É um fogo enorme; todos os de Edenton foram chamados e foram pedidos reforços de camiões e de bombeiros aos distritos vizinhos. Há vidas em perigo. Se receberes a mensagem a tempo, precisamos da tua ajuda...

A mensagem havia sido deixada vinte e quatro minutos antes.

Sem a escutar até ao fim, Taylor desligou o telefone e correu para o camião, censurando-se por ter desligado o seu telemóvel à saída do bar. O armazém de Henderson fazia negócio por atacado na venda de tintas de exteriores e era uma das maiores empresas do distrito de Chowan. Os camiões eram carregados dia e noite; a todas as horas do dia se via, pelo menos, uma dúzia de pessoas a trabalhar no armazém.

Levaria cerca de dez minutos a chegar ao local.

Provavelmente, todos os outros já lá estariam e ele iria aparecer com meia hora de atraso. Aqueles trinta minutos podiam significar a diferença entre a vida e a morte para uma grande quantidade de pessoas presas lá dentro.

Os outros estavam a lutar pelas próprias vidas enquanto ele se ausentara sentindo pena de si mesmo.

A gravilha saltava dos pneus à medida que curvava para a estrada principal, praticamente sem abrandar ao alcançá-la. Os pneus guinchavam e o motor rugia enquanto Taylor acelerava, sem nunca deixar de praguejar. O camião resvalava ao longo das inúmeras curvas existentes na estrada que conduzia ao armazém, e ele tomava todos os atalhos que conhecia. Quando apanhava um bocado de estrada a direito, acelerava até quase alcançar os cento e trinta e cinco quilómetros horários. As ferramentas chocalhavam na caixa aberta; ouviu uma pancada de algo pesado que deslizara pelo chão enquanto fazia mais uma curva.

Os minutos, lentos, iam decorrendo, longos minutos, minutos eternos. A certa altura já conseguia vislumbrar, à distância, o céu alaranjado, uma cor medonha na escuridão. Deu um murro no volante quando se apercebeu da extensão do incêndio. Por sobre o roncar do motor, conseguia escutar o grito longínquo das sirenes.

Travou a fundo, os pneus quase recusando-se a obedecer quando o camião deu de rabo ao entrar na estrada de acesso ao armazém. O ar já estava espesso com o fumo preto e oleoso, alimentado pelo petróleo das tintas. Sem correr uma brisa, o fumo espalhava-se indolente à sua volta; podia avistar as labaredas que se erguiam do armazém. Este ardia violentamente no momento em que Taylor fez uma última curva e parou com os pneus chiando.

Era um pandemónio por todo o lado.

Já tinham chegado três camiões-cisterna... as mangueiras, ligadas às bocas de incêndio, derramavam a água sobre um dos alçados do edifício... o outro alçado ainda não havia sido atingido, mas parecia que não seria por muito tempo que assim se manteria... duas ambulâncias com as suas luzes intermitentes... cinco pessoas jaziam no chão assistidas por outras... mais duas eram auxiliadas a sair do armazém, apoiadas, de cada lado, por homens que pareciam tão fracos quanto elas...

Enquanto observava aquela cena dantesca, identificou o carro de Mitch a um dos lados, se bem que fosse impossível descortinar o amigo por entre o caos de gente e de veículos.

Taylor saltou do camião e dirigiu-se a Joe que vociferava ordens, tentando, mas falhando, conseguir o controlo da situação. Mais um carro dos bombeiros chegava, este era de Elizabeth City; mais seis homens pularam para o chão e começaram a desenrolar a mangueira enquanto um outro corria para uma boca de incêndio.

Joe virou-se e viu Taylor apressando-se na sua direcção. O primeiro tinha o rosto coberto de fuligem e apontava para o guincho e para a escada.

— Vai buscar o teu equipamento! — gritou ele.

Taylor seguiu as instruções, trepando para o camião e tirando um fato, em seguida descalçando as botas. Dois minutos depois, completamente equipado, Taylor correu para Joe outra vez.

À medida que se deslocava, a noite foi subitamente abalada por uma série de explosões, dezenas de explosões, umas atrás das outras. Uma nuvem negra elevava-se do centro do edifício, o fumo formando espirais como se uma bomba tivesse rebentado. As pessoas mais próximas do armazém afastavam-se, velozes, à medida que pedaços, em chamas, de telhado e das paredes eram projectados de encontro a elas, atingindo-as mortalmente.

Taylor baixou-se e tapou a cabeça.

Viam-se labaredas por todo o lado, o edifício devorado a partir do seu interior. Outras explosões irromperam, arremessando os escombros, enquanto os bombeiros recuavam face à intensidade do calor. Daquele inferno surgiram dois homens com os membros em chamas; as mangueiras foram apontadas para eles, que caíram no chão, contorcendo-se.

Taylor levantou-se e correu em direcção ao calor, em direcção às chamas, em direcção aos homens estendidos no chão... Sessenta e três metros, uma correria selvagem, o mundo assemelhando-se a uma zona de guerra... mais explosões à medida que as latas de tinta, umas a seguir às outras, iam rebentando lá dentro, o fogo assumindo proporções incontroláveis... a respiração difícil devido aos vapores tóxicos... uma parede exterior ruiu, caindo para fora, não apanhando os homens por um triz.

Taylor semicerrou os olhos, que choravam e ardiam, quando, por fim, alcançou os dois homens. Estavam ambos inconscientes, as chamas a poucos centímetros deles. Agarrou-os pelos pulsos e começou a puxá-los para trás, para longe das chamas. O calor do incêndio derretera parte do seu equipamento e Taylor conseguia vê-los quase em combustão enquanto os arrastava para um local seguro. Um outro bombeiro acorreu, alguém que Taylor não conhecia, e tomou conta de um dos homens. Aceleraram o ritmo, puxando-os em direcção às ambulâncias à medida que um paramédico se aproximava rapidamente.

Apenas uma parte do edifício ainda não tinha sido atingida até ao momento, se bem que, a avaliar pelo fumo que emanava pelas pequenas janelas rectangulares que haviam rebentado, aquele sector estivesse à beira de explodir também.

Joe gesticulava freneticamente a todos para que recuassem, para que se afastassem até uma distância segura. Ninguém o conseguia ouvir por sobre aquele troar.

O paramédico chegou e ajoelhou-se, imediatamente, junto dos feridos. Os seus rostos estavam chamuscados e as roupas ainda ardiam sem chama, as chamas provocadas pelo óleo vencendo os fatos antifogo. O paramédico tirou da caixa uma tesoura bem afiada e começou a cortar o fato de um dos homens despindo-o. Um outro paramédico apareceu do nada e deu início ao mesmo procedimento no outro homem.

Ambos gemiam, agora, com dores, de novo conscientes. À medida que os fatos iam sendo cortados, Taylor ajudava a afastá-los da pele dos homens. Primeiro uma perna, depois a outra, seguidas dos braços e do tronco. Ajudaram-nos a sentar-se e os fatos foram retirados dos seus corpos. Um dos homens trazia, por baixo, umas *jeans* muito gastas e duas camisas; à excepção dos braços não apresentava muitas queimaduras. O segundo, todavia, apenas tinha vestida, sob o fato, uma *T-shirt*, que também tinha de ser retirada da sua pele. As costas estavam cobertas de queimaduras de segundo grau.

Desviando o olhar dos feridos, Taylor avistou Joe a acenar de novo freneticamente; havia três homens à sua volta e outros três aproximavam-se. Foi então que Taylor se voltou na direcção do edifício e se apercebeu de que algo muito grave se passava.

Levantou-se e começou a correr para Joe, uma onda de náusea invadindo-o. Acercando-se, ouviu as palavras adormecidas na alma.

— Ainda lá estão dentro! Dois homens! Além!

Taylor pestanejou, uma recordação erguendo-se das cinzas.

Um rapaz, com nove anos, no sótão, a gritar da janela...

Ficou gelado. Taylor olhou para os escombros em chamas do armazém, agora parcialmente de pé; depois, como num sonho, começou a correr em direcção ao único sector do edifício ainda intacto, o que continha os escritórios. Ganhando velocidade, passou pelos homens que seguravam as mangueiras, ignorando os seus apelos para que parasse.

As labaredas do armazém engoliam quase tudo; as chamas tinham-se propagado às árvores mais próximas que agora ardiam. Mesmo em frente havia uma porta que tinha sido aberta pelos bombeiros e o fumo negro escapava-se por essa passagem.

Já estava junto à porta quando Joe o avistou e lhe começou a gritar que parasse.

Incapaz de o ouvir devido ao fragor, Taylor entrou, a correr, pela porta, impelido como uma bala de canhão, a mão com a luva protegendo-lhe o rosto, as chamas lançando-se sobre ele. Praticamente cego, virou para a esquerda, esperando que nada impedisse o seu percurso. Os olhos ardiam-lhe de cada vez que inspirava o ar acre e o sustinha.

O fogo espalhara-se por todo o lado, as vigas estatelavam-se no chão, o próprio ar tornava-se venenoso.

Sabia que podia conter a respiração cerca de um minuto, não mais.

Investiu à esquerda, o fumo praticamente impenetrável, as chamas fornecendo a única iluminação.

Ardia tudo com uma fúria sobrenatural. As paredes, o tecto... por cima dele, o estrépito de uma viga a partir-se. Taylor saltou, instintivamente para o lado, à medida que o tecto desabava a seu lado.

Com os pulmões submetidos a um violento esforço, ele deslocou-se rapidamente para o extremo sul do edifício, a única área ainda em pé. Podia sentir o seu corpo cada vez mais fraco; os pulmões pareciam dobrar-se enquanto cambaleava para a frente. À sua esquerda vislumbrou uma janela, cujo vidro ainda não se tinha estilhaçado, e caminhou vacilante na sua direcção. Do cinto tirou o machado e partiu o vidro num movimento único e rápido, deitando, de imediato, a cabeça para fora, inspirando o ar outra vez.

À semelhança dos seres vivos, também o fogo parecia sentir o novo afluxo de oxigénio, e, uns segundos depois, a sala explodia atrás de si com uma fúria renovada.

O calor abrasador das novas chamas impeliram-no para longe da janela, de novo em direcção a sul.

Após aquele súbito reacendimento, o fogo recuou momentaneamente, uns segundos no máximo. Mas foi o suficiente para Taylor se situar... e ver a figura de um homem estendido no chão. Pelo aspecto do seu equipamento, Taylor percebeu que se tratava de um bombeiro.

Taylor ziguezagueou na sua direcção, evitando, por um triz, a queda de mais uma viga. Encurralado no último canto do armazém que ainda se mantinha intacto, viu uma parede de chamas fechar-se à sua volta.

Quase sem fôlego, de novo, Taylor alcançou o homem. Curvou-se para a frente, agarrou-o pelo pulso e depois ergueu-o sobre o ombro, debatendo-se para retroceder até à única janela que conseguia ver.

Movido apenas pelo instinto, correu para a janela, a cabeça começando a ficar leve, fechando os olhos para evitar que o fumo e o calor os lesassem ainda mais. Conseguiu chegar à janela e com um movimento rápido atirou o homem pelo vidro partido fazendo-o aterrar como um fardo. A visibilidade imperfeita dos seus olhos, no entanto, impediu-o de ver que outro bombeiro corria para o corpo.

Tudo quanto Taylor podia fazer era ter esperança.

Inspirou profundamente duas vezes e tossiu com violência. Em seguida, inspirou de novo, virou-se e voltou para dentro mais uma vez.

* * *

Tudo rugia como um inferno de línguas de fogo ácidas e de fumo sufocante.

Taylor atravessou a parede de calor e de fumo, movendo-se como que guiado por uma mão secreta.

Ainda havia um homem lá dentro.

Um rapaz, com nove anos, no sótão, a gritar pela janela pela qual tinha medo de saltar...

Taylor fechou um olho quando este lhe começou a doer. À medida que avançava, a parede do escritório ruiu, desabando sobre si mesma como um baralho de cartas. O telhado, por cima dele, cedeu à medida que as chamas procuravam novos pontos de fragilidade e começavam a avolumar-se em direcção à fenda aberta no tecto.

Ainda havia um homem lá dentro.

Taylor sentia-se como se morresse a pouco e pouco ali dentro. Os seus pulmões gritavam por uma golfada do ar abrasador e venenoso que o rodeava. Todavia, ignorou este imperativo, ficando cada vez mais tonto.

O fumo serpenteava à sua volta e Taylor caiu de joelhos, o outro olho começava a doer-lhe também. As labaredas cercavam-no em três frentes, contudo Taylor continuava o seu trajecto, no sentido da única zona onde alguém ainda podia estar vivo.

Rastejava, agora, o calor parecia uma bigorna crepitante...

Foi então que Taylor percebeu que ia morrer.

Quase inconsciente, continuava a rastejar.

Em seu redor, tudo escureceu. Podia sentir que o mundo começava a desaparecer.

Respira! Gritava-lhe o seu corpo.

Rastejando, avançando centímetro a centímetro, espontaneamente começando a rezar. À sua frente, mais chamas, uma cortina interminável de calor que se agitava.

Foi então que se deparou com o corpo.

Completamente cercado pelo fumo, não conseguia identificá-lo. Mas as pernas do homem estavam presas por debaixo dos escombros de uma parede que ruíra.

Sentindo-se cada vez mais fraco e a visão a escurecer, Taylor tacteou o corpo como um cego, vendo-o apenas com a sua imaginação.

O homem estava de bruços com os braços abertos. Ainda tinha o capacete bem apertado em volta da cabeça. Sessenta centímetros de entulho cobriam-lhe as pernas das coxas para baixo.

Taylor deslocou-se para a cabeça, agarrou os dois braços e puxou. O corpo não se mexeu.

Com os últimos vestígios das suas forças, Taylor levantou-se e, angustiante, começou a remover os escombros de cima do homem. Tábuas, tijolos, pedaços de contraplacado, bocados de entulho carbonizado.

Os seus pulmões estavam a pontos de explodir.

As chamas aproximavam-se, agora, tocando ao de leve o corpo.

Um a um, afastou os escombros, felizmente nenhum deles era excessivamente pesado. No entanto, o esforço tinha-lhe consumido as forças quase todas. Voltou para a cabeça do corpo e puxou com força.

Desta vez o corpo mexeu-se. Taylor aplicou o peso do seu corpo e puxou de novo, mas sem ar absolutamente nenhum o seu corpo reagiu instintivamente. Taylor expirou e inalou fundo, quase sufocando.

O seu corpo enganara-se.

Taylor ficou, de súbito, completamente tonto e tossiu violentamente. Largou o homem e levantou-se cambaleando de pânico, sem ar na sala exaurida de oxigénio; todo o treino, todos os pensamentos conscientes pareciam ter-se evaporado numa investida do puro instinto de sobrevivência.

Regressava, aos tropeções, pelo caminho por onde tinha vindo, as pernas movendo-se por sua exclusiva vontade. Após alguns metros, contudo, parou como se forçado a acordar de um entorpecimento. Virando-se para trás, deu um passo na direcção do corpo. Ao segundo passo, o mundo explodiu, de repente, em chamas. Taylor quase caiu.

As labaredas apanharam-no, pegando fogo ao seu fato à medida que se precipitava para a janela. Atirou-se, às cegas, pela abertura. A última coisa que sentiu foi o seu corpo a bater no chão com um baque surdo e um grito de desespero morrendo-lhe nos lábios.

CAPÍTULO 24

Apenas uma pessoa morrera naquela madrugada de segunda-feira. Seis homens haviam ficado feridos, entre os quais se encontrava Taylor, e foram levados para o hospital onde receberam tratamento. Três dos homens tiveram alta nessa noite. Dois dos que ficaram, foram os que Taylor tinha ajudado a salvar; iam ser transferidos para a unidade de queimados da Universidade Duke em Durham, mal o helicóptero chegasse.

Taylor jazia sozinho na escuridão do quarto do hospital, os seus pensamentos centrados no homem que deixara para trás e que morrera. Um dos olhos tinha uma ligadura e ele estava deitado de costas, fixando o tecto com o outro olho quando a mãe chegou.

Ela ficou sentada com ele no quarto do hospital durante uma hora, depois foi-se embora deixando-o entregue aos seus pensamentos.

Taylor McAden não proferira uma só palavra.

* * *

Denise foi visitá-lo na terça-feira de manhã, à hora de começarem as visitas. Mal entrou, Judy olhou-a da sua cadeira, tinha os olhos vermelhos e exaustos. Quando Judy lhe telefonou, Denise tinha ido de imediato com Kyle a reboque. Judy pegou, em silêncio, na mão de Kyle e conduziu-o pelas escadas abaixo.

Denise entrou no quarto de Taylor e sentou-se onde Judy estivera sentada antes. Taylor voltou a cabeça para o lado oposto.

— Lamento o que aconteceu ao Mitch — afirmou ela suavemente.

CAPÍTULO 25

O funeral devia ter lugar três dias depois, na sexta-feira.
Taylor tivera alta do hospital na quinta-feira e foi directamente para casa de Mitch.

A família de Melissa chegara de Rocky Mount e a casa estava cheia de pessoas que Taylor apenas encontrara algumas vezes no passado: no casamento, nos baptizados e em vários feriados. Os pais e os parentes de Mitch, que viviam em Edenton, também passavam o dia lá em casa, embora se fossem embora à noite.

A porta estava aberta quando Taylor entrou à procura de Melissa. Mal a viu, do outro lado da sala de estar, os seus olhos começaram a arder e dirigiu-se para ela. Ela estava a conversar com a irmã e com o cunhado, junto à fotografia de família emoldurada, pendurada na parede, quando o avistou. Interrompeu a conversa, de imediato, e encaminhou-se para ele. Quando se aproximaram um do outro, ele abraçou-a e pousou a cabeça no seu ombro enquanto chorava sobre o seus cabelos.

— Lamento — articulou ele. — Lamento tanto, tanto.

Tudo o que conseguia fazer era repetir-se. Melissa começou a chorar também. Os outros membros da família deixaram-nos a sós com a sua dor.

— Eu tentei, Melissa... Eu tentei. Não sabia que era ele.

Melissa não era capaz de falar, tendo já conhecimento do que acontecera através de Joe.

— Eu não consegui... — murmurou ele, por fim, sufocado, antes de sucumbir por completo.

Ficaram abraçados muito, muito tempo.

Uma hora mais tarde, ele foi-se embora sem falar com mais ninguém.

* * *

O enterro, que teve lugar no cemitério de Cypress Park, foi acompanhado por muita gente. Todos os bombeiros dos três distritos vizinhos, bem como todos os oficiais de justiça marcaram presença, tal como os amigos e parentes. Era um dos maiores ajuntamentos de pessoas num funeral em Edenton; uma vez que Mitch ali crescera e geria o armazém de ferramentas, quase toda a gente da cidade veio apresentar as suas condolências.

Melissa e os quatro filhos sentaram-se, chorando, nas cadeiras da frente.

O padre fez uma breve alocução antes de recitar o Salmo 23. Quando chegou o momento dos elogios fúnebres, o padre afastou-se para o lado, permitindo que os amigos mais íntimos e a família se chegassem à frente.

Joe, o comandante dos bombeiros, foi o primeiro e falou da dedicação de Mitch, da sua coragem e do respeito que ele sempre guardaria no seu coração. A irmã mais velha de Mitch também disse algumas palavras, partilhando algumas recordações da infância deles. Quando ela acabou, Taylor deu um passo em frente.

— O Mitch era para mim como um irmão — começou ele com a voz embargada e os olhos postos no chão. — Crescemos juntos e em todas as boas recordações que tenho, ele está presente. Lembro-me de uma vez, tínhamos doze anos, em que Mitch e eu estávamos a pescar e eu me levantei de repente no bote. Escorreguei, bati com a cabeça e caí à água. Mitch mergulhou e puxou-me para a superfície. Nesse dia salvou-me a vida, mas quando, finalmente, recobrei os sentidos, ele só se riu. «Fizeste-me perder o peixe, seu desastrado!» foi a única coisa que disse.

Apesar da solenidade da ocasião, ouviu-se um murmúrio de risos que logo se apagou.

— Mitch... o que é que eu posso dizer? Era o tipo de homem que acrescentava algo a tudo em que tocava e a todos quantos contactavam com ele. Tinha inveja da sua visão da vida. Via-a como um grande jogo, no qual a única forma de ganhar era ser generoso para com as outras pessoas, ser capaz de se olhar no espelho e gostar do que via. Mitch...

Fechou os olhos com força, reprimindo as lágrimas.

— Mitch era tudo o que eu gostava de ser...

Taylor afastou-se do microfone, curvou a cabeça e voltou para o seu lugar, no meio da multidão. O padre acabou o serviço fúnebre e as pessoas desfilaram pela urna onde fora colocada uma fotografia de Mitch. Na fotografia sorria abertamente, em pé, à frente da churrasqueira no pátio das traseiras. À semelhança da fotografia do pai de Taylor, tinha captado a essência daquilo que ele era.

Depois, Taylor regressou sozinho a casa de Melissa.

* * *

A casa estava cheia pois muita gente viera apresentar as suas condolências a Melissa. Contrariamente ao dia anterior uma reunião de amigos íntimos e da família, todas as pessoas que tinham ido ao funeral aí se encontravam, incluindo algumas que Melissa mal conhecia.

Judy e a mãe de Melissa tinham a seu cargo a tarefa de servir a comida àquela massa humana; porque no interior da casa estavam todos muito apertados, Denise dirigiu-se para o jardim das traseiras e ficou a tomar conta de Kyle e das outras crianças que também tinham assistido ao funeral. Principalmente sobrinhos e sobrinhas, eram muito novinhos e, tal como Kyle, incapazes de compreender o que verdadeiramente se estava a passar. Vestidos com roupa formal, corriam pelo pátio, brincando uns com os outros como se a situação não fosse mais do que uma reunião de família.

Denise precisara sair de casa. A mágoa podia, por vezes, ser asfixiante, até mesmo para ela. Depois de abraçar Melissa e de trocar com ela algumas palavras de conforto, tinha-a deixado ao cuidado da sua e da família de Mitch. Sabia que ela teria o apoio que precisava naquela dia; os pais tinham intenção de ficar por mais uma semana. Enquanto a mãe estaria a seu lado para a escutar e encorajar, o pai podia começar a tratar da enorme quantidade de documentos, tarefa que sempre se segue a acontecimentos semelhantes.

Denise levantou-se da cadeira e dirigia-se para a beira da piscina, com os braços cruzados, quando Judy a avistou da janela da cozinha. Fez deslizar a porta de vidro e dirigiu-se a ela. Denise ouviu-a aproximar-se e relanceou o olhar por cima do ombro, sorrindo abatida.

Judy pôs-lhe, suavemente, uma mão nas costas. — Como é que se está a aguentar? — perguntou.

Denise sacudiu a cabeça. — Devia ser eu a perguntar-lhe isso. Conhecia Mitch há muito mais tempo que eu.

— Bem sei. Mas dá a sensação de que precisa de uma amiga neste momento exacto.

Denise descruzou os braços e olhou de relance para a casa. Podiam ver-se pessoas em todas as salas.

— Eu estou bem. Só estou a pensar no Mitch. E na Melissa.

— E em Taylor?

Apesar do facto de ter acabado o que havia entre os dois, ela não podia mentir.

— Nele também.

* * *

Duas horas mais tarde, o número de pessoas estava, por fim, a diminuir. A grande maioria dos amigos menos chegados tinha vindo e já tinha saído; alguns familiares que deviam apanhar os aviões de regresso já se tinham também ido embora.

Melissa estava sentada, na sala de estar, com a família mais chegada; os filhos tinham mudado de roupa e ido para o pátio da frente. Taylor estava sentado no gabinete de Mitch, sozinho, quando Denise se acercou dele.

Taylor viu-a e desviou a sua atenção para as paredes do estúdio. As prateleiras estavam repletas de livros, de troféus que os miúdos haviam ganho no futebol e na Pequena Liga de basebol, de fotografias da família de Mitch. A um canto via-se uma secretária de tampo corrediço, com o tampo fechado.

— As tuas palavras no funeral foram lindas — comentou Denise. — Sei que a Melissa ficou profundamente tocada com o que disseste.

Taylor assentiu simplesmente, sem nada acrescentar. Denise passou as mãos pelos cabelos.

— Tenho, na verdade, muita pena, Taylor. Só queria que soubesses que se precisares de desabafar, podes contar comigo.

— Não preciso de ninguém — sussurrou ele com a voz desfeita. Afastou-se dela e foi-se embora.

O que nenhum deles sabia era que Judy testemunhara toda a cena.

CAPÍTULO 26

Taylor atirou-se para cima da cama com o coração esmagado e a boca seca. Por um momento encontrou-se de novo dentro do armazém em chamas, a adrenalina correndo por todo o corpo. Não conseguia respirar e os olhos picavam com as dores. As chamas rodeavam-no por todos os lados e, se bem que tentasse gritar, nenhum som lhe saía da garganta. Estava a sufocar com o fumo imaginário.

Então, logo de seguida, compreendeu que era a sua imaginação. Olhou em redor do quarto e pestanejou com força à medida que a realidade se impunha à sua volta, magoando-o sob vários aspectos e pesando-lhe no peito e nos membros.

Mitch Johnson estava morto.

Era terça-feira. Desde o funeral que não saía de casa nem atendia o telefone. Prometeu a si mesmo mudar as coisas nesse mesmo dia. Tinha de tratar de alguns assuntos: um trabalho que tinha de continuar, alguns problemas no local que precisavam da sua atenção. Olhando para o relógio, verificou que já passava das nove. Já lá devia estar há uma hora.

No entanto, em vez de se levantar, ficou simplesmente deitado de costas, incapaz de arranjar coragem para saltar da cama.

* * *

A meio da manhã de quarta-feira, Taylor sentou-se na cozinha, vestindo apenas um par de *jeans*. Tinha feito ovos mexidos e *bacon* e tinha ficado a olhar para o prato antes de, finalmente, atirar com a comida, em que nem tocara, pelo cano triturador abaixo. Já há dois dias que não comia nada. Não conseguia dormir, nem queria. Recusava-se a falar fosse com quem fosse; deixando que o atendedor de chamadas recebesse as mensagens. Ele não merecia aquelas coisas. Essas coisas podiam dar prazer, podiam fornecer um escape; eram para pessoas que as mereciam, não para ele. Estava esgotado. Tanto a mente como o corpo estavam a ser privados, gradualmente, das coisas de que precisavam para sobreviver; se ele quisesse, sabia que podia continuar este processo eternamente. Seria fácil, era uma espécie de fuga diferente. Taylor abanou a cabeça. Não, não podia ir tão longe. Nem tão-pouco era disso merecedor.

Ao contrário, obrigou-se a ingerir um naco de torrada. O estômago ainda resmungava, mas ele recusou-se a comer mais do que o estritamente necessário.

Era a sua forma de reconhecer a verdade sob o seu ponto de vista. Cada dor provocada pela fome lembrá-lo-ia da sua culpa, do desprezo por si mesmo. Por sua causa, o amigo tinha morrido.

Exactamente como o pai.

Na noite anterior, sentado no alpendre, tinha tentado ressuscitar Mitch, no entanto, estranhamente, o rosto dele já estava congelado no tempo. Podia recordar-se da fotografia, conseguia ver o rosto de Mitch, todavia, por nada da sua vida conseguia lembrar-se do aspecto de Mitch a rir ou a dizer piadas ou a bater-lhe nas costas. O seu amigo já o deixara. Em breve a sua imagem desapareceria para sempre.

Exactamente como com o pai.

Dentro de casa, Taylor não acendeu nenhuma luz. Estava muito escuro no alpendre e ele sentou-se na escuridão, sentindo as suas entranhas transformarem-se em pedra.

* * *

Na quinta-feira conseguiu ir ao trabalho; falou com os proprietários da casa que estava a restaurar e tomou uma dúzia de decisões. Felizmente os seus operários estavam presentes quando falou com os donos e sabiam o suficiente para continuarem o trabalho por si sós. Uma hora depois, Taylor não se recordava de uma única palavra da conversa.

* * *

Bem cedo, na manhã de sábado, acordado, mais uma vez, por pesadelos, Taylor obrigou-se a levantar-se. Enganchou o atrelado ao camião, em seguida carregou o cortador de relva no atrelado, em conjunto com o exterminador das ervas daninhas, o aparador e a tesoura. Dez minutos depois estacionava em frente à casa de Melissa. Ela veio cá fora justamente quando ele acabava de descarregar.

— Passei por aqui e vi que a relva estava muito crescida — afirmou ele sem a olhar nos olhos. Após um momento de um silêncio constrangedor perguntou-lhe:

— Como é que tu te estás a aguentar?

— Bem — respondeu ela sem manifestar emoção. Tinha os olhos raiados de vermelho. — E tu?

Taylor encolheu os ombros, tentando engolir o nó que se formara na garganta.

As oito horas seguintes passou-as lá fora, a trabalhar com perseverança, esforçando-se para que o jardim dela parecesse ter sido tratado por um profissional paisagista. Ao princípio da tarde, foi entregue um carregamento de agulhas de pinheiro que ele colocou cuidadosamente em redor das árvores, nos canteiros de flores e a todo o comprimento da casa. Enquanto trabalhava, elaborava mentalmente uma lista de outras coisas que precisavam ser feitas e, depois de carregar o equipamento no atrelado, pôs o cinto das ferramentas. Consertou algumas tábuas partidas da vedação, calafetou três janelas, arranjou um vidro que estava partido, mudou as lâmpadas fundidas dos globos dos candeeiros exteriores. Concentrando-se a seguir, na piscina, limpou o lixo da água e lavou o filtro.

Não entrou em casa para visitar Melissa senão quando já estava pronto para se ir embora, e, mesmo nessa altura, só ficou por breves instantes.

— Ainda há mais algumas coisas a fazer — informou ele à saída. — Passo por cá amanhã para tratar delas.

No dia seguinte trabalhou, sem descanso, até ao anoitecer.

* * *

Os pais de Melissa foram-se embora na semana seguinte e Taylor preencheu o vazio da sua ausência. Tal como havia feito com Denise ao longo dos meses de Verão, começou a passar por casa de Melissa quase todos os dias. Por duas vezes trouxera o jantar (da primeira vez, *pizza*, e da segunda, frango frito) e, se bem que ainda se sentisse vagamente desconfortável na presença de Melissa, experimentava uma sensação de responsabilidade em relação aos rapazes.

Precisavam da figura de um pai.

Havia tomado a decisão no princípio da semana, após mais uma noite de insónias. A ideia, contudo, tinha-lhe surgido, inicialmente, quando ainda se encontrava no hospital. Sabia que não podia ocupar o lugar de Mitch, nem era essa a sua intenção. Nem tão-pouco seria um empecilho na vida de Melissa, sob qualquer aspecto. Com o passar do tempo, se ela encontrasse alguém, ele podia retirar-se, tranquilamente, da cena familiar. Entretanto, estaria presente para todos eles, fazendo o que Mitch sempre fizera. Tratar do relvado. Jogar à bola e fazer viagens para pescar com os rapazes. Reparações insignificantes pela casa. Ou lá o que fosse.

Ele sabia o que era crescer sem um pai. Lembrava-se de desejar ter alguém, para além da mãe, com quem conversar. Lembrava-se de ficar deitado na cama, a ouvir os sons surdos dos soluços da mãe no quarto contíguo e de como tinha sido difícil falar com ela no ano subsequente à morte do pai. Fazendo uma retrospectiva, apercebia-se com toda a clareza de como a sua juventude fora sombria e apagada.

Em consideração a Mitch, ele não ia deixar que isso acontecesse com os rapazes.

Tinha a certeza que era o que Mitch teria querido que ele fizesse. Eram como irmãos, e os irmãos cuidavam uns dos outros. Para além de tudo o mais, era o padrinho. Era a sua obrigação.

Melissa parecia não se importar que ele tivesse começado a ir lá a casa com regularidade. Nem sequer lhe perguntara o motivo, o que significava que também ela entendia a importância da sua atitude. Os rapazes sempre tinham estado na primeira linha das suas preocupações, e, agora que Mitch desaparecera, Taylor tinha a certeza de que esses sentimentos haviam aumentado.

Os rapazes. Agora precisavam dele, disso não havia dúvidas.

Sob o seu ponto de vista, ele não tinha alternativa. Tomada a decisão, recomeçou a comer e, subitamente, os pesadelos acabaram. Sabia o que devia fazer.

* * *

No fim-de-semana seguinte, quando Taylor chegou para tratar do relvado, inspirou profundamente enquanto subia o caminho de acesso a casa de Mitch e de Melissa. Pestanejou fortemente para se certificar que os seus olhos não lhe estavam a pregar uma partida, mas quando voltou a olhar, verificou que a tabuleta ainda lá estava.

Uma tabuleta de uma imobiliária.

«Para Venda.»

A casa estava para venda.

Ficou sentado no seu camião, com o motor a trabalhar preguiçosamente, enquanto Melissa surgia de dentro de casa. Quando lhe acenou, Taylor desligou, por fim, a ignição e o motor parou. Ao dirigir-se a ela, podia ouvir os miúdos no pátio das traseiras, embora não os visse.

Melissa abraçou-o.

— Como vais, Taylor? — perguntou ela, procurando o seu rosto. Taylor recuou um passo, evitando o olhar dela.

— Acho que vou bem — retorquiu ele, distraído. Apontou com a cabeça na direcção da estrada.

— Para que é a placa?

— Não é evidente?

— Vais vender a casa?

— Espero bem que sim.

— Porquê?

Todo o corpo de Melissa pareceu fraquejar enquanto se voltava para encarar a casa.

— Já não consigo viver aqui... — acabou por responder num sussurro. — Demasiadas recordações.

Reprimiu as lágrimas e, sem nada dizer, contemplou a casa. Ficou, subitamente, com um ar tão cansado, tão derrotado, como se o fardo de continuar sem Mitch estivesse a exaurir-lhe a força para viver. Uma onda de medo insinuou-se dentro dele.

— Não te vais embora, pois não? — inquiriu ele sem acreditar.

— Vais continuar a viver em Edenton, não é verdade?

Após um longo momento, Melissa abanou a cabeça.

— Para onde é que vocês vão?

— Para Rocky Mount — respondeu ela.

— Mas porquê? — quis ele saber, a voz tensa. — Vives aqui há doze anos... tens cá amigos... Eu estou aqui... É a casa? — perguntou rapidamente, perscrutando. Não esperou pela resposta. — Se não consegues viver nesta casa, há-de haver qualquer coisa que eu possa fazer. Posso construir-te outra pelo preço de custo, onde quiseres.

Melissa virou-se, finalmente, e encarou-o.

— Não é a casa, isso não tem nada a ver com o assunto. A minha família vive em Rocky Mount e, neste momento, eu preciso dela. E os miúdos também. Todos os primos lá estão e o ano lectivo mal começou. Não vai ser difícil para eles adaptarem-se.

— Vais mudar-te já? — perguntou ele, debatendo-se ainda para perceber o significado desta notícia.

Melissa assentiu.

— Na próxima semana — informou ela. — Os meus pais têm uma antiga casa de aluguer que disseram que eu podia utilizar até vender esta. É mesmo ao cimo da rua onde eles moram. E se eu tiver de arranjar um emprego, eles podem tomar conta dos meus filhos.

— Eu podia fazer isso — sugeriu Taylor rapidamente. — Podia dar-te um emprego no escritório, a tratares das facturas e das encomendas se precisares de ganhar dinheiro, e podias fazê-lo aqui mesmo em casa. Podias tratar disso quando tivesses tempo.

Ela sorriu-lhe com tristeza. — Porquê? Também me queres salvar, Taylor?

Estas palavras fizeram-no sobressaltar. Melissa olhou para ele atentamente antes de continuar.

— É isso que estás a tentar fazer, não é? Ao vires cá durante a semana passada para cuidares do jardim, ao passares o tempo com os miúdos, a oferta da casa e do emprego... Agradeço o que estás a tentar fazer, mas não é isso que eu preciso neste momento. Preciso de tratar disto à minha maneira.

— Não estava a tentar salvar-te — protestou ele, esforçando-se por esconder a dor que sentia. — Sei o quão difícil é perder alguém e não queria que passasses por tudo sozinha.

Ela sacudiu a cabeça devagar.

— Oh, Taylor — o tom de voz quase maternal —, vem a dar no mesmo. — Hesitou, a sua expressão simultaneamente sabedora e triste. — É o que tens vindo a fazer ao longo de toda a tua vida. Pensas que alguém precisa de ajuda, e se puderes, dás exactamente o que esse alguém precisa. E agora, estás a orientar a tua mira sobre nós.

— Não estou nada! — negou ele.

Melissa não desistiu. Ao invés, pegou-lhe na mão.

— Estás sim — repetiu ela com calma. — Foi o que fizeste com Valerie quando o namorado a deixou, foi o que fizeste com Lori porque se sentia sozinha. Foi o que fizeste com Denise quando te apercebeste de quão dura a vida dela é. Pensa em todas as coisas que fizeste por ela, logo desde o princípio. — Fez uma pausa para Taylor interiorizar o que havia dito. — Sentes necessidade de tornar as coisas melhores, Taylor. Sempre assim foste. Podes não acreditar, mas tudo na tua vida vem provar o que eu disse, vezes sem conta... Até mesmo o teu tipo de trabalho. Como empreiteiro, consertas o que está partido. Como bombeiro, salvas pessoas. O Mitch nunca entendeu esta tua faceta, todavia, para mim ela era evidente. É assim que tu és.

Taylor ficou sem resposta. Ao invés, virou-se, meditando nas palavras dela. Melissa apertou-lhe a mão.

— Isso não é mau, Taylor. Mas não é o que eu preciso. E a prazo, também não vai ser o que precisas. Com o tempo, quando pensasses que eu estava salva, afastar-te-ias, em busca de outra pessoa a quem salvares. E eu, provavelmente, ficar-te-ia grata por tudo, excepto pelo facto de saber a verdade sobre o motivo que te levou a fazê-lo.

Calou-se, esperando que Taylor dissesse alguma coisa.

— Que verdade é essa? — perguntou ele irritado, por fim.

— Que mesmo embora me tivesses salvo, tu estavas a tentar salvar-te a ti mesmo pelo que aconteceu com o teu pai. E por muito que me esforce, nunca serei capaz de fazer isso por ti. É um conflito que tens de ser tu a resolver por ti próprio.

As palavras atingiram-no quase como uma violência física. Sentiu-se sufocar enquanto olhava para os pés, incapaz de sentir o corpo, a mente num turbilhão de pensamentos. Recordações ao acaso passaram-lhe pela cabeça numa sucessão estonteante: o rosto zangado de Mitch no bar; os olhos de Denise rasos de lágrimas; as labaredas no armazém, lambendo-lhe os braços e as pernas; o pai a virar-se à luz do sol enquanto a mãe lhe tirava o retrato...

Melissa observou a enorme quantidade de emoções que perpassaram pelo rosto de Taylor e puxou-o para si. Pôs-lhe os braços em volta do pescoço e deu-lhe um abraço forte.

— Tens sido como um irmão para mim, e aprecio o teu gesto de quereres apoiar os meus filhos. E, se também gostas de mim, sabes que não te disse estas coisas para te magoar. Sei que me queres ajudar, mas não preciso que o faças. Do que eu preciso é que encontres um meio de te salvares a ti próprio, exactamente do mesmo modo que tentaste salvar o Mitch.

Ele sentia-se demasiado entorpecido para responder. Sob a luz do sol daquela manhã, ficaram ao pé um do outro, abraçados.

— Como? — rezingou ele por fim.

— Tu sabes — murmurou ela com as mãos nas costas dele. — Tu já sabes.

* * *

Deixou a casa de Melissa completamente atordoado. Era tudo quanto podia fazer para se manter atento à estrada, sem saber para onde queria ir, os pensamentos desconexos. Tinha a sensação que a energia que lhe restava para seguir em frente lhe tinha sido retirada, deixando-o nu e perdido.

A sua vida, tal como ele a concebera, tinha acabado e não fazia a mínima ideia do que fazer. Por muito que desejasse negar aquilo que Melissa lhe dissera, não podia. Por outro lado, e simultaneamente, também não acreditava nisso. Pelo menos, não na totalidade. Ou acreditava?

Raciocinar com todas estas *nuances* esgotava-o. Tentara, ao longo da vida, olhar para as coisas de uma forma concreta e clara, não de uma forma ambígua e cheia de significados misteriosos. Ele não procurava motivações secretas, nem nele nem nos outros, pois nunca acreditara que fossem importantes.

A morte do pai fora algo concreto, uma coisa horrível, mas no entanto real. Não conseguia entender por que razão o pai morrera, e durante algum tempo falara com Deus sobre as coisas por que estava a passar, querendo uma explicação para elas. Contudo, com o tempo, desistiu. Falar sobre o assunto, compreendê-lo... mesmo que as respostas acabassem por surgir, não faziam diferença. Não trariam o seu pai de volta.

Mas agora, nestes tempos difíceis, as palavras de Melissa faziam-no questionar o significado de tudo o que ele pensava ser claro e simples.

Teria, de facto, a morte do pai influenciado toda a sua vida? Estariam Melissa e Denise certas na sua avaliação sobre a sua pessoa?

Não, decidiu ele. Não tinham razão. Nenhuma delas sabia o que acontecera na noite em que o pai morrera. Ninguém, para além da mãe, sabia a verdade.

Taylor, conduzindo automaticamente, não prestava atenção ao rumo que seguia. Curvava aqui e ali, abrandava nos cruzamentos, parava quando devia parar, obedecia a todas as regras sem consciência de que o fazia. Os seus pensamentos saltitavam para a frente e para trás ao ritmo das mudanças de velocidade do seu camião. As últimas palavras de Melissa assombravam-no.

Tu já sabes...

Sabia o quê? Queria perguntar. *Neste momento não sei nada. Não sei do que estás a falar. Só quero ajudar os miúdos, como quando eu era criança. Sei do que eles precisam. Posso ajudá-los. Também te posso ajudar a ti, Melissa. Tenho tudo planeado...*

Também estás a tentar salvar-me?

Não, não estou. Só quero ajudar.

Vem a dar no mesmo.

A sério?

Taylor recusou-se a seguir a linha de pensamento até à sua solução final. Ao invés, e vendo a estrada pela primeira vez, apercebeu-se do local onde se encontrava. Parou o camião e iniciou o curto percurso que o levava ao seu destino.

Judy estava à espera dele junto à campa do pai.

* * *

— O que é que está aqui a fazer, mãe? — inquiriu ele.

Judy não se voltou ao ouvir a voz dele. Ao contrário, de joelhos no chão, arrancava as ervas daninhas em redor da pedra, tal como Taylor fazia sempre que ali ia.

— A Melissa telefonou-me e avisou-me de que tu virias — retorquiu ela calmamente, escutando os passos dele mesmo atrás dela. Pela voz, ele reconheceu que ela tinha estado a chorar. — Disse-me que eu deveria estar cá.

Taylor acocorou-se a seu lado. — O que é que se passa, mãe?

O rosto dela estava vermelho. Tocou com a mão no face, ficando nela uma folha de erva partida.

— Desculpa — começou ela. — Não fui uma boa mãe...

Então, a sua voz pareceu morrer na garganta, deixando Taylor demasiado surpreendido para conseguir responder. Com um gesto sensível, ele retirou a folha de erva da face dela quando, por fim, ela se virou para o olhar.

— A mãe foi uma grande mãe — afirmou ele convicto.

— Não — sussurrou ela —, não fui. Se tivesse sido, não virias aqui tantas vezes quantas vens.

— Mãe, de que é que está a falar?

— Tu sabes — ripostou ela, inspirando fundo antes de continuar. — Quando tens problemas e te acontecem azares na vida, não recorres a mim, não recorres aos teus amigos. Vens aqui. Qualquer que seja a circunstância ou o problema, acabas por decidir que os resolves melhor sozinho, tal como estás a fazer agora.

Ela fixou-o quase como se olhasse para um estranho.

— Não consegues perceber por que razão isso me magoa tanto? Não posso deixar de pensar o quão triste deve ser para ti viveres a vida sem pessoas; pessoas que te podiam ajudar ou, pura e simplesmente, ouvir-te quando precisas. E tudo isso por minha causa.
— Não...
Ela não o deixou terminar a frase, recusando-se a ouvir os seus protestos. Dirigindo o olhar para a linha do horizonte, parecia perdida no passado.
— Quando o teu pai morreu, fiquei tão enquistada na minha tristeza que ignorei como devia ser difícil para ti. Tentei ser tudo para ti, mas por isso mesmo, não tive tempo para mim. Não te ensinei o quão maravilhoso é amar alguém e receber o seu amor.
— Claro que sim — afirmou ele.
Ela olhou-o com um olhar de profunda mágoa.
— Então por que é que estás sozinho?
— Não tem que se preocupar comigo, está bem? — murmurou, quase para si próprio.
— Claro que tenho. — A sua voz era fraca. — Sou a tua mãe.
Judy mudou de posição, deixou de estar de joelhos e sentou-se no chão. Taylor fez o mesmo e pegou-lhe na mão. Ela aceitou a dele de boa vontade e ficaram em silêncio, uma brisa ligeira agitava as copas das árvores à sua volta.
— O teu pai e eu tínhamos uma relação maravilhosa — sussurrou ela finalmente.
— Eu sei...
— Não, deixa-me acabar, está bem? Posso não ter sido a mãe que precisavas na altura, mas vou esforçar-me a partir de agora. — Ela apertou-lhe a mão. — O teu pai fez-me feliz, Taylor. Era a melhor pessoa que eu conheci. Lembro-me da primeira vez que falou comigo. Ia a caminho de casa e parei para comprar um gelado. Ele entrou na loja logo atrás de mim. Naturalmente, sabia quem ele era; Edenton era ainda mais pequena do que hoje em dia. Eu andava no terceiro ano, e depois de comprar o gelado, fui de encontro a uma pessoa e o gelado caiu no chão. Era a minha última moeda de cinco centavos, e fiquei tão transtornada que o teu pai me comprou outro. Acho que me apaixonei por ele nesse momento. Bom... à medida que o tempo ia passando, nunca o tirei do meu

pensamento. Quando frequentei o liceu, namorávamos os dois e, depois de casarmos, nem uma única vez lamentei o facto de ter casado com ele.

Ela fez uma pausa e Taylor largou-lhe a mão e pôs-lhe o braço em redor dos ombros.

— Eu sei que amava o pai — declarou ele com dificuldade.

— Não é essa a questão. A questão é que ainda hoje não o lamento.

Ele olhou para ela sem compreender. Judy apanhou-lhe o olhar e os seus olhos ficaram subitamente ameaçadores.

— Mesmo que soubesse o que acabaria por acontecer ao teu pai, teria casado com ele. Mesmo que soubesse que ficaríamos juntos apenas onze anos, eu não os trocaria por nada. Consegues entender isso? Sim, teria sido maravilhoso envelhecermos juntos, mas isso não quer dizer que eu lamente o tempo que vivemos juntos. Amar alguém e receber em troca o seu amor é a coisa mais preciosa do mundo. Foi o que tornou possível que eu seguisse em frente, todavia parece que tu não compreendes isso. Mesmo quando o amor está ali, à tua frente, tu preferes abrir mão dele. Estás sozinho porque queres.

Taylor esfregou os dedos uns nos outros, a sua mente ficando entorpecida de novo.

— Sei — continuou Judy, a voz cansada — que te sentes responsável pela morte do teu pai. Toda a minha vida me esforcei para que percebesses que não devias, que foi um acidente horrível. Não passavas de uma criança. Não sabias o que ia acontecer, tal como eu não sabia também; no entanto, independentemente das variadíssimas formas com que tentei transmitir-te isso, continuaste a acreditar que a culpa era tua. E por causa disso, fechaste-te para o mundo. Não sei por que motivo... talvez penses que não mereces ser feliz, talvez tenhas medo de que, finalmente, se te permitires gostar de alguém, estejas a admitir que não tiveste qualquer responsabilidade... talvez tenhas medo de abandonar a tua família. Não sei o que é, mas tudo isso é errado. Não consigo pensar noutra forma de te dizer isto.

Taylor não respondeu e Judy suspirou quando percebeu que ele não o ia fazer.

— Este Verão, quando te vi com o Kyle, sabes o que pensei? Pensei no quanto te parecias com o teu pai. Ele sempre teve jeito para as crianças, tal como tu. Lembro-me de como costumavas andar atrás dele, para onde quer que ele fosse. Só a maneira como tu costumavas olhar para ele me fazia sorrir. Era uma expressão de admiração e de adoração a um herói. Tinha-me esquecido dela até ver a expressão do Kyle quando estavas com ele. Ele olhava para ti exactamente da mesma maneira. Aposto que tens saudades dele.

Taylor assentiu, relutante.

— É porque tentavas dar-lhe o que pensavas teres perdido enquanto cresceste, ou porque gostas dele?

Taylor ponderou a questão antes de responder.

— Eu gosto dele. É um miúdo fantástico.

Judy olhou-o nos olhos. — Também sentes saudades da Denise?

Sim, sinto...

Taylor mexeu-se, desconfortável. — Isso já acabou, mãe — declarou ele.

Ela hesitou. — Tens a certeza?

Taylor anuiu e Judy inclinou-se para ele e pousou a cabeça no seu ombro.

— É uma pena, Taylor — murmurou ela. — Ela era perfeita para ti.

Nos minutos seguintes ficaram em silêncio, sentados um ao lado do outro, até um aguaceiro de Outono começar a cair, obrigando-os a irem para o parque de estacionamento. Taylor abriu a porta à mãe e Judy sentou-se ao volante. Depois de fechar a porta, ele espalmou as mãos de encontro ao vidro, sentindo as gotas frias nas pontas dos dedos. Judy sorriu, com tristeza, para o filho e depois arrancou deixando-o em pé à chuva.

* * *

Havia perdido tudo.

Soube-o no momento em que saíra do cemitério e iniciou a curta viagem de regresso a casa. Passou por uma série de casas vitorianas que tinham um aspecto sombrio à luz suave e nebulosa do sol, atravessou as poças de água no meio da estrada, os limpa-

-pára-brisas varrendo o vidro de um lado para o outro com uma regularidade rítmica. Continuou através da baixa e deixou para trás os marcos divisórios comerciais que conhecia desde a infância, os seus pensamentos teimosamente dirigidos para Denise.

Ela era perfeita para ti.

Por fim, admitiu para si mesmo que, apesar da morte de Mitch, apesar de tudo, não tinha conseguido deixar de pensar nela. Como uma aparição, a sua imagem tinha-lhe vindo à mente vezes sem conta, mas ele afugentava-a com uma determinação obstinada. Agora, contudo, era impossível. Com uma lucidez alarmante, visualizava a sua expressão quando lhe havia consertado as portas dos armários, ouvia o eco do seu riso pelo alpendre, podia cheirar o aroma do champô do seu cabelo. Ela estava ali com ele... e, no entanto, não estava. Nem nunca mais estaria. Esta percepção fê-lo sentir-se mais vazio do alguma vez se sentira.

Denise...

À medida que conduzia, as explicações que concebera para si, e para ela, pareceram-lhe, subitamente, vãs. O que é que se passava com ele? Sim, ele tinha-se afastado. Apesar dos desmentidos, Denise estava certa acerca disso. Por que motivo, perguntava-se ele, o fizera? Teria sido pelas razões que a sua mãe apresentara?

Não te ensinei o quão maravilhoso é amar alguém e receber em troca o seu amor...

Taylor abanou a cabeça, de repente sem certezas sobre as decisões que tinha tomado pela vida fora. A mãe teria razão? Se o pai não tivesse morrido, teria ele agido da mesma maneira ao longo dos anos? Pensando em Valerie e em Lori... ter-se-ia casado com elas? Talvez, pensou ele inseguro, mas provavelmente não. Havia outras coisa que não estavam bem naquelas relações e ele não era capaz de afirmar, com toda a honestidade, que alguma vez tivesse amado alguma delas.

Mas Denise?

Sentiu um nó na garganta quando recordou a primeira noite em que fizeram amor. Por muito que tentasse negá-lo, sabia agora que se tinha apaixonado por ela, por tudo nela. Por que motivo, então, não lho dissera ele? E mais importante, por que motivo ignorara, energicamente, os seus próprios sentimentos e a afastara de si?

Estás sozinho porque queres...
Seria assim? Desejava ele enfrentar o futuro sozinho? Sem Mitch, e em breve sem Melissa, quem mais tinha ele? A mãe e... e... A lista extinguia-se. Depois dela não havia mais ninguém. Era isso o que ele queria de verdade? Uma casa vazia, um mundo sem amigos, um mundo sem ninguém que se interessasse por ele? Um mundo onde evitava o amor a todo o custo?

No camião, a chuva espirrava contra o pára-brisas como se arrastasse estes pensamentos para casa e, pela primeira vez na vida, percebeu que estava, e tinha estado, a mentir a si mesmo.

Neste seu aturdimento, fragmentos de outras conversas começaram a repetir-se na sua cabeça.

Mitch a avisá-lo: *Não lixes tudo desta vez...*

Melissa a provocá-lo: *Então, vais casar com esta rapariga maravilhosa ou quê?*

Denise, em toda a sua beleza luminosa: *Todos nós precisamos de companhia...*

Qual fora a sua resposta?

Não preciso de ninguém...

Era mentira. Toda a sua vida tinha sido uma mentira, e as suas mentiras tinham-no conduzido a uma realidade que era, de repente, impossível sondar. Mitch desaparecera, Melissa desaparecera, Denise desaparecera, Kyle desaparecera... Tinha-os perdido a todos. As suas mentiras tinham-se tornado a sua realidade.

Todos desapareceram.

Este reconhecimento fez Taylor segurar o volante com mais força, debatendo-se para se controlar. Encostou o camião à berma e pôs o manípulo das mudanças em ponto morto, o sentido da visão toldando-se.

Estou sozinho...

Agarrou-se ao volante, enquanto a chuva caía à sua volta, perguntando-se, como diabo, tinha deixado que tudo isto acontecesse.

CAPÍTULO 27

Denise entrou pelo caminho de acesso a casa, cansada do trabalho. A chuva que caíra continuamente tinha feito abrandar o movimento do restaurante durante toda a noite. Houvera apenas o número de clientes suficiente para a manter ocupada, todavia, não fizera muito dinheiro em gorjetas. Uma noite mais ou menos perdida, no entanto, havia um lado bom, tinha tido a possibilidade de sair um bocadinho mais cedo e Kyle nem se mexera quando ela o transportou para o carro. Nos últimos meses tinha-se habituado a enroscar-se no seu regaço na viagem de regresso a casa, contudo, agora que adquirira o seu próprio automóvel (viva!), sentava-o no banco de trás com o cinto apertado. Na noite anterior ele tinha-se exasperado tanto que não conseguira adormecer de novo nas duas horas seguintes.

Denise abafou um bocejo quando curvou para o acesso de gravilha, aliviada pela certeza de que em breve estaria deitada. A gravilha estava molhada das chuvadas que antes haviam caído e ela conseguia ouvir os seus pequenos zunidos à medida que as rodas a levantavam no ar e a atiravam para longe. Mais uns minutos, uma boa chávena de cacau e estaria debaixo dos cobertores. Este pensamento era quase embriagador.

A noite estava escura e sem luar, as nuvens negras não permitiam que se visse a luz das estrelas. Havia-se instalado um nevoeiro leve e Denise subiu o caminho devagar, utilizando o candeeiro do alpendre como ponto de referência. À medida que se aproximava de casa e as coisas iam tomando forma, quase travou a fundo ao avistar o camião de Taylor estacionado à sua frente.

Relanceando o olhar para a porta da frente, viu-o sentado nos degraus à sua espera.

Apesar da fadiga, a mente aguçou-lhe a atenção. Uma dezena de hipóteses atravessou-lhe a cabeça enquanto estacionava e desligava o motor.

Taylor acercou-se do carro quando ela saiu, tendo o cuidado de não bater com a porta. Ia perguntar-lhe o que pretendia ele, mas as palavras morreram-lhe nos lábios.

Ele tinha um aspecto horrível.

Tinha os olhos raiados de vermelho, o rosto pálido e abatido. Enfiou as mãos nos bolsos e parecia não ser capaz de a encarar. Gelada, ela tentava encontrar algo para dizer.

— Vejo que já tens carro — comentou Taylor.

O som da sua voz despoletou nela uma torrente de emoções: amor e alegria, mágoa e raiva, a solidão e o desespero silenciosos das últimas semanas.

Ela não se sentia capaz de passar pelo mesmo outra vez.

— O que é que estás aqui a fazer, Taylor?

A voz dela apresentava um tom mais amargo do que ele esperara. Taylor respirou fundo.

— Vim para te dizer que estou muito arrependido — começou ele hesitante. — Nunca quis magoar-te.

Tempos atrás, ela teria gostado de ouvir aquelas palavras, todavia, estranhamente, agora eram ocas de sentido. Olhou por cima do ombro para o carro, observando o filho adormecido no banco traseiro.

— Já é muito tarde para isso — afirmou ela.

Ele ergueu um pouco a cabeça. À luz do candeeiro do alpendre, ele parecia muito mais velho do que ela se lembrava, quase como se se tivessem passado alguns anos desde a última vez que o vira. Ele esboçou um sorriso desmaiado, depois baixou os olhos mais uma vez, antes de tirar as mãos dos bolsos. Deu um passo inseguro na direcção do camião.

Tivesse isto acontecido num outro dia, com outra pessoa, ele teria seguido em frente, dizendo para si mesmo que havia tentado. Ao invés, foi compelido a parar.

— A Melissa vai-se embora para Rocky Mount — declarou ele na escuridão da noite, de costas voltadas para ela.

Denise, com ar ausente, passou a mão pelos cabelos. — Bem sei, ela disse-mo há uns dias. É por isso que estás aqui?

Taylor abanou a cabeça. — Não. Estou aqui porque queria falar do Mitch — murmurou ele por cima do ombro; Denise mal o conseguia ouvir. — Tinha esperança que me quisesses escutar pois não tenho mais ninguém com quem desabafar.

A vulnerabilidade dele emocionou-a e surpreendeu-a, e por um instante fugidio, ela quase se colocou a seu lado. No entanto, ela não podia esquecer o que ele fizera a Kyle... ou a ela, advertiu-se a si mesma.

Não posso passar por isto outra vez.
Mas também lhe disse que estaria à sua disposição se quisesse desabafar.
— Taylor... é tão tarde... talvez amanhã? — sugeriu ela suavemente.

Taylor assentiu, como se estivesse à espera de ouvir o que ela acabara de dizer. Ela pensou que ele se iria embora, contudo não se mexeu do lugar de onde estava.

À distância, Denise escutou o vago ruído surdo e prolongado de um trovão. A temperatura ia descendo mas a humidade do ar fazia parecer a noite ainda mais fria do que realmente estava. Um halo indistinto formou-se em redor da luz do alpendre, brilhando como pequenos diamantes, enquanto Taylor se voltava para ela de novo.

— Também te queria falar do meu pai — acrescentou ele lentamente. — Chegou a altura de tu saberes, finalmente, a verdade.

Pela expressão tensa que apresentava, ela tomou consciência do quão difícil tinha sido para ele pronunciar semelhantes palavras. Parecia à beira das lágrimas, em frente dela; desta feita era a sua vez de afastar o olhar.

Veio-lhe à memória o dia da feira em que ele se oferecera para a levar a casa. Tinha ido contra os seus instintos e acabara por receber uma dolorosa lição.

Mas, mais uma vez se encontrava numa encruzilhada, e mais uma vez hesitava. Ela suspirou.

Não é a altura certa, Taylor. É tarde e o Kyle já está a dormir. Estou estafada e acho que ainda não estou preparada para isso.

Era isto que ela se imaginava a responder.
As palavras que pronunciou, contudo, foram diferentes.
— Está bem — concordou ela.

* * *

Do lugar do sofá onde estava sentado, ele não olhava para ela. Com a sala iluminada por um único candeeiro, o seu rosto permanecia escondido por sombras escuras.

— Eu tinha nove anos — começou ele — e durante duas semanas estivemos praticamente enterrados em calor. A temperatura tinha subido quase aos quarenta graus centígrados, se bem que fosse apenas o princípio do Verão. Tinha sido uma das primaveras mais secas de que havia notícia; nem uma só gota de chuva em dois meses e estava tudo invulgarmente seco. Lembro-me de ouvir os meus pais falarem sobre a estiagem e de como os agricultores se começavam a preocupar com as colheitas, dado que o Verão apenas chegara. Estava tanto calor que as horas pareciam não avançar. Eu ficava, o dia todo, à espera que o Sol se pusesse para que o ar refrescasse, mas nem isso ajudava. A nossa casa era antiga não tinha ar condicionado nem estava muito bem isolada, e só o estar deitado me fazia transpirar. Recordo-me de que os lençóis ficavam ensopados; era impossível conseguir dormir. Mexia-me de um lado para o outro a tentar ficar mais confortável, mas não conseguia. Remexia-me na cama e suava como um doido.

Enquanto falava, fixava a mesa de café, os olhos distraídos, a voz abafada. Denise observava como uma das suas mãos se fechava e abria constantemente. Abrindo-se e fechando-se, como uma porta, às suas recordações, imagens a esmo esgueirando-se pelas fendas.

— Naquela época havia uma colecção de soldadinhos de plástico que eu vira no catálogo da *Sears*. Trazia tanques, jipes, tendas e barricadas; tudo o que um miúdo precisava para fazer a sua guerrazinha, e não me lembro de querer tanto uma coisa, em toda a minha vida, como aquilo. Costumava deixar o catálogo aberto naquela página para a minha mãe não se esquecer e, quando, por fim, recebi a colecção no dia do meu aniversário, acho que nunca fiquei tão entusiasmado com uma prenda. No entanto, o meu quarto era muito pequeno (tinha sido um quarto de costura antes de eu nascer) e não tinha o espaço suficiente para montar as peças todas conforme desejava, assim, levei a colecção toda para o sótão. Quando não conseguia dormir, era para onde eu ia.

Ergueu, finalmente, os olhos, deixando escapar um suspiro desolado, algo amargo e há muito reprimido. Abanou a cabeça como se ainda não acreditasse no que acontecera. Denise conhecia-o o suficiente para não o interromper.

— Já era tarde. Era mais de meia-noite quando passei sorrateiramente pela porta do quarto dos meus pais em direcção à escada ao fundo do vestíbulo. Eu não fazia barulho nenhum; sabia onde podia encontrar cada rangido do soalho e evitava-os deliberadamente para os meus pais não saberem que estava a pé. E nunca souberam.

Levou as mãos ao rosto e dobrou-se para a frente, escondendo-o, depois baixou-as de novo. A sua voz ganhou fôlego.

— Não sei há quanto tempo lá estava em cima, nessa noite. Conseguia brincar com aqueles soldadinhos horas a fio até perder a noção do tempo. Punha-os em posição e fazia guerras imaginárias. Eu era sempre o Sargento Mason (os soldados tinham os nomes gravados por baixo da base) e quando via aquele que tinha o nome do meu pai, já sabia que tinha de ser ele o herói. Ele ganhava sempre, quaisquer que fossem as vantagens dos adversários. Lançava-o contra dez homens e um tanque e ele fazia sempre as manobras certas. No meu pensamento, ele era indestrutível; perdia-me no mundo do Sargento Mason, independentemente do que se estivesse a passar. Deixava passar a hora do jantar ou esquecia-me das minhas tarefas... Era superior a mim. Mesmo nessa noite, quente como estava, não pensava noutra coisa a não ser nos malditos soldadinhos. Acho que foi por isso que não senti o cheiro do fumo.

Fez uma pausa, fechando, por fim, o punho. Denise sentiu os músculos da nuca retesarem-se-lhe à medida que ele continuava.

— Não fui capaz de sentir o cheiro. Ainda hoje, não consigo explicar porquê, parece-me impossível que o tenha deixado escapar, mas deixei. Não me apercebi de que algo se estivesse a passar, excepto quando ouvi os meus pais a saírem do quarto em polvorosa, fazendo uma tremenda balbúrdia. Gritavam e chamavam por mim e lembro-me de ter pensado que tinham descoberto que eu não estava onde devia. Continuava a ouvi-los, chamaram-me vezes sem conta, mas eu temia responder.

Os seus olhos pediam compreensão.

— Não queria que me encontrassem lá em cima; tinham-me avisado mais de cem vezes que depois de estar na cama era lá que eu devia ficar. Se me encontrassem, calculei que me metesse em sarilhos. Tinha um jogo de basebol nesse fim-de-semana, e de certeza que eles me castigariam e não me deixariam ir. Assim, em vez de sair quando eles me chamaram, arquitectei um plano: esperar até terem descido as escadas e, depois, esgueirar-me para a casa de banho e fingir que ali tinha estado o tempo todo. Parece uma idiotice, bem sei, mas na altura fazia sentido. Apaguei a luz e escondi-me atrás de umas caixas até poder sair. Ouvi o meu pai abrir a porta do sótão gritando por mim, mas continuei quietinho até ele se ir embora. O barulho dos movimentos rápidos deles lá fora acabou por se extinguir e foi então que me dirigi para a porta. Ainda não fazia a mínima ideia do que estava a acontecer e, quando abri a porta, fiquei atordoado com um sopro de calor e fumo. As paredes e o tecto estavam em chamas, mas tudo parecia tão irreal; a princípio não me apercebi da gravidade da situação. Se tivesse desatado a correr naquele momento, provavelmente teria conseguido sair, mas não o fiz. Fiquei a olhar para o fogo, pensando quão estranho aquilo era. Nem sequer tive medo.

Taylor retesou-se, curvando-se sobre a mesa quase numa posição de defesa, a sua voz agudizou-se.

— Todavia, tudo se transformou de repente. Antes que desse por isso, tudo havia sido, de imediato, apanhado pelo fogo e a saída ficara obstruída. Foi então que percebi que algo de horrível estava a acontecer. O tempo tinha estado tão seco que a casa ardia como palha. Recordo-me de pensar que o fogo parecia tão... vivo. As chamas pareciam saber exactamente onde eu me encontrava e uma rajada de ladaredas lançou-se sobre mim, atirando-me ao chão. Comecei a gritar pelo meu pai. Mas ele já se tinha ido embora e eu sabia-o. Em pânico arrastei-me até à janela. Quando a abri, vi os meus pais no relvado da frente. A minha mãe trazia uma camisa de noite comprida e o meu pai estava de calções e corriam, ambos, de um lado para o outro, completamente aterrorizados, a gritar e a chamar por mim. Por uns instantes não consegui abrir a boca, porém a minha mãe parecia ter um sexto sentido que lhe dizia onde eu me encontrava e olhou para cima, para mim. Ainda consigo ver os olhos dela quando se apercebeu de que eu ainda estava dentro de casa. Ficaram absolutamente desvairados e ela levou uma mão à boca e pôs-se a olhar ao mesmo tempo que gritava. O meu pai deixou o que estava a fazer (encontrava-se perto da vedação) e viu-me também. Foi então que comecei a chorar.

Sentado no sofá, uma lágrima escorregou-lhe pelo canto dos olhos imóveis, se bem que parecia não reparar nisso. Denise sentiu um nó no estômago.

— O meu pai... o meu pai, forte e enorme, correu através do relvado num ápice. Nessa altura grande parte da casa estava a arder e eu ouvia as coisas estalarem e explodirem lá em baixo. O fogo estendia-se em direcção ao sótão e o fumo começou a ficar deveras espesso. A minha mãe gritava pedindo ao meu pai que fizesse alguma coisa e ele correu mesmo para debaixo da janela. Lembro-me de ele gritar: *«Salta, Taylor! Eu agarro-te! Eu agarro-te, juro!»* Contudo, em vez de saltar, comecei a chorar ainda mais. A janela estava a pelo menos seis metros de altura e parecia-me tão alta que eu tinha a certeza de que morreria se tentasse saltar. *«Salta, Taylor! Eu apanho-te!»* Ele não parava de repetir: *«Salta! Vá lá!»* A minha mãe gritava cada vez mais alto e eu continuava a chorar até, finalmente, berrar que não era capaz, que tinha medo.

Taylor engoliu em seco.

— Quanto mais o meu pai me mandava saltar, tanto mais paralisado eu ficava. Podia sentir o pânico na voz dele e a minha mãe estava a ir-se abaixo e eu continuava a gritar que não era capaz de saltar, que tinha medo. E tinha, mesmo sabendo, agora, que ele teria conseguido agarrar-me.

Um músculo no queixo contorcia-se repetidamente, os olhos baços, opacos. Bateu com o punho na perna.

— Ainda consigo ver o rosto do meu pai quando percebeu que eu não ia saltar; ambos chegámos a essa conclusão no mesmo instante. Tinha o horror estampado na cara, mas não por ele. Parou de gritar e baixou os braços e recordo-me de que os seus olhos nunca desfitaram os meus. Foi como se o tempo parasse nesse preciso momento; éramos só nós dois. Já não ouvia a minha mãe, já não sentia o calor, já não sentia o cheiro. Tudo o que eu conseguia era pensar no meu pai. Então ele assentiu de forma quase despercebida e ambos soubemos o que ele ia fazer. Por fim, voltou-se e correu para a porta da frente. Fê-lo com tanta rapidez que a minha mãe não teve qualquer hipótese de o impedir. Nessa altura já a casa toda estava a arder. O fogo encurralava-me e eu deixei-me ficar em pé à janela, demasiado em choque até para continuar a gritar.

Taylor tapou os olhos com as palmas das mãos e fez força. Quando as baixou para o colo, recostou-se no canto mais afastado do sofá, como que sem vontade de acabar a história. Com um grande esforço, prosseguiu.

— Deve ter sido em menos de um minuto que chegou ao pé de mim, mas pareceu uma eternidade. Mesmo com a cabeça fora da janela, eu já mal conseguia respirar. Havia fumo por todo o lado. O incêndio era ensurdecedor. As pessoas pensam que eles são silenciosos, mas não são. Parecem diabos agonizantes a gritar quando tudo está a ser consumido pelas chamas. Apesar disso, consegui ouvir a voz do meu pai dentro de casa, gritando-me que estava quase a chegar.

Neste instante a voz de Taylor extinguiu-se e virou a cabeça para esconder as lágrimas que lhe começaram a correr pelo rosto.

— Recordo-me de me voltar e de o ver correr para mim. Todo ele ardia. A pele, os braços, o rosto, o cabelo... tudo. Apenas uma bola de fogo humana correndo para mim, a ser devorada, irrompendo pelas chamas. No entanto, ele não gritava. Encurralou-me, empurrando-me para a janela e disse: «Vai, filho.» Obrigou-me a sair pela janela, segurando-me por um pulso. Quando todo o peso do meu corpo balançava, ele finalmente largou-me. Aterrei com tanta força que parti um tornozelo; ouvi o estalido ao cair de costas, olhando para cima. Foi como se Deus quisesse que eu visse o que tinha feito. Vi o meu pai retirar o braço em chamas para dentro...

Nesta altura Taylor calou-se, sem conseguir continuar. Denise, gelada, estava sentada na cadeira, com lágrimas nos olhos e uma sensação de aperto na garganta. No momento em que ele voltou a falar, a sua voz era praticamente inaudível e tremia como se o esforço dos soluços do choque do passado estivesse a despedaçar-lhe o corpo.

— Ele nunca mais saiu. Lembro-me da minha mãe a arrastar-me para longe da casa, ainda aos gritos e, nessa altura, também eu comecei a gritar.

Fechou os olhos com força, ergueu o queixo para o tecto.

— Pai... não... — bradou ele rouco.

O som da sua voz ecoou pela sala.

— Foge, pai!

No momento em que Taylor parecia soçobrar, Denise correu, instintivamente, para o seu lado e rodeou-o com os braços enquanto ele se baloiçava para a frente e para trás com exclamações de desalento quase incoerentes.

— Oh, Deus, por favor... deixa-me voltar ao princípio... por favor... eu salto... por favor, Deus... desta vez, salto... por favor deixa-o sair...

Denise abraçou-o com toda a sua força, as suas próprias lágrimas rolando inopinadas pelo pescoço dele abaixo, enquanto comprimia o seu rosto no dele. Uns instantes depois, ouvia apenas o bater do coração dele, o ranger do sofá à medida que ele se baloiçava numa cadência ritmada e as palavras que ia repetindo vezes sem conta...

— Não queria matá-lo...

CAPÍTULO 28

Denise ficou abraçada a Taylor até ele, por fim, se calar, esgotado e exausto. Em seguida libertou-o do abraço e foi à cozinha, regressando uns breves instantes depois com uma lata de cerveja, uma coisa que ela havia feito questão de adquirir quando comprou o carro.

Não sabia o que fazer, nem fazia a mínima ideia do que dizer. Tinha ouvido contar coisas horríveis ao longo da vida, mas nada que se comparasse a isto. Taylor olhou-a quando ela lhe entregou a cerveja; com uma expressão quase apática, ele abriu a lata e sorveu um golo, em seguida pô-la no colo com ambas as mãos em seu redor.

Ela acercou-se, pousando-lhe uma mão na perna e ele notou o gesto.— Estás bem? — perguntou ela.

— Não — retorquiu ele com sinceridade. — Mas talvez nunca tenha estado.

Ela apertou-lhe a mão.

— Talvez não — concordou ela.

Ele esboçou um sorriso pálido. Ficaram sentados em silêncio durante uns momentos antes de ela voltar a falar.

— Porquê esta noite, Taylor?

Ela podia ter tentado falar-lhe do sentimento de culpa que ele sentia, sabia porém, intuitivamente, que não era a altura oportuna. Nenhum deles estava preparado para enfrentar tais fantasmas demoníacos.

Com um ar ausente, ele fazia rodar a lata nas mãos.

— Não deixei de pensar em Mitch desde que ele morreu e com a Melissa em maré de mudança... Não sei... Comecei a sentir que isto me estava a comer vivo.

E estava, Taylor.

— Então, porquê eu? Por que não outra pessoa qualquer?

Ele não respondeu de imediato, mas olhou-a de relance, os seus olhos azuis não manifestando mais que pesar.

— Porque — afirmou ele com uma sinceridade inequívoca — gosto de ti como jamais gostei de alguém.

Ao escutar estas palavras, ficou com a respiração presa na garganta. Quando ela não disse nada, Taylor retirou a mão, como já antes havia feito na feira.

— Tens todo o direito de não acreditar em mim — admitiu ele — Provavelmente eu também faria o mesmo, dada a forma como agi. Peço-te desculpa por isso, por tudo. — Fez uma pausa. Com a unha do polegar, removeu a orelha da lata que tinha nas mãos. — Quem me dera poder explicar por que fiz as coisas que fiz, mas, para dizer a verdade, não sei. Tenho andado a mentir a mim mesmo há tanto tempo, que nem sequer tenho a certeza de reconhecer a verdade se a visse à minha frente. A única coisa que sei, com toda a certeza, é que lixei a melhor coisa que alguma vez tive na vida.

— Sim, lá isso é verdade — concordou ela, fazendo Taylor dar uma risada nervosa.

— Acho que está fora de questão uma segunda oportunidade, hã?

Denise ficou em silêncio, tomando, subitamente, consciência de que em algum momento ao longo daquela noite, toda a sua raiva contra Taylor se tinha dissipado. No entanto, a mágoa ainda permanecia no seu coração, tal como o medo do que pudesse vir a acontecer no futuro. Sentia, de algum modo, a mesma ansiedade que experimentara quando, ao princípio, se tinha começado a aperceber da personalidade dele. E, de certa forma, sabia que agora é que, de facto, começava a conhecê-lo.

— Tiveste essa oportunidade há um mês atrás — afirmou ela calmamente. — Esta já deve ser, agora, a vigésima.

Ele pressentiu, na voz dela, um inesperado vislumbre de encorajamento e olhou-a no rosto, mal disfarçando a sua esperança.

— Assim tantas?

— E mais ainda — confirmou ela, sorrindo. — Se eu fosse uma rainha, o mais certo era ter-te mandado decapitar.

— Não há esperança, hã?

Haveria? Era a isso que tudo se resumia, não era?

Denise hesitou. Era quase palpável o desmoronamento da sua firme decisão enquanto o olhar dele se prendia no dela, falando mais eloquentemente que quaisquer palavras. De repente sentiu-se invadida pelas lembranças de todas as coisas boas que ele tinha feito por ela e por Kyle, revivendo todos os sentimentos que tanto se esforçara por reprimir ao longo das últimas semanas.

— Não foi isso, propriamente, o que eu disse — respondeu ela, por fim. — Mas não podemos partir de onde ficámos. Há muita coisa que tem de ser esclarecida primeiro, e não vai ser fácil.

Demorou alguns instantes até interiorizar estas palavras e, quando percebeu que a possibilidade ainda permanecia, por mais leve que fosse, Taylor foi invadido por uma onda repentina de alívio. Esboçou um breve sorriso antes de colocar a lata em cima da mesa.

— Lamento, Denise — repetiu ele, com veemência. — Desculpa pelo que fiz ao Kyle, também.

Ela assentiu simplesmente e pegou-lhe na mão.

Nas horas seguintes conversaram com uma franqueza renovada. Taylor contou-lhe tudo o que acontecera nas últimas semanas: as suas conversas com Melissa e o que a mãe lhe dissera; a discussão que tinha tido com Mitch na noite em que morrera. Falou da maneira como a morte de Mitch tinha ressuscitado as suas próprias memórias da morte do pai e, apesar de tudo, o seu sentimento de culpa latente em relação às duas mortes.

Falava firme e calmamente enquanto Denise escutava, dando-lhe apoio sempre que ele precisava e, ocasionalmente, fazendo-lhe perguntas. Eram quase quatro da madrugada quando ele se levantou para se ir embora; Denise acompanhou-o à porta e ficou a vê-lo desaparecer na estrada.

Enquanto vestia o pijama, ela ia pensando no rumo que a relação deles poderia tomar a partir daquele momento; falar das coisas não era necessariamente sinónimo de decisões correctas, aconselhou-se a si mesma com prudência. Podia não significar nada, podia significar tudo. Todavia, sabia que a possibilidade de lhe dar outra oportunidade não lhe cabia exclusivamente a ela. Tal como havia sido desde o início, tinha também, ponderava ela enquanto as pestanas se iam fechando, a ver com Taylor.

* * *

Na tarde do dia seguinte telefonou a perguntar se ela concordava que ele passasse lá por casa.

— Gostava de pedir desculpa ao Kyle, também — explicou ele. — Para além de que tenho uma coisa para lhe mostrar.

Ainda exausta da noite anterior, ela sentia que precisava de mais tempo para reflectir nos últimos acontecimentos. Era uma necessidade imperiosa. E ele também. No entanto, concordou relutante, mais por Kyle do que por ela. Sabia que Kyle rejubilaria ao vê-lo.

Ao desligar, contudo, perguntou-se se teria agido bem. Lá fora, o dia estava desagradável; o tempo frio do Outono havia chegado com todo o rigor. As folhas das árvores encantavam com as suas cores: vermelhos, cor de laranja, e amarelos espalhavam-se pelos ramos, preparando-se para a sua queda final na relva coberta de orvalho. Em breve o jardim estaria cheio de vestígios descorados do Verão que terminara.

Uma hora depois, Taylor chegou. Embora Kyle estivesse no pátio da frente, ela conseguiu ouvir os seus gritos excitados por sobre o ruído da torneira.

— Mã! O Tayer tá qui!

Pondo de lado a lavagem da loiça (tinha acabado de lavar a loiça do almoço), ela dirigiu-se à porta da frente, sentindo, contudo, algum desconforto. Ao abri-la, deparou-se com Kyle a correr na direcção do camião de Taylor; mal este saltou cá para fora, Kyle pulou-lhe para os braços como se Taylor nunca se tivesse afastado, o rostinho brilhando de alegria. Taylor abraçou-o por muito tempo e pô-lo no chão no momento em que Denise se encaminhou para eles.

— Olá! — saudou ele tranquilo.

Ela cruzou os braços. — Olá, Taylor.

— O Tayer tá qui! — insistia Kyle jubilante, agarrado à perna de Taylor. — O Tayer tá qui!

Denise esboçou um sorriso. — Claro que está, meu amor.

Taylor aclarou a garganta, pressentindo o constrangimento dela e apontou por cima do ombro.
— Fui buscar umas coisas ao armazém quando vinha para cá. Não te importas que eu fique por um bocado?
Kyle riu alto, completamente encantado com a presença de Taylor.
— O Tayer tá qui — repetiu ele.
— Parece que não tenho alternativa — declarou ela com naturalidade.
Taylor tirou o saco das compras da cabina do camião e levou-o para dentro. O saco continha os ingredientes para um guisado: carne de vaca, batatas, cenouras, aipo e cebolas. Falaram uns minutos, porém ele pareceu sentir a ambivalência dela em relação à sua presença e acabou por ir lá para fora com Kyle que se recusava a abandoná-lo. Denise começou a preparar a refeição, agradecida por a terem deixado sozinha. Alourou a carne e descascou as batatas, partiu as cenouras, o aipo e as cebolas e deitou-os para dentro de um grande tacho com água e especiarias. A monotonia da tarefa era calmante, apaziguando as suas emoções alteradas.
No entanto, enquanto se mantinha de pé junto ao lava-loiça, ela perscrutava, ocasionalmente, o jardim e observava Taylor e Kyle a brincarem no cascalho areento do chão onde ambos empurravam para a frente e para trás camiões *Tonka*, construindo estradas imaginárias. Contudo, apesar de quão bem pareciam estar a dar-se, ela foi, mais uma vez, confrontada com uma paralisante sensação de insegurança em relação a Taylor; as lembranças da mágoa que ele lhes causara, a ela e a Kyle, vinham à tona com uma nova lucidez. Poderia ela confiar nele? Conseguiria ele mudar? Poderia mudar?
À medida que atentava neles, Kyle trepava para a silhueta acocorada de Taylor, cobrindo-o de poeira. Podia escutar o riso de Kyle; podia escutar, também, as gargalhadas de Taylor.
Era tão bom ouvir aqueles sons outra vez...
Porém...
Denise abanou a cabeça. *Mesmo que Kyle lhe tenha perdoado, eu não consigo esquecer. Ele feriu os nossos sentimentos uma vez, pode fazê-lo de novo.* Não podia dar-se ao luxo de se envolver tão profundamente desta vez. Não se deixaria levar na onda.

Todavia, eles têm um ar tão divertido os dois...

Não te deixes levar pelas aparências, aconselhava-a uma voz interior.

Suspirou, recusando permitir que a sua introspecção dominasse os seus pensamentos. Com o guisado a cozinhar em lume brando, ela pôs a mesa, arrumou a sala de estar e foi ver o que mais era preciso fazer.

Decidindo ir lá fora, saiu para o ar revigorante e fresco e sentou-se nos degraus do alpendre. Podia observar Taylor e Kyle ainda imersos nas suas brincadeiras.

Apesar da grossa camisola de gola alta, o ar frio fê-la cruzar os braços. No céu voava um bando de gansos em formação triangular, a caminho do sul onde passariam o Inverno. Eram seguidos por um segundo grupo que parecia competir para apanhar o primeiro. Enquanto os observava, apercebeu-se de que os seus movimentos respiratórios se transformavam em pequenos fôlegos. A temperatura descera bastante desde a manhã; uma frente fria, soprando do *midwest*, tinha atingido a região baixa da Carolina do Norte.

Passados alguns momentos, Taylor olhou para a casa e viu-a dando-lho a perceber com um sorriso. Com um movimento rápido da mão, acenou-lhe e voltou a meter a mão dentro da manga quentinha. Taylor inclinou-se para Kyle e apontou com o queixo, levando Kyle a virar-se rapidamente na direcção dela. Kyle acenou feliz da vida e ambos se levantaram. Taylor sacudia as *jeans* à medida que se encaminhavam para casa.

— Parece que vocês os dois se estão a divertir — comentou ela.

Taylor sorriu parando a alguns passos dela.

— Acho que vou deixar de ser empreiteiro e vou passar a construir apenas cidades na poeira. É muito mais divertido e é mais fácil negociar com as pessoas.

Ela debruçou-se para Kyle. — Divertiste-te, meu amor?

— Sim — afirmou ele assentindo entusiasticamente — foi divertido. (*Foi divetido.*)

Denise ergueu de novo o olhar para Taylor.

— O guisado ainda demora um bocadinho, portanto ainda têm muito tempo se quiserem ficar cá fora.

— Foi o que calculei, mas preciso de um copo de água para engolir alguma desta poeira.

Denise sorriu. — Também queres beber alguma coisa, Kyle?

Em vez de responder, Kyle acercou-se dela com os braços estendidos. Quase fundindo-se com ela, ele colocou os braços em volta do pescoço de Denise.

— O que é que foi, querido? — perguntou ela, subitamente preocupada.

Com os olhos fechados, ele apertou-a ainda mais e, instintivamente, ela pôs-lhe os braços em redor do corpo.

— Obrigado, mamã. Obrigado... (*Bidado, mã. Bidado.*)

Por quê?

— Meu amor, o que é que se passa? — voltou a perguntar.

— Bidado — repetiu Kyle — Bidado, mã.

E continuou a repetir uma terceira e uma quarta vezes, os olhos ainda fechados. O sorriso de Taylor desapareceu-lhe do rosto.

— Querido... — Denise tentou de novo, agora um pouco mais desesperada, um sentimento de terror percorrendo-a sobre o que se estaria a passar.

Kyle, mergulhado no seu mundo, continuava a apertá-la com força. Denise fuzilou Taylor com um olhar que parecia dizer «Vês o que fizeste agora?», quando subitamente, Kyle voltou a falar, um tom agradecido na voz.

— Adó-u-te, mã.

Levou algum tempo para entender o que ele tentava dizer, e, de repente, ela sentiu os pêlos da nuca arrepiarem-se.

Adoro-te, mamã.

Denise fechou os olhos em estado de choque. Como se sentisse que ela ainda não acreditava, Kyle reforçou o abraço, apertando-a com uma intensidade feroz e repetiu:

— Adó-u-te, mã.

Oh, meu Deus...

Lágrimas inesperadas saltaram-lhe, subitamente, dos olhos.

Durante cinco anos esperara ouvir aquelas palavras. Durante cinco longos anos ela tinha sido privada de algo que os outros pais tinham como certo, uma simples declaração de amor.

— Também te adoro, meu amor... amo-te tanto.

Levada pela emoção do momento, abraçou Kyle tão firmemente quanto ele a abraçava a ela.

Jamais esquecerei isto, pensava ela, retendo na memória a sensação do corpo de Kyle, o cheiro do seu filhinho, as suas palavras coxas e miraculosas. *Jamais*.

Ao vê-los aos dois assim, Taylor afastou-se para o lado como que hipnotizado por aquela emoção, tanto quanto ela. Também Kyle parecia perceber que tinha feito alguma coisa certa, e, quando ela por fim o libertou, ele voltou-se para Taylor com um sorriso no rosto. Denise, com as faces coradas, riu-se da sua expressão. Virou-se para olhar Taylor com um ar de profundo espanto.

— Ensinaste-o a dizer aquilo?

Taylor abanou a cabeça. — Eu não. Só estávamos a brincar.

Kyle olhava de Taylor para a mãe, a mesma expressão de alegria no rosto.

— Bidado, mã — disse simplesmente. — O Tayer tá casa.

O Taylor está em casa...

Mal a criança acabou de proferir estas palavras, Denise limpou as lágrimas das faces, a mão tremia-lhe ligeiramente e, por uns instantes, fez-se silêncio. Nem Denise nem Taylor sabiam o que dizer. Embora o choque de Denise fosse evidente, ela parecia a Taylor absolutamente maravilhosa, bela como nunca antes vira alguém. Taylor baixou os olhos e agarrou um galho do chão, torcendo-o entre os dedos com ar ausente. Erguia os olhos para ela, em seguida baixava-os para o ramo, depois para Kyle até fixar o seu olhar no dela com uma firme determinação.

— Espero que ele tenha razão — afirmou Taylor, a sua voz ligeiramente enrouquecida. — Porque eu também te amo.

Era a primeira vez que ele lhe dizia estas palavras, a ela ou a qualquer outra pessoa. Apesar de pensar que eram difíceis de proferir, a verdade é que não eram. Nunca antes tinha estado tão certo de alguma coisa.

Denise quase podia sentir a emoção de Taylor quando ele lhe estendeu a mão. Aturdida, segurou-a, permitindo que ele a puxasse para se pôr de pé e a atraísse para si. Ele inclinou a cabeça, aproximando-a da dela lentamente, e, sem se aperceber, sentiu os lábios dele colados aos seus, unindo-se ao calor do corpo dele.

A ternura do beijo pareceu durar uma eternidade até que ele enterrou o rosto no pescoço dela.

— Amo-te, Denise — murmurou ele de novo —, amo-te tanto. Faço o que for preciso para ter uma nova oportunidade e, se ma deres, juro que jamais te deixarei outra vez.

Denise fechou os olhos, deixando que ele a abraçasse antes de, relutante, se afastar. Com um pequeno espaço entre os dois, ela voltou-se um pouco e, por uns momentos, Taylor não sabia o que pensar. Ele apertou-lhe a mão tentando ouvi-la enquanto ela respirava fundo. Todavia, ela não falou.

Sobre as suas cabeças, o sol de Outono ia-se pondo. Cúmulos, brancos e cinzentos, espalhavam-se uniformes, levados pelo vento. Na linha do horizonte, nuvens escuras agigantavam-se negras e espessas. A chuva, grossa e pesada, chegaria em cerca de uma hora. Todavia, nessa altura, estariam na cozinha a ouvir as gotas martelarem o telhado de folha-de-flandres, sentados à mesa olhando os pratos fumegantes cujo vapor ondularia em direcção ao tecto.

Denise suspirou e virou-se para Taylor de novo. Ele amava-a. Era tão simples quanto isto. E ela também o amava. Ela lançou-se nos braços dele, certa de que a tempestade que se avizinhava nada tinha a ver com eles.

EPÍLOGO

Naquela manhã, bem cedo, Taylor levou Kyle à pesca. Denise preferiu ficar em casa; tinha umas quantas coisas para fazer antes de Judy chegar para o almoço, e, para além do mais, precisava de um pouco de sossego. Kyle frequentava, então, o jardim infantil e, se bem que tivesse progredido bastante ao longo do último ano, ainda apresentava alguns problemas de adaptação à escola, uma vez que era o seu primeiro ano. Ela continuava a trabalhar com ele, todos os dias, no que se referia à fala, mas esforçava-se também por ajudá-lo no desenvolvimento das outras capacidades para que ele se pudesse manter a par dos colegas. Afortunadamente, a recente mudança para a sua nova casa não pareceu trazer-lhe qualquer tipo de inconvenientes. O rapazinho adorava o seu novo quarto, muito maior do que aquele que tivera na primeira casa em Edenton, e estava deliciado pelo facto de se situar sobranceiro ao rio. Ela tinha de admitir que também adorava a casa. Do local onde se encontrava sentada, no alpendre, conseguia avistar Taylor e Kyle encarrapitados na muralha com as canas de pesca na mão. Sorriu pensativamente, reflectindo no ar tão natural dos dois juntos. Como um pai e um filho, o que, naturalmente, não deixavam de ser.

Após o casamento, Taylor adoptara legalmente Kyle. Este tinha levado as alianças numa pequena cerimónia íntima que tivera lugar na Igreja Episcopal. Alguns amigos de Atlanta estiveram presentes, bem como alguns amigos da cidade que Taylor convidara. Melissa fora a dama de honor e Judy vertera umas lágrimas, no seu lugar da primeira fila, quando trocaram as alianças. A seguir à cerimónia, Taylor e Denise partiram em viagem de lua-de-mel para Ocracoke onde ficaram alojados num hotel, em regime de dormida e pequeno-almoço, com vista sobre o oceano. Na primeira manhã de casados levantaram-se antes do Sol nascer e deram um passeio pela praia. Enquanto as toninhas furavam as ondas nadando para o largo, eles assistiam ao nascer do Sol. Taylor postara-se atrás de Denise, com as mãos em volta da cintura dela, e ela recostara, simplesmente, a cabeça sobre o ombro dele, sentindo-se aquecida e segura, à medida que um novo dia despontava.

Quando regressaram da lua-de-mel, Taylor surpreendeu Denise com uma série de plantas que ele próprio executara. Eram o projecto de uma bonita casa de campo de um só piso sobranceira ao rio, com amplos alpendres, complementados com bancos sob as janelas, uma cozinha moderna e o soalho em madeira. Adquiriram um lote de terreno nos arredores da cidade e a construção da moradia começou um mês depois; a mudança foi levada a cabo imediatamente antes do início do ano lectivo.

Denise também deixara de trabalhar no Eights; ela e Taylor iam lá de vez em quando jantar, mais para fazerem uma visita a Ray. Este continuava o mesmo de sempre; parecia que não envelhecia e, de cada vez que se iam embora, Ray brincava com ela dizendo-lhe que teria de volta o emprego mal ela quisesse. Apesar do bom humor de Ray, ela não tinha saudades do trabalho no restaurante.

Embora Taylor ainda tivesse, ocasionalmente, alguns pesadelos, havia-a surpreendido com a sua dedicação durante o último ano. Não obstante a responsabilidade da construção da casa, vinha almoçar todos os dias e recusava-se a trabalhar para além das seis horas da tarde. Na Primavera anterior tinha sido o treinador da equipa de *T-ball* de Kyle (Kyle não era o melhor jogador, mas não era, também, o pior) e passavam os fins-de-semana em família. Durante o Verão haviam realizado uma viagem ao *Disney World*; pelo Natal compraram um jipe *Cherokee* em segunda mão.

A única coisa que faltava era a vedação branca de estacas e essa iria ser montada na semana seguinte.

Denise ouviu o relógio da cozinha e levantou-se da cadeira. Havia uma torta de maçã no forno e ela retirou-a de lá e colocou-a na bancada para arrefecer. No fogão, estava um frango a guisar e o aroma condimentado do caldo espalhava-se pela casa.

A casa *deles*. Os MacAden. Se bem que estivesse casada há pouco mais de um ano, ainda sentia prazer no som do nome. *Denise e Taylor MacAden*. Soava bem, dizia de si para si.

Mexeu o guisado, já estava ao lume há cerca de uma hora e a carne começava a desprender-se dos ossos. Embora Kyle continuasse a tentar escapar-se a comer carne a maior parte das vezes, alguns meses antes ela tinha-lhe pedido que experimentasse frango. Ele recalcitrara durante uma hora, mas acabara por ingerir um pedacinho; ao longo das semanas seguintes começara a comer um pouco mais. Presentemente, em dias como aquele, comiam como uma família, partilhando todos da mesma alimentação. Tal como uma família devia fazer.

Uma família. Ela também gostava deste som.

Relanceando os olhos através da janela, viu Taylor e Kyle a subirem o relvado em direcção à arrecadação onde guardavam as canas de pesca. Observou o modo como Taylor pendurou a sua e depois a de Kyle. Este pôs a caixa dos apetrechos no chão, lá dentro, e Taylor afastou-a do caminho com a ponta da bota. Breves instantes depois, avançavam pelos degraus do alpendre.

— Olá, mamã — cumprimentou Kyle alegremente.

— Pescaram alguma coisa? — quis ela saber.

— Não. Nenhum peixe.

Como tudo na vida dela, a capacidade de discurso de Kyle progredira incrivelmente. Não era, de modo nenhum, perfeita, porém ia colmatando progressivamente a lacuna existente entre si e os colegas da escola. Mais importante ainda, era o facto de ela não se preocupar tanto com isso.

Taylor beijou Denise enquanto Kyle desaparecia da cozinha.

— Então, onde está o pequenote? — perguntou Taylor.

Ela apontou com a cabeça em direcção a um canto do alpendre.

— Ainda está a dormir.

— Não devia estar já acordado?

— Mais uns minutinhos. Daqui a pouco há-de ficar com fome.

Aproximaram-se ambos do berço e Taylor curvou-se, examinando-o atentamente, uma coisa que ele fazia com frequência, como se não acreditasse ter sido responsável por ajudar a gerar uma nova vida. Estendeu a mão e, suavemente, passou-a pelos cabelos do filho. Com sete semanas quase ainda não os tinha.

— Tem um ar tão tranquilo — murmurou ele com um olhar de admiração.

Denise pôs a mão no ombro dele, esperando que um dia mais tarde o filho se parecesse com o pai.

— É lindo! — exclamou ela.

Taylor olhou por cima do ombro para a mulher que amava, em seguida voltou-se para o bebé. Inclinou-se ainda mais e pousou-lhe um beijo na testa.

— Ouviste isto, Mitch? A tua mãe acha que és lindo!

GRANDES NARRATIVAS

1. O Mundo de Sofia,
   JOSTEIN GAARDER
2. Os Filhos do Graal,
   PETER BERLING
3. Outrora Agora,
   AUGUSTO ABELAIRA
4. O Riso de Deus,
   ANTÓNIO ALÇADA BAPTISTA
5. O Xangô de Baker Street,
   JÔ SOARES
6. Crónica Esquecida d'El Rei D. João II,
   SEOMARA DA VEIGA FERREIRA
7. Prisão Maior,
   GUILHERME PEREIRA
8. Vai Aonde Te Leva o Coração,
   SUSANNA TAMARO
9. O Mistério do Jogo das Paciências,
   JOSTEIN GAARDER
10. Os Nós e os Laços,
    ANTÓNIO ALÇADA BAPTISTA
11. Não É o Fim do Mundo,
    ANA NOBRE DE GUSMÃO
12. O Perfume,
    PATRICK SÜSKIND
13. Um Amor Feliz,
    DAVID MOURÃO-FERREIRA
14. A Desordem do Teu Nome,
    JUAN JOSÉ MILLÁS
15. Com a Cabeça nas Nuvens,
    SUSANNA TAMARO
16. Os Cem Sentidos Secretos,
    AMY TAN
17. A História Interminável,
    MICHAEL ENDE
18. A Pele do Tambor,
    ARTURO PÉREZ-REVERTE
19. Concerto no Fim da Viagem,
    ERIK FOSNES HANSEN
20. Persuasão,
    JANE AUSTEN
21. Neandertal,
    JOHN DARNTON
22. Cidadela,
    ANTOINE DE SAINT-EXUPÉRY
23. Gaivotas em Terra,
    DAVID MOURÃO-FERREIRA
24. A Voz de Lila,
    CHIMO
25. A Alma do Mundo,
    SUSANNA TAMARO
26. Higiene do Assassino,
    AMÉLIE NOTHOMB
27. Enseada Amena,
    AUGUSTO ABELAIRA
28. Mr. Vertigo,
    PAUL AUSTER
29. A República dos Sonhos,
    NÉLIDA PIÑON
30. Os Pioneiros,
    LUÍSA BELTRÃO
31. O Enigma e o Espelho,
    JOSTEIN GAARDER
32. Benjamim,
    CHICO BUARQUE
33. Os Impetuosos,
    LUÍSA BELTRÃO
34. Os Bem-Aventurados,
    LUÍSA BELTRÃO
35. Os Mal-Amados,
    LUÍSA BELTRÃO
36. Território Comanche,
    ARTURO PÉREZ-REVERTE
37. O Grande Gatsby,
    F. SCOTT FITZGERALD
38. A Música do Acaso,
    PAUL AUSTER
39. Para Uma Voz Só,
    SUSANNA TAMARO
40. A Homenagem a Vénus,
    AMADEU LOPES SABINO
41. Malena É Um Nome de Tango,
    ALMUDENA GRANDES
42. As Cinzas de Angela,
    FRANK McCOURT
43. O Sangue dos Reis,
    PETER BERLING
44. Peças em Fuga,
    ANNE MICHAELS
45. Crónicas de Um Portuense Arrependido,
    ALBANO ESTRELA
46. Leviathan,
    PAUL AUSTER
47. A Filha do Canibal,
    ROSA MONTERO
48. A Pesca à Linha – Algumas Memórias,
    ANTÓNIO ALÇADA BAPTISTA
49. O Fogo Interior,
    CARLOS CASTANEDA
50. Pedro e Paula,
    HELDER MACEDO
51. Dia da Independência,
    RICHARD FORD
52. A Memória das Pedras,
    CAROL SHIELDS
53. Querida Mathilda,
    SUSANNA TAMARO
54. Palácio da Lua,
    PAUL AUSTER
55. A Tragédia do Titanic,
    WALTER LORD
56. A Carta de Amor,
    CATHLEEN SCHINE
57. Profundo como o Mar,
    JACQUELYN MITCHARD
58. O Diário de Bridget Jones,
    HELEN FIELDING
59. As Filhas de Hanna,
    MARIANNE FREDRIKSSON
60. Leonor Teles ou o Canto da Salamandra,
    SEOMARA DA VEIGA FERREIRA
61. Uma Longa História,
    GÜNTER GRASS
62. Educação para a Tristeza,
    LUÍSA COSTA GOMES
63. Histórias do Paranormal – I Volume,
    Direcção de RIC ALEXANDER
64. Sete Mulheres,
    ALMUDENA GRANDES
65. O Anatomista,
    FEDERICO ANDAHAZI
66. A Vida É Breve,
    JOSTEIN GAARDER
67. Memórias de Uma Gueixa,
    ARTHUR GOLDEN
68. As Contadoras de Histórias,
    FERNANDA BOTELHO
69. O Diário da Nossa Paixão,
    NICHOLAS SPARKS
70. Histórias do Paranormal – II Volume,
    Direcção de RIC ALEXANDER
71. Peregrinação Interior – I Volume,
    ANTÓNIO ALÇADA BAPTISTA
72. O Jogo de Morte,
    PAOLO MAURENSIG
73. Amantes e Inimigos,
    ROSA MONTERO
74. As Palavras Que Nunca Te Direi,
    NICHOLAS SPARKS
75. Alexandre, O Grande – O Filho do Sonho,
    VALERIO MASSIMO MANFREDI
76. Peregrinação Interior – II Volume
    ANTÓNIO ALÇADA BAPTISTA
77. Este É o Teu Reino,
    ABILIO ESTÉVEZ
78. O Homem Que Matou Getúlio Vargas,
    JÔ SOARES
79. As Piedosas,
    FEDERICO ANDAHAZI
80. A Evolução de Jane,
    CATHLEEN SCHINE
81. Alexandre, O Grande – O Segredo do Oráculo,
    VALERIO MASSIMO MANFREDI
82. Um Mês com Montalbano,
    ANDREA CAMILLERI
83. O Tecido do Outono,
    ANTÓNIO ALÇADA BAPTISTA
84. O Violinista,
    PAOLO MAURENSIG
85. As Visões de Simão,
    MARIANNE FREDRIKSSON
86. As Desventuras de Margaret,
    CATHLEEN SCHINE
87. Terra de Lobos,
    NICHOLAS EVANS
88. Manual de Caça e Pesca para Raparigas,
    MELISSA BANK
89. Alexandre, O Grande – No Fim do Mundo,
    VALERIO MASSIMO MANFREDI
90. Atlas de Geografia Humana,
    ALMUDENA GRANDES
91. Um Momento Inesquecível,
    NICHOLAS SPARKS
92. O Último Dia,
    GLENN KLEIER
93. O Círculo Mágico,
    KATHERINE NEVILLE
94. Receitas de Amor para Mulheres Tristes,
    HÉCTOR ABAD FACIOLINCE
95. Todos Vulneráveis,
    LUÍSA BELTRÃO
96. A Concessão do Telefone,
    ANDREA CAMILLERI
97. Doce Companhia,
    LAURA RESTREPO
98. A Namorada dos Meus Sonhos,
    MIKE GAYLE
99. A Mais Amada,
    JACQUELYN MITCHARD
100. Ricos, Famosos e Beneméritos,
     HELEN FIELDING
101. As Bailarinas Mortas,
     ANTONIO SOLER
102. Paixões,
     ROSA MONTERO
103. As Casas da Celeste,
     THERESA SCHEDEL
104. A Cidadela Branca,
     ORHAN PAMUK
105. Esta É a Minha Terra,
     FRANK McCOURT
106. Simplesmente Divina,
     WENDY HOLDEN
107. Uma Proposta de Casamento,
     MIKE GAYLE
108. O Novo Diário de Bridget Jones,
     HELEN FIELDING
109. Crazy – A História de Um Jovem,
     BENJAMIN LEBERT
110. Finalmente Juntos,
     JOSIE LLOYD E EMLYN REES
111. Os Pássaros da Morte,
     MO HAYDER
112. A Papisa Joana,
     DONNA WOOLFOLK CROSS
113. O Aloendro Branco,
     JANET FITCH
114. O Terceiro Servo,
     JOEL NETO
115. O Tempo nas Palavras,
     ANTÓNIO ALÇADA BAPTISTA
116. Vícios e Virtudes,
     HELDER MACEDO
117. Uma História de Família,
     SOFIA MARRECAS FERREIRA
118. Almas à Deriva,
     RICHARD MASON
119. Corações em Silêncio,
     NICHOLAS SPARKS